道濟群生錄

王德威主編

當代小說家II

道濟群生錄

張萬康

【當代小說家II】

編輯前言

王德威

一九九六年春，我應邀為台北麥田出版公司策畫一套書系：【當代小說家】。儘管八〇年代以來小說所曾享有的盛況不再，我個人卻以為這一時期的作品精采紛呈，較之以往只有過之而無不及。我希望推薦華人各個社群的傑作，引起對話，並藉以擴充跨世紀華文文學的版圖。這一系列到了二〇〇二年暫告一段落，推出的作者來自台灣、大陸、香港、星馬、北美等地，共為二十家。

但區區的「二十家」怎能盡數當代小說的風流人物？這一系列原為因應一時一地的出版條件而做，作家入列與否其實不乏隨機的因素。而在此前的序論中我也一再強調，既名「當代」小說家，這一系列注定首尾開放，充分反映時間本身的流動性。曾經名動一時的作家可能進入蟄伏期，幾年以前的新銳也可能蛻變出新氣象。距離【當代小說家】系列推出的首部作品，十多年已經過去。這期間我們的政治、社會、文化生態已經發生巨大變化，而在文學領域裡，不論是作家位置的消長，作品風格的呈現，或是閱讀和市場機制的變遷，更足以讓我們再次思考「小說」做為一種文類和一種文化建構，如何定位的問題。因此有了【當代小說家II】系列的構想。

識者常嘆這不再是一個閱讀至上的時代，比起十年以前，華文小說創作所面臨的挑戰只有過之而無不及。但從無中生有，化不可能為可能，原本就是小說——虛構——創作者的本分。香港的董啟章的「自然史三部曲」（《天工開物・栩栩如真》、《時間繁史・啞瓷之光》）以數百萬字的篇幅堆疊他的異想世界；台灣的朱天文窮十四年之力方才完成她的《巫言》；大陸的閻連科在重重查禁的限制下又推出了《風雅頌》。而在星馬、在歐美等地，又有多少作者在非華語的環境下默默營造他們的作品。只要這些作者耐得住寂寞，而且仍然推陳出新、創作不輟，我們就沒有權力作任何悲觀推測。

【當代小說家II】的編輯方針一如以往，並不作過多人選和作品預設。唯一可以確定的是，我仍然堅持華文小說的版圖不應為政治地理所限制。舉例而言，由山東到北京的莫言以他瑰麗幻化的鄉土小說享譽，但由馬來西亞到台灣的李永平筆下的婆羅洲雨林不一樣讓人驚心動魄？王安憶、陳丹燕寫盡了她們的上海，而香港的西西、董啟章，台北的朱天心、李昂也構築了他／她們心中精采的「我城」。山西的李銳長於演義地區史和家族史，落籍台灣的馬華作者黃錦樹，還有曾駐香港、現居紐約的台灣作家施叔青也同有傲人的成績。談到盛世的華麗與蒼涼，馬來西亞的李天葆、台灣的朱天文都是張愛玲海外的最佳傳人。書寫倫理和暴力的幽微轉折，余華曾是一把好手，但香港的黃碧雲，馬來西亞的黎紫書，台灣的駱以軍已有後來居上之勢。

在國族主義的大纛下，同聲一氣的願景每每遮蔽了歷史經驗中眾聲喧嘩的事實。但我以為語言，不論稱之為漢語、華語、華文，還是中文，才是文學作品相互對話的最大公約數。這裡所謂的語言指的不必只是中州正韻，而必須是與時與地俱變，充滿口語方言雜音的語言。用巴赫汀（M. M. Bakhtin）的觀念來說，這樣的語言永遠處在離心和向心力量的交會點上，也總是歷史情境中，個人和群體，自我和他我不斷對話的社會性表意行為。

我曾指出，經過一個世紀的琢磨，小說家所終於成就的高潮或可能也是個反高潮。這個文類曾被視為有「不可思議」的力量，改造民心士氣。在新世紀裡，文化、知識訊息急遽流轉，空間的位移，記憶的重組，族群的遷徙，以及網絡世界的遊蕩，已經成為我們生活經驗的重要面向。小說所面臨的考驗方興未艾，而如今它「不可思議」的力量可能來自於一種對私密話語的號召，一種精緻手工藝的再生。【當代小說家II】期望見證後現代以後小說千迴百轉的面貌，並向始終如一、從事文字鍊金術的作家致敬。

王德威，文學評論家，現任美國哈佛大學東亞語言及文明系 Edward C. Henderson 講座教授。

序論／

我要我爹活下去！

——小說二十五孝之《道濟群生錄》

王德威

《道濟群生錄》是一本奇書。話說公元二〇一〇年初夏，九十歲的老榮民張濟跌傷送醫，未料胃出血引發肺炎。醫師不察，努力歡送出院，等到再度急診時病象已經極度凶險。一波未平，一波又起，檢查發現張濟已經是胰臟癌末期。

這張濟有子名萬康，雖然哈拉成性，卻是個為孝不欲人知的奇葩。老父蒙難，小萬康心急如焚，竟然驚動神魔世界，引發一場陰陽大戰。不但佛道儒各派齊力發功，天主摩門基督也友情加盟。這邊有保生大帝、藥師如來、關雲長，那邊有炎魔大王、腫王、惡水娘娘，神鬼交鋒，端的是無煙不烏，有氣皆瘴。張氏父子聯手抵抗病魔，鏖戰連場，怎奈道高一尺，魔高一丈，終究功敗垂成。

我們很久沒有這樣看小說的經驗了。《道濟群生錄》是本悼亡之書，但寫來如此不按牌理出牌，以致讓你欲哭無淚，反倒駭笑連連。作者——好巧，也叫張萬康——直面自己和親人生命最不堪聞問的層面，卻又同時拉開距離，放肆種種匪夷所思的奇觀。張萬康筆下有大悲傷也有大歡喜，臨到生離死別還不忘嗑牙搞笑，不由得我們不好奇是怎樣的一種小說倫理在支撐他的創作演出。

上個世紀末各種名目小說實驗層出不窮，幾乎要讓我們懷疑還可能冒出什麼新花樣。像《道濟群生錄》這樣的作品再次見證小說家的想像力永遠領先任何史觀和理論。談張萬康解構了寫實主義「有始有終」的敘事宿命，或發出巴赫金(Bakhtin)嘉年華狂歡式笑聲、顛覆身體和信仰的法則，都能言之成理。[1]但這本小說同時也是本發憤療傷之書。在極盡荒謬之能事的背後，它敘事的底線是一則有關病的隱喻。

張萬康何許人也？他雖然名不見經傳，卻不是文壇新人，二〇〇六年甚至憑〈大陶島〉得到《聯合報》小說獎的首獎。這年頭文學創作式微，文學獎項浮濫，得獎未必就能走紅，何況張顯然也不符合市場的主流路數。好在他自甘平淡，創作不輟，而且時出奇招。平心而論，張的作品風格參差，文字的駕馭易放難收，外加一股野氣（看看他的部落格吧），正經八百的讀者可能要側目以對。但也許正因此，他蓄積了一股無所拘束的能量，彷彿就是為《道濟群生錄》作準備。

《道濟群生錄》的雙卡司是九十歲的爸爸和四十二歲的兒子。張濟一九四九年隨軍來台，娶了個羅東姑娘，生兒育女，官拜士官退伍。他樂天知命，老來以省水節電為能事，半杯水就能沖馬桶，打牌作小弊，餵狗吃大肉，行有餘力就看叩應節目清涼影片。這是個平凡得不能再平凡的老兵故事，「最後的黃埔」那樣的好戲輪不到他。可有一點值得注意，張爸生命力特強，即使到了加護病房依然不甘就範：「這萬爸沒啥了不起的生死觀，你如果問他為什麼要活？他可能反問你為什麼要死？」

有其父必有其子，張萬康號稱大隱於市，說穿了宅男一名。他舞文弄墨為業，放言無忌、痞味十足，骨子裡卻不失天真，頗有滯留青春期過久的嫌疑。以老張小張父子的歲數差距來看，很難想像他們如此投緣。但萬康對老爸的關心在在令人動容。眼看把拔在病房受苦，他日夜手縛《心經》以示感同身受；醫院人情磽薄，診斷結果每下愈況，卻不能搖撼他救父的決心。與此同時，他調動各種文學資源，以異想天開的形式救贖現實絕境於萬一，故事也由這裡起飛。

張濟、萬康父子抗病的故事以章回小說呈現，第一回〈萬康爸爸含冤蒙難，保生大帝道濟群生〉已經暗示敘事背景大有來頭。原來萬康孝心觸動地府判官、藥師如來，引發一場搶人大戰。現實生命的後面竟有如此龐大（而且官僚）的神魔體系左右，陡然讓故事的縱深加寬。第六回裡萬康以藥師佛傳授的「大力拍背掌」為父親灌注真氣，拍著拍著就進入老爸體內幻境，這幻境魔山惡水，妖氣瀰漫。父子兩人聯手出擊，只殺得炎魔兵團、野戰師、特戰旅東倒西歪。張家養的貓狗外加一隻野鴿子也來助陣，一時風雲變色，鴿飛狗跳，雞貓子喊叫，好不驚煞人也。萬康大

1 見朱嘉漢精闢的分析，〈「狂轟爛入」嘉年華——讀張萬康《道濟群生錄》〉，見本書頁三五六—七二。

喊「我們要反攻！」萬爸高呼「仗要打就要打贏！」到了第七回情節急轉直下，單看回目〈魔王雪竇山難發簡訊，娘娘婊裡山河會情郎〉就可以思過半矣。

張萬康的靈感包括民間宗教，以及神魔小說（像是《西遊記》、《封神榜》）、鬼怪小說（像是《三遂平妖傳》）等。這類小說演義另一個世界的神奇冒險，卻不乏世俗人間情懷，更重要的，它從不避諱一種憊賴的喜劇精神。炎魔大王和惡水娘娘不就讓我們想到牛魔王和鐵扇公主？只是這對魔頭渾身台味，壞得彷彿出身民視八點檔。

張萬康運用這些情節人物來探討病的本質和醫療倫理。當父親的病已經到了山窮水盡，人子要如何面對必然的死生關口？而當病人和家屬在絕望中找希望的時侯，醫護單位、健保機構又如何提供診治和安慰？這是小說的底線。張萬康對張爸入住的醫院不無微詞，因為誤診在先，又繼之以連串治療瑕疵。其中部分描寫也許出於張求全責備的心情，但死生事大，任何讀者，尤其是從事醫療工作者，能不將心比心？

然而張萬康是小說家，他寫疾病和死亡不僅限於和醫院斤斤計較。來回在冰冷的加護病房和十萬八千里外的神魔世界間，他有意無意的投射出不同知識、信仰，和社會體系的衝撞。誠如傅柯(Foucault) 所言，醫院是現代社會裡重要的異托邦 (heterotopia)，是收容和診療病人的專屬空間，用以確保醫院以外「健康」社會的「正常」運作。[2]但就像任何異托邦一樣，醫院不能排除其中介、權宜的位置，它的進口和出口總開向其他形形色色的空間設置。在《道濟群生錄》裡，它至少和三種空間相與為用。第一，如上所述，從萬康個人和家人對宗教信仰、民俗療法的管道來看，醫院難以自命為處理身體和病厄的絕對權威，而總是吸納和排斥種種人為的、偶然的、甚至非理性的因素。換句話說，醫院是個欲潔何曾潔的有機體，本身的體制——和體質——必須隨時付諸辯證和檢驗。小說第十一回〈花判官串戲三岔口，野山豬大鬧ＩＣＵ〉幻想冥府判官潛入病房色誘護士醫生，讓他們慾仙慾死（嚴重的還有了屍斑），正是對醫院謔而且虐的攻擊。

其次，住院治療的萬爸雖然病入膏肓，但是壯心未已，醫院成了他最後的戰場。比照萬爸的榮民背景，小說儼然有了一層國族寓言色彩。病床上萬爸一息尚存，隨侍一旁的萬康為他加油打氣，一時神遊天外，「我們要反攻！」，「仗要打就要打贏！」。但反攻到哪裡去？俱往矣，老兵不死，只是凋零。敵人不在別處，就在醫院內，病床上，自己的身體裡。我不認為張萬康刻意安插任何政治隱喻，唯其如此，反而道盡父親那一輩臨死也揮之不去的政治潛意識。

更值得注意的是《道濟群生錄》的寫成方式。張萬康動筆時正是張爸病況膠著之際。我們可以想像小張在醫院裡無能為力，只能另闢蹊徑，「寫」出一條生路。前面提過，他糅合了報導文學、神魔小說、家族私密各色文類，形成獨特的敘事風格。然而這只是起步。小說的進展與父親的病況相輔相成，同時在部落格上開始連載，引起眾多回響。張又據此添枝加葉，一方面與君同

2 Michel Foucault. Of Other Spaces (1967), "Heterotopias," http://foucault.info/documents/heteroTopia/foucault.heteroTopia.en.html

樂，一方面自我解憂。網上的虛擬空間形成一個與醫院抗衡的地盤。在這裡身體暫時架空，時間得以延伸，人我關係變得無比豐富多元。小說連載到第九回時張爸去世；萬康日後完成二十回，卻仍以第九回的時間點作結。如此，文本內外互動頻仍，張爸出虛入實，不斷起死回生。

《道濟群生錄》也是張萬康第一部正式出版的小說。除此他雖然創作多年，卻只有一部短篇小說集《W.C. Zhang：張萬康小說》以自費方式印行。這本小說集收錄張最近十年的作品，其中部分可以看出《道濟群生錄》的線索。大抵而言，這些作品的敘事主體是一個蟄伏在城市裡的文藝中年，他或者觀察無聊的生活律動，或者陷入某種荒謬的邂逅。他的小說往往這樣開場：「我開始幻想，在我發呆很久之後。」（〈山脈〉），「起先，我以為我走在蛇的肚子裡，後來我發現是在鯨魚的肚子裡。」（〈史尼涎〉），「我被包圍了，不知道他們什麼時間會發起攻堅。」（〈落跑者〉），「我沒睡好。買完車票，來到南方小廣場抽菸。」（〈半吊子〉），這些字句很容易讓我們聯想起現代主義修辭，儘管張自稱沒看過幾本世界名著。孤獨、白日夢、晃盪，徒勞的突圍表演，都是他荒謬劇場裡的要素。但張無意經營高調，很快亮出自嘲或是賭爛的姿態。他的敘事充滿不穩定性，故事多半不了了之。

這個期間張萬康又熱衷寫性，而且刻意誇大其辭。不論是萍水相逢（〈電動〉、〈半吊子〉）還是泡妞把妹（〈天使2001〉、〈國劇與我〉），他跳過談情說愛，下筆盡是摳揉搓舔、哈棒打槍。這夠刺激了吧，卻總給人虛張聲勢的感覺，因為缺乏任何情緒發展的自信和自覺。他的人物作老鳥狀，其實都是孤鳥。

一直要到得獎的作品〈大陶島〉，張萬康才將他這些執念整合起來。小說的主人翁是個研究所輟學生，正港台灣人，因為患了「神經病」被送醫治療。二〇〇四年總統大選發生三一九槍擊案，他走上街頭，在抗議人群中與「大陳義胞」老陶結識。這一老一小在各種場子裡衝鋒陷陣，說不盡的壯懷激烈。不作戰的時候他們以同樣的熱血精神消耗A片；老陶曰：「管他槍擊案，A光本來就是要看的啊！」一場神祕的大洪水掩至，兩人坐在桌上漂出光棍宿舍，同時不忘盯著電視檢驗新到A片。當桌子航向大陳島的方向，電視長出魚鰭，老陶變成斑花海豚，泅泳了幾遭後，朝電視一望：「還沒射啊！」

〈大陶島〉寫「神經病」的狂想、寫漂泊，寫沒有名目的欲望、自瀆式的痛／快，都是張萬康小說常見的題材。而這一回他找到一個引爆點，也間接安頓了自己的創作意識。三一九槍擊案將他狂亂的敘事線索政治化也合理化了。主義、運動、抗爭高潮迭起，不就是春夢，不，春宮一場？老陶最後也是槍擊案的犧牲者——某A片之夜他打完手槍，意外跌倒，就地成仁。

〈大陶島〉出沒性與政治符號間，讀者不難作出歷史隱喻的解讀。但張萬康真正令人矚目的是他對文字的橫徵暴斂，對形式的一意孤行。這使他向當代的異質小說家從王文興到舞鶴的譜系靠攏。這些作家為了完成自己孤絕的美學，往往不惜犧牲敘事的可讀性，也因此必須付出曲高和寡的代價。張萬康佳作尚少，也許難以和前輩相提並論，但他的發展值得注意。

這讓我們再回到《道濟群生錄》。這本小說不妨看作是〈大陶島〉的溫馨家庭版。張萬康曾寫過一篇〈大小鋼杯〉講述父親的生活瑣記，算是《道》書的熱身準備。張濟比老陶幸運，他結了婚，有了家，成了溫馴的老芋仔；三一九槍擊案他必定也義憤填膺，到底沒有老陶瘋狂。有一回淹大水，他也爬上書桌避難兼看電視，但看的不是A片，是港劇。

但張萬康明白老陶和老張本是同根生，他們過早歷經離散，都有不能言說的創傷，也都有不願就此罷休的韌性。老陶看A片看到鞠躬盡瘁，老張大戰炎魔死而後已。人生有多荒謬，他們就有多固執。他們是最令人意外的西西弗斯(Sisyphus)。

外省父親之死——尤其是具有軍職的父親——是近年台灣小說界的主題之一。張大春的《聆聽父親》、朱天心的《漫遊者》、駱以軍的《遠方》、郝譽翔的《溫泉洗去我們的憂傷》等作，都曾處理這一主題。這些父親們少小離家，渡海來台，他們是一個時代政權裂變最直接的見證，也同時體現了生命中太多莫可奈何的境況。歲歲年年，反攻大陸的號角迎來了陸客自由行，他們的信仰和肉身已經垂垂老去，以至消亡。

張大春的《聆聽父親》未完，姑且不論。在朱天心的《漫遊者》裡，父親所代表的血緣的、政教的、信仰的象徵體系一旦不再，她陷入了憂傷的無物之陣。漫遊者尋尋覓覓，無所依歸，連語言也開始漫漶起來。駱以軍的《遠方》敘述返鄉探親的父親突然罹病癱瘓，台灣出生的兒子匆匆趕來救難。龐大的病體、艱辛的旅程、荒謬的遭遇讓作家理解人子與父親的關係是怎樣一種離棄與錯過，一種無從說起的困境。郝譽翔的《溫泉洗去我們的憂傷》則寫出父親自殺「以後」

的故事。父親終其一生不斷逃避責任、離開現場，留給女兒太多創傷。父親的死成為唯一解套方式，而且弔詭的重新開啟父女間溝通的可能。

是在這樣的譜系裡，《道濟群生錄》更能顯現自己的位置。張萬康何其有幸，和父親相親相愛，但兩人的關係又無須像《漫遊者》那樣無限上綱到一切意義體系的源頭。回到書寫層面，我要再次強調張萬康的異質風格。他沒有駱以軍的頹廢荒誕或朱天心的深沉鬱憤；他有的是挪用民間信仰、神魔小說，創造「偽史詩」(mock epic)的勇氣。滿天神佛盡為我用，這是何等僭越？也正是在這個基礎上，張萬康和他的老爸幾乎是理直氣壯的走入神魔世界，和菩薩魔王討價還價。

然而比起張萬康以前的作品，《道濟群生錄》最大的突破不在於他如何雜糅神話鬼話，創造醫院今古奇觀，而在於他因此所流露的真情——人子的孺慕孝親之情、傷逝惜生之情。張萬康的戲謔和犬儒也許可以用各種後現代理論解釋，但說到底他是有情之人；他所有花招後面是個簡單的心願——我要我爹活下去！這心願力道之大，可能讓張自己也嚇了一跳。古老的倫理歷久彌新，竟有了最酷的表述方式。臥冰求鯉、割股療親的二十四孝早過時了，新版第二十五孝是陪著老爸大戰炎魔王，和保生大帝計算命盤，還有最重要的，把往生的故事寫成慶生的故事。張萬康的敘事當然是駁雜的，他信馬由韁的話頭也是紛亂的，但看他一路嬉笑怒罵到最後，我們不得不正襟危坐起來。可不是，連觀世音菩薩也讚嘆小張的「憨意與善情」。

《道濟群生錄》的最後四回寫神魔大戰。這場戰事殺得天地變色，日月無光。藥師如來手下頭號大將宮毘羅壯烈犧牲，呂洞賓施展美男計，惡水娘娘臨陣叛變，連關公也陣亡了。炎魔大王惡貫滿盈，佛軍落得慘勝。看官不禁要問，張濟何德何能，居然能夠引起這樣鬼哭神嚎的風暴？饒是這般，張濟還是不願歸天。最後勞駕阿彌陀佛、藥師如來、甚至觀音菩薩出馬溫情喊話，軟硬兼施，才好勉強上路。

張北杯走了，九十年浮生倥傯不過留下個臭皮囊。他肉身的消弭卻助成張萬康小說功力大進，寫出《道濟群生錄》。入死出生皆是夢幻泡影，喝佛罵祖無非方便法門。有子如萬康，張爸可以無憾。願他老人家在極樂世界每天繼續嗑活包蛋，外加一杯卡布嘍囉。阿彌陀佛，有道是：

願我來世得菩提時，身如琉璃，內外明澈，淨無瑕穢，光明廣大，功德巍巍，身善安住，燄網莊嚴，過於日月。

道濟群生錄：萬爸抗病演義

回目

素人張裕喜
勇冠一雄雞
覓果行深處
萬友照果皮

第一回　萬康爸爸含冤蒙難　保生大帝道濟群生

看官好，作者在此將寫的是關於凡間一張萬康施主的父親病難種種。有可能作者就這樣連載下去，也有可能寫完——何謂寫完此乃業夢一場之大哉問也——之後將補上一些雪泥雞爪的前傳。不得已，作者必須把萬爸的生病過程大致交代一下，閱者如已知曉還請將就聽作者一表。

話說二千零一十年台灣本島端午節當晚，張萬康那生肖屬雞、九十歲的父親摔倒骨折，次日清晨送醫，當天迅速手術，在醫院一住十天。起先萬爸（即張萬康父親的縮寫）尚勇敢的下床練走，同時並接受院方安排的內分泌科會診（調血糖）。然而會診結束當夜，突而爆咳不休，起床後即陷入神智不清狀，雙睛無法打開，不斷哀號喊痛，身子幾無法動彈，此後便這樣三晝夜直到出院日。

在此三晝夜骨科主任礙於健保制度使院方骨科所受之經濟壓力，不得不精打起手中的算盤，但凡查房時老想「轟」家屬讓萬爸出院。事實上在內分泌科會診期間他便開始以刻薄的口吻鼓動萬爸盡速出院，主任每日前來必奉上他的經典名句：「你們多住一天，我就多花一天錢。」儼然這已是他口頭禪，其刻薄語錄何其多，又如莫名其妙冒出一句：「你們就是不想自己花錢就對了。」實則萬父雖是榮民可免醫藥費，但住的並非俗稱健保房的免費「大通舖」；萬父所住的雙人房每日橫豎也添個一千五（顯然對主任來說還不夠就是了）。曾國藩有云：「風俗之厚薄，繫乎一二人心之嚮。」上行下效，隨之而來幾位護士開始「錦上添花」，諸如對家屬使白眼冷言帶刺：「你要化痰也是可以啦。」或高聲叫囂：「先生！我們還有什麼沒教你的！」各種經典名句推陳出新，一下子寫不完，暫略。總之，事後才曉得，原來萬爸那三日是胃出血，從而併發肺炎。然彼時醫護人員和家屬均不知情，家屬徬徨焦心，醫護則未望聞問切，懶得看萬爸一眼。（其實萬爸年輕時多帥氣啊，扯遠了。）

話說回來，該病房如曉得是胃出血和肺炎即便不想救也不得不救，或許該病房對胸腔內科和腸胃科不熟，加上認為老人老死乃人間常態而輕忽（護理師對張萬康以滿心真誠的口吻開導說：「（你）爸爸哪一天會走，只有老天爺知道，有的人一下子就走，有的人拖很久。」那萬康丈二金剛摸不著腦袋，為何萬爸爆咳後突然開始對吾人大談人生哲學）。家屬張萬康等人因信賴醫生護士之專業（他們在萬爸住院初期很是親切與用心），懷疑萬爸如醫護人員所言「這只是老人開刀後的慣性叫疼、老人開刀後會退化成小孩裝痛和怕下床嘗試、前三天練走練太多所以累壞、出院後在家就會好、醫院細菌多這裡不安全、（痛很）正常！」云云，可明擺在眼前的是叫聲如此淒厲恐怖，萬康六神無主，活活被萬爸嚇到三魂七魄快散。由於該病房視萬爸為贅物，稍優一點的止痛藥也吝嗇給出（住院十日以來皆由普拿疼一以貫之），不得已萬康終讓萬爸上擔架出院抬回家，翌日早晨所雇請的看護趕達，主持救援、共商對策。

萬爸續在家關閉眼皮呻吟近兩日，前後共計五晝夜苦戰，直到一一九救護車前來將萬爸送急診，這下當日住進加護病房。只因救護員驚呼生命跡象陡降，不得不送往離家最近、日前住過的原醫院，業冤若此，一笑。萬康思「冤」字乃兔子頭上加冠，抑或兔子遭罩頂而不得免脫，合搭萬爸肖雞，如今雞兔同籠，又一笑，亂寫。而此業冤所結對象之廣，除醫院及其所屬之醫療工作者，卻還包括各路神奇英豪、平凡義士，及其所示現之神能大悲、本能妙法；冤冤緣緣、願願淵淵，萬康既思難以酬報於英豪義士，且自我深思謬省未能照護老父得法而摳妙，使其承受如此艱困局面，故而發願成此一書，或感而謝之，或贖懺未竟，兼以此殘鏡一面昭天下茫苦人物拾映，再笑過，沒亂寫。

躺在急診室的萬爸，扣上氧氣罩，迅速抽出滿腔穢血後，眼睛立時睜開，神智清醒對醫師揮手示意「救得好」。急診室的醫生遂告知家屬這是胃出血和併發肺炎（真相大白）。進入加護病房後，萬爸仍不時張開眼睛，自主呼吸能力遭節節敗退，卻難奪其生存戰念之節烈。二日後萬爸在萬康等家屬徵詢下，緊張而沛然地頭如搗蒜，哮喘中囑「要」，表達插管意願，欲作保命之戰，但說話聲從氧氣罩透出一字「怕」。簡言之，插管是用一根老長的管子從口腔置入氣管深處以供給有效呼吸，堪稱人間重刑。一般而言年紀輕者頗能有康復拔管可能，反之……。萬爸略知雖將受此戳苦及其所附加之苦難但大前提既能暫時保命，仍握家屬手將頭堅決點過兩下。事後護士講「一下就下去了」。這「一下」指的是眉頭皺了一下。

然，「暫時保命」一詞，不意「暫時」竟如夏蟲，難以語冰，論命。由於此一肺炎過於凶煞，醫師告知萬康令尊翁插管後呼吸能力仍難以快速提升，用大白話來說：「幾日內必掛。」急急如律令，看官，故事就從這當口說起……

話說一片渾然森嚴、低溫空調之間，卻有一人氣定神清，哼著小曲兒（是的，鬼才聽得懂他哼啥）。是的，一邊漫隨旋律怡情，一邊批閱公文如常，此人是誰？——地府判官是也。只聽得判官對辦公室隔間的另一頭叫喊，一名鬼師爺隨即應聲入內。判官一副動身下班的模樣，將卷宗丟放桌上：「喏，這幾個人你吩咐下去，上去接來。」鬼師爺道：「吔，您好生休息。」便攜著卷宗步出辦公室。判官繼續哼吟小曲兒，拍拍衣服上的灰塵，放工。沒灰塵也照拍，這不是官架子，只是生活需要種韻律。都說這種事他們是處理慣了，不過是平平常常的一天。

次日一早，那判官才進得辦公室，茶剛泡好，屁股不及坐熱，鬼師爺便呲牙咧嘴，著急入內：「老闆事情壞了，昨兒個那批有個死老百姓死拖活拖，接不回來。」那判官是歷練過的，任啥場面沒見過，端坐自在，油然噗哧一笑：「難不成我親自去接。」師爺道：「犯人張濟自稱受屈負，抗意甚堅，黑白郎君拿他不動，反遭他以內力震碎手鐐腳銬。」判官啐道：「放肆，世間受冤屈者哪差他一個，白紙黑字，陽壽已盡，時辰已到，由不得他。」師爺道：「我一聽說，自派特遣隊前往支援拿緝…」判官插話道：「這不就結了。」師爺用力嘆叫一聲：「咳！又給擋了回來！」判官這才驚覺此案非同小可，只聽那師爺往下說：「張濟之子張萬康，調集摩門教、基督教、天主教、佛道儒幾派系人間信徒，齊力發功，自己還跑了保安宮，他姊則串行天宮，台灣洋教堂也發祈禱，遠在法國的教堂亦有台灣留學生為張父求庇護…」判官一笑：「想提升成國際事件？」師爺道：「由於那個萬爸早前在病房住院期間受到冷怠，眾人替他叫屈念力，威力不小！」判官道：「哪個人犯的家屬不是老串各種宗教尋求一個奇蹟，有用嗎，嘿。」師爺道：「可特遣隊以輕重兵器攻打不下，已成事實。」判官嚷道：「不可能！特遣隊乃地府兩棲部隊、黑衣部隊、莒拳隊、霹靂小組之精英組成，還沒吃過一個小敗仗！給我『三打祝家莊』！」合著這判官是戲迷。

那師爺續道：「明公不知，眼看就要拿下，誰知這張萬康天外飛出一記，硬將我一干人馬頂回。」那判官眼睛給睜圓，嘟起嘴，專注聽下去。師爺道：「這渾小子，平生頭一回上保安宮祈求保生大帝，望見保生大帝頂上一匾額：『道濟群生』，這可好，他便對保生大帝講，注定我必走這一遭！」判官道：「此話怎講？」師爺道：「他爹名濟，而張萬康其實名中有一『群』字，他是名群痔，字萬康，身分證現在登記的還叫群痔。痔瘡的痔。」判官道：「這什麼怪名，冷死我也。」師爺道：「就說他小子便拿濟、群二字作文章，講說我父子與保生大帝有緣，家父能健康最好，如不能，或死或生，願大帝垂憐他受的冤苦，一路保庇，終得福喜安平。」判官捻過鬍子作思道：「倒也識大體。然後？」師爺道：「小子接著求得一籤，籤上保生大帝也沒允他什麼，只暗示你父劫難如此。」判官大笑：「這是明智的。」師爺道：「事情來了，朝聖一趟回來，三日後張濟情況愈發危厄，管子這時候下去，仍如風中之燭，命在旦夕，眼看咱這邊要收網了，張萬康竟使出陰險之計！他想起上個月間曾於一場婚宴上巧遇二十年沒見的兒時玩伴趙x生，這個趙x生當時沒帶名片，張萬康替他從禮金桌上取來一張賀喜的紅紙片兒讓他寫聯絡電話，因而趙x生的筆跡留下，真給它『生』出來了！外加張萬康想起去年一香港名士，此港仔名中有一『道』字，遞給他名片時塗改一行，親自寫下自己新的電郵住址給他。於是將紅紙片和名片讓病父張濟握於手中，自己手又緊扣父親瞎喊一氣，於焉『道、濟、群、生』金剛合體！銳氣千條、霞光萬丈，竟將特遣隊炸翻，醫師宣告萬爸暫時生還，特遣隊活活給逼退五百里！」判官大喝：「幹！五百里！」師爺道：「只是個形容啦。」判官盛怒，將那師爺擂了一拳，大呼：「這萬小子太奸了！」轉瞬清醒過來又道：「聽你說來，保生大帝破例放他父子一馬？」師爺道：「就是！」判官炸嚷：「亂了！全亂了！二哥怎麼可以違法！這下我們怎麼做事！」

看官，原來三、四百年前，福建人民從廈門帶了三尊保生大帝神像渡海來台，大哥安奉在台南西港，二哥供祀於台北大龍峒，三弟後來下落不明超過百年，輾轉於農地裡發現，終落腳於高雄大寮享受信徒朝拜。張萬康拜的這尊便是判官口中的二哥。

卻說判官罵聲不止，師爺焦急連連，忽聽得一小鬼卒倉皇來報：「一自稱保生大帝者請見！說忘了帶進門刷卡用的那張磁卡，我們搜身無法辨識身分，他氣得吹鬍子瞪眼在外鬧場！」判官道：「一群飯桶！快讓他進來！這會兒不是他還會是誰！你們都是小官僚！」

那保生大帝入內後，師爺上去奉茶，保生大帝接過不喝，只放下茶碗道：「把我擋下來受窩囊氣就算了，茶我也沒精神喝，判官大人，張濟、張萬康父子一案究竟如何處理！」判官道：「喲，那我就直言了，二哥，人不是你放的嗎？爛攤子我們收？」保生大帝道：「沒這回事！我素知法統，從沒要越界幫他什麼，只是他那『道濟群生』全對上了，威力太大，害我拉肚子！」師爺一旁道：「難怪您不喝，烙賽不能喝茶。」判官聽了罵師爺道：「沒禮貌！這不但是烙賽，還是剉賽。」保生大帝苦道：「別把我誤會就好。那小子先求我一籤，隔兩日他朋友大鍋來保安宮圖書館讀書，張萬康又派大鍋順便來求籤，我雖感動，但沒壞了綱紀，只把該是萬爸的大方給出。這張濟乃天界一隻雄雞，犯了天條，下凡歷苦，如今修業屆滿，佛祖、太上老君和我等眾神明對他於病房哀號三晝夜見危不救，只因要他多吃一分苦，多練一層功，方能功德圓滿，起駕升天，你們接到地府過門後，我們自會派人下來度他，讓他重回天界享福，重司仙雞鳴報天時之職。」

說到此間，保生大帝出示兩張籤詩。這神祕的籤詩如何記載，如何詮釋，下回分解。

第二回　天命難違籤詩驚真幻　慷慨赴義關公愛廢柴

話說保生大帝為證明自己沒對萬爸放水，出示兩首籤詩讓判官二人過目。他二人細細品過，狐疑中卻又頻頻點頭。保生大帝道：「那大家都是明眼人。」意即我已自清。判官為能鑑識切中，請示道：「我根器還差些，我覷見的未必然就是您給出的隱喻，您還得點一點我的拙眼。」保生大帝一笑：「我給的是明喻了這是。」

且看第一張是萬爸送急診進加護病房前一日所求：

二零一零年六月廿八日

欲來時早起風雲　官職宣遷意不勤
正好行程偏宿住　爐香今日盡燒焚

大帝解說道，近兩、三個月間，萬爸健康忽然下滑，渾身疲軟，背部發疼，甚無胃口，嗜睡至日夜顛倒。萬康不斷帶父到醫院多科門診，終於在端午節前一天開出最佳處方，眼看即可重振雄風，卻在端午節晚上摔跤。這是注定他過不了端午重煞、過不了此一節氣。你說這叫人惋惜，可反過來說，他把他該活的節氣安活到最後一天，老天對他寬大了。

第二張，是萬康的朋友大鍋在萬爸插管當日代萬康所求：

二零一零年七月一日

浴出龍池妙色身　老君抱送玉麒麟
鮮花玉蕊呈祥瑞　頂上摩尼珠一新

判官同師爺仍圍著看，保生大帝解道，這是好詩，雖說往生意味濃厚，但賜萬爸吉祥如意，歷苦遭劫，於焉正果。喝，一般人走了還求不到哩。而前後兩詩皆用同韻，分明是給家屬當作一組來看，更暗示出這兩首極其靈驗。

「嘿喲，原來如此，誤會二哥這般，容愚致歉。」判官臉上堆著笑恭敬拱手。話才說完，不禁納悶起：「那麼會是誰幫他們的？這『道濟群生』硬是牽強附會，竟能如此發功？」判官和保生大帝相視無語，眼神閃爍，這師爺瞧出科，怕二位尊者不方便講，乃開言道出：「自是行天宮關聖帝君的主意。」判官因道：「關公手機幾號，替我撥個電話給他。」

話說電話接通。寒暄兩句後判官帶到正題。關公聽了，忙一邊說著一邊以電腦查詢多筆資料，只因每天來求籤者甚多，他哪記得住每一筆業務內容，有時甚至忙到叫周倉、關平幫他代理一下才能去上個廁所，不免錯過苦主自無印象。這時關公忽而訝道：「有了，是有個女子來啼泣求籤，陽間戶政司檔案顯示對方確實是張萬康的同胞姊姊，上面有我的御批。同情歸同情，籤我許她，可心願，沒允。」判官質疑道：「那麼張氏一家何來如此巨大法力？光靠自力救濟？您賜她何籤，方便說嗎？」關公道：「這麼吧，聽說保二哥也在，不如我關二哥也上你那兒三人會商。」說的是劉關張桃園三結義，關公行二。判官喜道：「那太好了，關公義氣！」

一陣騰雲駕霧，關公翩然來到。三人相見歡寒暄過場自不待言。談及正事，萬姊在行天宮求的籤詩，關公展開來幾個人一起看過，屬下下籤，確實沒作萬爸健康的允諾。籤詩內容暫且略下，或許以後作者補上。

且說三大佬連同師爺，四人討論半天，判官焦頭爛額，二神明跟著咒罵萬康父子。騰鬧半天，保生大帝方說：「事到如今，我也他媽被逼出賽了，緩緩吧。」關公這個大武將講的更明白：「制度和法律都是人訂的，墨守成規，不智。」判官一時無語，忽而高聲笑開，仰天長嘯：「我就知道還是您二位的幫襯！」續道，「這個先例開不得，要嘛至多讓張萬康唱一齣《目蓮救母》。」這則典故，乃佛教民間故事，並搬上傳統戲演開，看官們可先咕狗查詢，日後作者或作詳述。

這時，兩位神明齊作臉紅涎笑間，保生大帝用一句閩南話嘆笑起頭：「阿真正係我衰尾，」如此這般勸進道，「俗云『躺在地上也中槍』，那張濟是『躺在床上也開槍』，把我弄得居然給自己『道濟群生』的招牌震到，五內怏怏不快，心情真正未爽。可尋思後，此案與健保制度之弊端相關，事涉天下蒼生苦，倒也不止他張濟的私人生死案件了⋯⋯」關公跟進道：「我都查過了，這張萬康小廝，是個小作家，如日後能持筆寫出這些制度和人性的黑暗面，豈非我一介武夫所辦不到的。」判官為難道：「可這是何等大事，生死簿不能亂改的，要改也得早改。人我們接不回來，整個地府的威風掃地，開了這個頭，後患如何？請願聲四起，每個死人都賴著不走，不是二位能承擔的。」師爺聞言，立馬對二神明搶白道：「我說二位爺是佛心來的，要說佛心我也有啊，可這是個大原則的問題嘛。健保有問題那要找立委，作家個屁，我壓根沒聽過這個人，橫豎我從政以前也算文藝青年吶。」

這四位爭執不下，卻說門外議論紛紛，牛頭馬面、油流鬼、長舌鬼等一干鬼卒鬼民鬼花臉們擁擠於判官辦公室門口亦熱烈討論起來。整個地府喧喧嚷嚷，各種意見甚囂塵上，衙門裡外舌戰來回，外頭鬼靈們因此還有人在爭執中大打出手。一時之間師爺出來維持秩序，鬼群朝他握拳高喊：「保！保！保！」說的是請保萬爸一命，同時又聞一幫鬼眾將雙手圈成喇叭筒大叫：「抓！抓！抓！」或「不保、不保、保你媽！」師爺擺動雙手示意少安勿躁：「我是發言人，你們聽我說還是聽你們說？」眾小鬼安靜下。師爺道：「事情比諸位想像的複雜，特遣隊剛剛進來回報，戰死二十二員，都是被張濟以頑強雞掰的精氣神咬死的，要說冤死他們也算冤，這批鬼死了又成什麼鬼？」鬼群中之油流鬼喊道：「特遣隊本就是打仗的，死了也是死於職責，何來之冤？」師爺按捺脾氣溫溫道：「死的如果是你的親人你怎麼說呢？」對曰：「那我以他為榮！死在萬爸手裡我們很光榮！」師爺道：「油流鬼你這是抬槓。判官說了，神鬼也要休息，明兒個判官同保生大帝、關聖帝君正式來個『三堂會審』，保不保萬爸，明天就會有答案，各位辛苦，先散了吧我說。」油流鬼兩手舞蹈，用手背猛擊手心哭道：「我這晚怎麼睡得著喲！」長舌鬼過來對油流鬼扮鬼臉，吐出變色龍蜥蜴般的長舌：「拉拉拉！活不了、活不了，活得了下期樂透給你中！」兩派鬼眾頓時糾纏扭打，師爺趁機掩門。

欲知後事，下回分解。

第三回　三堂會審小萬康舌戰群雄　四大皆空鬼師爺馬後放炮

話說三堂會審展開，審的是誰。那張萬康於加護病房探視返家的這晚，疲憊睡眠中，忽而耳際有人喊他：「莫驚，勞你跟我們走一趟，過後送你回返。」

這張萬康被帶到陰間，面對三名法官，多少膽顫心驚，可與其說他怕，不如說他萬分嚴肅。一陣交叉審問，問出來龍去脈，判官屈指一算：「令尊高壽九秩，自屬『喜喪』，何苦相爭幾年至多？」只見萬康深沉道：「老人容易死，不表示老人該死。老人該死，不表示喊痛可以不聞不問。喪不見得非喜，可喜是喪在誰手裡？」一旁保生大帝聽了頷首。判官道：「我沒說你那萬爸沒蒙冤。可你要想想，納粹殺猶太人六百萬，日本殺南京三十萬，其中活該該死的又有幾人？」萬康道：「總該有一個人活下來作見證吧。」判官生氣道：「我沒法叫誰人不活、誰人不死，我只負責把名單上的人帶走。」此時保生大帝抖動感性的嘴唇，朝來人殷殷道：「人世不無常就不叫人世了，你爹爹可以上天界當一隻仙雞，這是殊榮，萬康，你該惜福。」萬康道：「合著他晚走就不給當仙雞？」保生大帝窘笑道：「倒也不是這麼說。」萬康道：「小的以為，生死有命，注定了就只有認命，小的當時也作忠不讓家父插管，以免沒完沒了，受苦這幾天還不夠嗎？可家父重聽近五十年，沒戴助聽器根本就是聾子，便也沒聽見釋迦牟尼和太上老君的呼喚，他的眼神告訴我：『這幾天怎麼回事！醫生來了沒！護士來了沒！謝謝現在醫生護士救我了！可如果要走請給我一個理由。為什麼當時不救我，請告訴我一個理由。五天五夜體內被摧毀的劇痛，我竟然可以挺住，現在又為什麼要我走。』」關公嘆氣，敬曰：「想當年我中一毒箭，不上麻醉藥就進行刮骨療傷，一邊還下棋說笑，蔚為美談。可要我受你老太爺這種五個黑天的災難，只怕我也沒把握。令尊是勇者，蜀國當年就還差令尊這員驍將。」說著用手將鬍子順過，號稱美髯公，那動作之漂亮。

話到此間，判官對關公道：「你們都太感情用事，究竟我這裡管理的不是冤屈或忍痛啊。」萬康道：「我們絕無耽擱冥府的公權力之意，只是一來大夫告訴我們，家父既非癌症、亦非中風，如喘死不值，何妨一拚？其次我和家姊眼見家父並未昏迷，意識清醒，想趁他昏迷時『下手』助他往生西行亦難。三來他以大無畏精神願意迎戰、抗戰到底，還有四！家父含冤挨痛，自覺死得莫名其妙，只怕成脫隊的…厲鬼，屆時我們更難度他，你們更難收他。故而我們忍痛讓父親插管，保命後讓肺炎慢慢好轉，轉不來也認栽，轉得來，治療胃出血不難。」判官哼道：「我等你第五點說服我。」保生大帝卻對萬康道：「你說下去。」萬康道：「七月一日清晨六時左右插管後，大夫當日見萬爸仍無起色，一逕昏闇不醒，當晚我們就開始辦理家父後事，其間大鍋賢弟以簡訊告知第二籤之籤詩內容，我們悲欣交集，便只感謝著祈禱釋迦牟尼佛和太上老君好好照顧老爸以金光順利接引，可見我們並未參不得生死命定，強加挽留。」判官無言，只好先道：「往下說。」萬康道：「孰料次日上午十一時入內探視，家父竟睜開雙睛，精神還算奕奕，當時我心振動，把準備好的兩張朋友的簽名紙片交過他手中與我相握，口云：『老趙的兒子趙x生問候你！香港的一個朋友也問候你！』不意家父將頭點了兩下。」判官沒好氣道：「你他媽業畜，就毀在你這一招。」萬康道：「既然家父奇蹟式暫時生還，那麼我們就希望他就此好起來，這要求乃人情常理。真沒往下好起來，那也是他的命，至少新的一批醫生護士悉心關照了他，我們適時給予溫暖撫慰和打氣，他也走得安心踏實了。」判官想挑萬康毛病，卻挑不出，心中擂鼓。

就在這時，鬼師爺將雙手跳開鍵盤，從打字記錄中猛掉過頭，對判官焦急道：「大人千萬明察！」旋朝張萬康道：「你他媽這是緩兵之計！」萬康悲憤道：「我緩你老母！你們要帶他走得了，我能攔得了你們什麼！你們有權有勢，我們只是草民黎民、小老百姓一個。」鬼師爺斥道：「含血噴人！這不是拿權勢壓你喔我說！咱們只是公事公辦。」萬康道：「家父要跟你們抗爭到底，你們有本事帶走他！竟還來求我！無能！可恥！」判官不爽道：「張萬康，那我這可就把你老爸拉走囉？」張萬康凜然道：「判官大人，咱與你是各為其主，你作你的官，要抓來抓，死了我不怨你，可我當我爸的兒子，他想戰，我奉陪到底。」判官聽了癡愣住，乃作嘿嘿一笑化開：

「有話好說咩。」

一時關公撫鬚尋思片刻，朝萬康問道：「小兄弟，俗話講，有人為活著，有人為生活。你是否幫令尊著想過，如果一個人好容易活下來，生活機能盡失，值否？」萬康道：「關將軍，愛因斯坦駕崩，骨肉凋零，世人希望將他的大腦留下來，臭皮囊只留一小塊，亦有一小塊的樂趣。家父平凡，但對他而言，活著一小塊，就是一小塊生活，如此自足自high，豈有不成全之理？」判官插入譏道：「我看這根本是變態。」萬康不願看他，臉朝關公答覆道：「價值觀因人而異，每個人的生死都是一樁個案，不宜將自己的觀念加諸每一人身上作指揮。」關公道：「既屬個案，一樁個案驚動萬教，大家夥兒全為你老豆一人瘋狂，延誤其他民生事務、公共事務，弄得判官大人積案如山，仙僮鬼民情緒浮蕩。如此煽動，撮爾個案豈該有如此規格？」萬康好無禮，指著關公道：「你是關公，不是公關。個人生死個人了，我爸賴我爸的病，你回你的行天宮。」保生大帝一旁拍案怒斥：「不得無禮！」判官猛嚇一跳，觸電般身子給扭歪，大聲跟進道：「放肆！你小子狂，來人啊！」法警小鬼正要向前，關公大手一去：「退下！」一時全場沉寂無聲，那關公收放臥蠶眉，緩過來，對萬康擠出寬諒一笑，平和道：「究竟是你不冷靜，還是我們太不冷靜。」那關公大度，以自嘲化開尷尬。

那萬康內心自顧激情，卻沒向關公還禮表示，只說：「我可以回去睡了嗎？明天我還得進

ＩＣＵ伺候我爹爹去，我娘親心情灰暗也須我照應。」這ＩＣＵ即是加護病房的洋文縮寫。神明們眼見該審的也已審完，讓當事人分辯下去只讓公堂混亂，於是判官便將萬康飭回，再與二神明作宣判前的最後討論。

卻說判官於三人會商中表面堅持己見，內心實矛盾不已。保生大帝好生勸說道：「我看就先拖著吧。」判官道：「拖多久？」這一問，關公心笑福音有譜，因順道：「不如貴軍人馬先撤回，作壁上觀，讓萬爸跟病魔鬥去，誰勝誰負，自不關你我事兒，省得輿論也對我們不利。」一喝，說到輿論，此案沸沸揚揚，外頭早有一批記者恭候宣判結果。保生大帝拍拍判官肩膀：「大人辛苦了，別沒事把事情攬身上，萬爸戰贏了是萬爸的，戰輸了我們再派人接他得了。」判官怒道：「別拍我肩，下回麻將輸了我找你！」關公搶進道：「錯，萬爸過關，你居功厥偉，人民愛戴，過不了關⋯⋯」關公拿手肘輕頂判官：「你推得一乾二淨。」判官苦道：「我一生耿直，清清白白，老老實實，都快退休了還碰上這場鳥案。閒雲野鶴，難！」

話說喧鬧聲中，眾鬼記者、鬼卒、鬼民們聽見開門聲響，望見鬼師爺打開辦公室大門，紛紛搶上詢問究竟。那鬼師爺只對記者細聲提醒道：「慢慢來，小心頭撞到。」是說攝影機，師爺好假，喔不，好貼心。接著記者都安靜了，師爺卻緊閉雙唇老半天，還是某台資深記者率先發難問了：「師爺，您老開個金口。」那師爺清清喉嚨，宣道：「一個字，保。」

一時間歡聲雷動，萬爸平安。鞭炮聲四處放起，好似台灣少棒隊當年在國外封王時刻。師爺加了但書：「保多久，不插手，時間到了領走。」記者問：「時間點是？」師爺道：「你問我我問誰，你問醫生啊！只怕醫生也不知道，此乃天機也。」記者又追問：「天機說多久？」師爺道：「地水火風，四大皆空。該走的不留，該留的不走。」記者追問：「這不是廢話嗎？」師爺道：「你問的這句就不廢？」說完便轉身入內。這時一名記者又擠上去：「可以說說您的個人感想嗎？」師爺道：「受想行識，亦復如是。我個人是一直為萬爸擔憂的，我早就說過保萬爸是對的。」說完關上門。

那保生大帝和關帝聖君便也打道回府，走密道甩開記者，馳雲揚長而去。

萬爸暫時保命，又將遭遇何等險峻關卡，且看後話。

第四回 天真胸懷萬老爹徹底 琉璃光影藥師佛如來

卻說高齡九旬的萬爸暫得保住老命，口中含管，靜躺不動，卻違反插管病人之常態，目光溫柔而炯炯，精神濟濟且奕奕。插管頭兩日，護士怕他去拔管，不得已對他綁戴『約束』（一種布製的繩索或類似棒球手套的厚手套，或統稱約束帶），接下來就對他日日鬆綁，只因萬爸忍功一流，配合度高。萬爸是老士官退伍，俗稱老兵，但面對生死關可不一定每個老兵都這麼乖，有的老兵、老人會在重病或久病中厭世高喊「讓我走！」無論以宏觀或微觀來看待其境遇，雖不乖，亦不表示是個錯，終究人本該可以為自己的生命存留作選擇，活出真性情自為瀟灑。真要命，萬爸很想活，在面臨喘死的存亡之秋他願意選擇插管的考驗，這老人實實在在的履行了「歡喜做，甘願受」，對他而言勇於對抗的本身就是瀟灑。

何以萬爸有如此深厚之內力連日抵擋這些苦刑。數十年來，萬爸平日最愛的嗜好就是省水、省電，但凡看到電燈亮著就想關，一盆水可以拿來作多用途。這老小子連抽水馬桶都不大捨得用，咱們拉尿拉完，按鈕壓下去，大水嘩啦啦，不行！太浪費！要用漱口杯去接水龍頭的水，半杯水倒入馬桶去沖，所剩半杯留著，下次拉尿繼續沖。萬爸對生活品質要求之低度，已至如此登峰造極之變態化境，或許這種人在遭逢難關時也就不認為多苦。

又如萬康在萬爸七十七歲時，曾騎腳踏車搭載萬爸一路不停騎了五公里，由於萬爸當時約莫也有七十七公斤（身高一米六四），騎速快不起來，好容易到達目的地，萬康才赫然發現，萬爸的褲底全給黃泥濺溼，簡直如烙賽。原來稍早剛下過一場大雨，沿途都是泥湯路。這萬爸不忍打擾萬康騎車的節奏感，便這樣「享受」著奇妙液體觸摸屁股之體驗，這又是一樁殊勝變態了。

更加具體摧殘的案例是，萬爸在八十三歲那年曾不慎摔斷髖骨，經手術於左腿肉內裝置一大枝人工髖關節，手術後雖可持杖行走以求穩，但這個左腿卻開始有發疼現象，這一痛就痛了七年，日夜還是忍痛到公園散步。醫生說他這是老化，他半信半疑，沒辦法。萬康幫他拿止痛藥，他怕藥物有傷腎副作用，便也盡量不吃，寧挨痛。後幾年就算吃止痛藥也沒用了，生活起居卻仍照常。這萬爸可以和諸多疼痛、不方便、不舒適感「相忍為國」，猶然面色不改，甚至忘記這些壞感覺而生活下去，其功力之醇厚，早非常人能及。

這萬爸沒啥了不起的生死觀，你如果問他為什麼要活？他可能反問你為什麼要死？活著，就是個好。

這兒子萬康倒也想不出萬爸有啥生活嗜好去支持他活。努力想半天，總結出萬爸在生活中有三大嗜好，一個是買樂透，一個是看電視上的撞球賽，一個是餵狗吃大肉。

麻將，曾很愛打，但約莫八十歲過後可有可無，有人陪他玩，開心，沒人陪他玩，手一點不癢。若說壯年以前，萬爸曾經年累月是個賭徒，擅長橋牌、羅宋（十三支）、麻將、天九（會，但沒機會玩，因為這種要去職業賭場），可說樣樣精通。八十歲之後賭的樂趣方只剩下買樂透此唯一嗜好。只要幾期沒開出大獎，他就興致高昂。終於有人中大獎，他看著電視嘿嘿笑，樂不可支，「ㄉㄡˊ（獨）得耶！」他笑不停。奇怪又不是他中獎是樂個春？萬康始終不懂。一如牌桌上有人自摸大牌，不是他摸的，他亦大驚大笑不止，牌局散了仍津津滋味：「怎麼會有這樣的牌！哇哈哈哈！因為他打了五筒，對家碰了丟二條被我吃，我打出八條對家考慮碰，不碰，結果讓他自摸了這麼大的牌，哇哈哈你說妙不妙。」妙個屁，麻將不就是這回事，那人又沒給你吃紅。

再來就是「徹底」的精神。萬爸和庸俗美國片中的父親有個共同嗜好，修屋頂。八十三歲首度摔傷左髖骨（九十歲二摔同側髖骨）之前，萬爸年過八十依然如花蝴蝶高來低去，尤其愛爬到屋頂上敲敲補補，瞎整一氣。下午日頭酷熱中以攀岩身手上去了，一修到天黑還不下來，手電筒伺候，繼續修。吃晚飯時間叫不下來，終於下來了，鄰居經過不敢走開，提心吊膽要他留神，只見他緩緩摸著下高，平安著陸。他總笑吟吟高聲自誇老半天：「一件事我一定要做得徹底。」或許這也和牌局不到底不能散的規矩相通，但賭鬼們大多沒把牌桌的精神用在生活上。那麼萬爸第一次摔傷髖骨是因為從高處摔落的嗎？錯，卻是在自家一樓大門小階梯上沒踩穩給蹭落了。命運跟萬爸開了這玩笑。七年後，二千零一十年的農曆年後，萬爸這回真真老化了，突然怕冷、胃口差、四肢俱發痠軟、背部嚴重鬧疼，看過多科門診後原以為情況得以控制，端午節當晚家庭聚餐歸來，下車一個不穩，身邊的人沒扶實，萬康不巧在家中接到一個遲遲不掛的電話來不及出去攙，這下又摔了一跤，打響了萬爸人生的最後一場光榮戰役。

話說萬爸插管暫時保命越過險峰，然而，衰事來了。原本因萬爸肺炎太喘無法做胃鏡，插管之後來做，這一做，照見賁門異常腫起，窄到不行。三日後切片檢查報告出來，不是壞東西。但是不是壞東西都麻煩，食物過不了賁門，嘗試鼻胃管灌食幾回皆逆流嘔出，只好打營養針。萬爸的肺炎十分嚴重，光倚賴精神戰力一下難以具體好轉，身子端靠營養針提供的營養有限，難以發淫威抗肺炎。緊接著，醫師亟思追認賁門那個到底是啥阿物，二度胃鏡，再等報告三日，出來的結果仍非壞東西，但按照經驗法則老人那邊八成不是好東西，十五個吊桶七上八下，醫檢單位和腸胃科醫師便不敢拍板，於是再排電腦斷層。隔日報告出來後，哇哩咧，胰臟有東西，乃致壓迫賁門；槓上開花，肝硬化A到B期，所以腹部開始積水不退。醫師表示，百分之八十的機率是胰臟癌，只差以報告形式見諸文字敲定。也就是說，即便肺炎過關，如持續著肝胰鬧事、腸胃堵塞，萬爸只能等日子已矣。插管是七月一日，肝胰的報告出來這天是七月九日，這天萬爸口含巨型吸管仍精神抖擻，不知腹腔竟如此凶險，猶然跟家屬點頭、揮手、握手。只因含著口管，萬爸無法開言，與家屬用握手溝通來答覆是非題，有、是或好則握緊；沒有、不是或不好則握而不發

（力）。

小萬康得知萬爸前途茫茫，挫折感可想而知。早知肺炎這關的下一關原來是胰臟癌加肝硬化，應就不讓萬爸插管忍苦了，否則頭一關刀山過了還有下一個悶鍋。安慰的是，萬爸看到家人前來探視，眼神中總露出一股期待，而萬康姊弟二人輸送出的手心溫熱，與撫慰或打氣之耳語，使萬爸總是陶陶然有幸福感。萬爸像是在訴說：「有家人的愛是多麼美好啊！多活一天是多麼爽啊！」萬爸不計前嫌啊，嫌啥，只因今年萬康雖不斷勤勞帶萬爸看病，但難免露出不耐煩狀，曾對萬爸大罵：「不要吵我看球賽！等廣告再說不行嗎！」又，萬爸早前在醫院嚎叫三晝夜期間疑懼醫生護士為什麼不來看他，萬康腦子發昏，忘記向院外高人求助，手足失措，只能任由萬爸風雨飄搖，然而在加護病房父子二人雙手緊握間，顯然萬爸原諒了萬康。

萬康和萬姊暫且不忍將肝胰真相告知父親。這小作家張萬康也算蠻會亂寫東西，想必口才也他媽不賴，這下子卻在表達上產生空前障礙。或許再好的作家和溝通大師也難以作出一個好說明、給出一個好說法⋯⋯

話說人間萬苦，生老病死，進不得，退不了，怎一個囧字了得。可「萬爸事件」竟然仍在陰間不退燒。鬼師爺苦於傳真機有換不完的捲筒紙，不但有陽間傳來的，還混著陰間鬼民鬼卒匿名傳來的。地府的官網，被塞爆，這是起先。後來更有駭客在官網上貼出斗大的一道文案：「拎北就是萬爸！」判官的E-mail信箱竟也被洩漏出，陰陽兩界，甚至天界都有仙子狂寄信件前來。判官對師爺叫苦道：「我眼睛都給花了！我第一次期待好歹給我一封色情網站的爛廣告信！」

真驚喜，也不意外，這張萬康廣結善緣，其父受難若此，祈禱聲、誦經聲、啃蔬菜聲嗡嗡迴向鬼叫…是說萬康有的朋友發願茹素，有的朋友一早起來就為萬爸唸頌《金剛經》，有的朋友搭公車經過教堂如沒時間進去必也胸前畫個十字為萬爸祝福。連陌生人也為萬父子鬧心憂心，自發性念力起來。連萬康養的貓狗也睡在萬爸的空床下或空床邊高低處守候。連萬康平日餵的四隻流浪貓也對萬康喵喵大叫：「我們要吃素餅乾！」（停！太超過了）

話回這廂。那判官癱軟歪坐在辦公桌前，續對師爺埋怨道：「這是病和病人之間的事兒，腆臟出事，肝臟不行，難不成是我造成的？真要說這也是醫生和病患之間的事兒，我能有什麼好介入？我他媽法外施恩，拖著讓他們決鬥，那些看八卦的傢伙阿里不達不感謝我，我沒派人去抓得了，怎麼還反要我去救。」師爺道：「我就說這案子當初不能判『保』帶『拖』啊！」判官道：「甭提了，你沒事對外宣稱什麼保萬爸是對的是怎樣！惹得輿論抓著你這句不放！你不會說『維持中立』哇！我們偷偷把特遣隊拉回來也就是了！有些事啊，只能做，不能說！」師爺搔耳，吞吐難言。判官想著又罵起道：「兩位二哥太機車了，落井下石，關公對記者說事情沒一次做好是卡在我身上。又他媽補一句『我知道他也很為難』。」師爺道：「保生大帝也夠賊啊，對外講『我只保生，不管保死』，玩起文字遊戲！」判官道：「咳！說到底鬼衙門現在給捲進這檔子事了，他們找錯對象，咱們卻脫不了身。」

那師爺聽到此間，眼色一亮：「有了！」判官苦笑：「提早辭職嗎？那我的退休金怎麼辦？我他媽成了郭冠英。」師爺道：「主子您且稍安，我立馬打一篇稿子。」判官道：「你還想亂發新聞稿？省省唄。」師爺喜道：「不，我幫您呈個文。」判官道：「給誰人？」師爺道：「藥師佛。」判官頓時癡愣，喃喃恍然道：「…不是人，是尊佛。」師爺道：「小的這就去辦。」判官起身道：「不必了。」師爺聞言咋舌。判官精神道：「備車，我得親自走一趟。」

究竟萬爸生涯如何振作起點，或終點如何，且看後話。

第五回 傳祕法藥師饋寶貝 嚇破膽魔王點精兵

閒話略過，話說判官參見藥師佛，表示生死簿上，萬爸名字下給空出，到底該填上何年何月何日讓走，藥師佛曰：「唵，哇日辣，達訶賀斛。」判官搔頭，又問，如要隨眾生心願，萬爸何方何法得救。藥師佛曰：「唵，爺爺囊，三婆哇，伐日辣斛。」判官瞪眼道：「你說國語好嗎？」原來藥師佛講的是印度話。

既是無邊法力之佛，語言又有何難，藥師佛便用國語說了：「世間凡夫，遇難總愛臨時抱佛腳，我乃大度神佛，不予計較，只是人皆求我，人自己又做了什麼？」判官道：「是啊，那萬小子舌燦蓮花，腳下卻不生蓮花，雙手卻又做出了什麼？」藥師佛糾正道：「我只是在講道，倒不是說苦主的兒子沒做什麼，這幾日來我監控到他做了一件事。」判官道：「何事？」藥師佛道：「他老爹躺了一週後，忽而暫失耐心，心想我怎還在躺，身子感到彆扭，拔出兩枝針頭，護士不得以將約束帶綁回。小萬康見爸爸又被綁了，內心悲苦，從而在家每次睡眠時就把一冊《心經》

綁在手腕上，一來祝禱，二來體會約束滋味分擔父親之苦。」判官大聲嚷道：「有個屁用！我SM玩更大。」

看官，那萬爸是很能忍苦之人，之所以拔針頭，那是萬般不舒服到極點，他評估過寧拔起再重新插入較為舒服。經萬康安撫後，那萬爸點頭，繼續乖乖的，真是很乖的老小孩。但有的護士不放心，此後只好常常綁住他，萬康只好請父親體諒。直到又過了約莫四天，觀察後才又安心，將萬爸全全鬆綁。

另外先插播一件事，當萬爸送急診轉加護當日，萬康一時來到急診室外的便利商店買茶葉蛋果腹，這時赫然發現，平日斜背的包包上，別了一塊四、五公分長度的翠玉（這是萬康在文山社大的學生所贈，萬康別了它一年多以表對學生相互感謝之意）——此玉，在萬爸從家中出發送急診時猶好端端，這下卻尾部斷掉，下落不明。斷裂消失的部分約有一公分長度，像是被「誰」用特殊工具鋸斷似的，切口平整。看官如果看過張萬康的日記就會曉得這是真實事件，本部《道濟群生錄》亦是作者參考張萬康施主每天的日記所撰寫而成。萬康一直叫我不要亂寫，本人說俱乃實情有據，何來亂寫之有？萬康只好引述《紅樓夢》的一首詩作答：「滿紙荒唐言，一把辛酸淚，都云作者癡，誰解其中味。」

話回這廂，那藥師佛將判官勸說兩句，好比「做人不要太色」云云，判官道：「我說大佛，您甭忙著開示我，張濟、張萬康父子一事究竟如何？」藥師佛道：「大人只顧自己利益盤算，並非真關心，又何須假曉得。」判官不悅：「怎這麼說話，五百年前那杜麗娘情竇初開，害了春病而死，我見她這般境遇堪憐，不也幫過她。」藥師佛道：「你幫她，那只因你見她生得有幾分顏色。」判官羞慚語塞。看官，杜麗娘又是什麼典故？請咕狗，或可找《牡丹亭》的書本或崑曲。

且說那判官對藥師佛道：「您就別涮我了，這會兒我已經火燒屁股。您大慈大悲我不如您，可您如大慈大悲怎不跳下去救人？」藥師佛關閉雙眼，悠悠道：「大人日理萬機，上班辛苦，我這裡素酒招待不周，何妨另尋粉味。」那判官見這是送客之意，只好識趣拜別回府，心中暗想：「我他媽衰，求你幫忙，有沒有譜不知道，還遭你一頓說教，我呸。」心中度爛不在話下。

夜半，寅時，張萬康手繫《心經》打鼾雷霆。忽而醒轉，只見手腕上只剩一條手帕空空繞著，《心經》已然失蹤。萬康愕然憂思：「這樣怎麼保佑爸爸！」同時背部不適，因而一個翻身，卻發現冊子就壓在背底下，萬康舒出一口氣，取過冊子正要綁回，發現不對勁兒，斗室光亮照明⋯。記得自己分明將天花板的大燈開關切掉入眠，只留一盞小檯燈的微光。⋯

萬康兩足履地，坐於床沿，起初眩於光線異常明亮，隨後即覺這光度柔和，絲毫不刺眼。定睛一望，只見一人於房內盤腿而「坐」，飄浮離地一公尺有餘。此人全身透明（但有穿衣服！這不是春夢！），身如琉璃，通體明淨。那萬康平日飼養的一對貓狗此時亦正於房間內，皆安然眙望來者，不吠不喵，不作任何騷動。這狗是柴犬，名喚「哈嚕」，一年半前因母親友人的女兒懷孕，隱憂於柴犬一快樂就愛撲人的天性，便將這隻四歲的柴犬讓萬康家中接手撫養至今，眼下這狗五歲半。此狗甚任性，愛跟別的狗叫囂互毆不說，連萬康全家人也被他濺血咬過，全家（當然包括萬康和萬爸）都曾為了牠去打破傷風。後來萬康摸清狗性後，調教得當，這狗乃成為一隻忠狗。貓仔據獸醫師估計現年約莫三歲半，菜市場名「喵喵」，本來為街貓，兩年前收養後自是家貓，但仍野性忒大，沒事跑出去胡鬧，常叼回四腳蛇、螳螂、野鴿子於家中作戰利品。此貓天生折尾，人們管這叫「麒麟尾」，相傳這種貓只因天殘必有某種天才，誰曉得。

萬康吞了一大口口水，對貓狗道：「你們兩個都乖，這是…客人。」那來者微笑曰：「放心，他倆很乖，你父親的事，我們都曉得。」萬康倒沒下拜，但不由得也將腿盤起，端然坐在床沿上，說道：「家父一生老老實實，從沒坑害過人，除了打麻將偶爾作個小弊，但自從家母和我勸戒一番也改了，如今遭此冤苦，我太替他抱不平啊。」來者微微點頭，無語。萬康說下去：「親朋好友如借錢沒還、如屢屢倒會，家父也認了，我沒聽過他罵過誰，這樣好的一個人晚年遇上這遭病症摧殘，您都看到了嗎？」來者不點頭，只無語。萬康再道：「家父沒捐錢做善事的習慣，但我們捐給九二一川震八八水災、我們去參加照護遲緩兒的愛心活動，他也從不會澆冷水反對半句。家父愛狗愛貓，吃飯不自己先吃一口，第一口必拿一片大肉餵狗，狗快樂，他就快樂，這不也是個老天真情趣。有次感冒咱萬媽帶他看醫生，萬媽順口問醫生貓都跟他睡，是否惹病菌不衛生，醫生也就順口遷就萬媽說那最好別跟貓睡。他聽了就緊張了，回家後對我肅然嘟囔以後再也不讓貓跟他窩一道，結果貓被隔離一夜，第二天貓逮著機會溜上他床鋪，半推半就他將就下來此後照樣天天廝睡一起打呼嚕，這不也是老人家胸懷之大。至於我，我做的善行…沒法跟您說嘴，但我夏天遇到街上發傳單的人，我都接過一張，怕他們天熱流汗辛苦發不完，冬天則怕他們在寒流中站太久，也接過一張，甚至再多要一張。為何我們父子遭上天如此回報？」來者這時方異動唇形，諄諄說話：「小萬康，你問的問題我無法回答，但如果你做的事，你覺得是善的，那就做下去。善有善報，只是未必在生老病死上頭回報。」萬康道：「我知道生老病死歸生老病死，做個大小善事如果求回報那似乎也不大叫善，可家父在醫院痛苦三天三夜……」來者溫溫截語道：「這些我知曉。現下經檢查方知重症叩關，遭受漫長圍城之役，我亦從旁觀照知悉。我知你六神無主，惴惶忐忑，父子二人進退兩難。」萬康道：「藥石罔效，也須平安送回淨土。」來者道：「這不急，自有安排，回來就是仙雞，該是他的位子就是他的。」萬康道：「這我謝過，但目前求生不能，求死不得，我該如何？」來者聽了闔起雙眼，不再搭腔，賓主端坐無語。

就這麼好一陣，大概半小時有，一場寂滅沉澱後，萬康忽打破沉寂道：「我爸爸不但是仙雞，還是鬥雞。」來者道：「是。」萬康續道：「雖然我敬佩他這樣鬥…」來者突然厲聲道：「鬥！」萬康震驚，貓狗同時身子一縮。來者道：「鬥有鬥魂，萬康，戰鬥早已開始，是勝或敗，打仗要有打仗的樣子。」萬康冥思半晌，方道：「現在，我們等著爸爸進忠烈祠，但同時相信奇蹟，兩者看似違背，也不相牴觸。」來者道：「靜中有動，不變中自有變。勝亦敗，敗亦勝，色是空，空是色，心托於身，心亦不受身所局限。萬康，戰不戰，在你。」萬康頷首道：「戰。…」然遲疑起：「可我是笨蛋一個，戰念有了，戰法為何？」

此時來者滿意點頭，悠悠說道：「小萬康，你殊不知攻克肺炎，唯有拍背。」萬康扼腕道：「拍背咳痰！呀！我這幾天忘了這步！少拍多少下了啊現在！」來者道：「現在？現在就是拍背，把人拍好起來。就算終告成仁，橫豎拍出個精氣神，你老太爺舒舒服服，享受你伺候一場。」萬康喜道：「活在當下。」那來者見他悟道，笑曰：「萬康，在急診室外，你曾遭斷玉之劫，曾有此事耶？」萬康道：「有。」來者道：「當時你魂不守舍間，忽然接獲好友母親朱媽媽來電，問你要不要去聽她參加的婦女聲樂合唱團演唱，是不是？」萬康想起道：「喔有！我本來走路，停下掏出鈴聲作響的手機。」來者道：「你這一停，殊不知身側後方一部車子差點撞著你，於此之際有一抹天力將你拂開，你後退兩步，此玉遭車身的保險桿鉸斷，嵌於車身給帶走。」萬康喃喃道：「…原來如此。」

萬康正要稱謝，倏忽來者高聲喝令：「萬康聽令！」萬康驚住。來者道：「我授你一套功法，賜你一件寶貝，用以對抗肺炎魔山兵團。此功法乃『大力拍背掌』，待我走後你即刻專心入睡，睡醒後方練就圓成。你憑藉此掌，進入你父之身心靈，與其潛意識相會師，父子二人協同作戰。你要聽好，此戰乃戰史上空前之慘戰、惡戰，與苦戰，須有一番心理準備。」萬康猛點頭，內心既期待又怕怕。說到此間，來者掏出一物，遞向萬康。這萬康瞧見驚惑：「薄荷糖？」來者啐道：「去！這正是那截斷玉。」萬康這才欠身接過。來者道：「將手帕包好，放入襯衫左胸膛口袋，將之貼妥於心。千萬記得，非不到最危險之關頭，不得取出。」萬康道：「取出之後怎麼用。」來者道：「吞下。」萬康低頭看著手心中的這枚殘玉，晶瑩剔透，瑕光溫潤，抬起頭時，只見四面光線俱暗，來者杳然無蹤，只剩一盞檯燈光暈，貓狗安睡。

看官，萬康接著便去拉尿睡回籠覺。鏡頭轉過，一重重妖氣瀰漫，這妖氣是噴著千萬道的黃、綠兩種濃稠色柱不斷往上繞圈，繞出一座海拔一萬公尺、森然恐怖的魔山。

山頂上，一座詭異醜陋的宮殿，宛若最噁爛的藝術家所造的前衛建築。一個模樣噁心巴拉的小兵往殿內怔忡奔入，叩見的動作還只做了半套，即朝眼前魔王慌張喊道：「啟稟大王！山下兩個王八羔子，只看他二人好像在玩『老揹少』的遊戲，一股卻殺得前衛師七葷八素，直直往山腳下陣地攻來！他父子竟向我軍叫陣，投書邀戰！」那魔王接過投書，看了兩眼駭異道：「…怎麼還沒死，」把戰帖整個讀完後，憤然道：「通令大軍，全面接戰。」

鏘鏘鏘鏘鏘！急急如律令，欲知後情，嚴正待續。

第六回　渡烽火野鴿報戰情　越林海靈獸參爛戰

話說加護病房每日家屬探視僅兩個時段，各四十分鐘，一天也只八十分鐘，萬康把握時間用來加緊拍背，萬姊則專攻穴道按摩。那萬康以藥師佛傳授之「大力拍背掌」將「手氣」灌注父親體內，並藉以進入其潛意識……

一片渾沌妖氣、瘴癘濃霧環伺間，那萬爸、萬康父子攜手相見。萬康道：「拔！您老人家受累了！你還好嗎！」萬爸以肯定的態度將頭一點。萬康道：「插管後沒法講話，實乃萬不得已。」萬爸道：「你說啥！我沒戴耳機吶！」萬康忙將助聽器替爸掛上，著急間還把圓形小電池給裝反，萬爸猛指著助聽器翻動手掌，萬康這才發現裝反，然心中卻又高興：「拔可以講話了！不然怎會告訴我沒戴耳機！」耳機安妥，萬爸咳嗽兩聲測試，果然聽見自己的咳嗽聲，自是歡喜。萬康附耳說道：「聽得見嗎？我剛剛說啊，不好意思，緊急保命不得不插管，但插了管沒法講話，得忍忍。」萬爸微笑拍拍萬康的手：「沒關係，我本來就沉默寡言，何況我們現在不就可以講話了耶嘿。」萬康歉然道：「拔，腸胃現在不通，沒法進食和灌食，幫你靜脈注射打營養針，你別怕沒吃飯喝水沒體力。…只是少了吃東西的享受，拔你辛苦了。」萬爸道：「不吃不喝還可以活，不錯啦，我這人有吃的就痛快吃，沒吃的也就沒吃，不礙事。」萬康還以拍握住萬爸的手，以眼神嘉許和安慰。

說來這萬爸的生活方式向來平淡，兩千零四年的盛夏，萬康曾注意到父親一事，當時寫了日記記下。那天異常燥熱帶悶熱，萬康跑去買了罐冰鎮的可樂，喝了一半，瞥見萬爸坐在桌前看榮民刊物，便順手將剩下的半罐可樂遞給萬爸。這萬爸沒搭腔，接過的剎那就咕嚕嚕喝起，卯起來作享受狀。萬康先去別處忙活一陣，回頭來到萬爸身後，無意中卻發現萬爸正手持可樂罐子，幾乎是倒過來一百八十度垂直著，從上空往下倒，仰頭將嘴張老大。原來萬爸連僅剩的一小口可樂殘滴也不放過，不斷搖晃可樂罐！搖了半天沒半滴了仍試著。萬康這才訝異，許久（一兩年？）不曾對萬爸進貢可樂，可這麼久以來他也沒要求過喝點什麼。眼下萬爸的行為顯示出他是多麼愛這一味，如此飢渴於感官之欲望啊！然而此人平平淡淡，沒有，沒差；有，就給它陶醉。——這需要多麼長久的時光方能養成廣欽老和尚所言「無來亦無去」之心狀。有，他就來一下；沒有，他便忘了。甚至可以說，沒有，他不恨；有，他珍惜，他感激……

「拔！我們要做事！我們要反攻！」萬康精神道。

「是時候了！我就知道你有辦法！」萬爸振奮道。

且說父子聯手反擊，肉身挺進，殺得炎魔兵團的前衛師人倒旗歪，攻至魔山山腳下，投遞戰書過去，魔王大駭，急調六路大軍。萬康二人哪待敵人佈陣周整，趁敵人軍心浮動、立足未穩，迅疾指山殺入。一個山頭一個山頭衝上來，見佛殺佛，見鬼殺鬼，敵兵屍橫遍野，節節敗退。萬康對父親喜道：「拔，有起色了！」萬爸道：「還早，再打過。」

話音才落，四面狂風呼嘯而起，如粉筆摩擦玻璃般刺耳，萬爸撫耳喊痛，萬康急忙將萬爸耳機摘下收好。轉眼間魔音分貝加重，萬康亦以雙手蒙耳，父子二人聽不見對方講話。沒在怕的，這對父子長年來就常處於無聲無息的溝通方式（因為這只助聽器雖昂貴卻老故障修不好）。然而可怕的是緊跟著黃、綠兩色「痰霧」襲來，這霧氣不但遮蔽視線，且有劇毒！一時間父子二人呼吸不上來，氣喘兼窒息感壓迫，就在這時，炎魔精銳野戰師統統跳出來發起瘋狂衝鋒，一時間殺聲震天，萬康父子憑藉下意識於濃霧中對近身者揮刀猛砍，或以手榴彈、散彈槍狂轟痛炸，氣喘齒顫間竟殺退五波衝鋒。第六波來的是炎魔特戰旅，這下萬康父子二人被沖散，分頭瞎砍一氣，萬康搶上一柱神木爬上，居高臨下望見父親背影正遭圍攻，忙抄起樹枝上的藤索以人猿泰山之姿蕩去，高速下降之間，接近父親背部連忙屈起雙腿，用力將腿蹬出，這一蹬，重擊在老爹背部，老爹一咳，濃痰噴出口腔，掃得特戰旅士兵當下銷鎔慘死，正是以毒攻毒。

惜暫時解圍後，敵軍增援不斷，不讓萬康二人喘歇，不得已萬康準備轉進，猛抱起父親（這時才發現父親體重從六月底以來在十來天內已增加六公斤，只怕其中兩公斤是腹水），一個勁兒硬是無法幫他翻身，敵人亂槍射來，兩人一起倒地翻滾下山。天旋地轉間萬爸大喊：「五筒！」萬康斥道：「你還有心情打麻將！」萬爸怒喊：「我痛！」原來萬康聽錯，只因萬爸六月中旬左腿骨折開刀後尚未完全復原，這一滾自是痛楚難耐。

卻說那張濟、萬康父子滾至一處山腰，狼狽爬起，萬康急下背包，掏出器械操作一番，變出一枝槍榴彈。萬爸任裝填手，萬康任射擊手，立刻發射數枚，轟隆隆下山追擊者亡命山野，特戰旅宣告瓦解。萬爸的左腿逐漸也試著活動開來，驚喜道：「可以動了！筋絡蠻暢通的。」萬康道：「定是姊姊在咫尺天涯處隔空抓穴，幫你推拿理氣見效。」此時天色漸暗，萬康父子便在夜色掩護下另循一山谷小徑登上。加緊趕路間一連搗碎七道埡口眼看衝上魔山半腰處，即海拔五千公尺處，萬爸卻因體虛得了高山症……。就在這時，魔王笑了：「就怕你不來！」他的主力師在父子二人上頭展開序列，他的陸戰隊從下頭追擊到位，父子二人遭受前後夾擊，不多久魔王下達圍剿攻擊令，兩面同時開火，一整個夜空給打亮。

卻說這廂，寶藍色的夏夜中，一隻灰色的野鴿子振翅飛過一片香氣襲襲的蓮花田，來至藥師佛跟前，收翅停在藥師指尖上：「探子來報！萬爸、萬康父子腹背受敵，兩人身中數槍，咬牙爛戰。」藥師安詳道：「再探。」那鴿子銜命飛去。

看官，這鴿子如何來歷。那萬康家所養的貓，曾從公園捉回一隻野鴿回家，萬爸忙叫萬康：「哇哈哈，你看我們家怎麼有一隻雞，貓狗和牠相處得好好哇。」這萬康來到客廳，只見一隻鴿子蹣跚走路，貓狗哼哈二將尾隨在其身後一起跟著小步子走著。原來這鴿子被貓爪子拔了好些根羽毛，無法飛展，只好地面蠕動前進。萬爸老花眼，以為家裡來了一隻雞。萬康見狀猛嚇一跳，忙把鴿子捧去公園放生。這萬康對照護禽類毫無經驗，不知如何處理，將牠放在一株樹下之草叢隱蔽間，回家後心放不下，十五分鐘後再去樹下察看，竟不見鴿子蹤影。狐疑半天，只道這鴿子是休息一陣後飛走，或是被其他動物叼走，是樁懸案。殊不知這鴿子當時飛走了，內心對萬康頗是感激，後來老去往生，對藥師佛講：「那張濟眼拙，污辱我是一隻雞，好加在那張萬康將我度了。我知他父子日後有難，大佛您有事兒需要派遣我只管使喚。」

那鴿子便掉頭再次飛往戰場，好一陣子後飛返，這次還沒降落就衝著藥師佛大喊：「咕嚕嚕，報！張濟呼吸加快，氧氣濃度降不下來，氣壓無法平衡住，萬康將父扛在身上，以火焰噴射器掃山前進，照見處焦屍遍野，大破魔王主力師，但陸戰隊緊急行軍追擊，父子二人上山容易下山難！」藥師佛鎮定自若：「再探。」

如一箭射去，鴿子神速前往，再次返回時只見身上的羽毛有幾處焦黑。那鴿子炸嚷道：「陸戰隊追上了，萬康同敵軍打起夜戰肉搏，舉起當年西北軍的大刀猛磕，萬爸在萬康背上以手槍射擊插花，父子二人身陷重圍！」看官，西北軍乃中國對日抗戰中最剽悍的部隊，其大刀隊享譽全國。西北軍並非蔣介石的黃埔嫡系中央軍，而是馮玉祥訓練出的，極搶蔣介石風頭，讓蔣十分妒羨。這西北軍的一干名將好比宋哲元、張自忠、孫連仲、趙登禹、佟麟閣、吉鴻昌、孫良誠、馮治安、劉汝明、何基澧、池峰城、吉星文……一下子點將數不完。這且略下，只見藥師佛微起蹙眉，不知是嫌吵還是擔心，深深吐納一口氣，兩個字：「再探。」

野鴿子再度倉皇飛回，這次羽毛滾血摔降在藥師佛掌心：「報報報！拂曉突圍，逃下山來一路跑過森林六、七公里，走不動了，父子二人摔進草原上一個散兵坑，架起機槍答答答怒射，射到後來靠么點放，子彈有限只怕打光！敵軍以數支迫擊砲輪番轟擊，硝煙瀰漫，嗆！」藥師聞言閉目良久不語，神色掙扎，忽而鳳眼睜開：「敵軍樣貌如何？」鴿子叫說：「咕嚕嚕，貌似蜥蜴和螳螂交配後的雜種合體，身穿戰士草綠服。」藥師從容道：「附耳過來。」那鴿子在掌心中蠕動挨近，活像一隻雞走路。

話說萬康攙父倒臥於散兵坑爛戰，萬爸一邊扶送彈鍊，萬康一邊掃射開花，倥傯間萬康似將崩潰，瘋狂吶喊：「拔！恕我冒昧，你為什麼要活！」萬爸喊道：「小子！活著才有好戲看！」萬康尖聲又問：「拔！戰爭片中，負傷走不動的人會叫另一個人先落跑！幹！你怎麼不叫我先走！」萬爸罵道：「阿我就是無賴，你怎樣！」萬康破涕大笑：「服了你了，你他媽夠雞掰的！我認命也認得爽！」萬爸喊道：「現在很危急啦，我要送子彈，不然我會想握你的手。」萬康喊：「拔！成也千古！敗也千古！」萬爸道：「去！仗要打就要打贏！後人怎麼評說是他家的事！」說話間萬康只覺手震，子彈送罄。萬爸丟開彈鍊，猛握住萬康雙手淒惶道：「這下要老命了…」萬康放眼望去，滿坑滿谷，綠壓壓的敵軍們獰笑輪腿狂奔，槍上都上了刺刀，那態勢明白就等奔過來齊力將他父子活活扎死。就在這時，一道花影子剪過，橫擋在散兵坑前，敵軍愣怔收腿。一隻濃茶底色身、白腹麒麟尾的大虎斑貓雙睛犀利，呲牙發出氣聲，一瞬間撒野叫囂開來，閃電般的運動力上下來回飛撲，敵軍盡皆倒下，臉上身上俱是貓爪之血痕。萬康大呼：「是喵喵！」萬爸泣道：「我沒白跟他睡！」

然而，敵軍蜂擁朝散兵坑四面海灌而來，喵喵來不及每個人都賞以利爪伺候，幾個敵兵一邊發出淒厲的嗷叫聲，一邊持槍刀就往散兵坑躍入！…忽而恐怖的吼聲壓過，一隻栗黃色柴犬半空中將躍下的一名敵兵竟是攔腰咬斷！其他敵兵匆忙使傢伙就要朝狗下手，這狗兒動作之敏捷火爆，一口又咬斷一人咽喉，一個大龍擺尾再咬住一人手臂，發現一時沒咬斷，便咬著猛甩，連環甩了幾下，那敵人鮮血飛舞，筋肉扯碎也罷，只怕活活給甩暈死。萬爸拭淚吶喊：「是哈嚕！」萬康笑道：「拔，你沒白給他大肉吃。」原來，這隻柴犬平日看家，最愛朝郵差鬼叫，萬康料想這是盡看門狗之職責，然萬康戶外遛狗走在離家幾百公尺遠處，按說已非哈嚕的勢力範圍，可這廝但凡望見郵差經過眼前仍怒吠一通，於是萬康推論這隻狗或許對綠色敏感。今來犯之敵穿的正是同郵差類似的草綠服。看官你說，狗不是色盲嗎？那也或許哈嚕對制服敏感吧，就像色狼對制服美少女敏感那樣，看到了就想撲。

看官，貓狗有靈，萬爸沒白疼這一對阿貓阿狗。看官懵懂，以為作者亂寫，然萬爸平時對動物之愛，兩小對主人之忠，並非瞎說。這場血戰發展如何，但請密切關注……

第七回 魔王雪竇山難發簡訊 娘娘婊裡山河會情郎

且說野鴿附耳授命，不作趕去偵探戰場，火速飛鑽萬康家中。如此從天而降一莽撞生物，那貓見鳥就想捕捉，狗兒亦豎耳發出低嗚。野鴿呼喊：「咕嚕嚕！我沒時間同你們扮雞瞎胡鬧，你家老小主人身涉險境，你倆快快合作搭救！」狗對鴿子道：「可我跟這貓不合，他老埋伏沙發等我經過，伸出貓爪撓我，我被他嚇壞好多回。」貓抗議道：「你就這麼開不起玩笑，我沒被你拱沙發剉死就不錯啦好嗎。」鴿子酷道：「少廢屁，我帶路，走不走隨你們。」話音未落一箭往屋外飛射。貓狗爭奪衝出門口：「我先！」

這貓狗便投入戰場，凶性大發，抓咬胡鬧幾回合，敵軍夾尾鼠竄後，現場忑是一片狼藉，殘肢血水，肉塊毛渣。戰役暫時結束，這柴犬哈嚕衝上來撲向好久不曾相見的萬爸：「爺爺，您回來啦！」萬爸不是連戰，但萬爸是感動滴。嗷叫聲中，哈嚕對著萬爸的臉吐舌猛舔，萬爸笑了。然一時氣虛，歪坐在戰壕內的萬爸，好想摸狗，手過去摸卻沒力氣搆著，這隻手像是癲癇抖顫，太空中失去重力，只能稍微抬起小半吋便垂落。這喵喵則鑽入、又鑽出哈嚕的胯下，頭冒出來就往萬爸懷裡跳上。萬康一旁叮嚀叫道：「喵喵你輕點！」喵喵細聲叫道：「貓都會輕功的啦。」說著在萬爸身上蹭了兩下，立刻睡著。

乾脆父子二人和貓狗相擁而睡。不到四分之一個時辰，萬康自先警醒，搖醒父親。萬爸朦朧間問道：「翻身嗎？」萬康道：「不是。不是拍背，也不是透氣，你的壓瘡快好了，是上路。」看官不知，醫生替萬爸做骨折手術當中，發現他屁股溝上緣生了一小粒壓瘡（又稱褥瘡），手術後萬爸躺了兩天，又長了兩粒！某粗魯的護士貼一小塊人工皮上去，用紙膠帶固定，用力撕起來又破出一粒，一共四粒傷口到位，這當時弄得萬康好不憂心，日夜操萬爸翻身，以使身體受壓處空氣流通。誰知道這壓瘡只是幌子，真正讓萬爸遭劫難的是後來的胃出血和肺炎……可肺炎也必須翻身，才能拍背，總歸萬爸永劫翻身。那父子二人說話間動身，貓狗早前看萬康醒來就跟著一骨碌醒轉（這是牠倆平日習性），一個蓄勢探出一步，一個喜孜孜搖起尾巴，登時尾隨出發。人物動物一行四員既是朝魔山進擊，亦避免酣睡中遭魔王兵團逆襲。

果然，魔王派兵半途伺候，來的是鬼鬼祟祟的心戰特工隊。這幫傢伙神通廣大蒐集到情資，遂於路上放置十八碗吉野家的牛丼飯，及一打的起士蛋糕。天啊，這是哈嚕最愛吃的兩樣食物。這哈嚕一下衝昏頭，失去控管就要搶上去舔吞，萬康趕緊拿項圈和狗繩套住，這哈嚕崩潰了！躺地上不斷任性扭滾，鬼叫哀號。喵喵嘲笑哈嚕道：「狗就是狗，缺乏定性。」這貓咪望著眼前一桶一桶打開的貓餅乾，絲毫不為所動，…只因牠挑嘴，看不上眼。萬康與哈嚕幾乎搏鬥起來，很怕被牠咬到：「哈嚕！這是毒計啊！你這蠢物！」那貓噗哧一笑，臉轉過去，卻嚇傻了。眼前出現打開的一排貓罐頭，鮪魚、鰹魚、鯖魚、各式鮮魚的味道整個浪出。這貓動作太過靈活，萬康哪來得及空出手去抓住，就算抓住只怕反被抓咬傷，只有任喵喵發大瘋一路奔去。就在這時，哈嚕竟將繩索扯斷，亦衝鋒前往，萬爸慘叫：「兩個沒出息的貨！」這狗也絕，不去吃自己的牛丼飯和蛋糕，竟跑去攔阻喵喵就食，追得喵喵吃不到兩個只好繞圈跑。哈嚕怒吼：「為什麼你就可以！」喵喵邊逃邊罵：「你吃這什麼爛醋！你去吃你自己的啊你這笨狗！」就在這時，所有的食物統統引爆，震得人畜翻滾。……萬爸對貓狗訓話道：「就不聽萬康的話啊，差點挨了倒楣吧！」哈嚕哭道：「至少等我吃光了再引爆哇。」喵喵敗壞：「我不想跟這隻狗為伍了！」說完縱身脫隊。哈嚕怒追道：「我聽得懂你在污辱我！」這貓一邊倉皇閃躲一邊納悶喊出：「我很直接好嗎？」不一會兒貓狗消失在山嶺間。

萬康頓失左右護法，喪氣道：「魔王還是得逞了。」這時萬爸對萬康比著大拇指道：「兒，有我在。」萬康聽了心中無限感懷：「這場奮戰，原是我為你打氣，實則是你迴向出什麼給我。」這萬爸的手勢就像航空母艦上的飛行員，表示完成準備動作，請甲板機工放我瀟灑起飛，將我轅門射戟一腔體飆出。

看官，第六回之後，應讀者要求，為貓狗角色加戲，現在終於把這對寶貝送走。另外，本回原本沒打算安排判官出場，但讀者表示實在想看他出現，於是一會兒將為他插戲，少安勿躁。

話說業畜退散，張濟、萬康父子仍各持登山杖，協力往高海拔攀爬深入，不多久，天空中濃雲朵朵逼近，豪特大雨，說來就來。萬康發現忘記攜帶雨具，怕父親受雨鞭抽擊，只好將父親的紙尿褲摘下，安裝在他頭上，兩人奮力前行。

那判官為瞭解藥師佛是否處理張濟老人一案，趕來藥師佛這兒追蹤進度。問了半天，藥師佛皆打坐無聲，判官沒好氣，碎言碎語只能閃到一邊埋怨。這時野鴿飛進，藥師佛眼光翻起，只聽得鴿子甩抖雨珠道：「咕咕嚕，好大的一場雨，打得我八素七葷。」藥師佛等著鴿子往下說，判官上前道：「咦？魔王改變戰略戰術？打起氣象戰？」鴿子喜道：「就是！可萬爸和萬康度過雨線嚕！」藥師佛面無神色，心中暗道：「險遇肺積水。是個開始。」鴿子見那藥師佛不作表示，倒是通透靈犀，知我主性情若此，說道：「小的再探。」便又飛去。

雨後，萬康幫父親把尿布穿回，兩人續進。沉重的慢拍子大鼓聲，從山谷遙遠的一頭隱約盪來，父子埋首登山間發現地面漸次出現白渣，萬康蹲低一摸：「拔，這是剉冰。」話音一落，大雪紛飛。

鴿子飛過蓮池，急忙啟稟：「報！鼓聲曖昧，下雪了下雪了！越上去越冷！會不會是座冰山！」判官噗哧一笑：「鼓聲？合著唱的是一齣《六月雪》。」說著吊起嗓子，發出鬼音，準備來一段四大名旦的程派名劇。看官，這齣戲講一個叫竇娥的女子，蒙冤咒誓——前赴刑場間天空將在當下六月天裡降雪。無獨有偶，萬爸在六月下旬曾受醫院虧待。這戲又叫《竇娥冤》，乃程硯秋反串青衣的代表作，由於程老闆的共鳴腔聽起來別有一番飄浮迷幻、低沉凜冽，戲迷俗稱之『鬼音』。藥師佛不理會判官愛唱，只心中起了警訊：「失溫。」鴿子急道：「這可怎生是好，我小鳥一隻，哪叼得動棉被給他二人送去！」判官停下唱戲，說道：「你可以叫他們當場把你羽毛拔光，做一件羽毛衣不就得了。」鴿子懶得鳥他，飛出再探。

待飛回現場，天啊，鴿子發現萬康父子二人緊抱在一起坐睡不動，厚雪已經埋到萬康半胸處，和萬爸的咽喉處。鴿子站在萬爸頭上大喊萬康道：「不能睡！起來！」萬康仍睡，鴿子便躍起啄他鼻頭，萬康驚痛醒：「這是夢嗎？」鴿子焦道：「是也好，不是也好，可你要拿出辦法！」萬康嘆道：「我們缺熱量，缺營養，爸光打營養針不是辦法。」鴿子見萬康頹喪，這一替他心急，竟爆哭起來：「不可以！不可以！我來當萬爸的暖暖包！」萬康道：「謝謝，但你身子太小，熱不起多少，何況你自己也㸃咧等。」沒錯，不說還好，說了鴿子倍感寒冷，更加嚎哭道：「我只剩大便是熱的⋯⋯」萬康聞言，眼色一亮：「快！」鴿子道：「怎！」萬康道：「拉出來！」鴿子會意：「啦哪！」萬康道：「拉⋯⋯我爸嘴裡。」鴿子道：「你瘋了！你要你爸吃大便！」萬康放聲咆哮道：「他什麼苦沒吃過！還差你一坨鳥糞！拉！拉！——」那鴿子只好遵辦，火速拉出鴿子賽，萬爸昏茫茫間遇到「食物」就嚼起，下嚥，沒多久突然嘔出，這是連糞帶胃液一齊口鼻噴出，一接觸到雪上頭，瞬間日麗中天，晴空萬里。

看官，原來萬父的賁門狹窄，食物過不去，只好任憑胃食道逆流。萬康將弱點轉化為強項，硬是闖關成功。

且說鴿子自是歡快回去報喜，抵達後，見那藥師佛正在比對兩張X光片，判官站他身後把脖子延伸過來看，問道：「你也懂這種怪山水畫？」藥師佛相應不理，心道：「墨分五色，肺部原先黑回去的地方又白回去了。可這新的一張，白又給退下，還退更多，層次越發漂亮。」鴿子之前不打擾藥師佛觀圖，這時方開口：「咕咕嚕咕咕，是好消息唄？」藥師佛對鴿子比出蓮花指，不，那是ok的手勢。

這廂，父子繼續朝攻頂之路邁進。那魔王得悉萬康破解雪陣，愕然不已，怒急攻心，決親自披甲上陣會他父子一會。

說起這個妖怪，人稱炎魔，可他山大王當久了遂自封為王，全名「炎葉火痰王」，合著就是個魔王。

兵器為何，那魔王手持一挺老長的五叉戟（一般是三叉戟，刃頭如ㄓ字形），這番對陣準備戳死他父子倆。萬康雙手運起一柄大刀，萬爸則手持平時家居之金屬四爪助行器，前者專責搶攻劈殺，後者幫襯防守鉸撓。一時間敵我遭遇，大戰三十八回合，翻來覆去，不分勝負。肉搏之兇，過程之險，作者交付讀者自行瞎想。卻說打到第三十九回合，魔王見久攻不下，心浮氣躁，萬康使出拖刀記，假裝敗走，魔王搶上追殺，不意腳下絆索，一聲驚呼，整個人被一棵蒼勁老松吊掛起，身子四面俱是鋼絲鐵網，緊張間一番扯動，努力把身子翻正後，自驚越是緊緊困住！原來萬爸趁魔王沒注意他，打開萬康的背包，取出當年越共使用的叢林陷阱材料，合著他從前當駕駛兵兼學修車，又愛修屋頂、當木工、做裁縫，對各種料件的操作深具心得，憑著悟性就將越共的這套魔幻把戲三兩下子拼裝擺設完成，魔王一到就中了機關。

此時萬康見機不可失，瘋狂奔來，雙掌合十，猛猛的往魔王的股溝，用力拜刺進去。魔王慘叫聲中，萬爸對萬康喜呼：「讓我來！」亦是雙掌合十發力一拜，魔王淒厲哭喊。……然而，魔王不是混假的，叫歸叫，他將手勉強插入軍服的下口袋，學電影《無間道》的劉德華，暗藏於口袋中運指觸擊一番，手機簡訊竟是送出。

機會難逢，不「拜」可惜。正當父子二人輪流大「拜」魔王各三下後，忽而天崩地裂，萬康父子腳下的板塊移動，天地間扯出好多道斷層，四面八方洪水灌來，這是走山，這是土石流！父子二人不得不棄魔王自保，趕緊攜手逃往高處，淹煎漫漶，喘奔好一會兒，萬爸氣虛了，萬康揹起萬爸奮力逃生，終於來至一處安全地帶，腳下雖踩著泥漿，緊鄰著就是筆直的斷崖，至少一時安全無虞，此時卻聽見一個女性的聲音作高嗓吟頌：「**散播邪惡散播婊！惡水娘娘婊破錶！**」父子二人找聲音望去，只見一名穿著清涼、妖艷絕倫之大正熟女，說她正是正，卻又一副心術不正、心機寫在臉上的樣貌。萬康忙握住父親的手：「別過去！轉過頭去！我知道你被迷惑了！」萬爸道：「放心，我知道她是壞女人，我只是想看她脫。」萬康怒道：「不行！我看就好！」說時遲那時快，她已經脫了…錯！她將手掌在空中平平推出，萬爸與她相隔一段距離，卻整個癱倒在爛泥巴中，張大口難受著叫不出聲，只見他肚子逐漸膨脹…，是的，是腹水，萬爸一肚子苦水。萬康慌張，忙運起大刀吶喊上去衝殺，這時誰人一叉戟打來，萬康給震退好幾步。只見魔王高聲笑道：「張萬康！想不到我有幫手吧！」

看官，魔山，惡水，火熱，水深，萬爸多麼煎熬，這萬爸和萬康如何因應兩大妖精聯手，真實叫人駭異……

第八回　人間慘案人好可憐　般若波羅三八兄弟

原來，那惡水娘娘收到簡訊：「娘娘請原諒我當年變心，願能盡釋前嫌，救我糊塗一命！」俗話說「什麼人玩什麼鳥」，俗話又云「王八配綠豆」，惡水娘娘自認同魔王天造地設，不來搭救才怪。娘娘乃回簡訊：「討厭，你就是吃定了我。」完了立刻就來助戰，掀起土石流，沖擊萬康父子，趁隙將炎魔救出。

萬康既退回來，趕快抱住父親：「拔！你怎麼了！」老天，那肚子在不停膨脹中，萬爸失去了知覺，用中指比著肚皮。萬康回過臉來痛罵：「你們這一對賤咖！」魔王浪笑：「何止賤，是非常賤，我們倆恰生生是一對爛貨。」娘娘臉色一變，對魔王嗔道：「你才是爛貨，你怎麼可以罵女人爛貨。」魔王道歉：「是是是，我最爛，但誰叫俺就是有魅力咩。」娘娘擰他一記：「死相！…我就喜歡你這自信。」萬康嘔吐一地：「這比跟你們打架還折磨。」

這對男女眼睜睜看萬康痛苦，更加洋洋得意勾肩搭背。那萬康罵完，卻聽見萬爸哭出聲來：「婆婆！抱抱！」萬爸似乎置身夢魘，極度恐懼難挨，萬康猛搖動他：「拔！醒來！醒來！不醒來你更痛苦！」看官，六月下旬萬爸因為胃出血哀號時，就曾如此叫過幾句，護士告訴萬康這是「老年人動大手術後會退化成小孩而裝痛」的一種驚恐無助；因為昏迷，所以亂喊痛、什麼都亂喊一通。誰知道萬爸確實是亂喊一通，卻是真痛不假。他不是昏迷所以喊痛，他是痛到昏迷啊。亂喊的源頭是真痛啊，不是假的，不是裝的。然而萬康專業度不夠，便也只能將信將疑。不過，老人跟小孩倒有一點相同，二者發痛時常說不出到底哪裡痛，只能任憑自己沉痛。萬康定過神來，爸爸一定是在昏夢中回到人生初起的記憶，有可能童年時期很在乎婆婆、或很害怕怕婆婆，只是多少年來未曾聽父或誰談起有這麼一位婆婆。這時惡水娘娘陰笑道：「怎麼，要不要娘娘抱抱啊。」

那萬康聞言忿恨不睬，靈心一動，忙抱牢萬爸，撫摸他額頭，貼近他耳朵溫柔道：「裕喜！婆婆抱！」原來，萬爸姓張名濟（其實叫濟民，但小說中作者為了對當事人和各方玄界之某種尊重，遂將萬爸改叫張濟）、字裕喜（這個倒原封不動沒改）。萬康猛想起小時候萬爸的同族遠親偶來家中走動時有兩三個萬爸的兄嫂便如此暱稱他。雖在萬康看來算遠親（堂來堂去堂到哪一房的三合院阿哉，長大後愈少見到他們來串門子），但他們對萬爸叫的是一起在鄉下老家長大時族裡的叫法；換言之，萬爸的長輩給他起了這個表字，長輩肯定按世代鄉習這麼叫喚他。這一試驗，萬爸一瞬間神色安適，不再嚎哭。可萬康自己卻忍不住了，淚花花渾渾噩噩道：「裕喜…裕喜…你怎麼會遭此浩劫…仙雞啊仙雞，你在正果之前要歷多少苦…」萬康這一哭喪志了：「拔，我們認了，一起自殺吧。」吃力抱起父親，便往斷崖走去。這時萬爸暈晃晃中叫喊道：「只要我頂住，醫生護士會來救我的！萬康，醫生來了吧？」萬康站在斷崖上道：「拔，我們完了，放棄吧。」萬爸下意識扭抓萬康道：「都不能完！群子你要救我！」這說的是萬康的小名。萬康聽了收住動作，停格。

是的，萬康回神了。不但回神，並且回頭，安妥放下父親，朝那對男女冷冷的道：「有種不要動我爸，一對一，還是一起上。」魔王和娘娘聞言互使眼色，一秒瞬間便一齊發力朝萬康衝來。萬康輪轉大刀，迎上去，刀鎗碰撞聲中，那大刀下落，直插在爛泥上。萬康發現身子左右兩側各被一人抬起，整個起飛了，高速中朝著之前那棵蒼松接近…萬康慘叫，阿魯巴！

就這樣反覆進行著此一人間酷刑，萬康活活被阿魯巴不下幾十次，下體血肉糢糊。萬康睪丸漏痛中笑起：「沒差，我曾五年不沾女色照樣活得瀟灑。」魔王笑道：「只怕你拉尿都難。」說完同娘娘再將他阿魯巴重擊一次，萬康從尿道口通入內管整個灌破。魔王二人將他扔在爛泥上。萬康笑道：「謝謝，我的尿道結石全排出來了。」

魔王和娘娘這下真惱火了。兩人眼神一使，齊飛到萬爸身側。萬康厲聲吶喊：「不行！」魔王高舉起五叉戟，偏過臉來對萬康道：「給我一個理由。」萬康惴慄中力持穩定，正色道：「人質在你們手裡，做對做錯，在你。我說對說錯，既然你都可以挑錯，不如你良心上自問對錯。」魔王笑道：「色即是空，空即是色，對就是錯，錯就是對。」娘娘對萬康命令道：「你哀求我們！你污辱和傷害你自己給我們看！」萬康道：「我一直在污辱我自己，因為我受的傷害還不夠。」話說完，魔王先是遲疑了三、五秒，忽然發力，將五個叉刃用力插入萬爸胸腔。萬爸痛徹慘嘶，聲音還帶牽絲呻吟。隨後娘娘一個手掌下去，猛摑萬爸兩個耳光：「裕喜，婆婆不愛你！」萬爸已然成嚎哭的巨嬰：「婆婆！我乖……」魔王猙獰罵道：「乖個屁！」猛力再刺，巨嬰打滾。萬康伏在地上直擊望去，只怕暈厥過去。別過頭，耳朵卻更清楚聽得淒厲喘吟。魔王續對萬爸故作不解道：「有什麼好拚的呢？你拚命叫吧！」再下一記，深深插牢後，外帶一擰，五刃齊轉。萬爸痛得手腳彈撞到空中。娘娘對萬爸笑道：「瞧你這麼吃不了苦喲，你算個男人嗎？」便對魔王道：「再插。」魔王一聲娘子遵命，舉高，再一記，萬爸抽搐：「活不了了……」娘娘道：「哎喲，『活不了』？這可不表示『不想活』，還真犯賤。」魔王道：「看我的，看是誰害苦了他。」說著過來掄起萬康，將萬康身子托高於天空道：「犯賤的不是我是你，因為我一以貫之壓根就沒少賤過，你老頭在一般病房，是誰說不用請看護，是誰說沒人瞭解你爸你自己來就好，你以為你行啊！娘娘出手瞧不出科，槓上開花非要把我引來！嘿！活該遭罪！不尊重我女人和我、三晝夜不搬救兵，喲吼！怨到我頭上？你才是坑害你老太爺的共犯！甚至你是元兇！你早一天給他買輪椅他也不會摔了！為什麼我故意挑在你跟他說要買輪椅的當晚找人推他摔一跤？因為——我要你永輩子記住我！」說著揪緊萬康的肉軀，一股朝萬爸胸口砸下。萬爸吐血，那是深咖啡的污血。娘娘故作心疼狀：「可憐喔裕喜，NG出來好多喲。」看官，這在醫學上是個術語，指的是鼻胃管所引流的胃液等混沌液體。萬康整個人掙扎著離開萬爸身子，你儂我儂，兩人身上盡是污血和爛泥攪混一團。萬康再也沒絲許力氣罵或說什。魔王湊近道：「萬康兄，沒去過地獄吧？這裡，便是地獄。」娘娘拍拍萬康臉道：「喔，可是帥哥，終究你還不是主角。」說完唸起一咒，掌心反過（她的手指頭還真美）朝萬爸圓滾腹肉的肚臍下方正中央，輕輕來回愛撫，那萬爸旋旋迷迷中淒楚喊叫：「痛到絕嘍！」娘娘起鬨笑道：「出血！出血！大出血！」魔王噗哧笑出：「制服大出血的A片我抓過。」娘娘真假打他一拳：「是胃出血啦。」兩人擠在一起笑得前仰後合，肢體摩擦間，相互攬起，惡魔親嘴。

卻說鴿子藏身於一株檜木枝葉間偷覷到這一切，驚嚇得失禁，猛拉鳥大便，拉到肛門口鬆弛如同胃出血患者被手不斷摳出黑便那樣苦痛。牠仰起頭，發出咕嚕嚕的低喃聲好難受，終於想起自己任務在身，怎能耽於一旁杵成傻鳥，振翅疾飛，越過萬重山水大平原，終見眼前粉粉燦燦的一片蓮田，來至藥師佛指尖。鴿子哭訴道：「報告藥師佛，怎麼會這樣…」那判官忙問鴿子經過，只因他適才問藥師佛老半天，佛皆閉目養神狀不答。鴿子連續搖頭哀鳴道：「地獄…地獄…」判官按捺不住，問到底怎回事，鴿子淒惶道：「給整慘了…」判官這時猜到大概，激起雙拳：「地獄二字也太廉價了，拿起咱們地獄打比方？犯諱這是，連我也看不下去了。」判官因對藥師佛氣洶洶道：「您老別老打坐，我說這魔王也太囂張了！」鴿子從佛的指尖跳入掌心，不斷跳躍著亦等佛說話。藥師佛先是低眉，終於瞇瞇眼那樣微微放開眼睛，一滴液體垂落，接觸到袈裟的瞬間便將它抹去。「喚他回來。」鴿子聽藥師佛開口，振翅飛去。

話說萬康見兩個妖精溫存親嘴，互相把對方掏摸「打架」起來。趁著他倆快活，這才想起什麼，痛悔自己先前太不冷靜，掏開胸前口袋，取出斷玉，一口吞進肚腹，不一會兒慢慢運起內力（說白了也就是意志力）作恢復，逐漸舒動身子，把萬爸架起，儘管那萬爸闔眼昏迷，扶好讓他坐實，是的，萬康將雙手側面比出三角形杯口狀，揮動手肘和手腕，用力中兼使巧勁兒，那對妖精正在歡洽出肉碰肉的澎澎聲響，沒注意萬康幫萬爸拍背的澎澎肉響，忽而萬爸眼皮如慢動作般逐漸開啟，目光如炬，神情堅毅，待萬康連環拍到第兩百下，妖精方瞥見萬康動作，萬康瘋狂應和一聲：「**大力拍背掌！**——」一柱盛大的黃綠色火焰（或水柱？或水火混合的液體？），奪萬爸口腔而出，一去就燒向魔王和娘娘身軀，兩隻妖怪驚慘嗷叫，扭滾間竟翻落山崖……

那野鴿子正巧回來魔山，在上空驚見這一幕。鴿子急速降至低空，對崖上的人呼道：「萬康大哥！藥師佛說先回來！」萬康不解道：「我們才剛過半山腰，離攻頂還遠著。」鴿子道：「萬爸也要休息，一會兒天黑讓他睡吧，你自己也要顧身體，先回吧。」這小鴿子起初只當這次飛回來的目的是勸萬康先作轉進，回來才發現萬康扳回一城，便心領神會藥師佛早已料知，定是要萬康返回休整。萬康對鴿子為難道：「可是爸身子沒放好。」鴿子道：「交給護士吧，她們專業來著，安放你爸的身子舒服過你來。」萬康笑道：「這倒是，ＩＣＵ的護士乃悲智雙運。」鴿子道：「她們是仙女下凡，不像那個婆娘啊。」萬康道：「那個娘娘，真叫我吐。」說話間著實噁心，身體起反應，攔不住自己百感交集，當下一大口唾沫混著胃液一起翻湧嘔出。萬康慌張，只因把那枚斷玉亦一起嘔出體外，落入泥漿。看官，這片泥漿懸崖上有些個區域地勢稍低，分佈著泥泉和小泥河奔洩流動，這小玉石不巧就給這小泉流帶走，萬康來不及撈中，見那玉石墜入崖谷之下…。萬康驚慌：「這可怎麼是好！」鴿子笑道：「已經用過了，同一顆子彈哪有打第二次的。」萬康一笑：「鳥語倒也禪義。」話一說完，人便遭掀至空中，只見小鴿子一瞬間幻化為巨型鴿子，萬康已在牠背上飛翔。

且說一場血戰後，萬康飛回我佛尊前。時判官只料萬爸已掛點，先行打道回府準備速批生死簿，藥師佛忍笑，沒攔他，心想你回去後看到LIVE新聞自有分曉。萬康向藥師佛請安致謝，藥師佛道：「呼，可叫我擔心死了。萬康，我對你有信心，可又沒把握，這會兒一仗打完，果爾證道。」萬康好生慚愧道：「愚昧了我是，太不冷靜，看著爸爸受殘虐，竟忘記取出寶貝發功。佛啊，我還是辜負了你…」佛點點頭，又搖搖頭笑著。鴿子這時早已縮小回原形，一旁蹦跳咕嚕道：「打贏了！打贏了！」藥師佛悲欣莞爾：「路還長。」萬康道：「我父子休息夠了，回頭還往山頂打。」藥師佛柔聲道：「平常心。」萬康卻不安道：「佛，您給我的祕密武器，我搞丟了。」佛莞爾道：「那不值什麼，只是粒薄荷糖。」萬康瞠目結舌。佛說：「小萬康，世間無佛力可言，佛本在於人本，力常在於無常。」萬康一頭霧水，一時無法接受，憂道：「問題是我現在還有什麼？如要識見本心，心太抽象，我需要一個東西抓牢它，那是一種感覺！」佛道：「果然駑鈍。」說著手摸過腰際：「萬康，這個你帶著。」萬康接過，只見是一小粒指甲大小的透明白玉。萬康喜道：「多謝藥師佛加持，這玉是何來歷？難不成這會兒是喉糖？」佛道：「你認為是什麼就是什麼，別看了，收好便是，這次不希望你掉了。」萬康心想過後再看不遲，趕緊裝入口袋。看官，這塊玉，確實是玉，乃藥師佛的淚玉。這藥師佛倒也裝酷，或愛面子，可不能讓小萬康知道他有過俗氣心緒。

胸前置玉的口袋尚有一粒小釦子，萬康接著將釦子把口袋關牢，隔著布料又摸穩它一下。這時藥師佛肅然叫道：「萬康！」萬康回神應答：「嗯？」藥師佛道：「萬康，我給你的不是寶貝，只是禮物，如今的你與往昔的你多少有了不同，我希望你有了它，…」萬康聽下去。佛說：「知道愛自己父親、懂自己父親、能欣賞自己父親，亦能隨喜順納人間所遇之每一位父母親，做點小事情有做的沒做的安心的不想安心的，不辜負你在人間一遭。」萬康癡癡點頭，朗聲說道：「我佛為證，萬康在此立下一願，我…」藥師佛推出手掌：「不必許願，我怕你做不到。」萬康知道藥師佛不想聽，然自己莽撞，不知如何是好，只有頂禮一拜，這便要作跪姿，那藥師佛忙趨前將他一攙：「三八兄弟，人佛平等。」那野鴿子一旁道：「咕嚕咕嚕，動物也是喔。」

看官，本回說到這裡，這張萬康經此一役，是否接著打第二役？打起來將虎虎生風，或遭遇挫折？萬爸重病如此，配合情勢演變，萬子是否又有新的想法？在此露出個線頭，看官偷聽就好，那後來張萬康見情勢膠著，久征不下，再戰無益，心生厭戰情緒，他決定同醫師和父親分頭商量，將父親的呼吸器提早拔掉，讓父親提早安離人間。這究竟張萬康會怎麼做？又有何新演員登場？下回分解。

第九回 黑山豬陽明山糜廢 李道長北海岸馳援

上回最後洩漏一事，講到張萬康意圖主動幫父親拔掉呼吸器，作個提早了結。這件事看官先不急，別罵人也別叫好。那絕非賣關子，下一回再談這樁事不遲。

話說萬爸自七月一日清晨插管，奮戰到七月十四日整整兩週以來，父子倆火併炎魔同惡水娘娘，將肺葉失土逐漸收回，肺葉好了將近一半。問題是，這種進展速度是緩慢的，且康復一半在醫師眼中仍屬極其嚴重。好比八年抗戰期間，國民政府被逼到遷都武漢又遷都重慶，半壁江山遭日軍席捲，正常人不會告訴你：「一點都不嚴重，我看到頭來鬼子必敗。」就算你有信心高喊鬼子必敗，也不敢說局勢不嚴重。但萬康的看法是，老爹一來九十高齡囉，二來他是在無法有效汲取營養的劣勢下作戰，能好一半，硬是暫時打成個平手也不容易，值得嘉獎！

何以老爹無法有效汲取營養？老爹胃底的賁門疑似受胰臟腫瘤壓迫而窄成一線天，食物過不去，腸口堵塞，連鼻胃管的灌食也無法，流質食物進去又給逆流出來，便只能打營養針。這營養針將營養液從靜脈注射進去，等於用自己的血吃飯。它能提供的養分有限，無法比得上自行攝食使腸胃蠕動吸收，因而老爹並無那麼充足的彈藥去打仗，更隱憂的是，一旦營養針打太久，容易造成感染，或可能出現黃疸。插管和打營養針幾日後，醫師宣佈了，萬爸的血液中發現到黴菌，這是免疫系統變差所致，證明老爹不但無法痛擊魔王，體能卻在瘋狂的拉鋸戰中衰竭了，這狀況一下去恐將成自由落體！……老爹既無大批械彈提供，且彈藥箱還受潮，打來打去靠的只有兩個字——肉搏。沒錯，是肉搏，沒彈藥就拿大刀砍，沒大刀就拿菜刀剁，刀子打掉了、鈍掉了，老夫還有一雙拳頭！誰怕誰。套句黑山豬步出ＩＣＵ說的一句話：「老伯完全用意志力在戰。」

看官，這黑山豬何許人也？是的，他是人，不是豬。

此人有何神通，何以能在《道濟群生錄》卡位一席之地，這得從他大一時期說起。這萬康大學讀的是台北陽明山上一所爛大學的廢美術系。為何這個系號稱爛中之廢，黑山豬就是個活生生的鐵證。黑山豬從苗栗縣苑裡鎮北上就讀，與台北長大的萬康作了同學。在修煉得道以「山豬道長」之名行天下以前，他俗姓李，名字必須在此隱晦，只因黑山豬生長於書香門第，家中二老稍嚴謹保守，如看到本書述及黑山豬大學以來的一些事蹟，恐怕會咋舌，會傷心。看官切莫誤會，這說的並非黑山豬搞過什麼三Ｐ。雖然他想，什麼鬼！

閒話不扯，且說甫入大學，新生訓練的頭一天，黑山豬上台自我介紹。看得出來此人憨厚溫吞，聲音又低，又小聲。可這傢伙有病！忽然說：「我來表演模仿李恕權給大家看。」完全不等台下說NO，他就載歌載舞大力拍掌起來：「有一些聲音，在我的胸懷！（拍）…峰迴路轉，如此糾纏！喔！（自己尖叫）」大家驚嚇，還真像。可是掌聲稀疏，或許因為大家還沒回神過來。緊接著他還沒完：「再獻給大家一首Air Supply的〈Even the Nights Are Better〉。」於是大家被迫聽了兩首，而且是完完整整的兩首。全場毫無掌聲。忽然黑山豬在台上爆哭失聲：「藝術是孤獨的！」這一哭，哭得有夠瘋狂，還是學長姊把他抬下來的。

經過這次打擊之後，日子一久，和同學們逐漸混熟，黑山豬倒也沒產生什麼陰霾。問題是，他把陰霾帶給了大家。黑山豬體型偏肥，兼以從頭到蹄一身皮膚黝黑，連膝蓋頭都是黑的。他老穿一條寬鬆的大破洞淺藍色牛仔褲，正破在雙膝上，露出兩團黑石頭，那石頭上還冒出好多根又長又粗硬的鋼毛。其實他也是有洗澡，但不曉得為何老叫人看他是髒兮兮。事實上這是一種豪邁啦。（咳嗽）

再來，後來頭髮長了（大一新生剛下成功嶺皆是大光頭），這一留就留成長髮，整個人超像日本一個邪教，真理教，的首領，麻原彰晃。更嚇人的具體作為是，他很愛跟女同學裝熟，講話哈啦之間，半真半假或不由自主會觸摸女生的小手，問題女生才不想和他當姊妹。女生私下彼此會抱怨：「媽啊！今天超可怕，黑山豬講話的時候摸了我一下！」、「哇靠！什麼感覺！」、「超油的！」這真的是個謎，他的手心並無手汗症，而是手油症。那股觸感十分之油膩黏稠，非常要命！

黑山豬性喜僻靜，不但大學四年住在陽明山的深山，畢業後仍住山上好多年，他在練什麼功？首先講到畫工（功），他專攻油畫超寫實，把靜物畫得超細膩、超逼真，且帶有一種天知道的哲理。另一個功就玄了。是這樣，一畢業，黑山豬便得了一種已然在台灣滅絕多年的病症——傷寒。有人說這其來有自，曾有同學去他深山住處拜訪他，親見一樁奇聞。當時大家聊天到一半，他大喝：「等一下！」同學愣住。接著他立刻操起手邊的礦泉水灌了一口，冷靜說：「沒事了。」大家忙問怎麼，他平淡的說：「喔是這樣，剛剛一隻蚊子飛到我嘴裡，我喝水吞下去了。」

那麼傷寒是怎麼治好的呢？黑山豬平時有在修。

除了畫畫，黑山豬精研穴道按摩，人體各處有什麼鳥穴，他是一清二楚。負病期間，他騎著他的野狼一二五機車，經過山林偶聞得風中藏有一陣奇異的幽香。情不自禁停下，從山路循香線摸進林子裡。異香成陣，無意識的穿梭晃盪一陣，發現一片蕨葉間躺著半截原木。上頭的年輪好幾道，像是一株大體的某一截，與他的身高相仿，高上一點。香精，正是來自這樹精的體魄。他找不到母幹位於何處，先將殘幹用機車載回。租屋所在處是一座三合院老房子，他把樹幹搬進廂房中，立起。樹幹上許多粗糙的小顆粒，另有幾根枝椏，倒有點幾分像練詠春拳的木人樁。那幾日，他便品著樹木的香氣，用背部摩擦樹幹，把那顆粒、枝椏往穴位戳蹭。這傷寒，竟也好了。

說起黑山豬的按摩功力，看官，他的外型不容易迷惑紅塵女子，可他那雙手，不簡單。據說畢業後的幾年，他的手藝更巧了，曾有一妙齡妙色的女孩與他毫不相識，他只是去一男性友人的辦公室找人，朋友不在，坐下等待間，第一次見到朋友隔壁桌的該女，聊了兩句話過場，得知該女加班過於疲憊，便表示我可以幫你按摩。這一按，怪怪，那女的竟被他輕解羅衫。…雖然沒造次到什麼最後來的地步，女方後來猛醒過來推開他，他也分寸著離去，然隔天再訪朋友，非但這女的木著臉不瞄他半眼，朋友還把他帶到會議室（沒人開會的會議室），甩了他兩個巴掌。黑山豬搗著油黑紅腫的臉龐哭泣說：「我愛上她了。」朋友甩甩手：「夠了，我們不再是朋友了，你的臉好油。」

坎坷，黑山豬的倒楣事可不少。大學畢業約莫兩年，有次下山打電動。當時台灣街頭算是電玩店林立，黑山豬喜歡進去拉霸，賭錢。可他才剛迷上，便遇到警察臨檢，蹲了一夜的看守所。

可說到賭喔，若說麻將，他打得人人誇讚和艷羨。他是大學畢業那年才開始學習麻將，這在麻將練家子裡頭出道極晚，卻有過人的悟性。這裡咱們自是要提到萬爸了。畢業三、四年後，他曾受萬康之邀，來萬康家與萬爸過招一次。萬爸對他評語兩個字：「會打。」那晚，黑山豬慘敗，扭著豬蹄膀退回山林，受了刺激好一陣子沒下山過。畢竟，萬爸是打十三張麻將起家的，十六張算起來小菜一碟，吃兩口山豬肉嚐個山鮮就放他一馬，算待客之道囉。

重點來了。傷寒一役的十八年後，恰逢四十歲的黑山豬依然肥胖，卻遇上了真正的大難。二零零八年，黑山豬過年前後，忽發現口腔破損小洞，老久沒好。忐忑不已，他前去醫院檢查，隔週報告出來，醫生頭一句便是：「有家人陪你來嗎？」向來溫溫柔柔的黑山豬道：「是癌症吧。」就這麼，山豬得了舌癌。

說起山豬這個胖大叔，憑藉著長年在山林間打下的堅實修煉基礎（儘管近幾年搬到台北盆地的盆底住了），使他在不告訴任何朋友和同學的孤境中完成了這場對抗。直到手術後，快出院的前一兩天方告訴他人，包括萬康。當時萬康收到山豬簡訊，除大略交代病情，兼提及現住在中國醫藥學院。萬康錯愕，急忙衝去醫院，苦尋多棟大樓病房都找不到人，搞半天才曉得自己看花了，跑來台北醫學院。

在術後住院期間，山豬的嘴裡暫時被醫生塞進一物，大概是用來把傷口隔開，整得他躺床上幾度差點窒息，生死一線間那樣緊張，護士只以為他好乖。腿則挖了一塊肉，用來補舌面切除的部分。山豬昏昏沉沉，只因打了最強的止痛針，嗎啡。這是鴉片類最強的一種，打下去幾乎是保證不痛，但一定昏。這讓山豬處於一種不知自己是安全狀態的渾渾噩噩中，閉目沉沉睡去，眼睛倏然看見六個螢幕，五個彩色的，一個黑白的，恨的是只有黑白的那台「電視」放A片，存心搗他的蛋。恍惚間感覺疑似護士的聲音：「大叔，還痛嗎？」他詭計一起，硬是點頭說：「痛死了。」一針嗎啡又打下去！酷！這下六台「電視」全部彩色了，可是放A片的那台打上了馬賽克。黑山豬很不知足，又大喊痛，再一針，電視全部當機，六台全都馬賽克，是說螢幕上除了馬賽克大特寫佈滿，沒有任何人形。這時醫生拍醒他：「你這算奇蹟了，康復得很順利。」山豬大哭：「我還要……」

撿回一命，山豬不得不戒菸，生理反應上也不想吸菸，沒半點癮頭或好奇。生活飲食上，雖有點不方便，只能飲食溫水溫食，太熱太冷、太硬太油對口腔均不行，但沒差，活著真好。萬康與這個老同學，在校期間算熟，但畢業後人、豬殊途，許久聯絡一下而已，說真的也就君子之交唄，若說換帖那絕非。萬康當時在某社區大學教油畫，教了兩三學期，自忖我會的都教完了，不知還有啥好教，總認為學生自己會了就得自己來，用不著康師傅囉。於是萬康想把教職轉給他人，讓學生學點新東西，頭一個就想起黑山豬。當時山豬甫療癒，但或許好一陣子封閉於對外聯繫，不免孤單冷清，萬康便邀他來接棒，學生歡喜，山豬亦重食人間煙火，萬康樂得乾淨，跑去混別的。

隔年，山豬才快教完一學期（半年），脖子和腮幫子卻一體變形了，貌似雄性的紅毛猩猩臉頰兩側鼓著大肉囊。山豬覺苗頭不對，一檢查，怪怪，癌症再起，這次是拎北（淋巴）。二度交手，戰得更苦。除了一名看護和他母親輪班照顧，還是自己招呼一切，不讓同學來看，大家也不知這大叔躲哪（其實是萬康和大家沒認真想查啦）。山豬手術切除一些腮囊後，另做了種叫作「氣切」的手術，也就是在脖子底下鑿一小孔，接上一小截管子，方便抽痰。出院當日，主治醫師原本要幫他拆掉氣切管，實習醫師卻不照辦，只拔了鼻胃管，要山豬就掛著氣切管回家。山豬向來溫柔溫吞，瘋狂大怒：「有沒有搞錯，這是『人電強身功』七大穴道的一個重要穴道，編號C5！古人叫它…算了！總之你不給我拆掉，我幹破窗戶立刻跳樓給你看！」那實習醫師剉出尿來，趕緊奔去打電話問主治，方知自己搞錯，乖乖拆掉。山豬嘟囔：「不像話，好歹我是李恕權和Air Supply，尊重一下吧我說，給我放這截小管子我出去怎麼見人，我是明星耶！」

出院後，山豬內力驚人，他發功了。那氣切洞口，經他以道氣自行癒合，生出肉來填滿，留下一個鋼頭子彈的彈痕那樣，莊嚴著生命的印記。同時山豬家中休養幾天，開始下一波苦刑，住院化療，與電療。這頭野山豬，在療程期間喪失了全身蠻力，勉強扶著床沿，幾度人就要癱下或仰倒。這化療的苦，山豬說：「須用盡全身的力氣，可怕。連魂髓都被大卸八十塊。」當時苦難中、暈茫中他突然聞見一股香氣，是的，當年那株樹幹的氣味回來了。說起這塊原木，多年前早已莫名其妙於搬家中遺失，原以為是忘了帶走，回去拿，新房客卻說沒有這鬼東西，可山豬卻分明聞到柴煙味（是的，那是一個寒流天，陽明山的冬天是嚇人的凍徹）。病房化療中，當山豬鼻憑藉著僅剩唯一絲許的氣覺──嗅覺，辨識出昔日的「它」，他告訴自己：「這個時候只剩下原始的力量，我來自於原始，那麼我定然還有原始的力量。」他熬過來了。

最好是。這山豬遭罪沒完，後續因做電療無法進食，護士幫他插入鼻胃管，此時的山豬連鼻胃管都受不了，一插入鼻腔進入食道，整張臉都扭曲了。護士轉去一旁摸忙，山豬的母親則愁坐在山豬身側，山豬慘思這一插上何時才取下，倒數五四三二一，大喝一聲：「抽！」痛極，手中將那老長的細蛇管子抽出腔體，丟進垃圾桶。山豬的母親嚇到，山豬道：「不礙事兒，我知道我可以。」妙的是，護士和醫生也沒發現，山豬就這樣溜出院了。山豬終於完成所有的療程，再次抗擊癌魔……過關。看官莫再懷疑，本書完全真人實事有所本，他老兄成功自拔鼻胃管絕非臭彈。

又轉過一年，也就是二零一零年。電療的副作用來了，……山豬的獠牙，見天徹夜叫疼，必須一天吃四次院方開出的止痛藥。這牙暫時無法拔除和做假牙，除了吃藥，另使用抗敏感牙膏，搞得牙齒敏感得要死。兩個月的牙痛，簡直把他的整個頭顱從根深蒂固中去擰碎、切爛、撞牆。這期間，他悟道了：「忍，是一門藝術。最孤獨的藝術。」他告訴自己：「轉移。」不是聽音樂、做別的事來忘記痛和不適，而是好比當食材下鍋後，我要怎麼去「翻」它們、「挪」它們。他笑得很甜：「我，——我黑山豬不再當藝術家了。現在，我是山豬道長。」合著他功力升級，已然到了可以把「痛」當心閨知己的定境，跟痛「借位」親嘴，挪來騰去相配合。

就在他打倒牙痛，強渡關山後的閑散期間，端午節的三天前，他得知萬爸過完年後身子就不好，前來萬康家探視萬爸，吃飯。山豬大概來吃飯的次數不到三次，第一次是十多年意圖麻將踢館那次，第二次約略是第一次罹癌復出曾來串門子談接棒教畫，第三次正是這次端午，算算一年多沒來過。儘管山豬二次手術至今樣子也沒怎變，胖子瘦了十公斤終究還是個胖子，可萬爸早已忘記此一多年前雀戰飲恨的後生，上次來談接棒一事他也沒印象，兩人等於第一次相見。就連萬康自己也覺得和山豬不算多熟，介紹教職也沒什麼，十七年前萬康另外一位同學也曾介紹萬康去基隆某高職接他的位子，兩人也很不熟，十七年來壓根沒聯絡過，反正這個廢系的親疏同學或陌生學長姊招呼這些事正常不過，毋庸在心上。餐桌上，黑山豬吃力的對萬爸喊說（萬爸雖戴助聽器，講話小聲亦聽不見，而山豬因做過氣切，聲音大不起來）：「老伯，你氣色很好，不像九十歲，像七十歲啊。」萬爸皺眉頭窮鬧心：「我人不舒服，渾身痠軟。」接著就是端午節，六月十六日的晚上八點多，萬爸在家門口摔倒骨折，演變成七月一日在加護病房插管。七月三日，山豬駕著一部二手的法國房車獨遊北海岸，黃昏時分在石門沙灘上，假作浪漫聽海之間，方接獲萬康來電告知其父蒙難。山豬愕然慘叫一聲，猛拍豬腿一記：「難怪你m s n消失這麼久…」

山豬坐在一片浪淘沙中尋思，這個老人官拜…上士退伍，老兵一個，然一臉「氣質厚重沉毅」（戰史家評張自忠將軍之語），或許有過人之處？或是氣質厚重沉毅只是長好看的？那萬康與道長我有緣，端午前我與萬爸又「補花」掛上一緣…山豬打開車門…這事兒，我是管定了。

看官，山豬於是撩落去，後事如何，再報。

第十回　山豬道長挑戰當局者　馬爾濟斯魂斷午夜時

卻說張萬康打電話給黑山豬李道長的地點，在哪？——那台北盆地南緣的木柵山嶺間，有一道教廟宇，供奉的是仙公呂洞賓，名曰指南宮，俗稱仙公廟，張萬康就是在這兒用手機打到北海岸。想當然爾，萬康前來拜拜，順求一籤，那籤紙片兒上寫著四句：

美人帶殺暗知防　爾往西方我往東
縱遇傾國傾城態　心頭抱定莫相戕

不明究竟，連韻腳都瞎，萬康前去問解籤人，然櫃台空蕩，人已下班。只見旁邊放著一冊斑駁破舊的本宮解籤參考書，翻開查到這首，原來是用春秋時期吳王夫差，中了西施的美人計而誤國來作比喻。將這頁讀下去，玄機變得清晰，「註解：問病，老危」。忍著再讀，「評：訟病占成一切空」。萬康心頭冷撞一記，良久不語。這時聽見旁邊一年輕女孩聲音：「呃…可以借我了嗎？」萬康回神，原來有其他人等著查閱本冊。萬康一笑：「很想跟你換詩。」便把書冊放下，撇下這位姿色不俗的女孩，逕自來到宮外。沒錯，美人計立刻就來了！不會上當的！

如要進廟，必先拾漂亮巍峨的圓弧狀階梯而上，下來亦然。這萬康茫茫然走下來時，眼前的每一級階梯變得好窄，窄到好像走在金字塔的斜坡，隨時就一步打滑滾落。終平安走完，來至廟埕，景觀上，極目俯望，日入黃昏時分的台北盆底盡收眼簾，包括那根醜老二——么洞么大樓。萬康一嘆：「不想看到都不行，樓可以造這麼高，隱蔽那庶民所受的苦一般高，爸因醫師的惡劣冷漠、護士的粗魯輕率，染上不是他份內該得到的肺炎，這就是現代化台灣的品質。」又思：「呂洞賓這老仙公講話也太白了，有必要這樣講話嗎？沒禮貌嘛！這籤詩就是必須有隱約的空間才叫籤詩，叫我多燒香祈福不就是了，打我一棒是怎樣。」可埋怨歸埋怨，「話說白了也好，謝了！呂大仙！」萬康抱拳作揖。

一時仍作展望眼前景觀，頹然間猛地想起老同學。於是電話撥過去，黑山豬接起。那山豬坐在北海岸沙灘上，正在攝影。雲空海景，朵浪錦綴，他要拍！…比基尼辣妹，這個他絕對不拍！…他衝上去摸！喂，這像話嗎！

且說山豬得知萬爸受難，當即放下眼前之美景美女，猛踩油門，逆行狂飆，殺回台北，這叫氣概。沿途他雲起風生：「論生病，我是大師！搶救萬爸，捨我其誰！」等紅綠燈時東摸西摸，才發現將相機遺失在沙灘上。今天拍的美女，全沒了！最近在捷運女廁的寫真，全外流了！——去，沒這回事，萬康沒這種同學。

雖說當日山豬未趕上ＩＣＵ的晚場會客時段（六點半至七點十分），然拋下玩樂提早回來，就是他一份心。隔天的日場會客時段（十一點到十一點四十分），山豬出現在ＩＣＵ門口，與萬康會合後入內觀探萬爸。

看官，在這裡必須掃個興。山豬道長雖有點兒特異功能，但那只能針對自己使用。何況他那套人體穴位研究和亂戳，萬姊也不是不懂。還有，這特異功能，粗淺來講，也只是「意志力」。蓋知山豬的角色，不是個生理治療師，而是個旁觀者，是個萬康的心理輔導員，是個豬頭軍師，喔不狗頭軍師。那山豬講話小聲，生性含蓄，但不表示講起話來不存一份堅定的認知。步出ＩＣＵ後，山豬即對萬康道：「老伯意志力強，跟我有拚。」萬康且聽下去，「甚至我不曉得我能不能到他這種定力，這樣的火候。你看他的氣色，還真不像插管病人。目光炯炯，好遒健的一個，強人。」萬康道：「昨天上午醫生來看，萬爸還對醫生揮手打招呼呢！手舉很高耶！」山豬道：「老伯吃虧的是條件上，年齡，和胰臟癌太難對付，如果真的是胰臟癌。」萬康憂嘆：「他是想對醫生說，謝謝你們救我，我還在，我會加油，大家都一起加油。」

那萬康心下不忍，浮想聯翩，續對山豬道：「六月中旬骨折手術後的第一夜，他在睡眠時直嚷夢話，大多我聽不懂。倒不是因為他的湖北老嗓鄉音太濁，任誰的夢話咕嚕呼嚕都很難聽懂。可其中有句我聽得清楚分明了，他高聲喊著：『我謝謝大家！謝謝醫生護士對我的幫忙！』我讓他多喊兩句，讓他能抒發，但喊下去，我還是得在一個點上趕緊搖醒他。」山豬道：「你做得很對。夢囈其實是難受的，不能任他這樣夢喊下去，就算老伯這趟是個好夢，未免也太激動。」萬康道：「就說，他被搖醒後，雙眼發直望著天花板好久，分不出哪個才是夢。你知道嗎，他最熱愛醫生護士，最聽醫生護士的話，骨折前陸續帶他看神經內科和內分泌科，回家笑吟吟吊嗓子三天哇哇猛講這兩個大夫對人多好多親切，誰知道卻被骨科主任給這樣陰了⋯」萬康痛惜道：「可我不能對他講那三天三夜究竟怎麼回事，我不能跟他講那批醫生護士是這樣回報他。插管了，我只跟他說，最黑暗的時候過去了，對不對？他頭如搗蒜。我問，現在有比較好對不對？他仍肯定的點頭。我說，當時檢查不出來原因所以讓你受苦了。我讓你出院是幫你想辦法，後來我們請的看護來家裡，看出你是胃出血，趕快叫救護車來，兩個救難英雄一起救了你，還有急診室那批女醫生、女護士表現真好，她們把你搶救回來了。現在有最好的醫生和最好的護士來幫忙你，放心！」山豬道：「這樣說，蠻好。」萬康道：「你陪我到醫院外頭抽枝菸，我抽就好。」山豬欣允。

兩人移動，萬康即一邊說道：「⋯可是，我哪知道現在加護病房的醫生護士到底到哪個等級？我必須那樣說，算是彌補他也必須那樣說。醫生們的表現我們確實蠻信任的，可我難免又覺得總有那麼點怪怪的，似乎只能給我絕望的答案讓他這樣躺下去走著瞧。至於護士雖然比一般病房護士那三個壞護士優質許多，可是還是不夠平均，優的太優，優到我想娶回家還必須納妾好幾房。」山豬咋舌道：「這…還只能睡大通舖得了。」萬康續言：「可阿里不達的，還是有。不是說心眼壞，而是能力讓人很不放心。」山豬道：「曾經滄海難為水，難為你了。」萬康道：「可有一個，我還真懷疑她是怎麼回事，只要輪她，就總以某種嫌惡的眼神說我爸的痰難抽，那天週日主治醫師不在，她攢來一個當班的年輕住院醫生找我們遞同意書說要重新插管。她講得好像雨刷斷了就換一枝那麼輕鬆。還好我和我姊陷入掙扎討論間醫生又來說不用再插了，我們到底該不該謝謝他們啊。」山豬道：「其實護士是最底層的勞動者，壓力大，賺得又少，作風難免粗硬。如果真的有痰塊卡住管子，也真不得不重插，這種事極少發生，但確實有。」說話間兩人已步出院門口，陽光盛大，滿身金輝。萬康道：「那也不能壞事的機率都往同一個人身上來吧？那麼為什麼好事的機率就偏不往他身上找？搞不好他就真沒胰臟癌啊。」山豬道：「同學你要冷靜點。」萬康掏菸中輕笑道：「你放心，我這也是喊夢話，必須抒發或紓解。說了也就算了，該搖醒我的時候你就搖。」

就這麼，為了提供觀察意見，山豬道長前後竟探訪萬爸高達十七次之多。從七月一日萬爸插管，萬爸父子倆協力招架魔王至七月十四日期間，山豬一切看在眼底。在ＩＣＵ除了對萬爸簡單打招呼、道加油，他不發一語，靜立一旁觀看萬康幫萬爸拍背，並巡覽ＩＣＵ的每一床。ＩＣＵ

規定一次一床只能有兩名家屬探視，看了看山豬也就出去，換萬姊進來，除非無其他探視者，才得以多待一陣。但這位生病大王有著異乎常人的靈敏，看個兩眼也就清楚一切。在這裡他萬分感慨，只因他是死過兩次的人。他來到生命的核心，看那每個病人像看到了真理在淡入淡出間的動魄。波蘭裔英國作家康拉德有一名作《黑暗之心》，山豬來自黑暗，但他浮上人間點燈。

對了，那萬媽很少來，萬康和萬姊不讓她來，只因她膽子小、人脆弱，來了見萬爸情狀叫她怵目驚心。這家屬眉頭深鎖、愁雲慘霧，對病患的士氣就並無大幫助，只讓家屬連帶也病了。

卻說一次萬康拍背到一半，醫生請萬康去商討病情，講解和研究X光片甚久（片子中如果肺葉正常，畫面就呈現黑色，如果有痰，黑處就變為白霧。萬爸剛插管時，兩片肺葉全白！如今有些起色，白霧散去些，然進度卻慢，兩週期間的後幾天呈現黑白僵局，沒黑回來，也沒白下去），這時只剩山豬一人在病榻。之後萬康同山豬結束探視和照顧，山豬講：「你不在的時候我很緊張。」萬康奇怪以山豬功底竟會緊張，山豬道：「你一離開，老伯很不安，我不知道該怎麼辦。我和他都希望你趕快回來。」山豬意思是，我畢竟是外人，「他需要的是你」。萬康神氣道：「不然藥師佛欽點我幹嘛。」山豬道：「瞧你樂的，你當藥師佛邀你去轟趴來著。」萬康這下突然嘆道：「我是收心了，現在有人找我去性派對，我也不想再去了。」山豬睜大眼睛，張大嘴巴淌出豬口水，扯起萬康的胳臂搖晃：「你有去過性派對喲！」萬康聳肩道：「也沒有。」山豬罵道：「幹那你還說。」

話說上上一回收尾時預報，與魔王戰完第一回合後，萬康原本情緒很high，但，過了兩天，心沉下來，萬康理智了。進而，厭戰，怯戰。不，他不認為他怯戰，他認為久戰對爸爸不好，奇蹟不會來的，爸即便好不容易殺退肺炎，還須面對更無藥方的胰臟癌末期。說來肝、胰之病變，毫無徵兆，一旦發現常為末期，只能等日子走。爸都要走了，我還讓他花費好大力氣去戰，這是折磨爸啊。一晚，午夜十二點前後，就在萬康經過內心交戰反覆思量，下出決定拔掉萬爸呼吸器的一兩個小時後，山豬敲來msn問候。說到這個，萬康在父親骨折住院隔日便脫離msn二十三天，其間脫離的第十三天，萬爸插管，直到插管的第十天後他上線詢問兩位醫界的朋友（他竟然這時候方想起認識一位醫師、一位醫師娘），從而因順解禁msn。萬康向山豬回答自己的最新處斷方案之後，透過小視窗層層移上的行句，萬康發現向來溫吞沉定的山豬在這些方塊字的背後顯得異常激動，「你不行這樣做！」山豬霹靂啪啦送來一堆字跡，也是心跡。是的，講話溫吞不表示思想溫吞。然而萬康認為這檔子事終究沒人比我能清楚，山豬畢竟只是加油團的領隊，除了心理支援，該怎麼進退帷幄，戰略戰術得我來執行，無論執行何種方案，加油團的本職總在於力挺，就像球場上教練派誰上陣，啦啦隊都只好、也應該替誰好好加油。萬康當即表示，我將對萬爸不加隱瞞，報告詳細病情，暗示他，甚至明示他何妨忍痛先走一步，我來幫你完成。「他的狀態怎麼可能去評估這些，他想三天也不見得能作出決定！你要幫他決定！」山豬在螢幕前激動著。

「是的，我已決定了，不是嗎？」

（一般網路交談是沒在上標點的，然為閱讀之便利性，轉呈此間加入標點符號。）

「你不必告訴他得癌症，這對老人家是個打擊。」山豬道，「老伯是會拚到最後一絲氣力那種人，你要陪他戰。他的醫生不是那些醫生，而是你！那些醫生也沒死過，他們不懂我們的『世界』。每天二十四小時躺床上他們躺過嗎？他們不會懂。」

「有的醫生護士確實讓我意外。上午我和我姊探病延遲五分鐘沒走，我對護士，就是嫌我爸卡痰的那個說，你幫我再把他換一個方向翻身，我趕快幫他拍過這邊就走。」萬康鍵入，「護士說沒關係我來拍就好，你們先回去。於是翻身，順手拍了十幾下，摁，不到二十下或十五下，沒了。我們傻眼出來，我希望是我們多慮了，沒看到的時候其實她拍了很多下，有按照ICU每隔兩小時替病人翻身拍背的指令去做。我對我姊說想對護理長反映一下，這樣就算拍背讓我們家屬很憂心。我姊說，不好吧，那個護士得知後如果去偷擰爸一下怎辦。這件事我很困擾，到底該不該對護理長講，會不會起反效果。」

「呵！」山豬獰笑：「你都要你爸死了，還管人家拍背哩。」

「我不懂你的意思…」萬康道。

「我說過，你才是他的醫生。」山豬當萬康是裝不懂，自顧發表他的讜論：「當他不行的時候，他自己會意識到，你不必催他走。如果你要拔掉他的呼吸器，也要等他昏迷的時候，這時候才是拉他一把。」

「如果他以為擊敗魔王就贏了，卻發現仍出不了院，這種傷害更大，要他怎麼承受！這豈不是成了我欺騙他可以好起來。胰臟癌的報告，醫生們開會兩次仍不敢敲定，不敢亂發重大傷病卡，但經驗上那就是。只有百分之二十的機率不是胰臟癌，似乎五分之一的機率還算不小，但就算不是胰臟癌，賁門卡住食物過不去，這也是大問題，除非只是單純發炎，遲早會消腫……」

「同學，」山豬語重心長，「無論如何都必須去承受。老伯已經在承受了，你得陪他承受。我看得出，他是能忍之異人。他可以忍，他感覺到自己很幸福。」

「你看得出他很幸福？」萬康呀然失笑。

「是的。少數人所會的『乾坤挪移痛苦法』，他會！他是我們這一派的！你幫他拍背的時候，我看到他的表情很幸福。」山豬鏈落至此，突而淚眼汪汪。「他最期待的就是你去，你能摸他，能對他拍背。那天你去跟醫生講話，我獨自面對他，我很惶恐，他也很惶恐，我沒法幫到忙，一切還得靠你，同學。」山豬這時急忙將淚水抹去，好像怕萬康躲在身邊發現。喔不，可別忘了山豬是畫家、是藝術家，一般來說這種人至情至性，哭了可就不攔自己噴淚花。而藥師佛我們可以歸類在哲學家，一滴珠淚已經太多，要求和表現上自有不同。只見黑山豬濺出黑淚，如同台灣詩人管管那樣一發不可收拾，一邊抽面紙大聲擤鼻涕一邊繼續要打字。

「你真的能看到他感到幸福？」萬康仍懷疑山豬太過情濫。

「你自己去加護病房看看，有哪一個插管的人像他這麼有元氣。他可以忍，你又有什麼不能忍？」山豬咆哮。這是打字，更是咆哮有聲咚咚咚。

「他可以忍所以我們就要讓他受更多的苦嗎？那我們無疑在虐待他了。而這種虐待可以被稱作幸福？」萬康勸道：「這次你不用搖醒我了，我沒睡著過。」

「如果可以忍，苦也就不是苦。存下的是幸福。」山豬道：「或許，你睡得太少。」

「這也沒錯啦，醫生可沒告訴過我他很幸福、很偉大，你有你的看法。」

「正因為他們自認見過太多病人，反而不見得能懂病人了。」山豬道，「所以我才說你是他的醫生。」

「摁，身為他的醫生，我會問他願不願意提早結束災難，這是我僅能幫助他的。」

「你要他怎麼回答這種問題！」

「那麼，我就不問他了。我知道該怎麼做。」

「你這是什麼意思！」山豬幾乎要一拳擊碎螢幕。「…人呢？」

「你還在嗎？」山豬發現對方遲遲不作聲。

「斷線嗎？ㄎㄎ。沒事吧？」

「你還在嗎？生氣了嗎？」

「幹拎娘！」萬康道：「跟你說過幾次，msn一直敲對方，對方就不會讓你把上！要教你幾次你才能學會把妹，幹！」

「………」山豬委屈。

「等一等會死！這裡有事！」萬康送出：「有人在門口哭吠超久！就聊到這裡！晚安。」

看官，就在他倆對話之時，萬康依稀聽見門外暗巷裡傳來疑音，後來逐漸可以分辨是一種失控的哭喊。萬康放下鍵盤往外奔出，只見黑巷空無一人，舉頭看天，夏夜星光燦爛。順著聲音走了十多公尺，發現一個陌生女孩正抱著一隻馬爾濟斯失聲嚎哭。這時一個婦人也走過來。

倒是見過這婦人，偶爾相互點頭笑笑。萬康在門口餵食幾隻小街貓時，此婦人經過曾笑說這些貓很可愛，但晚上很吵，而且身體有跳蚤。萬康並不認為這些貓有吵過啥，也沒發現有跳蚤，微微一笑答曰：「還好吧。」就沒往下說。

那萬康上前問婦人究竟，方知原來此一素昧平生的女孩便是婦人的女兒。據婦人說，女孩帶狗去動手術，騎車載狗回家，車停好，籠子打開卻發現狗兒不對勁，恐怕上了過量麻藥而⋯⋯。任憑女孩怎麼哭喊狗名，怎麼搖動狗身都無法將之喚醒。那婦人對萬康講：「她就是愛養狗，每次都這樣。」聽來女孩送過病終的狗。話說著婦人將空籠子提進一幢公寓大門，沒再出來過。

如今現場只剩兩個人類，一隻弱犬。萬康道：「我來幫你扶住牠的頭。」這狗被女孩抱著猛烈扯晃，頭那樣甩動實在不堪了。女孩痛罵萬康：「不用！」萬康挨罵沒走，杵了一陣，改說：「按摩牠的心臟。我朋友養過一隻老狗，有兩回突然看起來死過去了，他們幫牠按摩心臟竟然甦醒。」那女孩依萬康之言動作，卻也不是⋯按摩。她情緒敗壞，厲聲狂喊狗名，用拳頭搥打狗的心臟部位。萬康道：「姑娘你粗魯了。」那女的沒睬，繼續重擊狗兒胸膛。萬康訥訥道：「…也是，用力點可能…復活。」萬康曾親聽母親的朋友說院方替她婆婆做CPR急救，甚至壓斷婆婆的肋骨，病人真的醒過來，只是身子也殘了，成植物人。萬康見狗兒雙眼睜開著，口吐舌頭。萬康道：「不要太難過。我也養過狗。讓牠好走。」

午夜時分，多麼淒涼驚悚的畫面。四周住戶皆無人來援，只曾傳來某棟公寓高樓住戶拉動窗櫺的聲響。女孩終於放棄，把狗捧抱著走到一旁（不希望有人打擾，希望大叔你也甭管了），身子直直往不知道乾淨不乾淨的地面坐下去（很像摔下去），讓狗兒在她懷中，專心哭下去，哀慟欲絕。

萬康怕得罪她，緩緩趨近著，偎蹲下來，見女孩沒轟她走。萬康小心翼翼以慢動作般伸出手（就像萬爸曾想撫摸柴犬哈嚕卻咫尺天涯那樣），終於觸到了，緩緩摩挲狗兒的絨絨白毛頭皮。那女孩哭泣甚久。狗兒依然睜眼吐舌，惟面容似撒嬌。萬康道：「牠還是很可愛的，讓牠好走吧。」夜深了，深了。終於她起身將狗抱進某公寓去，大門打開，又關上。萬康以前沒見過此人，想來現代化社會不認識家附近住了誰也算常態。萬康始終沒告訴她：「女孩啊，俺爹爹也受生死別離苦。」

話到此間，作者又要提醒了。本部作品可不是胡謅的，張萬康與李道長那場對話的午夜，確實發生「馬爾濟斯暴斃事件」。道長在沙灘上因一通電話遺失相機，亦所言不虛。

且說次日上午十一時，加護病房會客時間的輕音樂聲響起。山豬不請自來。他憂心忡忡萬康將對萬爸採不利舉措。他同萬康入內，見萬康仍精神拍背，感到放心。這時萬康手機響起，接起來說兩秒就掛斷。萬康對山豬道：「我姊在門口，你去換她進來。」自是，萬姊晚到，見ＩＣＵ門口的七號床櫥櫃裡兩件防護衣都被穿走，打電話進來請萬康叫人出來替換。那山豬出來後，坐於門口以作精神支援。四十分鐘過後，萬姊出來，山豬迎上，萬姊噘嘴道：「萬康說他有悄悄話要跟我爸講，哼，了不起咧，我就不能聽嗎？」山豬聽了臉色閃過一絲不祥。萬姊續道：「他叫你不用等他，一會兒他還要下樓找主治醫生和買尿片。」山豬道：「尿片？」萬姊不耐煩道：「給我爸用的。」山豬未支聲，低過頭表歉意，心裡盤算：「既然還費心用得著它，就表示不會對萬爸下毒手吧？」這萬姊便告退先返家去。

ＩＣＵ門口人影漸疏。寬敞的過道，除了不遠處一名青年為病母喃喃禱告耶穌基督，只剩山豬坐著不走。他想確定究竟。

半小時過去，眼看又往一小時去，山豬焦心了，怎麼遲遲不出來……

話說果然有鬼！萬康支走萬姊後，趁護士一個不注意，一溜煙就賊頭賊腦往床底下鑽進。萬康當自己是隻貓，只因家中豢養的那隻喵喵，每到冬天就想往棉被裡鑽；這棉被給摺成豆腐干兒，這喵喵神通廣大，仍能把自己身子似一尾比目魚那樣攤扁置入，豆腐干依然豆腐干，外觀上絲毫沒給搗亂出一彎皺紋。萬康的心計乃是，待護士一個閃身不注意，好比哪裡忙活兒或跑去吃午飯間，我就趁機爬出來，將呼吸器的插頭拔掉，不，甚至我身子在床下就可以扯掉插頭，只消我貓爪從床下伸出去就搆得著。

那萬康藏身床底下，眼前的視線只拉長成一隙狹窄的長方形，望見護士的鞋子和小腿。那護士低頭寫著例行報告，腳沒動作著。萬康又多看了兩眼，這才發現這護士的小腿和腳踝還蠻好看的，但凡線條，膚澤，嫩感，觀瞻上皆有一定品相。這護士不是昨天輪值的那個敷衍拍背又嫌痰難抽的女孩，而是新輪值的，工作能力、細心度、專業度、態度、慈悲度，都還挺好。萬康回過神來：「不能分心！」

一陣子過去，另一雙小腳過來，同時夾著話音，是昨天那個：「學妹你去吃飯啦，我來幫你顧一下。」另一個聲音說：「學姊沒關係，北杯剛剛血壓有點高，我先觀察一下。」那學姊說：「喲？高什麼高啊，死不了的，這老頭兒挺能撐。」學妹道：「他兒子走之前在他耳根子畔講了一段話，不知道講了什麼，北杯情緒有點躁動，突然好像要爬起來，我趕快幫他把『約束』綁好。」學姊一笑：「我就說嘛，七號床這麼行喔，老多天下來都不用綁『約束』是怎樣，遲早還是得躁。他兒子還當七號是神呢，老跟我們炫耀七號多有能耐、老說七號都不必綁。喲，我們是吃飽了閒著愛綁人是嗎？要綁不綁，由不得你。」那學妹小小聲講：「會聽到啦。」學姊道：「你顧他還不曉得他重聽喲。」學妹猛想起道：「對對對，他兒子有教我怎麼幫北杯裝助聽器，等等來裝看看。」學姊用閩南語道：「架工夫！」接續講：「他那個兒子不是我說，老一副就不放心咱們的德行，昨天請他走還不走，非要我幫七號拍背。」學妹道：「是唷，這麼刁，我還以為他人不錯。」學姊道：「你以為？啐，『不錯』也還有個錯。」學妹忽然呼道：「學姊！北杯又在動了！他好像想講話！」學姊笑道：「最好他含著口管還能講話。」一雙腳往床頭走動過去，只聽得將身體按落下去的嘎吱聲和人聲：「大神！您就行行好唄！下來了您能跑嗎？」

那萬康在床底下看著雙腳，聽著對話。

於此同時，萬康心頭一撞。撞的倒不是那對話內容，而是驚見床底下另一端蟠踞著一隻超巨型癩蛤蟆。萬康定睛一看，忍著壓低音量：「你他媽嚇死人啦！」對方將食指放在鼻頭：「噓，小聲點，我來幫忙的。」

趴在床下的另一者是誰，原來是判官大人。

看官，這回就先說到這。一廂是山豬道長門外乾著急，一廂是張萬康力行智摘插頭取父命，下回分解！

第十一回　花判官串戲三岔口　野山豬大鬧ＩＣＵ

跟各位看官報告一事。連載期間作者的母親對作者提出嚴重糾正，說你怎麼寫人家叫黑山豬呢，非常不禮貌，人家看了心裡會不會好受？……據此，作者聽了思省確實不妥，接下來謹以李道長相稱。

卻說萬康、判官床下相遇。那判官壓低嗓門道：「我想你下不了手，三心二意，這就來幫你結果萬爸，我也早日結案！」

看官，《水滸傳》裡頭的「結果」常當動詞使用，意思就是…卡茲，做掉。又，《水滸傳》中有一回目其中一句叫「魯智深大鬧野豬林」，咱們這裡就偏偏來個「野山豬大鬧ＩＣＵ」。取捨下這裡不用「李道長」，圖的是個氣勢。

判官說完，那萬康擠出苦澀一笑悄聲歎曰：「想不到我們也有結盟的一天。」判官輕笑勸道：「世事難料，不管是誰利用誰，咱倆目的一致，甭愛面子就轟我走。」萬康正欲搭腔，這時聽見床外邊的動作聲和人聲（閩南語）：「你是『抖猴』否？」接著國語說下去：「病入膏肓了，這七號還兇的咧，學妹你那邊再綁緊一點！」那學妹的小腳快速往床頭移動，一邊動作一邊甜音憐惜道：「北杯！你不可以動喔！要忍耐！不然你兒子會擔心！」學姊笑道：「他又沒戴助聽器，你是演給鬼看喏？」那判官聽了朝萬康指著自己：「喲，說的是我？小妮子不怕犯諱？」只聽得學妹又問：「北杯，你哪裡不舒服？我拿圖畫本問你好不好？」看官，是這樣的，有些護士雖知病人無法聽見，還是習慣對病人講話，讓對方可以感受到己方輸送的關懷之情。而那圖畫本則專供不能開口或不能聽見的病人使用，由護士翻動一頁一頁的圖案和圖說，譬如「傷口痛？」、「要翻身？」、「身體癢？」來讓病人做點頭或搖頭回應。這學妹的小腳便又移動著，站定後，傳來卡紙翻動的聲音。另一個聲音道：「不用問了啦！他全身上下沒一處不痛快，伊係呷飽閒閒剉咧等。」聽到這裡，那萬康再也按捺不住，一整個就要往床外衝去找那護士算賬！判官急忙在床下抱住他，兩個人在床下滾動。

判官忍著壓低嗓音呼道：「小不忍則亂大謀！事到如今你就甭計較啦！」萬康糾纏著判官的蛤蟆手：「不是計較不計較，她這是…」這時床外又傳來一句笑音：「我看你是不見閻王你不剉賽。」一瞬間判官變臉了：「踏奶奶的！她是見過閻王爺嗎！」說著撩起水袖，便要衝出床下開幹！那萬康趕緊擒抱住他，兩人翻滾。「你他媽是來亂的！」萬康制止道：「你這是幫倒忙！」判官道：「…我…我他媽…我就說我這樣是不對的，你可別學我。」那判官感到吃窘，因順端起架子開始訓話：「萬康，我是見多了，這世間有善，就有惡，善惡共生。你看這是什麼？」說著推出一隻手掌。萬康道：「手。」判官道：「手指頭。你看，我就說嘛，人的手伸出來，五個指頭各有長短，不是嗎？」萬康道：「幹，你超老套！」判官氣結：「那難道我要跟你說，這世間有雞巴，就有雞巴毛嗎！)))」萬康道：「這就對了。」判官道：「你他媽不像話。」萬康道：「可我跟你講正經的，一碼歸一碼，把我爸結果之後，我還會找這個護士清算！」判官擠著眉毛搖頭道：「你說不聽。我同你講，壞的，就一邊去，人要撿好的看。」說著看往某個方向：「喏，你看此一良善的小護士，那腳踝是這麼嫩白著，美好著。你要學我，我只消看見一寸，就得以窺出她全身淨裸之美。」萬康覺得這人有病，忽而加深意識到此人果然是來幫倒忙的，緊張起來。那判官說著便將手伸到床外，摸了那小護士足踝一把。那萬康來不及阻擋，只見判官手縮回來喜不自勝：「嘿嘿！摸到了！猴虛否！」萬康道：「什麼？」判官道：「廣東話，好舒服。」這下換萬康搖頭了。

話說那護士遭此一記，卻因動作間（把畫圖本放回原位）沒能感覺到。判官上癮了，那手臂突然自動拉長，像長蛇一樣蜿蜒而去，合著鬼是有法術的。萬康驚問：「你要幹嘛！」判官道：「繞到後面，襲胸，跟她一起唱《第六感生死戀》主題曲。」萬康心想這是胡鬧！連忙一指頭往他腋下戳去，判官尖叫一聲，手臂瞬間縮回原樣。萬康搶白道：「怎麼當官的人這麼色是怎樣！」判官不滿，氣概十足的拍胸脯道：「我色歸我色！不要扯到我的職務作人身攻擊！」說著一手擋住萬康，一手再又動作往床外伸出。萬康急了，雙手掐住判官脖子，自己身子朝他身子整個壓住，判官掙扎間只好將手縮回與萬康打鬥：「你這樣就不色嗎！你這樣壓我，我也會有感覺吶！」萬康道：「不准你動她！」判官憤怒道：「她是你的人嗎！」萬康道：「不是！但也不是你的！」判官道：「那就是大家的！你也可以三P哇！」萬康道：「你還知不知羞恥！」判官近距離將口水啐在萬康臉上道：「承認吧！你吃醋了！因為你愛上我了！」萬康感到一切亂了套，回過神來斥責道：「好人家的女孩兒，你不能動！」萬康痛苦的緊閉雙眼：「要，…你就動她學姊。」誰知道判官眼睛一亮：「咦，這個好。你鬆手。我喜歡愛嗆聲的娘子，俺就是喜歡她這個潑辣勁兒。」萬康沒好氣道：「我們可以幹正事嗎？」判官道：「你手放開！我跟你講！我去鹹豬手，好支開她讓你下手！」萬康這下心思和手勁同時鬆動。判官掙脫後道：「要不然你就這樣大搖大擺出去拔了呼吸器插頭，你還得吃上陽間的律法。」萬康反問道：「你不是來幫我的？你幫我把你的長蛇手臂伸過去，將插頭一挑，不就完了。」判官忽正色道：「生死之戰，你才是角兒，我們打個上下手。」

看官莫忘了這判官是個戲迷，這武戲兩人對打，通常負責主秀的叫「上手」，做配合表演的稱為「下手」，合起來叫「上下手」。

那判官把話說白：「我只是個幫襯的小咖咖，這種事兒，你得自己來，否則陰間的司法不饒我，我只管把你老太爺領走得了。」萬康笑道：「您忒謙了，我當您是劉利華。」判官眼神飛亮：「嘿？您老懂這一味。敢情不打不相識，我這可遇上了任堂惠？」

看官，對判官來說，劉利華比劉德華重要吶。這劉利華是經典武戲《三岔口》的武丑所扮演的角色，而任堂惠便由那武生所飾演。故事簡單講，任堂惠投宿一家黑店，店小二劉利華半夜摸黑去殺他，兩人便摸黑使出真功夫，繞著桌椅玩出絕活，拿刀真劈，拳腳爭相，騰鬧半天才曉得是自己人。戲中這兩個角色同樣重要，就沒分啥上下手了，真真是棋逢對手。

這萬康笑答道：「我哪懂什麼戲。想當年『國軍文藝活動中心』的京戲演出正夯，小時候咱萬爸帶我們姊弟倆進過一趟大觀園，湊個熱鬧看著台上聽叫好，記得的也就這一齣。」判官精神道：「吔！我就跟你演這齣。」萬康定定神，道：「好，我們合作。」判官歡喜嬌柔道：「好，那你要跟人家打勾勾喔。」萬康道：「饒了我吧。」

且說那判官便要離開床下，萬康扯住他問：「你就這樣出去？」判官笑道：「他們看不到我，除非我想讓他們看到。」於是竄出，毫不用培養情緒，立刻就朝那學姊屁股用手戳撈一記，試驗彈性。學姊護士下意識只當發癢，腿子抽動一下，便又回復原姿勢。判官續將手來回摩挲她腰肢曰：「你的腰就像你的性子那麼蠻。」學姊一霎時腰身朝前用力一頂，小腹一收又往旁一扭，只當疑心自己幻聽。判官在她耳際柔聲道：「親愛的，你跳肚皮舞一定超殺。」說著判官來了一個背面雙手環抱，只差喊她「蘿絲」，合著演起《鐵達尼號》。突然學姊急轉過身，瞋視床鋪上的萬爸，高舉手就要把萬爸「貓」下去一掌，手落下間，臨時改為用指頭用力戳萬爸太陽穴：「你這個死老不修！要不是看你是病人我給你八百個耳光！」萬爸狀極痛楚。學妹訥訥不解，學姊告訴道：「七號剛剛吃我豆腐！」學妹道：「他不是被綁起來了？」學姊道：「…這…這就是他厲害的地方！」這學妹倒也是個迷糊蛋，只當學姊說笑，因而朝學姊笑將開來：「學姊我跟你講，北杯真的很厲害喔，醫生每次來他都跟醫生揮手，還比大拇指，而且還…學姊…學姊你沒事吧？…」只見學姊蹙眉，閉眼，嘴唇微開，脖子仰起，呼吸急促，面色潮紅。那判官正在學姊耳畔輕聲細語：「你，寂寞嗎？你，好辛苦，好辛苦。而我，懂你。」學姊那眼角縫隙忽然泌出淚水滑落。判官上下其手，對著她的耳朵吹氣，送出呢喃低語：「你，需要愛。」學姊頭如搗蒜：「嗯哼…」學妹這時候察覺不對勁了，忙過去扣住學姊的手搖晃，略揚起嗓門問道：「學姊你怎麼了！」這一搖動，學姊清醒片刻：「…我好像…做夢…不曉得…頭好暈喔…有點難受…可是又…」

「猴虛否。」判官在她耳際說。

「對！猴虛否！」學姊激動喊出。

「…沒事吧學姊？」

「…我…我…」學姊再又墮入昏厥，卻是嬌喘呻吟，「我不行了！」

「學姊！」學妹驚惶失措：「我送你去急診！」

「不用！」學姊失控吶喊：「好爽！）））））））））」

這下子整個ＩＣＵ都給驚動。護士醫生們都朝這兒過來，學妹惶然喊道：「阿長！」這叫的便是護理長，在醫院都習慣這麼親暱的叫。

眼下這群護士們皆二十啷鐺歲，獨阿長年過三十，卻是個風姿綽約美嬌娘。判官發現這麼多小正妹簇擁著自己，早已身陷狂喜，眼下過來的領頭羊又讓人眼睛一亮，恰是喜上加喜。

護理長好樣的！當機立斷，忙喚人把那個出狀況的護士扶上ＩＣＵ一張空床躺好，測量各種生命徵象的監視器推過來，血壓、脈搏、呼吸次數一整組瞬間就套在那護士身上。為了將數枚檢測用的貼片去粘貼在學姊胸前一帶，一名護士將學姊衣服解開一部分，忽然發出尖叫：「這是什麼？」眾護士紛紛望去，看不出其皮膚究竟，議論紛紛只道是過敏，醫生們面面相覷。阿長道：「會不會是一種花粉過敏？」一個護士道：「可是春天過了啊，現在是七月天。」另一個護士冷靜道：「夏天也有夏天開的花。」阿長嘉許道：「我也是這麼想。」這時ＩＣＵ主任，是的，他也上來了，此人是位年近六十歲的老資格醫師，他講話了：「不是花粉。」眾人收聲望著他。

主任宣佈答案：「是屍斑。」

這下眾人傻眼。那學姊躺平間聞言大駭，一整個涕淚噴出：「但是我還沒死怎麼會有屍斑！我只是…欲死欲仙。」

離奇的是，屍斑瞬間褪去了，皮膚回復成健康原貌。幾名醫師正好奇討論著，卻聽見四周越發嘈雜，大家停下來，只見前後左右每名女護士（包括阿長），連同女醫師們，統統都支撐不住自己的形廓似的，盡皆閉起雙眼發出古怪的音浪。

這真是一件很夭壽的事。判官對著四面八方豪邁朗聲道：「既然都到齊了！就別說我大小眼！統統有賞！」由是撇下那個學姊，竟對在場其他每一名女性醫護人員進行騷擾。說來這判官倒也懂情調、賦雅興，對著某護士一邊搔觸秀髮，一邊柔聲問道：「你爸爸是小偷嗎？」那護士不解：「老爺為何這樣問奴家？」判官道：「不然他怎麼把天上的星星都偷來，裝進你的眼睛裡。」天啊，那護士聽了腿軟，呻吟一聲，就由著他了。那判官搗亂一通，又跑去拾起一個護士的小手把玩，悠悠訴說：「不瞞你說，從小到大都是女生倒追我，只有你，讓我，心動了。」那護士陶醉呻吟道：「喔！寶貝！她們都不懂你！可是我沒有那麼好！你為什麼會選我呢？」那判官「呃…」接下來不知該怎麼接腔，只好趕快把蛤蟆嘴唇吻上去，歐耶。鬧完這廂，又飄去搔了一記護理長的下巴：「游小姐我來遲了。」阿長慍色道：「喔先生我不姓游。」判官猛搖頭道：「不，你姓游，單名勿。」阿長恍然領會：「尤物？」判官道：「幹嘛說自己的姓名。」阿長「啊」嬌吟一聲，身子整個鬆倒，還好判官托住，簡直在跳探戈。最後還剩一名落單的女孩，判官的鹹豬手才要過去，那女孩便一個縱身閃躲：「你不要在那邊鋪梗了！我最討厭人家說什麼美女我想認識你，我不吃甜言蜜語那一套。」判官道：「呼！那我就放心了。」女孩停下問：「為什麼？」判官說：「因為你不吃甜言蜜語這一套，所以我可以放心的說，美女，我想認識你。」女孩皺眉道：「你是在說什麼鬼？」判官自言自語：「…好像沒中，她悟性差了點。」判官惱羞成怒：「不管了啦！美眉！給不給虧啊！」說著就撲倒對方。

真是夠了。男醫生們，以及自顧爬下床的那個學姊，一同放眼望去，實在是看傻了，不知該從誰急救起。一盤狼藉，女士們雖身著衣物，然髮鬢蓬鬆，女體甚至有斜倚床欄或賴倒於地面作怪姿者。學姊對醫師們道：「我怎麼有點似曾相識的感覺，甚至…喔我吃醋了嗎？…」她生氣到發抖，渾身難受，無法呼吸，把身旁一個病患的氧氣罩奪過來用。未幾，幾名男醫師也中了！他們情不自禁對著空氣舔舌，淪陷在愛的力量中無法自拔。注意，他們並非跟護士一起亂，而是自己在搞自己。主任尚未受害（不，好像是判官看不上他），迅雷向另一倖存的醫師喊道：「我們必須請求支援！」學姊拉開呼吸罩高呼：「喔不！你們不懂這份意外的感覺。」

話說張萬康顧不得遠邊發生的怪鬧聲，當務之急唯有趁機對萬爸作處斷。他爬滾出到床外，立起身子的同時，發現萬爸正注視他，像是注視他良久而非僅止於爬起的瞬間。爸沒戴助聽器，他用唇語告訴他：「拔，對不起。」萬爸抽著眉心猛搖頭，這是抗拒。萬康欠身，以高跪姿罩膝下跪，握起萬爸的一隻手，亦回以猛搖頭。那意思是說：「拔，真的不行了，這樣下去是不行的。」萬爸的眼神很兇，父子連心，萬康知道他說：「我要活下去！」萬康是可以進入萬爸神識與其相通之人，他們默然「交談」著。萬康道：「拔，與其死在別人手裡，不如死在我手裡。你的病很艱難，我也怕他們糟蹋你。」萬爸道：「萬康，我這裡先撐下來！我可以的。你那頭去張羅醫生，我們要拿出辦法來。我都不怕！你怕什麼！」萬康聽到這裡，想起適才護士學妹講的那番話，爸總對醫生揮手比大拇指。萬康震懾父親的生命力既是這般強大，自己下的決定是否失之魯莽輕率。可是父親這樣的手勢又只讓自己加倍心疼他受苦下去啊。萬康道：「拔，你別孩子氣。現在走，你還可以走得有尊嚴！」萬爸雄糾糾道：「我要活一百歲！」萬康勸道：「拔，話不是這麼說的。我們沒有實力存這個念想。」萬爸道：「那九十八歲！」萬康苦道：「拔！」萬爸道：「九十二！可以嗎！讓我回家嘛！讓我多看兩年『安麗盃』。」這說的是台灣辦的國際撞球大賽。萬康苦笑：「拔，夠本了。今年我們看的男子組冠軍賽啊，足足打滿二十一盤，打到最末一盤才分出高下，十一比十，精彩吶！都沒浪費啊！」萬爸用一種替人講情，又像是撒嬌的語調道：「萬康，我們先把炎魔大王打退嘛！如果肚子裡另有名堂，我們慢慢對付他嘛！」萬康道：「拔，腹腔裡，有可能是比那個魔王和娘娘還恐怖的蓋世魔王。」萬爸道：「比賽不到最後，說勝負都還早，你看那麼多球賽看假的？」萬康道：「但有些比賽，難以追分，剩下的是垃圾時間。」萬爸道：「真正的垃圾是你！籃球比賽四十八分鐘，第四節輸三十分也要把時間走完，不然你對不起觀眾！對不起教練！」萬康滄浪笑道：「合著你是我的教練啊？李道長怎麼又說我是你的醫生啊。」萬爸倔強道：「我不管！我想活！我負責活！你負責天天來！每次會客你都來！你只要做到這樣就好！好不好？」說到最後末兩句萬爸是央求了，語氣上十分之哀憐的央求。萬康聽了不忍，因將另一個膝蓋也軟下一跪，這下是《四郎探母》那句唱詞「雙膝跪在地平川」。萬康下頭是膝蓋撞地，上頭是將萬爸的手更給抓緊，緊到兩人的骨頭一起發痛道：「我很無能啊，我只能拍背。」萬爸道：「拍背很舒服哇！我就要你多拍！再好的護士也沒法幫我直拍個千百下。萬康，你就拍背就好，你姊就按摩就好，其他的你們都甭想，你倆就好好照顧媽媽就好，剩下的都交給我！我相信我可以活過一天，明天就有希望。」萬康道：「拔，我前幾天轉到『大愛台』，證嚴法師講：『是明天會先來，還是無常會先來？』」萬爸用力扯著「約束」的鬆緊索，整張床只怕被掀動，怒道：「總不該是你先來！」

這萬康啼哭甚久，遲遲不能就下手。俗話說「酒過三巡」，他這兒「淚灑三巡」也夠久了，因恐被人看到，行跡敗漏，便先鬆開父手，滾到床底下自己再哭上一甕。哭至地暗天昏處，恍惚聽見一種女性的魔音穿腦，心想壞了，難不成判官把加護病房來了一個「打通關」，這可如何是好。哭泣和歡媾的巨大音浪中，整座ＩＣＵ眼看就要給搖晃崩塌，這是…世紀之初逢末日，世界運轉到末日。

僻靜的走廊上，李道長內心可不平寧，雖然他猜不到和走廊相隔的這扇安全門之內正上演著雜交派對，可他愈發直覺到萬康正藏於病房內搞鬼。打了幾次手機，萬康似都關機。事情不容再拖，心焚間就朝那對講機的門鈴拍去。護士們唯一有空應門的正巧是那個學姊。對講機傳來女性「喂」的聲音。李道長胡亂謊稱：「…我來…送尿布！」對曰：「第幾床？」李道長並不記得床號（他都是跟著萬康進去，防護衣和口罩亦由萬康去號碼櫃拿給他，甚至他記不得萬爸的名字），這下急了，便瞎喊：「每一床！」護士怕沒聽錯：「什麼？」道長這時才發現對講機旁就懸著一張病患姓名號碼表，看了兩眼找到，趕緊回答：「七號。」這學姊便將電動門按下開啟鈕，一邊心道：「吼個春啊，這人吃錯藥了，怎麼今天門裡門外一團亂！」這門板橫向移開間，李道長便大步衝入，學姊攔阻呼道：「你幹嘛！裡面很亂！尿布呢？」李道長急道：「張萬康人呢？」學姊道：「誰？」道長道：「張萬康爸爸的兒子！」學姊道：「幾號？」道長整個炸火，衝著她的臉咆哮道：「七號！)))))))))」學姊嚇哭退開。

正當學姊回身跟主任哭訴：「他吼我。」李道長已快步進入ＩＣＵ。一個年輕的男住院醫師衝上前阻擋：「先生你要幹嘛！我們這裡有狀況，可不可以等一下進來。」道長不便道出萬康欲謀害父親一事，只好說：「讓我看一眼就好。」講完話，卻撞見護士們統統在群魔亂舞，外帶幾名醫生有如中邪狀扭擺，只怕沒看錯。另一頭主任正在罵護士：「這個時候你放人進來幹嘛！」場面亂到不行。一個遲疑間，又來一名醫生合作擋住道長去路，道長火大：「出事你們負責嗎！」將眼前兩個醫生兇猛推開，便要前衝，這時主任和另一醫師搶上，四個醫生聯合將他扯抱住，同時主任高呼學姊：「叫保全！」學姊趕緊拿起電話。道長一聽見「保全」，深怕惹出事端，推擠中釋出善意：「好，我不動作，我們有話好說。」主任講：「我知道身為家屬的心情，我們到休息室談，這裡很不方便講話。」就在雙方盧來盧去之間，效率之高，一隊保全衝進ＩＣＵ，主任看援軍一到，逃至一旁大聲呼喊：「拿下他！」

只見那保全帶隊官，雖然是個五十多歲的歐里桑，然臉上皺紋如甲骨文或鐘鼎文那般鑿過或鑄成，身形剽悍，體魄非凡，個頭少說有一米八五。道長約莫是一米七六，當下就矮半個頭。此人當即朝李道長呼道：「來者自報家門！」這時候黑山豬——沒錯，這時候要稱黑山豬才有氣勢——朗聲回道：「陸軍野戰步兵三三三師一六一五梯上兵退伍！敢問長官名號？」那人一聲哼笑：「海軍陸戰隊，莒拳隊，上校大隊長！」看官，莒拳隊是恐怖的特種部隊，他們的訓練科目包括一公尺內如何徒手殺人，口號是「一擊必殺」。黑山豬驚知此一歐里桑退伍前的履歷，心下一凜，說時遲那時快，那人一步搶上，雙手就欲將黑山豬牢牢揪住，黑山豬賣個破綻，一個迴身將他雙手反扣，厲聲大喝：「回你的博愛座！」一個過肩摔就將他砸向一個醫療品鋼鐵架。一聲轟然巨響，棉花棒灑滿地。黑山豬補上一句：「上藥去唄！棉花棒隨你拿。」判官一旁蚪一跳，鹹豬手從護士們身上縮回來：「哪來的一個暴力狂？毀了你大爺的雅興是怎樣？」

這時四面八方齊發銳聲嘶吼，所有的保全小鬼包圍朝黑山豬衝過來，竟似一群台灣土狗圍攻野山豬。黑山豬抓一個就扁一個，踩過一個再Ｋ一個，人抓過來就往空中扔，四周圍物品擺設全被他搗成稀爛。護士學姊一旁淒厲尖叫：「出人命啦！抓住這個壞人！」黑山豬殺紅了眼，聽見她這一聲喊，衝上去就一個大腳踹下。學姊整個人癱在地上，按著肚皮嚎哭。主任在山豬身後高呼：「不可以打女人！」山豬回身望向他。主任嚇得雙手摀住口：「請慢用。」說完往一邊逃竄。那帶隊官和幾個保全小鬼鼻青眼腫爬起來還想打，山豬下手仍不收斂，格鬥間突然山豬兩側腋下一緊，被人穿出雙臂從後架高，山豬剎時不得動彈，只聽得身後人喊：「同學，夠了！」

這張萬康將李道長連推帶拉往門口方向去，一邊勸道：「你在這裡做什麼！」道長反問：「你又在這裡做什麼！」萬康道：「…我沒做什麼，沒事了。」說著正好經過判官，萬康猛踢他屁股一腳：「你也玩太大了！」判官喊出聲疼，撫摸屁股道：「你同學就玩得不大？」萬康一時未搭腔，將道長架至門口，方朝病房內回眸望去，只見現場一片廢墟，各路人員似甫從泥漿和煙塵中爬出著正作自我恢復，唯獨各張病床上的病人始終如一的昏厥，或說正因始終如一的昏厥反是一種清醒。判官追上來道：「萬爸人呢？我得帶他走。」萬康冷冷的道：「我說過你不能動他。」判官道：「嘻嘻，就甭心疼學妹啦，當作一場鬼壓床得了。」萬康一記右鉤拳揮去：「是說萬爸。」那判官呈大字形躺平。

看官，這場「ＩＣＵ大失控」就在這兒打住。這萬爸的生存意志如此堅持，加上黑山豬的忠貞輔弼，非但讓萬康更加確立這場酷戰之延續意義，並還感動了一位從旁觀察的醫師。這位醫師將在下一回登場，他接替正好前去休年假一週的一位主治醫師，履職頭一天就對萬康拉開嗓門直率道（這可不是設計對白喔）：「我知道你天天都來！家屬積極，我們也積極。你爸爸不能這樣放著！我建議給他做積極性治療！」

本回結束。下回分解。

第十二回　造慶口土大夫起風雲　套連環俏醫師展豪邁

話說經過一場毀滅性的鬧劇後，套句電影《亂世佳人》女主角郝思嘉在結尾時的那句「無論怎樣，明天都是另一片天。」（After all,tomorrow is another day.）——張萬康重新回到戰鬥位置。

七月十五日上午，萬康探視萬爸，發現呼吸器的氧氣濃度數字，從三十五降到三十，真不錯！氣壓數字仍在三十，如能一起下降更好。日昨的夜場探視，萬康在社區大學的學生信緯，前來床邊對萬爸耳際喊話：「北杯！你好起來，教我們打十三張！」這句尚不見具體反應。接著又喊：「我跟老師學到很多！」萬爸突然精神昂揚起來，癡癡點頭一記。信緯說下去：「老師好棒，因為有一個好棒的父親！」萬爸做了一個頓點式的輕輕點頭。看官，正常的氧氣濃度是佔空氣的五分之一，也就是百分之二十，肺炎患者如果在這個數字降到二十五，那麼脫離呼吸器、靠自己呼吸，就有望！再跑過「五碼線」（美式足球每隔五碼畫一道白線），一旦降到二十，那麼跨年關的煙火將可提早施放。然而，萬爸從插管之初氧氣近乎開到滿檔一百，一路惡戰拚降到三十，雖然他的表現「好棒」，醫學上這個二十五的關卡向來不容易達陣。此外，對照X光片肺部黑回去的效率，以及綜合更多數種據所顯示對呼吸器的倚賴程度來看，萬爸還有得拚。（以上醫學相關部分，如不夠專業或出現訛誤但請包涵。）

萬爸由兩位主治醫師協力診治。一員是腸胃內科，男的，代號X。一員是胸腔內科，女的，代號Z。此一Z醫師在七月十五號這天開始休一週的年假，由一位男醫師代班主治任務，代號H。看官，咱們在此不用他們的姓氏當代號，而用名字最末一字的羅馬拼音頭一個字母。這位H大夫，年約四十五歲，額頭微禿，眼睛細小，個頭不高，活力充沛，嗓門情不自禁的大，走路不由自主總快步又大步走。曾見他換便服下班，穿著老氣，模樣樸拙，甚至略帶邋遢，說像是疲勞過度一臉苦命相一生坎坷的業務員，像！……說是老年代開雜貨舖、柑仔店的，或說賣菜賣水果的，也像！……說是大冷天大熱天站在大樓地下停車場口子上指揮車輛進出的管理員，也像！

萬康和萬姊正開始幫萬爸拍背和按摩，聽到急促的腳步聲，因順回頭一望，H醫師現身！萬康才打過招呼，那H一個揚手作邀，往遠處一比：「我們到旁邊談。」萬康見來者神情舉止隱涵要事共商，當即隨他前往，萬爸留給萬姊一人伺候。那H停住後，順手從旁撈來一張滾輪的活動桌，厚厚的一本病歷放上，擺開架式，略帶歉意的微笑說道：「讓病患聽到不好。」萬康會意：「嗯，雖然我爸有重聽。」H點頭講：「有時候還是會聽到，盡量不要。」緊接著這位H醫師，那真是毫不囉唆，開門見山，攔不住滿腔激情，豪氣而急切的朗聲道：「我知道你天天都來！加護病房很多病人的家屬是不來的！你朋友在這裡的衝突事件，我放一邊，那我不管。家屬積極，我們積極！Z休假以前跟我討論過你爸爸的狀況，你爸爸的問題…我想你知道，很嚴重！很複雜！病人不能這樣放著！我建議給他做積極性治療！」

這番話讓萬康聽了士氣狂振。很特別的是，H快人快語，一般醫師對家屬講到別的醫師，好比會稱陳醫師、劉醫師，可他直接講對方的全名，連名帶姓喊。對萬康來說，這透露兩個訊息，一是H比Z資深（自也比Z資深），且對自己頗具自信；二來是他作風上不來啥世故俗套，自然率真。那H醫師續激動道：

「這個營養針不能再打！會感染的！你爸爸七月一日插管，已經十五天了！胰臟疑似有腫瘤你知道嗎？」

「我知道。很不利。」萬康道。

「我要叫X來給他照胃鏡！不能不『造瘻』。」看官，「瘻」音同「樓」，字義約略是通道。於是H對萬康解釋什麼叫造瘻。也就是動手術，從肚子開個口隙（這叫瘻口），放入一條瘻管連接小腸，以後就從肚子外頭把營養直接灌入小腸，等於繞經胃部和賁門。合著此路不通，就改條路走，如此萬爸就能攝取更多營養轉換成更多體力去對抗肺炎和延續生命。既然要造瘻，那麼該有的步驟必須再走一趟，重新照胃鏡、超音波，確認萬爸的賁門口是否仍腫脹和堵塞，如果消腫了，很好，可以從鼻胃管灌食，造瘻免了；反之確認還是沒消腫跡象，立刻造瘻。「Z有跟你講過可能必須氣切嗎？」H問。

「有。我們有心理準備，但還是希望他靠自己力量脫離呼吸器，所以就先緩著。」

「我建議，氣切和造廔一起做。這樣少麻醉一次，病人減輕負擔，尤其老先生上了年紀。做氣切不表示就不能脫離呼吸器，還是要朝脫離呼吸器去訓練。我本身是呼吸加護病房的主任，到時候你們和Z講好，把你爸爸送過來也可以。」

萬康感到曙光整個射來，清晰無比。他相信以萬爸的毅力，只消得到「子彈」的支援，即便做了氣切亦有頗高的把握去拔除氣切管和呼吸器，一如李道長順利脫離氣切，只在脖子底下癒合出一塊勝利的疤痕。可是，萬康憂慮到一個問題：「這樣聽起來，我覺得一起做很好。可是我爸也檢查出有肝硬化A到B期，現在有腹水。有腹水可以造廔嗎？」

「這不是理由！」H加重語氣說道。「腹水也有消的時候！我要找X來照胃鏡和超音波。」H又說了一次找X照胃鏡，外加超音波。「肉眼看，和用超音波看不完全一樣。」這說的是腹水。

萬康對H的方案表達謝意，H表示你再跟病患或家屬商議看看（這是手術前必須有的流程，儘管原則上兩人是說定了）。H的熱情與自信，讓萬康在十五天以來首度感到好放心，那句「病人不能這樣放著」叫人動容，那種積極度尚見出他對醫學的狂熱，十足的一個工作狂（其實不光醫生護士這行，大多人任何行業職務幹久了看見事情或case來了難免只嫌麻煩，湊和應付著交差便是）。這場討論，戰略戰術的最高指導原則給明快的確立出——作戰搶的是時間，這事拖不得！必須迅雷作攻守轉換！雙管齊下！上拚氣切攻山頭，下造廔口開腹地，交相掩護，兩面反撲，重創魔王和娘娘這一對「鹹」伉儷，及那個隱身幕後散播胰臟末法的老魔頭。

是的，即使真的是胰臟癌的話，此病症之患者向來生命只有幾個月到半年，但萬爸想活，延續生命就等於戰勝。況，這世間藏有一種東西叫作「奇蹟」，以萬爸的生命力，在奇蹟式打退肺炎後，一旦局勢暫時穩定下來，興許光憑廔口灌食卻活了不止半年，甚至超過一年，上演出更大的奇蹟。如此萬爸就可以下床坐輪椅讓萬康推著散步（做氣切的人無法坐輪椅，因為呼吸器很大一台沒法一起移動），還可以開口講講話（做氣切的人無法發聲），這就算享到福了。

即使沒法脫離氣切，至少不必含著口管，氣切雖苦比起插管之苦還是有小巫大巫之別。總之氣切管和口管都沒法脫離的話，萬爸的精神和體力仍會更好（至少可以好上一段時日），這時候萬爸可以清醒的、好好的去面對死亡，得以整理自己的心情或交託遺言。這萬爸是老小孩，老想活一百歲，也自信可以活一百歲，死亡的威脅來得太突然，如讓他有時間緩一緩去調整、去面對，得到更深廣綿延的心靈靜謐後，這樣他可以走得更心安，甚至得以悟道（成佛？）。

當晚，一如往常，萬康餵食前來家門口討貓餅乾的兩隻街貓。這兩隻小母貓是姊妹倆，乍看是同一個雞蛋糕模子生出的一雙灰狸虎斑，吃飽後在門口鬼混趴地上吹夏夜涼風。之後萬康把柴犬牽出門遛，兩隻小貓跟上來一起遛，儼然左右護法，一路上樂得飛躍草叢間。那萬康家中的大公貓，最早是牠尾隨萬康遛狗，自從兩隻小母貓喜歡跟著人狗一路公園玩耍後，牠小子便發懶，老窩家裡，好像把散步的工作交接給朋友來著，不，是指派給部下。

那萬康遛著狗貓三隻，還真招搖，社區和公園民眾見了總嘖嘖驚笑。這晚遛到一半，經過兩株合抱的大榕樹，忽而口袋的手機發出聲響。萬康見是封簡訊，窄小的視窗上卻沒人名代號，亦無號碼顯示，卻有幾個字：「莫過喜。莫過憂。」萬康狐疑間這便停下，三貓狗亦停下望他。左思右想一陣，好！決定了！回看看！……於是送出：「你是誰」。

然後扯動狗繩想走，發現兩隻貓小心翼翼，又賊頭賊腦的正用爪子去撓繩子玩。合著貓的好奇心向來不小。萬康也曾見這兩小屢次用爪子去試撓哈嚕（看官沒忘記唄，萬康這狗名叫哈嚕），只是哈嚕渾然不鳥，等被撓煩了，猝然汪一聲作勢撲咬，兩小猛地飛閃到好遠。貓兒就是愛玩這套，狗兒不領情，貓兒窮開心。「走了啦，別玩了。」這時萬康甩了一下狗繩，兩小跳開，這才邁開步子，對方就送來嗚響。萬康按出，對方回覆：「莫問我係賓狗，只問你自己係賓狗，來自邊度，去往邊度。」萬康把手機朝哈嚕的狗鼻子放過去，問道：「狗不狗的，你看懂沒？」哈嚕將頭掉過，跳入草叢東聞西聞，只想拉狗屎。萬康心生一念，貓最好奇，於是將手機按到回覆狀態，放在地上。果不其然，兩小湊過來，以神祕兮兮的動作探出貓爪。萬康一笑：「繼續，你們幫我回他唄。」兩小瞎撓胡搔一通，這時哈嚕大完便，跳回路面，兩小電毛般逃走。萬康拾起手機，上頭竟有三個貓字，不，那是貓按出的人字：「孟加拉」。

這可奇了。一奇貓會打字，二奇貓打這是什意。

不對。應該說，貓只是恰巧播出一字「孟」，又拍到造詞自動選擇，於是剛好選到「孟加拉」。萬康檢視手機，果然這個詞就在很前面，亂按就會選到唄。

沒錯。粵語。適才對方傳來的這封便是。萬康高中時代和萬爸、萬姊三人一起迷過港劇，識得一些香港口語。那時是港劇初登陸台灣的一九八零年代，坊間很多錄影帶店出租好比《射鵰英雄傳》、《神鵰俠侶》、《笑傲江湖》等香港連續劇，萬康總抱回一疊「黑盒子」，父子三人上癮狂看。其間一次颱風天做大水，他們住處的ｘｘ路淹成一條黃河的水道那樣奔騰怒吼，家裡頭則只差五公分就淹及桌面。水不可能一下子退掉，萬康發現好極了，有個插座並不在牆下，而是設置在高處，只比萬姊的身高一米五八矮一點。於是將電視和錄影機的電源線接過去，開始播放港劇，父子三人坐在桌上欣賞。萬媽看了吐血。那真沒辦法哇，不是他們愛看，而是《射鵰英雄傳》分成三部，他們拚了幾天幾夜已經看到第三部〈華山論劍〉，有始有終嘛，不趕著看完說不過去。

話回這廂，萬康保留貓的傑作，接著觸擊一陣，送出：「孟加拉。我並不認識代號叫孟什麼的網友，加什麼也加不出來，狗倒是剛拉過大便。我沒心情跟你鬧，請勿騷擾我，一夜夫妻百日恩，我不同你計較，可我他媽不搞一夜情了，我成長了。」

這才送出，剉了一跳，對方這次的回覆速度簡直不到〇・一秒。萬康素知少女觸鍵極快，可對方簡直是「超少女」。

字體螢光閃爍。對曰：「莫大神通，全在忠孝。純陽。無具。」

萬康沉思之間將狗牽回家，半小時後回覆：「merci」。

這是法文的「謝謝」。萬康故意測驗對方的能耐。

不意對方〇・〇一秒回傳：「窮馬內憂」。

他看得懂，這是韓語「不客氣」的音譯。

懶得再回。萬康沒法管這麼多古怪事。之後在平時所待的工作間，寫日記，把有關父親每天的變化詳細記載下來。然後來到房間就寢，照常將一本《心經》綁手腕處，安然入睡。確實安然，H醫師給了萬康希望。

不意，次日傍晚萬康前往ICU，一切卻荒誕起來。

日場探視時情況還ok。向來負責任、每次主動來為萬康解說萬爸病況的住院醫師L告訴萬康，H和X現在不巧都在門診沒法過來，但兩人晚上會客時間會到，以及下週X醫師會來幫萬爸照胃鏡。這天是星期五，下週馬上到，這樣看效率還行。

附帶一提。L來自台東，今年而立，年輕卻內斂。其父亦是老芋仔，當到伙夫班的士官長（比萬爸「上士七級」退伍的官銜大些耶，不過都很底層啦，嘿，這到底是比大還是比小）。L小了萬康十三歲，但兩人都是外省和本省的混血兒，只是L的爸爸在他高中時就腦中風過世，這些是兩人談話時所得知。L過來看萬爸時，萬康注意到他曾用手摸撫萬爸的腿表示招呼，對他印象不錯（不是每個醫生皆不吝於摸病人的）。萬康把助聽器幫萬爸安裝上，附耳告訴：「他爸爸也是老士官，對你很照顧啊！」萬康與L比較熟了之後，把相同血緣背景的大作家朋友駱以軍的名作《月球姓氏》短篇小說集送給L。本書講述駱氏父系、母系的家族錯綜故事，及這款混血兒如何與台灣社會相處之心境。當時駱氏特地搭計程車來萬康家，親自幫萬康把這本書簽上名，好讓他帶到加護病房。不過L是否重視這本書的心意，就不得而知了。總之書難看的話就罵駱以軍啦幹。

再又插播。此一日場，對萬康關懷有加的唐校長第二度（或第三度？）前來探視。這位教育家是萬康在某社區大學任教的前校長，四年前在萬康落拓時期邀他去社大教油畫（竟還用心細膩，似唯恐萬康以為他在可憐萬康而推卻，一對一特邀萬康上西餐廳吃飯以表求才之慎重），後又敦促他開設文學和電影課程，合著是把雜燴湯當成八寶飯，把雜牌當全才用。探視後，兩人便下到醫院地下樓的食堂吃自助餐。那唐校長樸實，隨便吃吃就覺得很ok。兩人暢談，不在話下。

晚場，H來了，一來就問考慮的怎樣。萬康答道：「我和我姊姊對您非常信賴！」H聽了害羞而得意的綻放笑容。是的，日昨萬康和H進行重要談話時，萬姊雖在遠邊病榻幫萬爸按摩，但約略聽見他們交談的梗概，事後和老弟齊聲對H歌頌良久。隨後H告知下週一照胃鏡和超音波，並重申把氣切、造廔一起做的必要性，下週會有進一步行動展開。結束談話之際，萬康道：「我看，Z醫師回來後，我爸還是讓你接手可以嗎？」H低下頭卻掩不住一種「我就知道會這樣」的羞赧笑意。H表示這還是等Z回來再說，三言兩語含蓄帶過，萬康知道必須顧及Z的面光，當即說：「Z醫師也是很好的醫師。」H走後，護士將〈上消化道內視鏡檢查／治療同意書〉（即胃鏡同意書）攜來讓萬康簽名。這晚，萬姊、前危險人物李道長都在。之所以說「前」，他那次的暴走純屬意外，過後就恢復其一本溫吞內向樣。

會客時間到點，正當萬康和萬姊正要步出ICU同李道長會合，一個人走進ICU，正是X醫師。來者神色嚴峻，將萬康姊弟邀到門外廊道間的會客座椅坐下，那是緊靠牆壁的一排壓克力質材的座椅。李道長本就在門外坐著，萬康招他一起來聽。於是一直線上，最左邊坐的是萬姊，然後依序是X、萬康、李道長。雖然無法圍爐，但不妨礙大家聚精會神聽X講話和交談。但與其說交談，多半是聽X發揮專業。

X一坐定，萬康便感覺到一股奇異的氣氛襲罩，好像這是一場密謀，而這場密謀將要粉碎另一場密謀。不，還像密審。X陰沉著臉，斜瞟正坐下的萬康，待萬康坐好，用平柔的音調問道：「H醫師怎麼跟你說？」萬康感覺不對勁兒，支支吾吾又語無倫次起來：「呃…就說…一起…氣切和造婁要一起做…最好是這樣…腹水…一直打營養針的話…呃…」X大概聽不下去了，乾脆自己宣佈「答案」，氣沖沖的打斷萬康：「居然叫我下樓來做胃鏡！」

看官，這X醫師是何模樣造型，且聽作者介紹，看官您腦海中自己寫真。年紀在三十七歲上下，頭皮上貼覆著一層短鬈毛似自然捲，皮膚從面容到所露出的手背皆白皙多肉，兩撇淡淡的小鬍鬚，臉身一體福態，不顯癡肥而呈圓潤可愛，鼻上架著一副時尚感無框小眼鏡，腳下一雙深棕色尖頭皮鞋（鞋頭很尖，尖中又帶圓，像是特製一圈銳利的盾甲；這鞋款像是老派紳士又像是過氣痞子，時尚與否很難說，流氣與否也不一定，但傳遞出一種用心選購的自我認同）。

X到底跟萬康發作了什麼，姑且略下，倒是他同萬康之間的「歷史」不得不先敘述。此人，一向親切體貼，活潑風趣，萬康在五月時曾莫名其妙腹痛十小時，掛急診後次日轉門診，那時是X與他第一次照面。萬康本來心裡嘀咕：「怎麼急診室把我排到『教學門診』，主治醫師會不會只讓學生料理我得了，或在我身上比來比去像是驗一台泡過水的廢車，或是煙毒犯進勒戒所那樣叫我褲子脫掉、轉過身去，然後查看我屁穴內是否塞藏毒品，叫學生過來把臉湊上，你看，就是要這樣扒開…」不意入內後，簡直如VIP級的享受，看診時間極長且細膩，與一般醫院「等三小時看三十秒」的待遇天差地遠。X和一名醫學院男生雙人問診，伺候得無微不至。那萬康天性三八，X奉陪間也見談笑風生，一旁的學子在笑音中學習知識經驗，好一幅齊白石的三墨蝦戲水如意圖。

後來又去看了兩次X的一般門診作追蹤，這可不是教學門診了，分配上人多時間短在所難免，X依然那麼可親可掬，診斷中或看完病萬康瞎聊到無關醫學的話題也不阻止或催促他起身。看官留意，作者又要跳出來提醒大家《道濟群生錄》是有所本的，以下X醫師和張萬康的對話並非作者捏造或經誇大設計處理。大家看了寧可罵萬康這人很無聊也莫罵X不像話，畢竟他是被動的，把病人當客人招呼招待而已。好比他們突然在門診室內來了這麼一段，萬康說：「吔，做超音波檢查的，有一個女的好正噢。」X立刻講：「我大概知道你說誰。」萬康怕他不曉得，大致形容一下：「極靈秀，鼻子挺。」X道：「她結婚了。」萬康道：「…唔…你結婚沒。」X微笑：「我結婚了。」萬康道：「有小孩嗎？」X道：「兩女一男。」萬康心想你也太會生，這年頭誰生這麼多小豬仔。萬康見他一表人材，因道：「你太太一定很正。」X道：「嘿嘿，還好啦。」萬康覺得一直什麼正不正的，「正」這個字顯得輕浮了，可話頭還沒斷，他們的閒聊好自然，簡直不像在門診。

萬康接著聊回自己身上：「我做了顯影X光和超音波兩種檢查，還是找不出腹痛的原因，這樣有沒有關係。」X道：「目前看起來都很正常吔，如果你擔心的話就做胃鏡。」萬康聽到胃鏡二字就怕，口腔遭異物侵入至底層，怪怪！簡直一聽到這兩個字病就好了。不過仍喃喃落了句：

「會不會是癌症。」X笑說：「不會啦。」萬康問：「我很難想像我得癌症的話會怎麼面對…或不面對。」X道：「我外公前幾年胃癌過世，到最後那真是瘦到不堪，我當醫生看了都痛，還是要面對啊。」這般露出感慨的微笑來對萬康開示。「對了！」萬康想起一件重要的事，「我想請教您，我爸過年後就嗜睡、胃口差、四肢痠軟，非常不舒服，最近又背痛，痛到半夜會呻吟慘叫。我帶他看骨科，只說老化。想說是不是血糖高到三百多引起的，帶他看內分泌科，劉醫師人很親切仔細，但開的止痛藥也沒用。」X二話不說：「看神內。」萬康道謝，怎麼其他醫師都沒想到神經內科哇！對X頗為感佩，話到此間這才告辭。X一旁的那位護士從頭到尾面無表情，對萬康的正女、癌症、背痛的三個話題都抱持著「完全沒聽見」的高純度理性。萬康心中暗自笑：「護士踏媽的一定認為我很北爛。」

看官留意，萬康不談醫學也罷，還離題談起女色，X沒攆他出去，這是一點。萬康談了醫學，卻不談自己的症頭，而談到別人身上去，這是第二點。說來尤其在醫院，許多醫生權威或說威權得很，除了看你的病是不讓病人囉哩叭唆任何事的，就算是你老子的病也唔關我事，我看病的對象是你又不是你老豆（至少在我們台灣約略是這樣，有的醫生由你扯個一小段，但也兩句帶過就幫你收掉，不可能形成「聊天」的氛圍，而你想問親戚朋友的病症也得看我的心情或只想到這是不是吾人本科分內之事，況門外尚有一隊候診的病患）。然而X卻可以耐心讓對方說下去，絲毫不讓人感到你在耽誤我時間，並且有問必答，還幫你解決難題。這樣的醫生，一個字，少！……不夠，還得添個字，太少！

至此，萬康自己少了看腸胃內科這樁事，但趕緊把萬爸多掛一科。那真的是太屌了，神內的陳醫師開的藥，一服見效！仙丹！讓萬爸的背痛給止住。萬爸那次一個晚上連趕兩個門診，先內分泌、後神內，兩個醫師人超好的，耐心聽萬爸扯嗓門說話（聾子講話特大聲），且與萬康專注討論良久（萬爸聽不清楚但眼神好殷切的望著他們）。尤其萬康將萬爸的輪椅從神內的門診室推出來時，只因這輪椅是在醫院門口借用的（萬爸平時在家未使用輪椅），萬康推輪椅的技術生嫩，一時後退和轉彎的動作卡卡的，陳醫師似料護士將有催促之意，趕緊跟萬康二人講：「沒關係，慢慢來。」萬爸回家後樂不可支，笑歪了，把兩個醫師誇獎到地久天長：「怎麼兩個大夫這麼好哇！」講了一兩個小時，感激到爽翻。萬康耳膜雖然炸破了，思維仍然清楚，這可得飲水思源，心中感激X醫師的精準指引。

嗟。好景不常，約莫兩週後，六月十六日端午之夜萬爸骨折。住院十天受到骨科主任和三名護士的苛毒冷漠對待後，萬康將萬爸撤出醫院，隔日一早在家請來一名看護（萬康喊她崔姐，並叫她直接叫他萬康即可），萬康便趁中午出發幫萬爸修理助聽器（竟然在住院第七天清晨發現助聽器的上緣彎曲處被壓碎，那也不巧是萬爸開始神智不清呻吟的開始），順赴保安宮求助和請示保生大帝。傍晚回家，聽崔姐和萬媽講爸爸下午熟睡四小時間竟未有呻吟，頗為欣然。崔姐餵萬爸吃晚飯後，萬康幫父親裝上新助聽器，太好了，萬爸恰巧竟能清醒對話。萬康說你安心，我們給你請了一個看護，東北人，她很有辦法。萬爸主動朝崔姐由衷道：「謝謝。」這崔姐來自雪國東北，請看護是這樣，一個蘿蔔一個坑，他們誰輪到空檔就調來支援「貼咖」；來報到時萬康方曉得她是大陸來的，這位大姐做事麻利兼不失細膩。萬康並對萬爸叮囑我們要怎麼照顧你，明天將你送去另一家醫院，交代講解一陣，萬爸像乖小孩頻頻點頭逐一說「好」。其間萬康提及如果想大便要講，我們會幫你把病人專用的便盆椅搬過來。之後萬爸休息，深夜時突然難受，說想大便。扶上便盆椅，糟了，呻吟間用盡氣力只拉出一小坨。萬康慌張，會不會提醒爸爸大便是錯的，太急了這是，一兩天不拉還沒關係嘛，給爸爸出難題叫爸爸受罪了這是。看護見萬爸排便痛苦，急遣萬康外出買凡士林。萬康冒雨騎車買回，看護接過，戴上手套，用凡士林將萬爸的肛門摳出黑便。一摳、二摳、再摳，萬爸痛嚎，整個腔體大銷毀那樣的痛嚎。萬康心道：「停！不能再摳了！」終於請示看護住手。看護冷靜道：「還有。」意思是不得不然，於是再摳，摳過了凌晨跨過了換日線。有首歌劇名曲叫〈公主徹夜未眠〉，萬爸、看護、萬康一家子徹夜未眠卻無一首歌來表達，或許這正是《道濟群生錄》必須誕生的主因之一。這之後萬爸躺下來卻睡得難受，脖子側邊的血管不斷抽動。是的，惶惶然中萬康終仍去睡，將萬爸交給看護。一早，如同昨天一早萬康在萬爸的呻吟聲中醒過，內心感到恐懼，但比起昨天看護尚未來報到時這恐懼比較不趨向絕望。萬媽把早餐（稀飯和清淡菜餚）交給看護讓她餵萬爸吃，這下一股嘔吐逆流出。「萬康，我們現在就走。」看護指派萬康必須立刻叫救護車。原本，中午過後萬康將按照計劃動身前往拜訪她介紹並知會過的一位醫師，以討論萬爸的病況和做當天住院安排——看護本研判萬爸的不斷呻吟可能是腦神經方面需要「調一下」，但黑便代表胃出血，同時一夜守護未眠中發現萬爸脖筋湧漲未止是個警訊，且向來自詡病人在她照顧中至少能暫時安然睡去，然而整夜幫萬爸擺的任何睡姿都不見效，現在又發生胃食道逆流現象——遂而看護說取消！直接、現在就把萬爸送過去！

講到黑便，萬康十分慚愧，萬爸前天下午出院，但中午在病房拉的就是黑便，那是萬康照顧時親見的。當時護士不許他從便盆椅起身，希望他能靠自己的力量排便才對健康有幫助，於是萬康執行護士的指示。萬爸好痛苦的逼迫自己拉，幾度懇求萬康放過他。萬爸可以說是邊哭、邊號、邊拉了至少快一小時吧。其間萬康去問護士是不是必須麻煩你們幫他摳便，護士說讓他再試試（可以說是「再鍛鍊」，雖然護士未用這般字眼）。萬康必須扶住萬爸，也沒法一直去護理站。萬爸如此堅強的拉出算不少，萬康趕緊將腥臭物拿去廁所倒掉，護士後來不巧也沒問大便的顏色。這萬康是個天殺的蠢物，他竟欠缺常識到不知這就叫「黑便」，以及這屬胃出血徵狀。他只料人有時的大便顏色深乃正常，依稀自己偶爾也拉出帶點深色或綠色的糞便吧（？），過了不也沒事。午夜看護告訴他：「這就是黑便。」萬康仍狐疑半天，是嗎？定睛研究好久，好像有點綠，這是深綠色吧？不是黑吧？但好像又真的是黑的。……萬爸房間燈光不夠清楚，他拿到客廳「研究」仍看不確定，因為客廳的燈光也不夠清楚，天花板的吊燈五個燈泡有兩個燈泡破了，另一個沒破但也熄了老久懶得換，合著萬爸向來不愛大家常開好多燈（——天氣再冷半夜起來尿尿也要來關家人的電燈，夏天外帶愛關電扇，如果萬康在房間開冷氣他會坐立難安老來鬼祟探頭）。

那是上午九點多，趕達的兩位一一九救難英雄揹著大救護包衝入萬爸臥房（跑步聲猛實而大力），一見萬爸的剎那均作高呼：「北杯！北杯吔！——」他們把北杯當成自己的親人，撲上前撫抱住北杯，並四手八腳千手觀音般打開各種偵測器材慌忙操作著，這是連續許多天以來在醫療和救治方面，最讓人感到心頭溫熱的兩位陌生人（此時看護崔姐已是雇請來的「家人」）。萬康表示須送ｘｘ醫院，救護員用籃球賽最後一擊「絕殺」的讀秒情緒失聲喊叫：「北杯十分危急！不能不送最近的醫院！」萬康在兩位氣魄英雄到達前仍懵懂著，因為爸爸五天以來狀況都看起來糟，現在的「糟」似無特別而具體的分別。於是救護車送回上次住過的這間恐怖的病院的急診室。萬爸被抬出家門時忽然天空驟起不小的雨陣，宛若連續劇灑狗血的氛圍，然而萬爸急著灑出的是胃出血。萬爸在家未住滿兩天，在救護車上血氧一路掉的狀況下又回到，這裡。雖搶救脫險，急診室表示必須轉加護病房。那關X醫師什麼事呢？看官且往下聽。

在急診室從體內抽出保守估計一千ｃｃ的ＮＧ穢血後（亦可說抽出體內超過一千克的穢血），萬爸整個大清醒，暫時得到穩定。一名幹練的護士（萬康見她搶救的動作十分俐落有能力）詢問萬爸生病的過程，萬康略講述後，護士問：「上次是在哪一個病房？」萬康回答：「八B。」那護士聽了翻白眼，露出「又是八B，我就猜到」的表情。

中午，萬康步出急診室到外頭的便利商店買茶葉蛋，遂發生「斷玉事件」而不自知（當時亦不曉得是藥師佛所為），回去急診室將茶葉蛋遞給崔姐果腹後，方驚見玉墜子給切斷尾部，崔姐頓了半晌訥訥的說：「這叫斷尾求生，好事。」於是萬康內心百感亂集，又旋出去抽一枝菸。萬康離便利商店好一段距離吞雲吐霧，忽見一熟悉人影閃出店門口，正是X醫師！

萬康用力招手，X遠遠望見就笑開，真是好記性，有的醫生幫你看病當天就忘了你的臉咧。萬康奔上前告知父親正陷危厄，X聽了當場摔倒，去！又不是綜藝節目，惟傻眼想當然爾。萬康急道：「你接我爸好不好！」說的是在ICU接萬爸這床、你當我爸的主治醫生。那X當即慨然道：「如果真的胃出血，我接！」萬康道：「是胃出血沒錯。」X提醒道：「但你別說是我要求的噢。」萬康是明白人：「這我曉得，本來就是我要求的，我會跟急診室講。」緊跟著萬康又講一句：「我要我爸死也死在好人手裡！」這時手機響起，看護來電尋找，萬康倉皇回奔。看官注意，這不是小說，但凡小說有虛構成分與安排設計、或作誇大化（或誇小化）之處理，作者卻是照實寫。如果要作處理，就會寫萬康接起電話回奔之間，一邊跑一邊掉頭落下那句「我要我爸死也死在好人手裡」作這一段收尾。

回急診室後，萬康正想朝一位女醫師（暫時負責萬爸的急診室醫師）講X醫師可接萬爸一事，然此女醫師正講電話，萬康聽對話內容像是請到一個醫師來接萬爸這床。萬康猶豫是否必須打斷她，之後鼓起勇氣上前表達想打個岔，女醫師對萬康講「等一等」，意思是她在講重要的事。女醫師電話一掛，不久就來了一位腸胃內科醫師，萬康對崔姐悄聲道：「怎麼辦，來不及了。」崔姐道：「嗯…就這樣唄。」此醫師聲音沙啞而小聲，來到萬爸身邊講：「北杯你還好嗎？」萬爸正閉目沉睡，且未戴助聽器，竟睜開雙眼，舉手擺晃兩下，作出大老粗（老兵）不死的儀態回應。研究病情後，此醫師先離開一陣。萬康心想他應亦有一定專業素養，問題是已然心有所屬，終於硬著頭皮對那女醫師和那幹練的護士表明已和X講好一事。她二人僅商議一會兒，又打了個電話說了兩句，便允了！同時護士還對萬康講：「X醫師是個很好的醫師。」萬康聽了放下心，你這麼優的護士，你的話肯定算數。是的，X是萬康找來的，是命運的大神用一串連環套的微妙緣份所欽點的。萬姊十分堅信，「你不明原因的腹痛，就是在跟阿爸感應。」

然而，ICU的幽廊間，「居然找我來做胃鏡！」眼下這位滿腔慍怒的醫生讓萬康感到變得陌生而恐慌。接著X忿忿然來了一段淘淘然的「竹板快書」，萬康、萬姊、李道長專心「聆賞」。話講到一個份上，又來了一句：「居然叫我馬上下樓來做胃鏡！」看來他萬康，講錯了，萬分介意這件事。（冷）

究竟，這其間出了什麼岔子，造廔是造或不造，手機的神祕簡訊又是怎麼一回事，且聽下回喇賽。

第十三回 真情真相見縫插[真] 戲言戲夢[戲]說從頭

話說溫柔儒雅的X醫師，像是隱忍許久，這下一發不可收拾，忿然道：「居然叫我下樓來做胃鏡！」萬康一頭霧水，小心翼翼說話：「不是吧…」萬康直覺其中定有誤會，一旦說錯什麼勢必誤會加深。X萬分疑惑道：「怎麼會找我來做胃鏡呢？」萬康發現，X似乎不單在抱怨或洩忿，有可能懷疑家屬對H提出什麼「無理的要求」，便趕緊作好聲勸解：「不是啦，我都才剛收到胃鏡檢查書，怎麼會找你來做胃鏡。」X意圖節制（但又攔不住）激動的情緒：「我**真的**很生氣！！！」這下萬康也**真的**被驚到了。

作者在此必須先作個聲明。萬康有他的主觀研判，他的感覺偵測和理性辨析，不一定完全符合真相，至少不一定等同於作者看法，作者只是將萬康的看法轉呈於本部書。由是，看官們在閱讀某些敘述中，是可以對萬康的看法抱持或多或少的懷疑的。可以這麼說，前前後後我們看到的只是萬康的片面之詞。

且說萬康注意到，X醫師像陷入自己的思維世界中醒不過來。誇張的說法是，他像是個具有高等智商的精神病患者。特質如下：一、對自己的想法和意見堅持到底。換言之他不聽你的意見或解釋，他聽不進去，或者是他根本聽不見（他不是故意的，只因聲音急著出來，而沒法讓聲音進來）。二、對自己的想法和意見，表達得非常清楚和完整，條理分明，邏輯漂亮。

同時，萬康察覺到，X醫師極重視「老子也有尊嚴」。似乎，他格外在意H醫師對他「喊細漢仔」。翻譯成國語，意思是輩分高者對輩分低者頤指氣使，好比黑道老大對小弟喊來喊去那樣。從年紀來看，H大概大上X七、八歲，雖然年資上可以擺架子，可X自忖離不惑之年也不遠了唄，我又不是剛升主治醫生的嫩咖。何況，就算我是實習醫師，喲响，你就能這樣把人欺壓是怎樣！什麼時代了，你懂不懂尊重！

不，不能這麼說。當下萬康處於顱腦中一片曝光過度般的寒磣之際，他提醒自己，X醫師所表露的正是一種坦蕩率真的性情與風格！不，不能說他粗魯，不能說他浮躁。真的，萬康真真這麼告訴自己，因為他跟我之間沒有架子、沒有距離，是能彼此當朋友敞開來說話的人，所以他不隱瞞自己的情緒和看法反而對我是一種尊重吧，或許這是他風格上的一種「好漢剖腹來相見」（台語老歌〈杯底唔倘飼金魚〉是這麼唱的沒錯）。確實，人性複雜而多面，看你用什麼角度來觀測。醫生也是人，發個情緒沒什麼，我可別小鼻子小眼睛去計較，我好好聽他說他的專業分析才至關緊要。只聽得那X醫師說自己很生氣後，進而導入正題，娓娓講解萬爸的狀況何以不適宜造慶。關鍵在腹水不利於手術操作。

「現在他的腸子整個泡在水裡，」X醫師道，「好比今天我把一個塑膠袋裡面裝著豬大腸，也裝滿水⋯⋯」萬康聽見豬大腸三字有點不舒服，但這樣解說也不是惡意，且聽X比劃著往下說：「你要從袋子外面拿針去刺水裡面的豬大腸，你想是不是很難？」左手彷彿提著一袋水，右手彷彿持著一根針，戳動著空茫幽冥一片。萬康黯然心道：「幹你娘的惡水娘娘。」萬康想起惡水娘娘假好心的奸笑聲。X把話點明：「這很難定位。抓不到靶心，也對不準瞄準器。」霹靂啪啦藉此言說甚久，「豬大腸」此一詞彙三番兩次不斷從他口中襲來，看來X頗滿意這個具象的說明方式，套句俗話「很有畫面」。X醫師的口才總能提供精準的形容，好比插管的病人，含著口管的感受，他曾說「不然你可以試著含一枝原子筆看看，含一小時不動，正常人也受不了」。萬康總覺得他如果不當醫生可以當詩人，這不是諷刺他，別忘了萬康對充滿人情味的他十分欣賞和欽慕，否則不會主動將萬爸交給他。不可否認的，萬康等人很容易就被這一袋「水中腸」說服。瞬息間萬康腦海中想起波蘭有個導演叫羅曼．波蘭斯基，其成名作，片名《水中刀》。又想到台灣有條歌叫作〈雪中紅〉。又想唱一曲〈袋底唔倘放大腸〉。回過神來，X正講到：「腹腔打開來一看，沒法做。白挨一刀，縫回去，因為有腹水，傷口還不容易癒合。」萬康聽下去：「而且，萬一腹水跑進腸子裡，很容易腹膜炎，那很嚴重，人一下就走了。」

X繼續解說肝硬化與腹水相關種種，「我這邊很多肝硬化的病人來門診，頂著一個肚子要來抽腹水，抽完了就回家。」意思說有腹水是見怪不怪的，生病的人可憐，但可憐亦是人間常態。無非是告訴萬康要能面對。「頂著腹水其實不會多不舒服。嚴格講起來當然不好受，但你父親現在不會去顧到這裡的感受。胸腔的問題要先處理，診治有先後，一步一步來。我們不要急，不要慌。」萬康聽到胸腔，兇狠的炎魔，下手一點不手軟的景象浮現眼前。萬康回神，問道：「腹水會把肚子漲破嗎？」X忍俊不禁：「哈，不會啦。肚子大到一個極限就停住了。你今天去抽它，雖然他暫時感到輕鬆了，但腹水很快又去填滿空隙。更必須考慮的是，腹水抽出來，同時也會把蛋白質等養分抽出來，對病人並不有利。所以說腹水不能常抽，隔一陣子抽一次比較適合。」

接著，萬康請益：「如果不是胰臟腫瘤壓迫賁門，而只是單純的賁門發炎，就有消腫的可能，就可以灌食……」也就是說，經過X醫師的充分解說，如今萬康對造廔感到幻滅。X醫師聳肩，無奈道：「我也希望啊，但是很難。」是的，切片雖然抓不到癌細胞，但以X等醫師的經驗判斷，那無疑就是胰臟癌了，就好似破門而入，抓姦未遂，雖然找不到證物，可眼前赤條條的這一雙活寶不可能開房間只為了純聊天。萬康問：「那這樣禮拜一還要不要照胃鏡？」X道：「我看週一還是太快，還是腫。上次胃鏡到那邊完全過不去。」意即如果運氣好，賁門只是單純發炎腫脹，消退的時間也不會這麼快，只因腫到胃鏡來到賁門就被擋住。「週三來做。我再抓一次切片，看能不能抓得到。」X敲定時程。看來他不認為有消腫機會，可是把癌細胞切片抓到的「確認」步驟，這個該做。

「那超音波呢？」

「超音波我現在就可以做啊，隨時可以做，要我做幾次都可以。…我真的很奇怪怎麼會打電話叫我馬上下來做胃鏡。」

萬康安撫道：「那是找你商量的意思，當然是要徵詢你啊。胃鏡檢查書我也才剛剛簽的啊。」

X仍是臉色上憤懣受辱，萬康的話對他來說或許不是重點吧，也可能就像喝醉酒的人只能自顧講話，無法聽人說話。

「那我胃鏡同意書要還給護士嗎？」

「留著沒關係。」

是的，週一不照，週三照。這份同意書還是留著，看是下次取出改個日期，或重簽一份，再說了。他們在這樁小事上結束對話。（也只能解決這麼小的事。）

當晚返家途中，萬康騎機車載萬姊，兩人頭半段路程沒什麼話，心中寥落，沒勁兒。快到家門時，萬康坑坑巴巴、支支吾吾的開始說了（因為他找不到字句去支撐他的想法）：「我還是覺得怪怪的。…你說什麼叫名醫？…膽大心細，創意出擊，這才能起死回生或做出一定的挽回。…聽起來好像是…卡在技術上的問題。…有腹水就抓不準那個定位嗎？…X醫師這麼年輕優秀就放棄當名醫的機會嗎？…是不是太消極了。」這時車剛好停在門口，萬姊下車，忽對萬康爆罵道：「你知不知道阿爸已經很老了！)))))))))))))」

沒錯，萬姊認為萬康該清醒。沒錯，老人的體能狀態充滿不可測的危機，X把一道道題目像賭場的籌碼那樣推到萬康眼前，定位、傷口癒合、腹膜炎……。即使X的情緒控管出現問題，生了沒必要的氣，他的專業分析終究讓人信服。萬康心想，H主治胸腔，這些題目定不若專攻腹腔的X來得懂吧。

普天下任誰都馬會情緒失控。萬姊不也情緒失控了嗎？想必X的一席話讓她產生挫折感，之後還要聽萬康執念過深的碎碎唸，不失控一下反而不正常唄我說。合著大家都失控了？判官失控、黑山豬失控，這失控竟是沒完沒了，真真叫人呀然失笑，喔不，這叫真性情。這回在ICU道別時，李道長當然沒失控的啦。萬康對道長苦笑道：「這是犯兵家大忌，還是話挑明了說，痛快？兩大主將，陣前失和，一隊成了兩隊，合著我爸現在是一國兩制（治）？」道長平和道：「穩著點。你才是主帥。」

卻說姊弟二人進家門一陣子，萬康收到崔姐的關懷簡訊。是這樣，當初萬爸送入ICU後，按醫院規定，ICU不讓民間看護公司的看護隨侍病患，一切只交給院方護士。由是崔姐才來萬康家報到一天半即可「功成身退」。但萬康多留僱她四天，請她做三樣事。一，陪萬康於會客時段進ICU，擔任醫療顧問，並示範教導萬康如何照護萬爸，譬如怎麼用棉花棒幫病人清潔口腔內常積存的痰液、翻身和墊置被褥的技巧、嬰兒油塗抹按摩等（她曾做過一兩次拍背的動作，但時間有限只能稍微拍一下就去和醫生護士講話或換人進來探視，因而萬康忘記拍背的重要性，那拍背的畫面不深刻，直到崔姐離職幾天後經由接觸藥師佛才猛然想起）。二，住萬康家期間幫忙大掃除（光是雜物就清出好幾趟車次運走）。三，陪萬媽聊天，緩解萬媽的心情（大陸人的口才大多蠻好，超會聊天；而且她和萬康還抽同一個牌子的香菸，叫作「長壽七號」，屬新一代的長壽菸，在菸品中稍嫌冷門）。不誇張，一個禮拜以來的相處，讓崔姐和萬康一家人凝聚成生命共同體，最後一次陪同進ＩＣＵ時，她用東北調門對萬爸喊話：「北杯，你好起來，出加護病房，我再來顧你。」道別萬康一家人後，崔姐去當別的病人的菩薩，工作間仍不時發簡訊或來電追蹤萬爸狀況（後來亦曾撥空前來探視萬爸和萬康一家子）。這晚，萬康收到簡訊後，回傳曰：「兩個醫生看法有出入，都是性情率真的人。」是的，一言難盡。

兩天後，即七月十九日週一上午，X再次現身ＩＣＵ（週六、週日基本上不來上班或查房算正常，暫時委交值班的住院醫師）。站定後約略講了講話（內容和上週五差不多），終了時又一次喃喃丟下一句：「我說怎麼會叫我來做胃鏡。」萬康心想：「你可能需要看精神科。」

王不見王？X前腳出，H後腳進。像是台灣選舉常見的兩個候選人不同台。萬康發現H的「氣勢」好像沒前幾天那麼顯出…活力。H醫師頭犁犁，笑容有些尷尬：「我想X醫師都跟你說了。」他道出X的全名，但後頭加上「醫師」二字。

H醫師的「全方位攻略計劃」幻滅後，萬爸回歸到脫離呼吸器的單一努力方向。

看官，解說一下什麼叫呼吸器。簡單來說，便是一大台用來打氧氣的機器，上頭列出各種呼吸數據。氧氣從橡皮管輸出後，該怎麼接入體內呢？這橡皮管還必須接上一條管子，兩條管子扣住了，氧氣才作一口氣送進去。好，該接什麼管子，方式兩種。一種是經由口管（即所謂插管，對病人從口腔插入一條長管直達氣管，此招忒狠，但為保命不得不然）。一種是做氣切（從脖子底下，約略在兩邊瑣骨的交會處，鑿一個小口子，放入一條短管）。有的病患（通常是年輕點的）插管後一陣子，可順利拔管一併脫離呼吸器，靠自己呼吸成功！歐耶。有的病患（通常是老人家）插管後仍無法脫離呼吸器，必須改做氣切（相對上這不像含口管那麼難受，可也還是個苦，而且通常改做氣切後，仍只是在………等死。除非！嗯，除非病人有其能耐，那麼還是可以做整組脫離氣切管和呼吸器）。視情況的不同，有的病患，沒做啥插管，只必須做氣切，好比李道長罹癌期間就這麼治理。此外必須要曉得，呼吸器負責打氧氣，兼可幫你抽痰。怎麼抽呢？這就是為什麼要設計兩種管子接一起，既方便兩端扣住，亦方便拆成兩端。當暫時拆除之際，抽痰的一條細蛇狀管子遂而趁隙從口管或氣切管的口子塞下去，這一路往深處裡塞，同時氣壓裝置一運作，病人瞬間很難受，護士會請病人忍一忍！代價是把痰抽出來。抽完了，橡皮管接回去扣好，大量的氧氣再度灌入。

日頭毒豔，光線浮動。似乎略有海市蜃樓的視覺感，景框中所見物體皆被放大且模糊，又恍若金毛綻晃，搔人撩人。卻說當天的日場探視完畢，萬康回家吃了飯，寫了點日記，外出遛狗貓。事情來了，就在這七月十九日的午后，也就是張濟老先生臥床插管的第十九天，締結出《道濟群生錄》這部烏書之緣起。

貓狗遛回來，快離開小公園的時候，兩隻小街貓在草坡間飛躍，並一起玩爬樹，又像猴子又像松鼠。萬康心想你姊妹倆就自個兒玩耍去唄，咱不等你們了，獨自牽著柴犬哈嚕先走一步。人狗逐漸接近家門口，只見眼前兩個老頭子在小巷弄內東張西望，像是在找地址。萬康過去，正要喊他們提供諮詢，兩人轉過來先開了口：「小哥哥，這兒的巷弄還真像魚骨頭啊。」說話的那人面色白皙，像是個有在做臉的老頭（「做臉」是一種女人常去做的面膚保養）。另一人面色黎黑，說道：「那還真是溝谷縱橫，盤根錯節，台北好複雜。」萬康便問：「你們南部來的喔？」白面老者啐道：「你才南部來的！」萬康一笑：「你反應過度啦，我也住過南部啊。」是啊，一九九六年初到九七年夏天，萬康曾住去高雄縣大社鄉成天打麻將糜爛度日，還常把萬爸從台北接來他的賭窩一起廝混，這萬爸的牌技殺得南部眾牌咖人仰馬翻，每次散局後父子倆討論某一副牌該怎麼打，分析局中各種狀況，有夠認真。借用侯孝賢導演的片名，萬爸去年還仍笑憶起這段

「最好的時光」：「年輕的時候不算，要說打牌，在高雄的時候最快樂嘍！哇哈哈！」他老人家對雀戰十分慎重，打牌前一定洗澡淨身，鬍子一定刮乾淨，可說是一名聖戰士登場的儀式。

呿，話回這廂，白面老者道：「我他媽還南半球來的哩！」黑臉老頭倒是笑瞇瞇恍若自言自語：「要說我們從宇宙的南邊而來也沒錯。可這宇宙何其無邊無際，地轉天旋，渾圓一體，又有何南北陰陽、起點終端。」白面老者對他道：「吔？陰陽是一定有的，有道是……」

且說黑臉老頭擺手止住同伴，似暫不想多作討論，因順向萬康問道：「請問這裡是三弄？」萬康道：「是三弄，你們找幾號？」對曰：「我們找一樓。」萬康道：「幾號的一樓。」對曰：「有在門口餵貓的人家。」萬康一時不支聲，心想難不成環保局來找麻煩的，有人看不順眼他餵食小動物故而檢舉，叫環保局來把街貓抓走處死？…那哈嚕跟主人心意相通，衝著來人喉嚨滾著低吟聲，蓄勢待發，隨時要捍衛主子。

這時白面老者指著萬康，銳聲大笑道：「哇哈！就是你了。」

「我什麼我。」

「就瞅你這副賊木瓜二楞子闡驢相，不是你還會是誰。哈嚕不也幫你自首了。」

「好的，」萬康道，「二位有何貴幹。…咦，你怎麼知道他叫哈嚕？」

說話間，那萬康養的那隻名喚「喵喵」的大公貓從門口溜出來，哈嚕立時掉換方向，猛地騰衝去撲鬥喵喵。萬康差點兒一個踉蹌，忙把繩子掣緊。黑臉老頭拊掌笑曰：「這隻柴犬果然是個憤青，這你家的喵喵又沒要招惹牠，只是突然現個身牠就神經質起來。」

「你還曉得他叫喵喵？」萬康心下不安。只覺今天日頭是不是太火，高溫只怕逼近攝氏四十度，尤其這小巷弄內四面俱是熊熊金光，…對，是比日光還「超過」的金光，整個人給烤暈似的。他定下神來，這才發現來者二人也太有型了，俱穿古裝。

萬康清清喉嚨道：「如果二位是找變裝秀的轟趴，或尋什麼主題派對來著，那麼二位型男可走錯了地方，」說著有點不客氣了：「請回你們的南部。」

那白面斥道：「你他媽才有型哩！你還把頭髮染成灰白色！裝神弄鬼，你以為你的造型很時尚嗎？」

萬康聽了心中低迴，滄浪笑起。只因萬爸蒙難以來，萬康本是個小胖子，如今整個消瘦下來，自動減肥！兼以這幾年頭髮本有挑白趨勢，這下更迅速自動擴大染白，乍看就像特意染髮過。萬康笑著，卻聽見黑臉也笑了，便問：「你笑什麼？」黑臉道：「打從冬天以來你是不是常和這對貓狗窩一起睡覺，床鋪太小，手臂給壓成五十肩，老舉不直？」萬康嘆嚷道：「是呀，這兩個兔崽子…我都被迫翻左側睡，左手臂沒法舉高，完全沒法垂直貼到耳際，著實疼痛！去給拳頭師按摩了還是不見效。」說著萬康示範，卻驚見手臂不但輕易舉過耳際，更可以往肩膀後頭越過。萬康呼道：「怎麼可以了！」黑臉道：「缺乏運動啵。你幫你老太爺拍背，一兼二顧，他那廂元氣調動，你這廂氣血暢通。老太爺這是把健康過給你，任自己凋零了。今年的楓紅一片落地上帶走了，卻把顏色留給了明年的楓紅。」萬康注意到，黑臉老頭的國語十分標準，說起閩南話亦很溜，只是腔口怪怪的，像在唱戲。這「一兼二顧」是台語俗諺，還得合下一句「摸蜊仔兼洗褲」。心中尚閃過一念，這人看起來似乎面善，聲音似乎耳熟。

這個距離應該還看得清楚，萬康推了推眼鏡，卻沒啥頭緒，因順摘下眼鏡，問道：「可我這半年來犯起老花眼，怎麼卻好不了。」白面岔進來說道：「你他媽還真貪心，天下好處盡往你一人身上找？」說著露出詭異猥瑣的笑容：「眼睛要好，需要找幼齒補目睭啦。」萬康心想這老頭還真輕浮，回道：「你是補過很多嗎？」突然對方上來緊扯住他的手臂搖晃，嚴肅且急切道：「不要亂講！給何仙姑聽到怎麼辦！」一旁黑臉老頭聽了面露莞爾偷笑狀，並欠身蹲下，撫摸哈嚕的額頭。萬康本要他小心被咬，怎見哈嚕乖乖讓他摸頭。萬康道：「你倒有狗緣，我這隻狗很挑人。」身旁白面見狀道：「這狗兒和女人一樣，都愛被摸頭。」說著打量喵喵：「這女人啊，也像貓一樣迷人哩。」因順去抱喵喵，展現他那溫柔的身段，卻是一聲慘叫，那喵喵一爪子往他臉上撓過，瞬間逃開。黑臉老頭和萬康見狀大笑。白面痛得往臉上一摸，手亮出來，只見手上紅血，怒道：「我他媽熱臉貼誰的冷屁股！這可把我當成魔王大軍了！」

話音閃過，那萬康心中驚惑：「他還曉得魔王？」這黑臉老頭似乎蠻體貼，掏出一包香菸打出一根，萬康接過，見菸盒上的圖案，一個持杖的仙翁，一隻仙鶴。萬康表謝意道：「黃長壽真復古。」黑臉道：「我就愛老味道。」亦打一根給白面，三人哈管噴煙。也奇，向來毒烈的日頭下吸菸只讓人發燥，萬康要抽會撿陰涼處抽，這時候卻感到神清氣逸。萬康深深又吸一口，送出煙霧。黑臉道：「老太爺辛苦了。」萬康指夾著香菸的手向虛空中搖晃一記，無言中答禮示意。

黑臉道：「那對狗男女就罷了，這還是個暖場。」狗男女指的是魔王和娘娘？萬康聆聽下去，那黑臉續道：「要說後來那個花冠子大魔頭，那才夠嗆。」萬康心下頗是寒慄，鼻孔噴出兩柱煙來：「敢問老先生有何主張？」那黑臉沒搭腔，卻是白面上前一步講：「小哥哥我同你講，想當年國民黨同共產黨在東北交手，國軍有支部隊番號叫『新一軍』，強悍得很，孫立人帶起來的。共產黨講『只要不打新一軍，不怕中央百萬軍』。後來你們那蔣公調度失利，讓新一軍身陷重重包圍。這下新一軍只好玩完了。這新一軍在敗陣之際，士兵們移動間保持隊形，仍然是整整齊齊一個口令一個動作把動作精實完成。解放軍的士兵看了不爽，架起機槍從制高點掃射下來，那新一軍的士兵一個一個倒下，隊伍是嚴整不亂，人填上去，貨拉上來，全不當身邊有子彈。那解放軍的機槍手嚇得一梭子彈打光了還手抖：『踏奶奶的名不虛傳，新一軍，硬氣。』嘿，人家新一軍在緬甸打日本鬼子可是打勝仗的咧，今兒個走到窄門，招牌還在。」萬康一笑：「怎麼你一身古裝，還懂民國的事。」黑臉笑罵道：「我去你的孟加拉。」萬康道：「這又跟孟加拉有什麼關聯？」黑臉支吾道：「這…緬甸過去就是印度和孟加拉了嘛！」萬康道：「合著我就跟你抽菸喇賽，我還去你的阿拉杯哩！」

看官，阿拉杯就是阿拉伯，萬康是故意亂作發音。那黑臉老頭聽他二人鬼扯懶蛋，倒也沒啥不滿，只是不知何時已將喵喵抱在懷中撫摸。黑臉道：「吔，小兄弟，人家講麒麟尾的貓，特有靈性。」說的是懷中這隻貓。萬康道：「野性，靈性，傻傻分不清楚。」黑臉輕笑：「說得好。吔，我說小兄弟啊…」萬康道：「怎麼？」黑臉道：「別忘了你會的。」萬康道：「我會的？」

那白面湊趣道：「他就會耍嘴皮子。」黑臉精神道：「吔！就要他耍嘴皮子。」萬康聞之謬笑，不解。黑臉道：「小兄弟，何妨把老太爺和那幫妖魔的鬥爭史，耍個嘴皮子寫春秋。記得啊，不如把這對貓狗活寶也寫進去，一家子嘛可不是。」萬康道：「他倆確實有貢獻。」白面則喜道：「這主意好，寫好了，印成冊子，記得送俺倆一本，幫俺倆簽個名。」萬康失笑：「講得可真遠，書名還勞您老二位落款咧。」白面推辭道：「我書法不行呐。」遂對黑臉道：「你來，你的主意。賜小哥哥一個書名先，待他完稿了回頭幫他題上。」

那黑臉老頭很認真耶，聽了就開始思索起來。

說到簽名，萬康想起一事，問道：「敢問二老尊名寶號。」白面道：「我姓呂，名岩。岩石的岩。道號純陽子。有道是：『莫大神通，全在忠孝。』」忽而黑臉斥責同伴：「大哥！你說多了！」喵喵嚇一跳，縱身飛出黑臉的懷抱。白面似乎面子擱不住，忍著心頭不爽，故意嗲聲道：「拍「也不要嚇到小動物咩，叫你生個書名生不出來，拿我開涮這是。」回過頭來向萬康道：「拍謝，幹我們這一行，規矩不少，很少在自報家門的。可我這人就是直，嘻嘻，我得道之前很愛『直』。」萬康感到不倫不類，只好給個面子道：「no comment。」純陽子道：「喂！我可是語言專家喲。」萬康道：「晚生失敬。」話才說完，一旁黑臉道：「有勞小兄弟取過筆硯。」

卻說那萬康屋裡來回，把那一罐墨汁和一枝毛筆攜出，報告道：「只有這個，沒棉紙、宣紙可使。」純陽子噗哧一笑：「那寫背上，學岳武穆。」黑臉接過筆墨道：「讓讓。」萬康便和純陽子往兩邊退開。幾乎是同時之間，喵喵卻跳回黑臉跟前，好奇的上下瞅著。萬康心想：「咦？難不成要學韓國電影《春去春又回》的老和尚抱起貓，用貓尾巴在地上寫書法？還是等等會叫我過去，按著我的白頭去沾墨汁？把我整個人倒栽蔥抓起來嚕地板？」

那黑臉老頭，人站在巷弄內，用筆沾了墨汁，便在空中揮動。直行，一口氣運動了五個大字。從約莫齊眉的高度每寫出一個字後，墨跡就自動往上升起，像是有一把巧勁兒暗地裡幫他把紙拉高，讓他順勢好寫下一個字。直至第五個字收筆，再一個上升，只見豔陽下一陣風獵獵吹過，「道濟群生錄」五字懸浮於空氣中猶如在一面隱形旗幡上飄綻。

這時，兩隻小街貓一齊翹高尾巴小跑步越過巷弄的小馬路，來到萬康家門口。萬康對二小道：「姊妹們錯過囉。」講完話，左右張望，卻不見二老蹤影，倒是二小去搔玩擱在地上的毛筆和墨汁罐。萬康忙問喵喵：「有看到兩個阿伯嗎！」喵喵道：「莫耶。」萬康吞嚥一大口唾液，喃喃道：「兩個換兩個…是貓仙現出原形…還是神仙化身貓形…」腦子發熱起來，一時間無所適從，衝著喵喵叫囂一個字：「追！」喵喵道：「莫耶。我結紮了。」萬康怒道：「這跟結紮有什麼關係！」忙又喝令：「哈嚕，你去！」哈嚕神氣八百的說：「阮不要，阮也有結紮的喲。」喵喵聽了整個摔倒。萬康旋問兩隻小街貓：「你們發現什麼嗎？」小姊妹倆對萬康答以貓語，眼神像是聰明又像呆滯。喵喵見狀，用貓爪掩口輕笑：「主人，牠們兩個還不會講人話。」

收拾筆墨，萬康進屋，摩托車的聲音從背後過來，哈嚕猝然狂吠一通，吵死人。果然是郵差。這哈嚕每見郵差必吠，弄得萬康對郵差不好意思。才向郵差講了聲「拍謝」，一封郵件甩進門口。萬康從地上拾起，一件台北保安宮寄來的刊物，印刷精美。刊頭上印著收件人張濟——萬爸的姓名。萬康看了欣慰。方知，原來上個月底前往保安宮參拜保生大帝並做「解祭」驅邪儀式，在宮裡順填地址資料，即能收到此份刊物。這會兒人也累乏了，便要去綁《心經》睡午覺，經過工作間入口的木板牆，瞥見懸吊兩條紅線所繫的金墜子。那是月初在指南宮跟一位阿婆買的，兩個墜子皆是橢圓形葉片兒狀，上了金漆真真假假亦作金，金來假去只上心，上頭的一個圖像是玉皇大帝，一個圖像是呂洞賓真人。萬康將墜子撫於指間，心頭一撞。來至電腦桌前，輸入「呂岩」，搜出「呂岩，字洞賓，號純陽子」，唐朝山西永樂人，後得道升天。再鍵入「保生大帝」，得知乃宋代福建泉州人，修煉成仙。查下去，民間有傳言呂洞賓乃風流神仙，曾是化成鳥雀偷看女子洗澡的「雅士」，追求何仙姑的故事更是膾炙人口。

敗人敗筆星夜寫敗事。隔天晚上，即七月二十日的夏夜時光，萬康開始著手打出《道濟群生錄》。竟夜完成頭三回，又轉一個暗暝寫好第四回。本書灘頭堡建立。這萬康從此便一邊協同萬爸作持久戰，一邊用小說當航海日誌那樣記錄下萬爸抗病事跡。七月二十二日正式開始連載，發表於萬媽的部落格《羅東番婆婆》。可別小看萬媽上了年紀，平時蠻能寫些散文，使用部落格已有幾年光。之所以不張貼在萬康自己的部落格，而選在萬媽那廂，只因萬媽的讀者向來比萬康多耶（踏奶奶的，這該喜還是該憂啊）。

那麼萬爸後來戰事如何？看官，萬康喜見父親的呼吸數據一日日有微幅起色。但離合格數據……尚遠。那H醫師對萬康說道，歷史顯示，偶有病患雖諸多數據不優，然在「期末考」——也就是決定要不要做氣切前的最後一次測試中，卻能奇蹟式飛越火山！一併擺脫呼吸器和口管！從而自主呼吸自由自如自在自得自摸自助旅行自力救濟自己打手槍，停！冷靜！

萬爸如何以大無畏之壯魄迎接挑戰，且看下去。

第十四回 意難忘雙J戀飲恨 鬼打牆三僧侶挾持

不囉唆！萬爸開始拚了。

護士攜來兩個「水杯」（圓柱體小容器，注入水後，用蓋子旋上加以密閉，嚴格說來該叫水罐），讓萬爸用手握住，練習上下舉動。另外將一條許多個橡皮筋所串成的繩索（加長的話，小朋友會用它玩跳橡皮筋）套在萬爸左右手指間，讓他做擴胸運動。沉默的萬爸，不，應該叫他「沉默的王牌」，與護士的指令相配合，做得十分起勁，因為他曉得運動的義意代表康復的機會。

家屬和醫護人員不告訴萬爸過幾天後必須接受「期末考」，以免萬爸患得患失，打算讓萬爸偷偷應試。也就是，讓呼吸治療師在一旁像DJ調配音樂和音響，手控呼吸器上的各個按鈕，在呼吸訓練中逐漸讓萬爸試著自主呼吸，從而整個關掉看看。如果呼吸狀況正常且能延續很久，萬爸就過關。如果呼吸急促，狀況差，呼吸器只好打開，萬爸敗陣。

所要做的，除了繼續拍背加持、當啦啦隊喊加油，即是告訴萬爸有可能必須做氣切。一旦期末考失敗，他不曉得受過測試，自無從難過起，這時氣切就上。萬康一次不缺席，每日兩場的會客時間報到，指著呼吸器上的數字，喜悅報告萬爸：「拔，又進步了耶。」如果萬爸沒戴助聽器，萬康就將拇指和食指捏成一隙，表示又前進了一瞇瞇，用力比個大拇指，可喜可賀。萬爸還以點頭示意：「那好，老黃忠且戰下去。」黃忠是誰，《三國演義》的一員瘋狂大將，一把年紀了殺得敵軍是哇哇叫。這萬爸的氧氣濃度三十，氣壓從二十八逐日下降到二十六、二十四。萬爸沒辦法起床看到數字，有人得當他的眼睛。

萬康買了紅、黑、藍三色麥克筆，寫在A4紙上，黏在厚紙板，舉給萬爸看。厚紙板是讓萬爸的手好扶穩慢慢讀；他把床板調整翹高些，替萬爸戴上老花眼鏡，手拿紙板一端，另一端讓萬爸拿；萬爸閱讀良久。內容承諾我們一定會幫你把嘴裡的管子拿掉，含著很不舒服。現在和醫生商量要換一個小管子，可能要幫你做一種叫「氣切」的手術，從脖子底下進去，會比較舒服，這在外科是小手術。另外也用打字列印，字體粗黑放大，報告病情及為他打氣（但疑似有胰臟腫瘤的事情還沒告訴他）。H醫師嚴正奉勸萬康：「我看了你寫給他的板子，很不妥！你不能講會幫他脫離呼吸器。」是的，妄加承諾徒添病人挫折，心靈重創。萬康表示不不不，我是指口管一定會摘下，有講氣切還是要接呼吸器。這樣講起來，這些說明文字連醫師都誤會了，萬爸看了肯定愈加茫然。萬康重寫，把事情作更簡潔清楚來溝通，並強調「信任」。呿，萬康發現這些大字報比寫《道濟群生錄》還難寫。好加在，萬爸極度信任萬康，就像以前在台北和一些老外省打十三張麻將，或在南部和一群小青年打十六張，萬康都把場子打點得仔細周到，舉凡添茶、打光（麻將燈）、上菸（萬爸戒菸二十來年，但別的牌咖抽菸，尤其一幫小青年）、找零、夜宵，無一不機動到位（想討賞吃紅或收「咚仔錢」場地費就要專業咩）。「你辦事，我放心。」套句毛澤東的這句，萬爸用溫柔期許的眼神，和點頭、眨眼、握手作回覆。握手是這樣，好比萬康握著萬爸的手說話，「聽得見嗎？」、「好不好？好的話握我手一下」，於是萬爸將手稍微一緊，那就是聽到。這比眨眼示意還清楚，眨眼搞不好只是剛好眨眼，越問越花。

一名護士很貼心，主動把一個未拆封的新氣切管取來，由萬康拿給萬爸看，讓爸知道將可能發生什麼。萬爸點頭示意（並同意安排可能來到的氣切手術）。此外這名護士在會客時間過後，領萬康和萬姊前去「探勘」一名做氣切的病患，讓他們清楚知道插在脖子上的景況，看了心裡有譜安實些。到了那位病患、一個老先生的床邊，看起來沒想像中可怖，管子和傷口（洞口）部位會有紗布和護理布蓋著。看完後，萬康怕自己像看珍奇異獸般不禮貌，對此一面無表情的老先生鞠躬致意，並說「伯父，加油」，又思對方可能操閩南語，補一句：「阿北，嘎油。」這時老者臉色溶開，微笑頷首。萬康旋而轉身退出，卻瞥見床邊一兩公尺遠的窗櫺上停著一隻野鴿。牠的頭頸似分割畫面那樣一格一格轉動。萬康心想我都做退出動作了，唯恐在別人的病床邊勾留打擾下去，不方便過去打招呼，便朝鴿子比了一個ok的手勢，用唇語問道：「你們最近好吧？」自是連藥師佛一併問候。鴿子低下頭來，臉紅？振翅一飛，消失。

在此同時，李道長提醒，患者長期處於無法動彈的生死密閉空間，為紓解患者這種心理壓力，可以讓萬爸多能瞭解外界情事。於是萬康稟告，拔！西班牙奪得世界盃足球賽冠軍，第一次得到耶。好說萬爸雖最愛看撞球，向來對別的球類亦有點兒興趣（原本還愛看NBA，但看到一九九零年代前期的巴克萊、歐拉朱旺前後，突然便不再看，遙控器一轉到停不到兩秒就跳開，老笑說：「不都是這一套~~」）。嗯，萬爸對西班牙奪冠這則沒顯出什麼反應。於是萬康報告另一則，這下萬爸老花鏡片下的眼睛放光，起了點興奮感。萬康秀出剪報，圖文報導——前太子爺召妓疑雲。所感興奮的，自不在於對色慾的渴慕，而是怎麼會有這檔子事兒！萬爸身受震動，血脈為之活絡。

送進加護病房者，沒一個不嚴重。萬爸七號床的隔壁，躺著一位亦受插管的老太太，比萬爸在加護病房還住得久，萬康見父親甫入住就有她。這老太太面色暗沉，永恆沉睡，軀體和四肢未曾有過任何動作。這片空間放了四張病床，其它兩張則常換人，或許觀察一兩日後就轉一般病房，也或許掛了。老太太有個老兒子常來探視，是她兒子沒錯吧。他年約六十上下，禿髮，高大，肚子也大，襯衫紮進西裝褲，一副鄰家女孩，喔不，一副鄰家阿北的模樣。嗯，平平凡凡老老實實的尋常百姓形象，像我們身邊任何一人或像我們自己。他常攜著老母親的手，對母親以閩南母語訴說，並傾身小小聲吟唱〈奇異恩典〉給母親聽。萬康聽不清楚歌詞（包括不清楚或是忘了是不是唱閩南語版），但旋律沒錯。

比起其他病床的受難者，萬爸的精神體魄相對好上許多，戰力勃勃。然而就在萬爸操練運動，向魔山熱烈挺進的這個當口，卻是程先生出現的時候。程先生又是誰呢？他的全名叫程咬金。（太冷了）

七月二十日上午，住院醫師L前來對萬康作報告，照過超音波後，腹部積水沒到肺部，可喜；但H醫師非常仔細，幫北杯做其他部位的檢查，發現一個新問題，左腎水腫，略有血尿，似有結石，腎臟科已來會診過，建議說再找泌尿科會診，以上詳情必須由H醫師來為你解說。說時遲，那時快，H邁開大步子進到加護病房。H對萬康表示，萬一發生肝腎同時衰竭的病變，怕你父親就必須洗腎。萬康心想要命，原本肺、肝胰、腸胃鬧事，這下子腎也現出警訊，五臟只剩心臟無虞。可萬爸長年吃血壓藥，心臟本有點大，也不是多麼健壯的一個發動機。萬康愁慮，這腎中的小石子，會不會成為當年阿扁總統口中的「大石頭」。

H、L和萬康討論後各自忙去，萬康回到萬爸的病榻。早班的護士告訴萬康，北杯今天做運動，舉杯子我說舉十下，看他舉五下就蠻吃力，我說可以了，他搖頭表示不行，一定要做完。萬康聽了心頭肉給擰緊一記，爸爸這麼拚，萬一還是拚不過？……萬康對爸爸能奇蹟式脫離呼吸器既充滿信念，卻又有鑾黑暗的預感——過不了關。爸爸這樣甘願受苦練習，做兒子的不忍心。

隔天，七月二十一日。H大夫說，泌尿科建議萬爸做一種簡稱「雙J管」（Double J）的小手術，不必擔心，半身麻醉，不必動刀，用膀胱內視鏡進去，把雙J管裝好，這樣尿路就暢通，順便把泌尿道的那些小石頭取出。萬康表示，既要麻醉，是否一併做氣切？H表示先做這個就好，這個手術很小。萬康說，你曾講插管三週已經很久了，該做氣切，這樣豈不是期末考和氣切又拖下去。H露出一個些許尷尬的笑容，建議還是先做Double J比較好，突然他眼神一亮，好像找到話語，打起自信笑著說，你想想看，一次做兩個手術，時間是不是被拖長，這樣對病人的負荷反而增加。萬康總覺這種說法似乎是「角度隨人怎麼看」，呃，有點不禮貌的懷疑，無異於「話隨人怎麼說」，似是找個理由擋回來。但萬康對H很尊敬和信賴，這種懷疑實在不好講出口。H離去後，L也對萬康表達相同的「負荷論」。總歸信任醫生是對的，身為家屬不免神經質唄。可是L不是老經驗的醫生，他可能只好順著長官說話啊，或是其實他也不清楚怎樣決定才最妥適。不不不，我不該亂猜。

但，這裡又有個複雜的點是，H這兩天才告訴萬康一件事，Z（原先主治萬爸的那位女醫師）明日將銷假回院上班，改為H去休五、六天年假，於是醫治萬爸的責任將轉回給Z，就算萬康希望H主持接手，也要等H銷假歸營再議。萬康不禁胡思亂想起來，是不是怕負責任，怕惹麻煩，所以決定最簡單的方案就好，你如果想來「套餐」再跟Z商量，老夫先閃為妙，喲嘿！

這樣來懷疑也沒錯（反正「懷疑」這種東西可以無限上綱才叫懷疑咩）。H怎好意思講我不想決定，你找明天那位。這樣自己太被看出推諉並也太無能了。反觀我幫你決定一件小事，對接手的Z也是個交代，讓Z知道至少我有在做事的喲。萬康之所以會這樣吃不下定心丸，主要是因為自從X大發雷霆後，H一上任的三把火至少就給燒光兩把（私下遭到X狠嗆？或至少碰了軟釘子），整個人矮縮下去，熱情不若頭一兩天那般「春風得意馬蹄疾」。

還是很殘忍的事實是，萬康啊，你老爹爹，到如今怎麼個做，怎麼個不做，都行！反正他遲早不行。

萬康就此事詢問別家醫院的一位醫師朋友，對方也說先做Double J沒錯。喲！萬康怎麼會有醫界朋友直到現在才出動？咳，這位兄臺三十一歲，是萬康兩年前結識的網友，綽號西馬，見過一面，之後竟把這人兒給忘了，虧他還曾借萬康十一片藝術電影DVD一直放在萬康家中至今（啊，也是透過他萬康才曉得韓國有個名導演叫金基德啊）。直到萬爸插管約莫一週後，萬康才猛然想起此君。倒也熱心，網友醫師曾於七月初進入ICU探視過萬爸一回，那次是萬康與他的第二次照面。

翌日，七月二十二日，Z醫師歸建。她像是一個從小被家人和長輩說「這孩子好乖、好靜」的人。帶著幾許從小吃苦的氣質，像是家境不優渥的條件下身為長姊必須承擔家計，照顧拉拔弟妹長大而長期作自我隱忍或退讓。當然這只是作者這樣形容描寫，實際上對其背景一無所知。或者也可說Z帶有一種學者氣質，城市囂音中悄然藏於修道院或中研院的女院士大概就是這般自抑的面容。當然作者似也沒看過中研院女院士就是。當初勸萬康讓萬爸插管時，她靜靜的用大概五句話的額度解說插管的必要性，只因她知曉先前萬爸躺在急診室時萬康簽下的是「放棄急救」（萬康不願讓五晝夜抗戰的父親再遭罪；包括十多天前骨折手術前亦簽無須急救，思父年事已高，如手術中無法承受就莫勉強他）。萬康禮貌婉謝她的意見。又一次會客探視萬爸時遇見，她低著臉沒看著萬康，僅小聲淡淡說了句：「所以你們不做？」目的是再次含蓄建議和確認。萬康表示不能做。另一位X醫師的分析和說話量則多：「不是中風和癌症，值得一拚。」雖然拚的結果不一定好，但當下的決斷上X認為該拚。X並表示萬爸這般喘著移向死亡是最殘忍的死法，如同魚在岸上不停翻面騰滾。萬康看著萬爸睜眼對他祈求生存的眼神，每一秒發出大口哮喘一百次（當然是形容，但卻精準），再行多方請教和考慮後，拚了。「可見插管是對的。」當萬爸暫脫生死關，呼吸狀況安全後，Z朝萬康露出告白或說告解的一個微笑。是的，她是個很少表現心迹的人。萬康誠摯道謝。

話回這廂，七月二十二日，這天上午萬康的朋友，一個叫阿蕾的女孩前來探視萬爸，意外的發現提供萬爸呼吸的橡皮管漏氣。哇哩咧，這難道是給萬爸，也給甫歸來的Z醫師漏氣。這管子裂出肉眼難察、僅像是皺紋般的一小道縫隙，鮮活的、活命的空氣從這裡竄出……一咪咪，但萬康的手放在縫隙上方時，心裡的感覺（不，是感官上的感覺）好似被鎮暴警察的噴水車給掃到。只有換條新的。Z用一句話解釋帶過這對萬爸不會影響。嗯，那幹嘛還換呢？……萬康這樣去想實在是找麻煩、跟自己過不去吧。萬康暗自嘀咕：「這管子到底破了多久哇？我爸到底少呼了多少氣啊？」萬康告訴自己，還是要信任醫生。只是在作者來看，萬康還真亂了方寸，也不能說得了「被迫害妄想症」，或許這就是身為家屬、小老百姓的正常擔憂。而小老百姓通常到頭來也仍選擇信任醫生，並保持一份禮貌與感激。只不過，萬康可以諒解和感激任何醫師，獨獨對骨科主任懷有深仇痛恨。這點作者也不知該說什麼，鼓勵人去恨不好，恨不能解決過去的問題也不能解決現在的問題。可是恨，大可跟解決不解決是無關的。搞不好真的只有靠恨，才能弭平傷慟。

在這場探視中，護士正巧也換了人，這名護士告訴萬康，北杯今天自己要求做橡皮筋喲。萬康感到四面俱黯淡下來，光線會被黑暗吃掉那樣，可是光線自己不曉得。萬康幫爸爸的手指套上橡皮筋引導他，知道他沒辦法做出正常人做體操的那種極富延展收縮性的擴胸動作，只能兩手吃力的微微打開和靠近，像一條幽泓深海中（不想用幽冥這樣的字眼）打著燈籠的大安康魚緩緩搖擺魚鰭（雖然安康魚的說法鑾老套，不過安康魚的孤獨畫面就是那麼有代表性；它，牠，或他，嗯是可憐的，即便我們幫它操心過多，即便它可以懸在海水中不動彷彿一個在水聲水感寂滅中坐化的和尚）。萬康注意到，這名護士講完話，依稀眼眶泛潤著一層薄薄淚光。欣幸病房中有這樣素昧平生的女孩能對爸爸好。萬康感慨兩位護士分別不約而同向萬爸致上小小的敬意（另一位前天講北杯努力舉水杯）。父親住進ＩＣＵ以來，醫生護士們始終不大願意去相信萬爸是萬康所口述的寧靜強人，如今你們，嗯，相信了，可萬康知道不能怨這個，他們不認識你們父子，話是你在講，各種家屬的各種陳述他們聽多了，相信與否都只會影響專業判斷（我們看數據和圖片比較實際和精準），且是自找麻煩（萬一回答「對，我也覺得你爸超強」，隔天你爸卻走了，你來糾纏要我給個交代怎辦）。

到底要不要讓萬爸做雙J管此一手術，萬康陷入考慮。只因二十二日當晚簽下護士遞來的手術同意書後，一位白髮蒼蒼娃娃臉，年約四十五歲的泌尿科大夫向他解說，做這個手術不見得保證讓你父親消除腎水腫，有可能僅達成幫他取出結石的任務，而且事實上我估計你父親的結石本就可能自行排出體外；我們只能從結果上來看，假若這個手術做下去，水腫指數消下去了，那麼水腫就是因為石頭所引起；但H醫師很關心病患，怕產生感染或病變，所以他建議我們泌尿科做。

說來這位醫師也有意思，同萬康照面，開場白帶過後，不禁打量萬康道：「我是不是認識你？」萬康微笑：「是，我們兩個年紀差不多，頭髮都很白。兩個月前你幫我看過腹痛。」還真沒錯，當時候萬康先看X的腸胃科，後轉泌尿科，兩科一起幫他找腹痛原因。這大夫人很親切，亦微笑起。

話回這廂，這位鶴髮童顏的醫師用十分溫和的語氣進而表示：「這個手術是可以考慮不做的。」看官留神！醫生這行，話是不能講太白的，聽的人要會聽。娃娃臉醫師在委婉含蓄中算是講得很直白了，明明白白要萬康作個選擇。我很實在、很真誠的為你細心解說這一切，做與不做都不是錯，拍板在你；只差講出這句：「同意書簽了不表示不能反悔。」娃娃臉說下去，明天不是我的手術日，手術房現在是滿了，如果要做，我會去調，明天上午就做。

如此一路聽下來，萬康腦筋在黑暗中打結。這兩天真給黑星冒來冒去。怎麼會一個小手術就足夠讓人遲疑與矛盾。難道H過於精密的檢查反成求好心切徒生事端，還是說縱若這只是個小問題，不解決的話早晚也釀禍端？不知為何萬康有不祥之兆，又覺什麼兆不兆是多慮了吧。這會兒想問藥師佛、保生大帝、關老爺、呂祖一干神明也來不及了哇。……既然是小手術，就做哇！……可小手術也還是手術哇！……好端端的遭麻醉、又好端端老老二遭異物入侵是何苦。（老人的老二稱之為老老二）……心一橫，做了。萬康和萬姊一致決議。

接著立刻換場地和麻醉科醫師作諮詢，基本上是個形式走過一趟。麻醉科醫師提出警語，一般人做這個小手術在手術進行中發生致命危險的機率是百萬分之一，但以老伯的狀況就上升到千分之一。萬康聽完便有心理準備。手術仍做定了。

姊弟倆告訴萬爸，只是個小手術，不要擔心。沉默的萬爸內心千言萬語，顯出惶恐。萬康拿麥克筆寫在紙上，並再替他把助聽器裝好，用文字和語言解釋只是取出小結石，刀也不必動。萬爸仔細讀聽，逐漸感到放心。萬康發現萬爸的氣色真好，平時他若患感冒，肯定就是個重感冒，元氣不濟，色身哀慘，可這幾日的氣色說是滿面紅光如嫌誇張，那至少也絕對比他重感冒的狀態來得殊勝。

七月二十三日上午，因病患手術屬特殊狀況，家屬不必等到一般會客時段，萬康提前來到加護病房，見萬爸睡醒就緒。L醫師過來主動貼心講：「手術後會疼痛，我會給北杯打嗎啡。」萬康道謝。

千分之一的機率沒發生，手術平安完成。嗎啡打了，術後的痛楚感過去後，萬爸的總體狀況卻差了。當晚呼吸器上顯示氧氣濃度從三十退到四十五，雙眼渾濁，顯出逼視的凶光，那像是望著死神。萬康振作，幫萬爸把背拍過，眼神方趨安柔。過後一連數日萬爸很不舒服，眼中凶光雖退，但時而緊閉雙目，眉頭深鎖。糟！道長說過，皺眉是一個重要的觀察依據，身體行不行看這裡。那緊閉雙目自也並非睡得好，而是不由得不睡卻又沒法好睡。戰情急轉直下。那萬爸眼睛睜開時，卻是黃疸竄上！萬爸的眼白給黃色湯液淹滿，臉色也不漂亮了，肩膀處亦泛出一層綠黃色。黃疸指數從大約四點幾的位置竄成七點幾。醫師表示黃疸指數一高上來不容易止住，每隔幾天一翻就是雙倍，再下去極可能十四，破二十就準備再見。李道長進入ＩＣＵ以其火眼金睛探視過後，嘆息作結道：「手術雖小，病人太老。這個小手術讓我們發現到，老伯不再是七十歲的身體。或者說，從來就不是七十歲的身體。…原來他之前完全靠意志力在撐。」

且作閑散奔放，萬爸術後隔晚，萬康從二十四號暗夜，到二十五日凌晨一時許，把《道濟群生錄》第五回寫出。這一回寫的是一片琉璃光中，藥師佛來度萬康。

二十五日白天，不但各項呼吸數據調高，距離脫離呼吸器愈發不可得，且萬姊撫壓萬爸的肚囊，污血便從鼻胃管湧現，問是否不舒服，萬爸握手示意是的。看來這血得止住，還必須抽腹水解除腹脹的壓力。同一日的夜探，萬爸一見萬康就苦著臉直搖頭，這不是以前那個萬爸！還真拉警報了！當下萬康趕緊祭出一份蘋果報紙，再次搬請大神陳致中。萬爸倒是專心讀了過去，神色舒緩些。萬康太感謝陳致中了！萬康附耳對萬爸講（聲音還是很大）：「他這下麻煩大了。」護士小姐好奇參與這樁事：「（嫖妓）是真的還假的啊？」萬康用台語答道：「橫豎這樣較趣味。」護士道：「吔，對了，我看要不要你找點音樂給北杯聽。音樂（比色情）對病人有幫助。」萬康心想這真是良心的建言，返家後張羅CD片、手提音響和連結音響的耳機。阿蕾得知，幫忙從網路抓弄MP3，灌入CD片給萬康帶去。萬康點歌，鄧麗君、鳳飛飛、楊烈、余天等人齊聲獻唱。萬姊提議再抓支《心經》的線上吟誦。信緯主動提供小野麗莎、西洋聖歌。這信緯是天主教徒，家中有些天籟美聲的宗教音樂，萬康嘆叫聖歌好聽，快快備妥！

吩咐完畢後，萬康的休閒活動又開始了。跨夜寫出《道濟群生錄》第六回。內容是萬爸父子開始登魔山大戰魔王兵團，貓狗二廝前來混戰。投筆睡醒後，二十六日白晝，前往ＩＣＵ探視，發現萬爸雖然兩三天來排尿量變多，腎臟指數還是不優，看來結石並非腎功能轉弱的緣故。從結果論來看，雙J戀，喔不，雙J管的小手術非但白做一場，還讓萬爸元氣大傷。當然，亦可能與雙J無關，合著不做雙J這幾日黃疸等衰退現象也將趕來報到（？）

是晚，Z醫師表示如今期末考可省了，明日將請做氣切的外科醫師來跟你做氣切的討論和敲定。X醫師在萬康請諫下同意抽腹水，表示上次胃鏡的病理報告還沒出來，趁著這次把腹水送驗，看究竟能否驗出癌症。此話怎講？只因X陷入疑惑，認為三番兩次驗來驗去千呼萬喚驗不出個鳥毛癌細胞，且萬爸不像癌症患者日見消瘦，興許還真不是癌魔頭作祟。

也是在二十六日這晚歸來途中，萬康接獲來電，機車先靠路邊放停。電話一頭是朋友大鍋的聲音，問候萬爸狀況，並說不如萬哥你同我今晚到夜店散散心，焦點全給醫院鎖住對你反不好。萬康道：「夜店不適合現在的我啦，鍋子。」是的，大鍋又名鍋子。那大鍋道：「萬哥恕我直言，那試問又有什麼地方適合你現在呢？重點是我在，你是跟我聚聚。」說來七月上旬大鍋前來探視過萬爸一次，雖不算太久沒見，但萬康身處逆境，倒也讓他牽腸掛肚。

那大鍋更在六月下旬貢獻卓著，萬爸當時曾從一般病房撤回家，那天大鍋自發性前來馳援，滂沱爛雨中推著萬爸上救護車、跟車、隨侍萬爸身側、將萬爸扛送入屋、幫抱下床。只因萬康必須去騎車（這部車齡老舊的二手機車別人發不動），故委以大鍋擔任萬爸隨扈之如此重任。眼見大鍋接手，同救護員一起將萬爸的擔架滾輪床推出病房後，兵分兩路，萬康先一步騎車到家，在雨中佇立等候救護車的那個當口，心中對萬爸的掛記、對大鍋的感激，可想而知。四天後，保生大帝賜給萬康的第二張籤詩，那不是萬康派人去求的嗎？對的，那也是咱們大鍋。

話說大鍋是位男同志。萬康不是。兩人之間純友誼，屌大義。碰頭後，萬康隨他進到一間Gay Bar。說真格的，倒與同志與否無關，而是無論哪一種夜店總有股解放感，或說糜爛味兒。音浪襲來，激光鞭打，人五人六，卡噌擺扭，眼下各款人種都有，除了大宗的男同志，亦不乏酷T、怪T、美婆、鳥婆、男女異性戀斑斕禽獸，外加雌雄莫辨的人妖觀音。

兩人從吧枱兌換飲料後，倚著吧枱巡禮現場，那大鍋點頭打拍子，眼神發野浪，不停張望。萬康心中慘謬：「來錯了。完全格格不入。」一整個疏離。大鍋發現到，勸了句：「萬哥，閉上眼聽音樂好了，一概不加入，就完全抽離，讓音樂分解你，不必感受自己存在的一種存在。」萬康翻白眼道：「你在說什麼死人骨頭，抽離？我還抽送哩。」大鍋一笑：「你還能講笑話我就放心了，我就喜歡你這個雞掰勁兒。」萬康道：「你再說，我抽你的嘴！」大鍋道：「喔！寶貝，是用大肉棒嗎！」萬康掉過頭去，不再搭理。大鍋續作搜獵。突然，看到了什麼！喔喔喔耶別誤會，是萬康看到了什麼。

那萬康發現有人在望著他。那視線來自對面吧枱，像網球場上的一記穿越球，穿越舞池中的人五人六，一直線無法躲過的射落在萬康的眸子裡。「壓線！」這球正好落在線上，得分！——去你媽的，是強迫中獎好嗎？那簡直是被強暴。萬康對大鍋附耳道：「鍋子，有個死老外在看我。」萬康不敢再看，大鍋幫他望去，怪怪，一個臉廓如雕刻，鷹隼子鼻樑，碧眼深邃謎樣，蓄著落腮鬍（不是烙賽鬍喔），栗黃色長髮垂肩的洋人，那簡直是帥死人不償命。大鍋對萬康道：「你錯了，他是在看我。」萬康忍笑：「喔對對對！是在看你，太好了。」萬康因順不小心朝對面看一眼，只見那洋人朝萬康舉杯致意，然後咬起杯子上的櫻桃，將梗子咬掉，收入口內，一會兒取出，梗子已然打出一個結。大鍋吶喊：「酷啦！」萬康道：「超老派的好嗎？」

且說萬康沒對該人作回應，大鍋卻很積極，拉著萬康嚷著一起下海跳舞。萬康曉得他想趁在舞池蠕動間，徐徐不經意的挪到洋人附近。由不得萬康不同意，人已經給大鍋拽下舞池。人要發春，力大無窮哇。這會兒大鍋開始跳起印度麥可，喝，那還真是練家子，全場高聲尖叫。大鍋可沒給沖昏頭，沒失掉該去的方向。萬康倒是沒特別的心情，就一般走路的模樣，在人群中頻頻講「借過」、「拍謝」，只想慢慢走回原位，由大鍋獨自耍去便是。可這時突然陷入迷魂陣似的，轉過來、繞過去，怎麼走都走不出去，不！這是鬼打牆！?……等他意圖更加清楚地查看環境時，發現三個俱穿鮮紅比基尼的高大人妖，舞動軀體時展出三堵牆，同時圍堵著他，同時疏導他行進，將他如流水般引流過崇山峻嶺卻圈在原地。

好傢伙，跟我玩這個。萬康登時心生一計，假意往前快走三步，那三個活觀音見狀立刻退開佈陣，說時遲，那時快，萬康大龍擺尾，往回跑！大步跑！推開人群跑！三人妖敗壞，顧不得章法，大動作趕上來，聯手將萬康粗暴架起，群眾驚呼聲中，一股發力之大，將他押出舞池，拐個小彎，踹開一扇門，用力將他扔進去。門砰然反踢關上。

裡面有CD櫃、電腦液晶螢幕，這裡似乎是個小辦公室，一些隔板卻分出一些望之不盡的空間。「你們是怎樣！」萬康咆哮。

「你還敢兇？」人妖A甩甩手說話。似乎適才動作中扭傷一隻手腕來著。果然他說下去：「我要驗傷告你。」

「你們是不是搞錯人了？」萬康覺來者不善，這句話倒不那麼敢兇怒。人妖B笑道：「你心裡想沒告我們就不錯了是唄？」說話間一邊把比基尼的罩杯安整妥實。「不過是跟你開個小玩笑，瞧你就先不開心嚕。」

萬康道：「對不起，我想好好說話。我如果有哪裡犯錯，請告訴我。」人妖C說話：「也不用這麼卑微咩。」說著他用那漂亮的水晶指甲優雅的反手拂搔過臉龐，故作寫意性感狀。「喏，張萬康，你的正氣到哪去了？」

這萬康愣怔，你們知道我是誰…，緊張中一股衝動脫口道：「好一個正氣！我一世人端端正正，」這句實在誇張了。「你們到底是誰！」

人妖A浪笑起，花枝亂顫說道：「就等你問這句話呢！」

B和C湊近，三人齊聲道：「不告訴你！」說完三人相視狂笑，兼扭腰擺臀，樂不可支。萬康這時想起萬爸：「我怎麼困在這裡！拔！我可能沒法救你了！…」

就在這時，隔板的背面，傳來沉穩而懸疑的腳步聲。一人步出，正是那名老外。人妖三人忙收斂笑容，垂手站好。萬康心中慘嘶：「我一定會被輪姦…」

「怎麼不給客人揹一張椅子。」

這老外國語很標準。語氣威嚴。

一名人妖推了一把滾輪的座椅過來，萬康懾於惡勢力，只好坐下。

老外卻坐上一張桌子。並且，深情無比的凝視萬康。

對方是不是基佬倒不是重點，只是這眼神好肉麻，萬康想吐，又不敢吐出來。只好把臉掉開，避免和他四目相交。況且，不知為何，肉麻歸肉麻，對方的眼神卻有一股渦漩般的吸力，讓他十分忐忑。

「這是禮貌，」洋人對三人妖發號施令，「告訴他你們是誰。」

那三人朝洋人恭敬點頭，旋即齊以芭蕾的動作凌空躍起，做出一個三百六十度的疾速旋轉。整齊落地後，三人妖頓時成為三名喇嘛。萬康愕然，只見這三人不但髮型換成光頭，且已然身無比基尼，改披藏傳佛教的袈裟，俱朝萬康合掌作禮。

這三人是淫邪的妖僧，或是有修為的和尚，如雷心跳中萬康沒個譜。不如先把我方實力秀出一二，以作試探。因道：「實不相瞞，不知您三位跟藥師佛熟不熟，那藥師佛是我的……麻吉！」這話太浮誇，但沒辦法啊，江湖上嗆堵對方不能嘴皮子打結。

完了，遜掉了。話音一落，三喇嘛聞言厲聲哄笑，刻意以難聽又難看的誇張德行，笑得渾身顛浪、前仰後合……。而那洋人卻做出羅丹的雕像作品〈沉思者〉的表情和動作。

這批人定非善類，聽人說台灣有的喇嘛在斂財騙色。可眼前這幫人還真的會妖術啊。萬康將手伸進上衣胸前口袋，隨時要取出藥師佛贈他的淚玉，心中念力默禱，藥師佛你發功吧！讓我離開這個鬼地方！

「你知道嗎？」那洋人的思緒像從遙遠的地方飄回，若有所思的說：「藥師佛，其實是個狠心的人。」

藥師佛顯靈！藥師佛你發神威吧！

那洋人絲毫未理會萬康想幹嘛，拿他一雙碧眼凝望萬康。萬康整張臉的五官揪在一起做抵擋。「當初，好高好高喲…」洋人自顧往下訴說，語調像是那件事與他自己毫不相干。「…掛在那杜高高的木頭上，天空好希臘，雲朵好羅馬，還可以看見山巒下的地中海。…好美。…美極了。」他回過神來露出紳士的笑容：「喔他沒救我。當然，我也沒要他救。」那是苦澀又像灑脫的笑容？

看官聽好！呼之欲出了這是！看官您聰明得緊！看官您火眼金睛！萬康看不出是誰！可您覷出了啥端倪！此一洋人究竟有何來頭！難不成他是相傳降生在…的那個…神奇的嬰孩，後來千秋萬世必須以他降生之日為初始作算數的……

第十五回 困祕境麻將捻造化 追魔踪匪類現原形

話說眼前那洋鬼子本就一副神祕兮兮又陰鷙邪氣的德行，這會兒朝萬康閑淡言說藥師佛「喔他沒救我。當然，我也沒要他救」，完了便掏出一具精巧的小型傢私，以及菸草、薄紙。看起來手工藝不俗，摺捲成一挺窄菸。吞雲吐霧，臉上十分空幻而恍神，說話卻又清清楚楚：「嗯，蠻好，蠻好底。」抽了幾口，遞給三喇嘛輪流接過去抽。三喇嘛如獲至寶狀，瞇眼涎著口水一一用過。喇嘛C遞給萬康：「一起痛快。」萬康防衛心重，不希罕這種友善，倔而搖頭。三人妖笑他不識相也要識貨。洋人不睬他們，未發一語，低頭又捲過一挺，獨自享用。

之後這四個傢伙旁若無人似的自我沉浸於吐納煙霧，完全不招呼、也不為難萬康。那怎麼辦呢？阿哉。敵不動，我不動，萬康只能耗著，趁便用眼睛掃描一下這間辦公室，看朝什麼地方好脫身。時間一分鐘一分鐘過去。

「在比賽定力嗎？」洋鬼子終於微笑啟尊口：「讓你贏吧，我不在意。」

萬康給激起對抗心，哼一聲說道：「反正我被你扣住了，是吧。」

這洋鬼子講話始終掛著一種冷靜又滋掰的笑容：「哦？……就像張老先生被醫院扣成人質那樣，你說是吧。」

怒！萬康聽了十分之憤怒，他猛地站起身來。然而，他的詫異和凜然恐怕比憤怒多上幾分。也因此，他杵著不知如何是好，直視這名洋人。

「請坐，你站起來不會改變什麼。」

萬康仍不坐下，聽見自己心如擂鼓，不，心如鋁棒擊出棒球的碰撞聲，連續不斷從腔內往外擊打……

「你的服從性並不高，坦白說我蠻欣賞你這點。」洋人說著指向三喇嘛：「你看這三隻智商不如犛牛的蠢物，叫他們趴在地上，一路攀山越嶺趴向一間破喇嘛廟，費那麼大工夫只為了拜佛。」這三喇嘛聽了嘻嘻窘笑，仍忙著過菸抽。

「天殺的，藥師佛。」洋人搖頭輕笑，抽過最後一口，把小菸屁股在指間捏熄。

奇怪，萬康突然發現洋人的國語不如先前標準，帶著濃重的洋人口音。那個「佛」字發音成四聲。

「我同你作個解釋，」洋人道：「有的時候我故意國語不標準，是為了讓你對我產生親切感。作為一個國語不標準的洋人，對你來說比較感到正常是吧。」

「不，」萬康破解他的笑容。「你和藥師佛有什麼過節？你在對他表現你的……輕蔑！」萬康壯膽說完：「這是妒忌的笑容！我懷疑藥師佛擊敗過你！」

洋人止住笑容。望著萬康。他原本的一雙碧眼變成漫漶憊懶的紅眼，同時他變得比較嚴肅，或說他其實仍十分輕鬆著，只是有意對萬康示出嚴肅。他用食指橫放在鼻子下方擤了擤，說道：「我必須承認你還蠻能激怒我的。不過，我對你的失望遠勝過憤懣。」

「你會說『憤懣』？」

「你要說我是個漢學家也可以。」洋人聳肩攤掌。一時之間笑容重現，他用那洋腔國語說下去：「我好桑心，想不到你的認知這麼貧乏。我和那個藥師佛，沒有誰擊敗誰的問題。嗯哼，容我遺憾的說，要說交手我也不屑。我和他是不同掛的，用你們中國諺語來說，『橋歸橋，路歸路』。」

萬康道：「這個…我大概猜得出你的意思，不過『橋歸橋，路歸路』好像不是這樣用的。這句意思應該是說兩個人本來在一塊，後來才嗆聲我們之間沒有瓜葛。『瓜葛』，你懂嗎？」

洋人仍微笑道：「那我說『你走你的陽關道，我走我的獨木橋』可以嗎？」從而擺手笑出聲道：「嘿！不用教我中文，我吃的鹽比你吃的飯還多。」

萬康道：「你吃這麼鹹幹嘛？」

洋人聽了發愣，望向三喇嘛，那三人也發傻了。忽而他四人抱起來齊聲叫囂大笑！不停跳躍慶賀許久！這下萬康傻眼。

終於停下來，洋人興奮朝萬康道：「我終於找到一個人可以擊敗我了！你懂這種感覺嗎！」說著朝萬康擊掌，萬康只好回禮拍回去。「天殺的，你是個可敬的對手。」洋人嘖聲稱奇，十分誠懇狀。

「你知道嗎，」洋人歡喜道，「曾經只有一次我差點被擊敗。那次我跟觀世音菩薩說，聽人講你號稱千手千眼觀世音菩薩，可是我想當千屌觀音耶。」三喇嘛一旁聽了捧腹大笑，好像聽過這個笑話卻仍是忍不住笑，忍不住期待著往下聽。洋人續道：「結果他跟我說：『千屌又如何，你要真管用的話，一根就夠了。』」三喇嘛再又高聲笑鬧，手拉手跳舞旋轉。洋人道：「天殺的，這句話眼看要擊敗我，我遲疑一秒就輸了你知道嗎！還好我趕緊說了！」洋人上前摟住萬康，快樂的說：「我告訴菩薩，是沒錯，可是我想同時幹一千個女人啊！哇哈哈哈哈！」說完拉起萬康跳舞，萬康可能嚇到而無法充分配合，洋人拋下他，轉去和三喇嘛彼此拍打，慶祝擁抱一陣。

萬康低聲囁嚅道：「你覺得你這樣算贏⋯⋯」

洋人聞言猛轉頭瞋視。

萬康只好接著說：「⋯⋯那就贏了！」

洋人指著他道：「酷。」

說完話萬康自己不自覺的順著坐下。反倒是洋人從桌上跳下來，興沖沖對萬康道：「我不服氣！我要扳回來！我出一道題目給你答！」萬康覺得這人真的有病，心裡再度害怕起，只好用禮貌的口吻答覆：「先生您不必不服氣，我沒有贏過您一次。」洋人大怒咆哮：「花可！」萬康聽得懂這是台灣國語的「fuck」，這不難猜，因為對方著實很憤怒。這洋人也奇，生完氣，突然向萬康哀求起來：「拜託，陪我玩嘛。」萬康懷疑笑裡藏刀，噤聲不語。這下洋人變臉，紅通通的一雙火眼逼視著萬康，威脅道：「你玩不玩？」萬康試探道：「玩或不玩，分別在哪？」洋人道：「你不能故意輸給我，這樣反而很沒運動精神，我不需要這種虛妄的勝利來告慰自己。話說了就算，如果你贏了，你就過關，我放你走。」萬康道：「如果我過不了關，我輸了，也該放我走。先生，您沒有權利把誰扣住。」洋人聞言失聲仰笑，說道：「你好詐！你居然反過來跟我談條件。」三喇嘛附和：「太詐了！不能上當！」萬康道：「對不起，那我不陪你玩。」洋人笑道：「由不得你。」轉而吩咐左右：「帶上來！」

那三喇嘛聞令，進去隔板的後面，將一人押出。只見那人幾近裸身且遭繩索五花大綁，身上只存一條三角豹紋內褲，腳下卻又保留著一雙球鞋，可腳上的襪子卻又移到臉上。是的，這雙襪子打捲成一顆球體，塞進嘴巴內。萬康驚叫：「大鍋！」洋人一笑，將襪子從那人嘴裡拔出，那人放聲大哭：「萬哥！」

卻說萬康欲朝大鍋走近，三喇嘛馬上用他們靈巧的舞步阻擋住。萬康只好說道：「有話好說，不要傷害我朋友就好。」洋人道：「神愛世人，我們怕他雞雞小，不忍讓他裸體。」說著將大鍋的褲頭拉開一隙，把襪球塞進大鍋的下陰部位。「喏，這樣夠大吧。」喇嘛們一旁用手遮鼻道：「喲，大是大了，可是雞雞有臭襪子味道，臭臭！臭臭！臭臭！」大鍋受嘲弄，委屈間更加嚎哭。洋人對萬康道：「這名人犯要求很多，說怕地板太涼，堅持穿球鞋。神是萬能的，神沒有不知道的，其實他是怕自己的腳趾頭太性感，害羞露出來。」萬康見弟兄挨整，好不揪心，但忍不住責備大鍋：「這些年來許多人穿球鞋不穿襪子，可你偏偏要穿，這下坑害了自己。」大鍋哭訴道：「萬哥，還好我穿了襪子，不然塞進我嘴裡的東西恐怕更臭哇。」洋人對萬康道：「你看他心裡比你明鏡兒來著，我們沒把他鞋子塞他的嘴巴就不錯了咧。」說完掏出一柄手槍，鏗鏘一響，拉動槍機滑蓋：「火藥的味道臭不臭？」不由分說指進大鍋的嘴裡，臉掉過來衝著萬康，「你不答我出的題目，我就轟爛他。你答輸了，……」洋人送出飛吻，「我也轟爛他。」

話說喇嘛把桌面清空，端來一副麻將，把牌倒出來。是的，趕鴨子上架，萬康被迫應考，而考題卻是麻將。喇嘛將牌反面，開始洗牌。洋人暫時把槍放桌上，用牌尺將其中十個張子點出，掃到空曠處，續而親手將牌張理好，再用牌尺整個將之整齊列隊完成。洋人道：「我就不同你耍嘴皮子了。素聞張濟、張萬康父子乃麻將世家，掃蕩北部，威震南國。你聽好，我這道題目可是對你放水了。這十張牌，全部捻對了，過關。一張都錯不得。限定十秒內完成。」看官，您若不懂麻將且聽分明，原來這張子上頭刻著紋路，洋人要萬康不准用眼睛看，得用手指去摸捻，這對此道中人來說還算容易，可難的是限時十秒，不讓人有充分時間去觸摸和分辨。

這道考題真的那麼具有挑戰性嗎？對張萬康這種曾長期泡過麻將場的人來說，不敢說牌技精湛如其父堪稱練家子，所謂「無他，熟也」，把張子正確捻出來卻只是個基本的俏頭。那張萬康聽了後，心中頗有把握，預計自己七秒就可以捻完無誤。不囉唆，一員喇嘛按下馬錶呼道：「開始！」萬康將頭一張捻過，發現分很開，報出：「八條！」答對了。第二張是乾淨的寬斜槓，毫不考慮：「三筒！」第三張分外滿實勻貼：「八筒！」再來是「青發、六萬、二筒、五萬、北風、九條」，那萬康身手非凡，一觸即發，一捻就報，連續報中九個張子，只用了六秒。

最末一張，這一捻過，糟糕！萬康面色劇變。「七秒！」喇嘛報出。

萬康驚視洋人，莫名其妙。「你在耍我？」

洋人道：「呱。」這正巧是法文「quoi」的發音，意即「什麼」。一旁傳來：「八秒！」萬康急了，大鍋眼看也崩潰了。萬康仍怒道：「耍我！」一旁頌出：「九秒！」洋人伸手去拿槍，萬康趕忙追加確認，再次捻過，仍不對勁，耳聽得「十秒！」到點，慌張大喊：「造！」大鍋聽他報出閩南語的「跑」，心想怎麼可能逃得掉，放聲巨哭。萬康將牌在桌上亮出，果然是個「造」字。

一時全場無語。

子彈退膛，洋人吹出一聲輕快而短促的口哨聲，這是獎勵萬康吧？也是大大方方索性認輸吧？洋人道：「看來我應該考你摸得出摸不出這個字是什麼顏色。」大鍋一旁吼道：「正紅色！」沒錯，這個字是同「紅中」一樣的正紅色。洋人對大鍋不爽道：「廢話，你都看到了。」

願賭服輸。說著洋人叫喇嘛把門打開，並將大鍋鬆綁。那扇門是萬康被扔進來的入口。瞬間刺眼的銀白色皎潔光束射進。

「是入口也是出口。不同的是，當你走出去，願你能溫馴如鴿，靈巧如蛇。」洋人略頓片晌，若有所思說：「只是很多人示出了溫馴，化出了靈巧，卻非心地淳良。」萬康問：「我可以問您尊姓大名嗎？」洋人道：「曾有人在雞鳴以前三次說不認識我。你莫以為別人認識你就把你放在心上。」萬康意識到對方不讓追問，且脫離要緊，牽起大鍋的手一起步出。那大鍋走了兩步卻覺得尷尬，回頭問那洋人：「可以把我的衣服還我嗎？」洋人火大，拉起槍機：「你再廢話我斃了你！」萬康趕緊將大鍋推出門去。

於是萬康二人回到夜店，卻見空無一人，整片早已打烊的黯淡死寂。兩人往大門方向過去，幸好門沒上鎖，推開後順循「店哨」廊道，來至大街，晝光從天頂漂灑到地面，行人熙熙攘攘，搞不清楚現在幾點。忙一看錶，時間將近上午十一點，大鍋喃喃道：「我們在那裡面有待這麼久嗎？」兩人叫來計程車，萬康先讓裸男大鍋進入，以免有礙觀瞻，且方便自己將提早下車。進入後萬康告訴司機前往醫院，然後掏出一張五百塊塞至大鍋手中：「收下，你現在光溜溜的只能掏出個陰毛。會客時間快到了，我到醫院後你坐這部車回家。」大鍋淌淚握住萬康的手：「萬哥！你我共患難這般，我只想對你說聲，北杯加油！」

且說萬康與大鍋道別後，進入加護病房探視，萬姊前來會合，兩人見萬爸於疲憊沉睡狀態。聽護士講萬爸一夜沒睡，心律不整，直喘著。L醫師表示用藥後已經控制，這是小問題，現在已經能好好睡著。十一點四十分會客時間到點，姊弟二人脫掉隔離衣，步出ＩＣＵ大門間，一人上氣不接下氣，快步怔忡而入，來者正是X醫師。雖眼神閃爍不安，但二話不說，X以略微顫抖的聲音直接道出：「喔！正好你在，外科說可以造廔。」萬康訝異，心想你當初不是說絕對不可能造廔，但省略問他來龍去脈，當下毫不考慮回道：「好！造！」話音送出，自己心頭一驚，怎是這個字。X續道：「今天下午我會幫你父親抽腹水，晚上我安排外科醫師跟你談，順便你把手術同意書簽了，明天就做手術。」萬康喜見X如此積極，提議道：「那把氣切一起做。」X道：「好，我跟Z醫師講，一起做應該沒問題。晚上讓外科把兩個手術一併跟你談。」姊弟二人感到振奮。

談完散去後，萬康在走廊對萬姊說：「我不好意思問他那你為什麼當初說不行。我只是求知恐怕他也認為我吐嘈他。」這是指，七月十五號造廔的方案提出，十六號經X極力否決，今天二十七號怎麼忽然自己跑來講可以造，且中間還拖了十一、二天。萬姊附議，往者已矣，給他一點餘地唄，既已決定做就好，你這樣的修養表現是對的。

下午是一場糜沌大雨。待雨勢漸歇，萬康把一份文件也打好了，存成文字檔，騎車前往某大學附近的影印店，請老闆用厚紙板把電子檔列印出。那上頭字型較大，自是讓萬爸好讀，簡述明天上午將一次做兩個小手術，請他放心云云。回程，熊熊想到貓狗的除蚤藥水用完，前往動物醫院購買。神奇的事來了。

這間動物醫院，除了獸醫師，偶見一名女子，萬康向來猜她是醫師娘，但沒問過，兩人亦不曾交談。買完藥水出來，在機車旁穿上雨衣，突然醫師娘打開玻璃門跑過來，遞給萬康一份刊物：「送你。」萬康接過，道：「太好了！」醫師娘本閃身欲離，這下停住。只因萬康見此《蒲公英希望月刊》雖是他未曾聽聞的刊物，順手翻開幾頁，發現整本是八八父親節特輯，均為寫給父親的小品文，正好可以用來唸給萬爸聽。萬康乃對醫師娘解說和道謝，我爸正在住院，你這本來的正是時候。那醫師娘亦感巧合，事前並沒聽誰說過萬康爸爸生病，她的醫師丈夫亦不知悉此事。此外，萬康發現這原來是基督教刊物，素來不知醫師夫婦為基督徒。而之所以確認她是醫師娘，乃後來求證於作家朋友朱天心。這位作家一家人關懷街貓和流浪狗，常與這位獸醫師合作，萬康這兩年會來這間動物醫院亦由天心介紹。早前七月十五日朱天心也曾進入ICU夜場探視萬爸。（順帶補述，七月二十三日友人黃文甫及其胞弟北上探視。文甫二十九歲，家住高雄，工作於台中，當日下午特從台中開車北上順載於新竹工作的胞弟一同來探，夜場探完了星夜南下，把弟弟新竹放下殺回台中。萬康並未見過其弟，然黃小弟過去曾聽哥哥講述台北求學期間受過萬康一些小關照，嚷著一起來助陣便是。說起台中，一搖滾樂團綽號小土之鼓手，在萬爸骨折初期和插管初期亦曾兩度北上，一次去到一般病房、一次到萬康家過夜陪伴萬康。）

是晚。萬康在加護病房對爸爸指著窗戶講：「拔，下午下大雨。」萬爸輕輕點頭。似乎豪雨沖刷窗戶的綺麗景象，給了萬爸淒美的撫慰。萬康自己亦盯著窗戶上的氤氳水氣，只可惜或許是這場大雨讓鴿子無法現身。萬康告訴萬爸今天是七月二十七日，父親節快到了，蹲在床邊唸了幾篇月刊上的文章給他聽。萬爸凝神聽著，聽到八股老套「爸爸你真偉大」這種句子時略起表情。之後把朋友信緯日前帶來的CD播給他聆賞安神。說真的，信緯帶的聖歌CD不巧都不是坊間耳熟能詳最動聽的那幾首（萬康本盼望能播放〈聖母頌〉、〈奇異恩典〉、〈我是主羊〉），於是將這些CD盒放置一旁僅作備用，另選亦是信緯帶來的小野麗莎Bossa Nova音樂。想不到萬爸點頭表示喜歡此一他從前沒啥聽過的樂風。事實上，萬爸根本不曾喜歡過什麼音樂哇，可倒是曾十分熱衷一九八零年代的一項歌唱比賽「歌唱名人排行榜」。合著比賽總帶有刺激性，萬爸喜歡競技、喜歡賭、喜歡等待揭曉、著迷刺激較量的過程。也所以萬康為何選擇錄製楊烈的〈如果能夠〉這首歌給萬爸聽，正因楊烈乃此項比賽脫穎而出的一員大將，萬爸知道這個人的聲音、知道他後來出片的這首歌。

此外，除了拍背、按摩、清理口腔，萬康拿出厚紙板，對萬爸做手術簡報。那萬爸十分憂愁狀，萬康曉得爸爸深怕手術中死去。一如早前面臨插管，萬爸曾透過氧氣面罩說「怕」。猶記插管的前一晚，萬康在醫生護士等人再三詢問和剖析下終於鬆口讓萬爸做插管急救，但表示必須徵詢萬爸。遂而萬康將插管代價作稟告，言明會「很苦」，但可「保命」，只見蒸氣騰騰從面罩縫隙噴瀉出，成語「氣沖斗牛」約莫如此，老人家處於超高速哮喘中仍頭如搗蒜，以求助的眼神和變頻的話音指示萬康：「好」、「要」。萬康再問一次，強調「苦」，萬爸仍表拚念。於是萬康簽字，但在同意書上外加書寫幾行，表示非必要時才得行之，且做的時候必須讓家屬到場作最後確認。是的，萬康必須再問父親一次、和伴著他（如果他仍求戰，遂做「行刑」前的打氣，插管後因順可立刻探視；若他變卦棄戰，則就地陪他最後一程，讓他能在我眼中死去）。萬康當晚回家後仍幻圖一念，如果這段時間內情況能轉好，呼吸次數降下來，或許爸可免去插管。驚蟄的手機聲在隔日清晨五時十七分響起，ＩＣＵ來電表示必須「行動」了，是的，兵法中向來「拂曉奇襲」極具打擊性，敵人在露水飽和降溫中正睡至酣濃，天色未明間霧氣悄然湧現形成一道掩護。萬康把萬姊叫醒，飆機車趕達入內後，萬爸在艱困之際仍表延續意願，但透過面罩說了一句，像三個字，最末一字嘴形是「怕」。萬康問是不是怕，萬爸猛點頭。萬康懂，怕痛、怕苦，即便是超人也怕，但爸更怕的是，死。萬康對著他的助聽器告以安撫言語，「一定可以保命」。萬爸握姊弟的手稍安下心來點頭，百分百的滿檔氧氣聲響和煙霧灌在四周……

話回這廂，父子相處一陣後，一位外科醫師來到。兩人敲定明日下午同時做兩個手術，簽下同意書。這醫師離去五分鐘後，眼看會客時間到點，一位腫瘤科醫師出現。是的，早前沒跟看官報告，日前Ｚ醫師曾表示將請腫瘤科來會診。這位醫師來到後，請萬康到一張電腦桌前，併坐著一起討論許久（兩個人挨很近，乍看好像忙著一起點擊正妹相簿欣賞）。他邊問、邊聽、邊講，一邊用滑鼠點擊連日來的檢查報告，包括電腦斷層的腫瘤照片（他叫萬康靠近看這腫瘤實在龐大，萬康彷彿刑警終於直擊一名高智慧連續犯的臉孔）、以及幾次的病理化驗內容，進而表示目前傷腦筋的是萬爸的切片報告一直出不來，所點擊的多筆資料皆無法從中取得證據。一時之間滑鼠又往回點，突然說：「出來了…今天晚上出來的最新資料…」萬康問：「剛剛才出來的？」醫師用游標指著：「沒錯，你看時間，五分鐘前。」喔時間不重要了，因為喔天殺的，果然是癌。跟一般胃癌現象不同，推測起來應屬胰臟癌，但無論是哪個部位，如今都確認出它，將發出「重大傷病卡」。

這位醫師十分仔細，發現證實癌症後，仍亟思把萬爸生病的前因後果種種問清楚（尤其胰臟癌屬充滿謎團、徵兆不好抓的一種癌症）。萬康便將萬爸今年農曆過年後身體狀況下滑、骨科檢查、內分泌科檢查、神經內科檢查的過程一一報告，當說到「我爸背會痛到厲聲喊叫」，這位醫師受到震動：「胰臟腫瘤到後來就是會這樣…背部神經會受壓迫…」接著醫師不解為何骨折會弄成感染肺炎送來ＩＣＵ插管之複雜局面，萬康乃將骨折住院後胃出血遭延誤、在一般病房受到的非人性摧殘據實以告，自不外乎骨科主任和幾名護士的惡意對待、麻木不仁那些有的沒的。萬康並未誇大或煽情或沒完沒了，他曉得不是每個醫師愛聽這種「悲情老段子」，一來你講的可能是家屬一面之詞；二來那不關我的事嘛，病人又不是我看的；三來往者已矣，接下來該怎麼辦才重要唄；四來就算我相信你，我直腸子開罵同僚會不會無端給我惹起麻煩；五來醫院的事務和內幕太過複雜，如果我告訴你醫院有其營運上的苦衷，導致不小心疏忽了病患，以你現在的心情恐怕不會體諒，讓你到處點火放炮總不大好。於是，萬康頗為自制，只是稍微講幾個點給他聽。可這醫師的臉色卻起了變化，搖頭道：「…怎麼會這樣。」他聽到一個段落，以理性（但不失溫柔）的口吻道：「…很曲折。」說完突然站起身來，離開電腦桌，直直走到萬爸病榻，觸摸萬爸的胳臂（台語）：「阿北！卡掐兵會痛莫？」萬爸似正處在渾噩苦眠中，眉宇深鎖。吃力醒過半秒不到，無法回應，再又闔上雙眼。萬康道：「他說國語。」醫師便問：「北杯！背會不會痛？」這次萬爸沒睜開眼。

醫師告退前，兩人討論是否轉安寧病房事宜。醫師表示插管病人不送進安寧病房，這是肯定的；至於做氣切的病患在安寧病房只是比較少見，換言之「還是可以接」，於是將安排安寧會診。並問萬康是否尚有兄弟姊妹（這晚萬姊出差沒到），只因此病症甚為凶險，可能至多兩三個月壽命，決明早再來一次ＩＣＵ，與你姊弟二人一同詳談為妥。此醫師建議萬康必須告訴萬爸罹患胰臟癌，聽取萬爸意見，或能把身後事交代好。萬康顯得遲疑，認為還是先不用說為妥吧，以免父親遭受劇烈衝擊。那李道長曾說對你爸這種只盼多一天也好的老人家講這個過於殘忍，他會拚到最後一絲氣力，直到不行的時候自己會感覺到，才走。至於身後事，萬爸沒啥神祕遺產那些，只有長褲口袋內的台幣兩萬五，這個萬媽清楚。房子的名字是萬爸的，過給第一順位萬媽便是。對萬爸最熟悉的就屬萬康和萬媽，十年來萬姊在外租屋，成立行銷工作室，逢假日方回家睡。家中向來萬爸、萬媽、萬康在住（外加因故從小在他們家長大的表弟妹一雙；這幾年表弟上大學後遠住異鄉，但約莫兩年前家裡多添一對貓狗）。

與這位負責的醫師談過後，接著萬康再赴麻醉科那廂，把麻醉同意書也簽過，以讓萬爸明日中午過後上陣。麻醉科醫師報告，如今手術風險提高到百分之一的機率。

返家後萬康電告萬姊最新情報。萬姊表示明日上午會先返家，方一起前往ＩＣＵ，為爸齊作打氣。

徹夜，萬康難眠。爸爸狀態很差，手術中的死率究竟不大，可手術後有可能吃不消。四、五天前不見刀口的小手術Double J都讓他喪失泰半元氣了，這下兩道刀口子下去，是否加添他生前最後一段時程之摧殘。說到刀口，他那髖關節的骨折損傷如今早已表裡一併復原，幫他做抬腿伸展時不致讓他感到痛楚，臀部上方的壓瘡亦由新生之皮肉擊退，望去那真是嬰兒般的肌膚，想不到卻有個癌症老魔頭潛伏犯祟。何以十二天才翻案造麼？這讓爸失去了「黃金機會」？現在才推爸爸上火線，是不是推爸爸當炮灰？是不是槍斃前還要他遭凌遲？……忽然間晚上跟爸報告明天就來兩個手術，對爸來說亦感突然，他沒時間作心理備戰，他沒聽過自己必須造麼。他的意識不再如以往清晰，定聽不懂我所言，只恐懼著身體會被切開。我是不是該讓爸想一想。啊，不用想了，爸把自己全權委託給我了，我如果一亂他反而更亂。造！洋人跟我說要造！造下去就對了！……可是洋人曉得爸爸今天的狀況又下去了嗎？這一造能把他的身子骨造就起來嗎？這洋神仙瘋瘋癲癲，我該信他多少？他是神是妖？他好像跟藥師佛是死對頭，他的話可以信嗎？藥師佛啊你在哪？小鴿子啊你在哪？你幫我跟藥師佛說了我的難處嗎？……還是洋鬼子只是跟我預言會發生造麼一事，不一定表示他贊成造麼？……天啊是不是有人雞鳴前出賣我三次？……

看官，造下去，究竟會不會造出奇蹟，且看後話。

第十六回　狂人大夫封刀封喉　書信兩封荒漠冰泉

且說七月二十八日下午萬爸手術在即，上午萬姊返家，進過門來，肩上一個偌大的包包還沒放下便朝萬康道：「我看阿爸的身體，動這兩個手術可能負擔太大，是不是考慮停下來。」萬康道：「我正有這個打算。這樣，我們等等去ＩＣＵ，阿爸狀況不好，就喊停。」看官，他們對爸爸講話喊「拔」，因萬爸是外省老兵、老芋仔；私下論及父親則慣用閩南話的「阿爸」，因萬媽是羅東閩南人氏，這也算一種文化混合。

來到ＩＣＵ一看，果然萬爸虛弱，竟搖不醒，黃疸仍嚴重。原本萬康按算假使萬爸狀態還行，還可就下午的手術跟萬爸耳提面命作打氣。姊弟二人忙對在場的Ｚ醫師和護理長請示是否踩煞車為宜。這兩名女性醫療工作者，見茲事體大，究竟萬爸先前做過雙Ｊ管後狀況急轉直下明擺在眼前。姊弟的意見是，萬爸如今很難出現康復或延續生命的奇蹟，權宜之下不得不放棄造廔，只能做氣切減輕含口管之苦。Ｚ的神色緊繃，像是棋手舉起一子懸在空中停格。護理長本是個從容幹練的美嬌娘熟女，這時活像火燒屁股的老大媽急得在床邊轉來轉去。Ｚ沒思索太久便表示停下來為妥，護理長大聲附議：「對！對！」於是手術撤掉，先讓安寧病房的人來會診，把氣切病患和安寧照護之間作詳細說明後，另排時間做氣切。隨後腫瘤科醫師來到，亦同意這個方案。這時萬康望見窗外的鴿子。對方杵著不動，望著窗內，像萬康小時候去碧潭夜市玩擲圈圈去套住的小陶坯雕像。萬康看不出鴿子橢圓形的小眼睛釋出如何涵義。

晚間會客時，萬爸是醒的。通常白天會客時姊弟二人均到，晚上則萬康獨自來，萬姊得掙錢上工。萬康侍奉萬爸拍背等動作後，幫萬爸戴上老花眼鏡和助聽器，取出三張字板，和萬爸一起扶著板子閱讀。

爸：

手術先取消，因為怕你身體吃不消。

爸，我跟你作個詳細的報告。你的生病過程是這樣的。骨折之前，帶你做了四種檢查。我想幫你做更精密的檢查，但檢查有一定的步驟，必須一步一步來。接著很倒楣，爸你摔倒，手術後，起初蠻順利，當晚睡覺時你說夢話：「我感謝大家對我的幫忙。」你練習走路，很感人，醫生護士都誇獎。有次晚上我去教課之前，說要幫你買很貴的藥，你對我們說你有存錢，可以拿出來，我們聽了很感動，姊姊身上有錢，不會讓你來花錢的，我們要你放心。

就在我教完課時，你的身體有其他衰弱狀況出現，半夜一點你一直咳嗽，我趕去醫院。你身體開始差了，一直檢查不出原因，我很急，只好先讓你出院回家，並且一邊幫你想辦法。隔天早上我們趕緊請來一位特別護士來照顧你，你對她說我們幫你翻身的技術沒有她好。狗和貓一直在房間門口乖乖守護著你，我們都不敢闔眼，我、媽、姊姊很替你心疼。緊接著又隔一天的早上，我們發現你的病因了，趕快用救護車送你急診，當天轉進加護病房。醫生來急診室看你時，你舉起手對他打招呼。你奮鬥的精神我們很感佩。

醫生說你是胃出血和肺炎，你拚了兩天後，我們決定讓你插管。最好的醫生、最好的護士，一起努力救治你，給你最好的治療和照顧，並且為你一步步進行精密的檢查。他們說你配合度很高，認為你的毅力過人，情緒沉穩。你歷經大風大浪，所表現出的勇氣叫人豎起大拇指。經過多天來的治療，你的肺炎好了一半，這很不容易，很多人過不了這一關。

因為大家很佩服和尊敬你，所以很多人來探視你，我也把你英勇的故事寫成一本書，以後會出版，書名叫《道濟群生錄》，「濟」就是你，「群」就是我，「道濟群生」是保生大帝頭上的匾額，保生大帝保佑著你。目前我先發表在網路，讀者熱烈的祝福你。因為你傑出的表現，你的名字將會留在歷史上，張濟民是一個偉大的人物。

出版社過幾個月將會出版我一本小說集，全世界華人都可以讀到，在新書的記者會上，我一定會提起你。你現在是個名人了！台灣最傑出的女作家朱天心，曾經來看過你。台灣最傑出的男作家駱以軍，包給我們一個很大的紅包（筆者按：金額有讓萬爸曉得，但在此隱晦），搶著要幫你出醫藥費。世界有名的導演侯孝賢，因為拍片出國無法前來，不斷對我問候你的狀況，他對你十分佩服。下週還有一個學者要從法國趕回台灣看你。

爸，你的腹腔問題很複雜，如果動手術，可能不利於你。原本我想幫你在胸腔和腹腔，分進合擊，同時做兩個小手術。但仔細評估之後，因為這兩天你的身體比較衰弱，暫時不做。以後可能只幫你做胸腔的小手術，幫你把嘴巴的管子取出，改用一支很短的小管子放在脖子底下，來幫你呼吸、抽痰。醫生說大管子放太久，你會不舒服，小管子絕對比較舒服。這是少輸為贏的道理。要信任醫生護士和我們。

爸，雖然必須長期住院，但我們一直會陪伴你，給你最大的溫暖，最好的呵護，我們會好好陪你到最後一天。無論如何你打了一場漂亮的勝仗，心要放下。牌技很好的人不見得必可胡牌，還必須看運氣。人生就如麻將，你的牌技最高，鬥志最高，頭腦最冷靜清楚，已經讓你博得世人的尊敬，無怨無悔，你是真正的強者。你延續的每一天都太有價值，你付出的代價帶給世人的啟發，雖然辛苦，但因為你的偉大，所以你內心平靜，在辛苦中感受幸福的滋味。

你一生老老實實，品行端正，菩薩託夢給我說，無論你能不能好起來，他都會保佑你，讓你身體減少痛苦，菩薩說無論如何要安心，也接受上蒼的安排。

保生大帝說你的表現比高僧還偉大。我同意。我以你為榮。

兒

萬康

二〇一〇年七月二十八日

看官，這封信有些地方踏奶奶的純屬誇大，好比「讀者熱烈的祝福你」、「全世界華人都可以讀到」等處，自是為討父親欣受。說來讀的人是有，讀的人也確實熱烈而叫作者心窩子烘焙，但語意上「熱烈」二字營造出幾千幾萬人次瀏覽的華麗假象。此外菩薩並未來託夢。是的，沒有，但萬姊曾叫萬爸合掌內心說「菩薩保佑」、「阿彌陀佛保佑」，萬爸有照做的。尤其萬康曾跟萬爸說每天要唸百來次「南無大悲觀世音菩薩」方獲神助，這是萬康的學生如琬所建議，萬爸也表示會做。萬康對萬爸附耳喊話：「次數混亂了沒關係啊，多一次少一次沒關係，心放平靜就有力量。」

待萬爸讀畢，會客時間也過了。萬康將萬爸的眼鏡和助聽器取下收進大小兩個盒子，該走了。握起萬爸的手，發現萬爸發力還握。萬爸暫時鬆開，萬康停頓片晌，亦稍稍發力示意，萬爸再又發力。兩人反覆多次，互相在夜晚的海洋上打信號燈。後來萬康發現爸手不肯徹底鬆開讓他走，並且凝望著他。

終於他願意鬆開手，只是仍望著萬康。萬康比一個簡潔的敬禮手勢（如果敬禮不放掉就好像萬爸已經走了可不是）。萬爸微徐點頭。萬康一邊後退，一邊回頭朝他深深將頭點過。萬康點頭，他亦點頭。反覆幾次，萬康終於退出，離開萬爸視線。

翌日，二十九號中午，兩位安寧病房的護士和萬康姊弟二人闢室詳談一小時半（這裡可能沒記清楚，其中一人應是護理師，位階比護士高）。兩人殷殷解說甚久，談完已經一點半，萬康表示耽誤你們吃飯時間。萬康想起有個認識幾年的網友，是個三十歲出頭的醫師娘，其夫君在另一間醫院的腫瘤科任職，她曾對萬康講，無論哪一家醫院，腫瘤科和安寧病房的醫生護士都是最溫柔周到的。看來確實如此。

兩名護士表示，安寧病房不做任何侵入式治療，故而插管者未曾收過，但偶爾會收氣切者，只是不會提供呼吸器，只供給一般氧氣輸出及氧氣罩。哇，要命，真的要命，那萬爸不接呼吸器，豈不是沒兩天就噎氣了，而且「會一直喘到死，像魚在岸上垂死翻滾掙扎，這是最痛苦的死法之一」（X醫師曾這麼告訴萬康，當時萬爸面臨插管的抉擇，氧氣開到最大，煙氣從氧氣罩的縫隙噴出，像是漫畫家筆下的人物冒煙那樣，卻仍望著萬康不停急速哮喘）。護士表示沒錯很快會走，但會提供大量嗎啡使他不那麼苦喘。護士的完整建議方案是，讓萬爸做過氣切，觀察兩天穩定後移出ＩＣＵ轉往「呼吸照護中心」（這是專門做呼吸治療的另一種ＩＣＵ），仍先朝脫離呼吸器的目標前進（理論上這是該部門所職司的一個步驟，儘管萬爸很難脫離呼吸器），大約兩週後確認萬爸在氣切後仍無法擺脫呼吸器，就送來安寧病房，這裡可以讓家屬雇請看護，院方安排各種宗教慰藉配合，並提供病患浴缸泡澡的享受，貼心服侍他走完人生最後一程。只不過泡澡是這樣，院方每週固定某一天才安排。萬康心思，如此一來，好比每週二洗澡，萬爸如週三才送安寧，來不及入浴就先入殮。

「也就是說，無論他還可以活多久，兩週一到，都從呼吸照護中心送到安寧病房，讓他兩三天內走？」萬康問。

「是。」護士答覆。

初步上萬康同意這個建議。一送安寧無異於立即讓萬爸接受另類的「安樂死」，不會拖上超過兩三天；讓這位老榮民提早「光榮退伍」。

問題是，呼吸照護中心的護士，能力上不如ＩＣＵ的護士（這是一名優秀的ＩＣＵ護士日前私下告訴萬康的）。安寧護士答覆，這沒錯，因為ＩＣＵ一名護士照顧兩床，呼吸照護中心的護士一人則管四、五床，效率自有差別。而一般病房更差，一人得招呼七、八床在所難免。且呼吸照護中心的會客時間比照ＩＣＵ，一日僅開放兩次，家屬不得另請看護在床邊隨侍二十四小時。一般病房的好處是，可提供呼吸器，對家屬亦無時間限制，萬康等人可以擁有更多時間陪伴父親最後這程，並還准許雇請看護以補院方護士照護之不足。然而一般病房麻煩的是，用藥必須報上去、等批示，好比嗎啡、止痛針這些，有可能病人在等藥時多挨災苦。

話到此間，萬康面臨兩個選擇，一是安寧護士提出的議案。另一選擇是，做完氣切，觀察個兩三天穩定後就轉一般病房，待發現萬爸迫近臨終，方速轉安寧。那麼為何不能選擇長留ＩＣＵ？只因健保規定病人住加護病房最多可住四十二天，除非特殊狀況才能「續杯」。截至目前萬爸已住三十一日，到時候要住下去可能不好「橋」。換言之，做完氣切，照規矩一定得換地方住。至於氣切，是做定了，Ｚ醫師、Ｘ醫師、安寧護士皆認為這個必須做，對萬爸是減輕負擔。同一天與安寧護士作諮詢之前，Ｚ醫師便對萬康表示已通知外科儘速安排。

會談後，萬康回到家中，寫了寫日記，用手機接起醫院公關部門的來電。原來月初公關部得知萬爸受難一事，多少憂心萬康對該院骨科主任進行反擊或報仇。如今與萬康二十來天沒聯繫過，打來作電訪問候。萬康客氣答曰目前尚無需要幫忙的，電話講完，萬康倒頭睡午覺。下午三、四點鐘，酣睡中忽然手機鳴聲大作。比起前一通，這通電話的內容讓人錯愕。

來電者劈頭就大發怒氣，霹靂啪啦扯起嗓門一串串鞭炮炸來，萬康幾度講「你聽我說」，對方絲毫不讓，說好聽是激動，說難聽是擺明了沒禮貌。那人自稱胸腔外科的M醫師，萬康不識此君。他表示接到氣切手術的通知，狂烈叫囂道：「我跟你說，這個手術不值得做！如果只氣切、不造廔，病人兩週內就會掛掉！」他特別在「掛掉」一詞加重語氣。萬康丈二金剛摸不著頭腦，心想難不成我正睡入一場白日夢，這是呂洞賓或洋神仙打電話來惡鬧？除了「你聽我說」四個字，萬康屢次無法講完下一句話，只聽得對方不斷搶白咆哮「不值得」、「會掛掉」。這萬康實在不懂，你一個醫生跟我用這麼粗魯的大白話「掛掉」來講我爸是怎樣，但萬康按捺脾氣，把事情討論清楚更加要緊，終於等M醫師好像罵累了，鑽到一個空子搶話道：「上次做完Double J他的身體就無法負荷了…」M醫師截斷道：「這個手術沒意義！不值得做！現在營養針停掉了，不造廔沒辦法幫助病人延長生命，兩週內會掛掉！」是的還是這幾句。萬康問：「所以都不做的話，要讓他一直插管嗎？」M答非所問（對他而言這不是答非所問吧），仍激切講這個手術「不值得」、「我無法做」，是的，一再重申。萬康道：「醫生說過插管最多只能插三週啊！」M發火道：「誰說的！」萬康道：「安寧病房中午剛跟我談過，必須做氣切他們才收。」M道：「你叫安寧病房打電話給我！」話音一落，嘟——，他老兄切斷電話。

這是怎麼一回事。萬康情緒敗壞，只因亟欲把事情原委弄清，忘記罵他一頓回去。正巧先前公關部打來，這會兒萬康打回去，反映瘋子醫生經過。公關部表示趕快會去探聽處理。

是晚，萬康前往會客看萬爸。Z和X醫師均有事沒到。萬爸又搖不醒了，那是一種痛楚的睡眠情狀，與鄰床聽禿頭老兒吟唱〈奇異恩典〉的那位老婦的景況一樣耗弱。這晚好友信緯一起進入ICU探視，一旁哀矜無言。

返家後，萬康想起了誰？他不是認識一位網友醫師嗎！趕緊抄起手機打去。對方接起，語調平和但十分急促：「不好意思我現在在忙。」萬康曉得他正在值班，很有默契，趕快切掉電話。之後改發簡訊請教，問的自是為什麼醫生大發雷霆打那通，這其中有何端倪。把問題送出後，抽根菸緩過心情，暫時揮開現實，用《道濟群生錄》重新進入萬爸，隔天凌晨寫出第七、八兩回。述及父子二人抗擊魔王和惡水娘娘，野鴿來回傳呼戰情，魔王二人加諸行為暴力與語言暴力，父子暫時扳平，野鴿展開雙翼搭載萬康歸返，領見藥師佛。

七月三十日，萬康寫完進度去睡了四小時，前往ICU。那Z醫師匆匆入內，代M醫師向萬康致歉，說M不明狀況，故而魯莽行事。萬康道：「他一直講我爸會掛，什麼叫掛？那我可以跟他講你家人也遲早會掛，人不都遲早會死，沒錯吧。」Z訥訥無言，只好笑笑。這萬康並非小器量之人，兩句不滿也就帶過，自己倒能換個角度去諒解，很可能M誤認我方是把生病的家人扔醫院就算了的不負責任家屬，方那般狂烈潑罵。Z醫師表示，以她和X醫師，以及ICU主任對萬爸的長期觀察，萬爸生命力之強，不造麼也不大可能兩週內會走。向來在表達上諱莫高深的她，調出片子比對給萬康看時，露出一種成就感的欣慰笑容，指出萬爸的肺葉從圖像全白竟能黑回去一半。這是她首次「敢」對萬爸表達肯定之意。另外腎功能指數，原本做完Double J頭幾天下滑，新的報告出來卻顯示好轉。至於營養方面，可以換另一種比較不會加重黃疸反應的營養液來注射。也就是說，氣切還是做。萬康表示，那須換個醫生做。Z醫師為難道：「…可是我的病人都給他做耶。」萬康只好認了。Z說我會對他好好說明。萬康道：「手術同意書我這裡簽過就好，你叫他不用來跟我談了。」Z說好。萬康道：「省得吵架。」Z堆笑說：「不會啦。」其他方面，Z表示做完氣切，傷口會疼痛兩三日，將會幫萬爸打嗎啡止痛。之後X來到，與Z的看法相同，並說萬爸抽出的腹水化驗後「很乾淨」，不見毒素，整個跡象來看存活幾個月都有可能，不過這種事瞬息萬變也是說不準的。

也妙。這天的日場探視，萬爸的狀況忽見起色。一瞬之間萬康不禁思嘆，是否還真該讓爸爸造麼，或說前天喊煞車應屬合理無誤，然今天這樣看起來又現造麼契機？…但這也僅止於一瞬之間，萬康已然選擇聽從X、Z，以及ICU主任的建議。在這次會客後，寫下簡短日記：

爸昨晚狀況很差 黃疸頗嚴重 很難搖醒 直到信緯帶的音樂cd奏效

今午精神和體能卻蠻好 臉色也消失黃疸!!

他真是「幽默」大師

這兩天發生很多倥傯的事 故而…不如省去

晚場探視返家後，網友醫師來電，說昨晚我正好在幫病人做ＣＰＲ，情況危急，無法與你講話。天殺的，萬康心想醫生這行真不是人幹的。這名醫師聆聽萬康仔細再把問題講過一遍，當即說道：「我想我懂那個醫生的想法。」此話怎講，他解說道，Ｍ擔心的是被控醫療疏失，怕你父親撐不久，家屬興師問罪，怎麼手術做了沒幾天人就走了。他建議：「現在幹醫生的，最怕的就是這個，你要跟他講，叫他放心做。」萬康恍然大悟。

結束談話後，萬康思緒明朗起來（亦可說是一種純屬推測），是啊，一住進來頭幾天，Ｚ就對我說過，加護病房號稱細菌最毒最多元，這裡一直住下去極有可能感染而力竭。原來，他們認為我爸早將撐不下去，自無必要做積極性治療，以免做出來效果不彰遭家屬刁問，多一事不如省一事，Ｘ乃將彼時由Ｈ提出的造廔意見擱置，將病患放著（放爛？）讓他自己早點上路就好。不意爸硬是將「破舟已過萬重山」，且諳察家屬亦非無理取鬧之人，信任度有了，於是方翻案行積極一途。這倒也不能說是純屬放爛，只是保守與積極兩種觀念與作風的一種選擇。也所以後來家屬臨時說不造了，那好，順著家屬唄，總歸這事沒有對與錯，合著醫院也是種服務業，客人滿意就好。隨即萬康把自己的思辨，透過ｍｓｎ求教醫師娘網友，對曰：「內科和外科常鬧意見。內科怪外科愛動刀，不顧病人生活品質。外科怪內科謹小慎微，欠缺開創作為。」看官，萬康不怪Ｘ醫師當初持保守考量，但全力封殺積極一案，且扯入意氣相爭之嫌，這讓萬康內心深處遂不下這口氣。萬康認為你這個小滑頭哇，你不該對家屬封鎖資訊，告訴我絕對不可能造廔；你應該兩案並陳，剖析兩者利弊得失，讓我來選，堪為負責。看官，極可能插管之初，Ｘ和Ｚ咸認萬爸過不了肺炎這關，所以不必與萬康談「以後」。Z和X的分別在於，前者根本不提造虁（或是她壓根沒想到可以有這步棋），後者則是更進一步打壓造虁。醫生這行好陰沉啊。萬康嘆息，或許近年人權至上，許多病人和家屬敢於挑戰醫護人員的「醫療疏失」，讓他們壓力太大，接了案子第一個念頭就是少惹麻煩，而不是作出誠懇的專業提供。錯，就錯在萬爸太能活啊。

萬康不禁也檢討起自己：

——是我讓X對我起不信任之感？（我讓他感覺到我是會鬧事找麻煩的人？不會吧，我對醫師是那麼謙畏的啊。還是我再三強調萬爸能戰反而讓他皮皮剉，心恐那麼治療失敗豈不是我的錯？）

——還是X自己性格養成上習於對人設防和猜忌？（如果我說我爸戰力差，他豈不是更不敢放手做？）

——還是兩者都是？還是都不是，只是個業。（共同背負和承擔政府「解嚴」以來「台灣民主化／人權化」二十多年來，每個醫生和家屬——包括他們自身——的敏感糾葛？）

——另一種可能是萬康自己太過猜忌。從骨科主任所得到的負面經驗，原本使他認為最惡質的醫生我已遭遇過了，不會有更鳥的醫生了，何況X醫生這麼親切和善啊，度過了黑暗我即見到了陽光。然而X醫師暴怒「為什麼叫我下來做胃鏡」之後，從骨科主任所得到的負面經驗讓他開始對X過於不放心，度過黑暗之後我見什麼都黑暗了。不，這是兩回事，我對X的懷疑與其他經驗無關，是他確實讓人感到有點不實在。不，是我真的太過誤會他，腹水確實是造慶的重大阻礙。我真該問他為何翻案，卻又怕他面子掛不住而愛生氣就不好意思問。我還是該問的，只因沒問就卡成我的一個心結，一個不入滅的疑惑啊。或許，是外科那幫神經病太過堅持要做，他不想拿萬爸當實驗品來糟蹋，捍衛良心與真理十一、二天後才鬆動（那麼他又為什麼不繼續堅持呢）。或許，他是真的不曉得腹水抽出來就可以做，也不曉得腹水中沒藏細菌就可以做，以及不曉得一旦腹水外滲自有救水災的辦法（這些均是欠缺醫學知識的萬康瞎想的理由）。事情何妨這樣看，如果將醫師比作一名球員，在整場比賽中難免一時不用心、精神不集中、久戰而倦怠、情緒起毛躁，或本身球技不夠全面、球運差了點，但總的來說他打得還可以，也沒不想打贏或故意要輸到底，那麼他就不至於對不起球迷，是可以被諒解的，不該受苛責的，何況對手太強。比起小鬍子X先生，那名骨科主任的嘴臉才是該被記恨的對象啊。

日頭升起，又見一天。七月三十一日，禮拜六。中午探視完，姊弟二人在ＩＣＵ走廊上談話，分派誰去幫萬爸添購護理墊和溼紙巾、誰去做什麼，這時萬康接起手機，真是冤家，來電者乃Ｍ醫師。對方客氣表示想跟萬康作討論，萬康說我就在醫院。不一會兒，ＩＣＵ的門橫移開啟，Ｍ邀姊弟二人入內。此人看起來年約四十五至五十，長相酷似美國卡通人物Beavis and Butt-head（是的，他同時長得像這兩位）。護理長週末休假，Ｍ借用護理長的辦公室進行對話。看來Ｚ雖轉達家屬不想與你談，但Ｍ仍很執著，Ｚ只好叮囑他好生和氣點兒；更有可能Ｚ不好意思、或覺沒必要跟M講家屬不想見你，故而Z不知M自作主張前來邀會。是的，這些都不重要了，一坐下來，M醫師開門見山道：「我是基督徒，我知道你們也是。」萬康心想這是哪門子跟哪門子，我們不是基督徒啊（萬康自己什麼徒都不是。家中最接近基督的是萬媽，這一兩年每週常跑教會聽傳道、唱歌、哈啦、吃點心，可說到底是去交際玩玩的，沒受洗）。M往下說：「我去你父親病床看過。」萬康心想，恐怕是看到一旁櫃子上放著信緯借我的聖歌CD片而誤會（信緯雖是信奉天主教，但統籌錄製的那個機構做天主教會也做基督教會委託的CD，故乍看可能以為萬爸一家信基督教）。想告訴他說我們不是，但M繼續說話，一時不好打岔，掃他這個興只讓雙方給冷到唄。

「基督徒必須誠實。」M醫師說著拿起紙筆一邊畫圖，一邊溫良恭儉的講解。他畫出人體的脖子氣管圖形，仔細論述關於氣切手術的一切。然而雙方都曉得，這不是本次會談的重點，這個「單元」只是一個暖場，讓他摩西一般的脾性先作緩和，亦博取萬康的信任度。接著，談到萬爸的胰臟腫瘤，表示萬爸的身體欠缺動大手術的條件，如果採取化療或電療，對老人家亦過摧殘。重點來了，他徐徐繪出腹腔造廔的圖解。他認為造廔手術的意義，在於達到延續萬爸壽命的目的。是的，他是為推動造廔這個理念而來。說來萬康還蠻小有感動的，此行證明他對他的理念有多麼在意，否則大不了不來ICU走這一遭。他進一步揭示，如果只做氣切，萬爸既已活不長久，又何苦多此一舉。不然，寧可都不做。內容上其實與前天電話中的言談大同小異，不同的只是此次盡輸誠意。

萬康讓他娓娓說明許久，方答覆道，據其他醫師們的說明，如今藥石罔效，唯氣切後定能使萬爸減輕痛苦，這根口管實在含太久，「幫他把口管摘除是我對他的承諾，我爸等很久了」，我不能讓他認為我們對他什麼都沒做。

由於雙方皆抱持雞同鴨講的心理準備，便也心平氣順的溝通下去。M醫師再度祭出「我是個基督徒」的引言，不斷試圖說服萬康。萬康很想告訴他我們只是「臨時抱基督腳」，但這個亂改諺語的遊戲實在不大莊重。萬康說：「我想我爸沒辦法負荷兩個開刀的傷口，只能忍痛折衷。」M勸進道：「身為醫師，身為基督徒，我不能放棄延續他生命的可能，除非你們希望你爸爸提早走。更何況他不是植物人，他是有意識的，他缺的只是營養，我們造給他。」萬康道：「可是你知道他受了多少苦？你曉得他的故事嗎？」M有點詫異萬康冒出這句，搖搖頭：「我不知道。」

於是，萬康概略將萬爸六月中旬骨折送醫以來的過程道出。說話間，萬康同時憶起六月二十六日禮拜六的下午遇見摩門教徒的情景（他沒對M說出這段，那只是他自己心版上的影像）。當時照顧哀號的萬爸十幾個小時後，萬媽前來接替，萬康暫時回家洗澡，餵了門口兩隻小街貓和家貓，便帶狗出門一遛。這時遇見兩個摩門教徒推著腳踏車迎面朝他打招呼，萬康板著臉搖頭不語，表示我不願接受攀談。錯身後，直行遛了百來公尺，萬康心想我這樣的態度頗失禮，於是折回，正巧兩名洋教士走到路底後亦掉頭朝他方向推進。萬康遠遠招手。雙方接近後，萬康用中文表示很抱歉適才我態度不優，只因我爸狀況險惡。交談後其中一人（記得名字蠻奇怪，自稱是日、美混血）交給他一張折疊起來的彩圖小單子，上有祈禱詞，教他怎麼禱告，並表示我倆亦會幫你父親禱告（幾日後這位傳教士亦曾來電問候萬爸病況）。

這些「老段子」盤旋不去。如果說是陰霾，萬康曾對亦師亦友的唐校長說道：「我為什麼要走出來？他不是正常的生老病死，他受了冤屈啊⋯⋯」善解人意的唐校長道：「不必走出來。誠如你說的，把這些經驗寫下來、跟朋友講出來、口傳心授給更多人，讓普天下人莫於病苦間添受額外的災冤。」

話說告別傳教士，萬康回家，黃昏時分速騎機車前往醫院。逐漸接近萬爸的房號，逐漸聽見萬爸的聲音。一進去望見萬媽和後來趕達的萬姊正一起拍撫萬爸。緊閉雙眼的阿爸勉強被扶坐在床沿，嘴巴卻關不上，臉埋入萬媽懷中不停淒厲呻吟。整個病房走廊迴盪著這聲音。病房的護士一概不理會。萬康來至走廊，一個阿婆（看來是某個房間內的家屬）像是終於等到他而攔下：「你有沒有叫護士啊，這樣下去怎麼得了。」萬康莫可奈何。後來萬爸一時入睡不鳴，他們想可能是萬康從家中帶來治療背痛的藥物見效。看官此話怎講，記得萬爸喋喋不休最熱愛的「仙丹」嗎？這是骨折前由神經內科所開的藥片，住院後萬康把各種藥物都交給病房以統一用藥。但醫護人員把這個藥移除，萬康曾詢問查房的骨科主任，對方說這個先別吃，跟我們骨科的藥有互斥作用。可如今萬爸如此痛楚不堪，除了最頭先講過一次「肚子痛」、「瘡痛」，連日來總神智不清答不出自己哪裡痛，素來老人和小孩生病最難、最慘的就是他們難以具體說出自己的病痛，甚至連模糊講都沒法，甚至失去（或尚未具備）語言能力和一切體力。既然病房遲遲不來幫萬爸診斷，只好自力救濟、病急亂投醫，那萬康返家遛狗、與摩門教徒相談後想起會不會爸是背痛！又想起曾把仙丹留一部分沒交給病房、仍放在家中，便取藥後飆至醫院。從而萬爸服用仙丹似乎見效而深眠，萬媽和萬姊乃放心將萬爸先交給萬康，她二人返家一陣打算午夜過後再行來會。萬康預防爸將重起呻吟，取出禱告圖文，趕緊祈禱主……

家人走後半小時，萬爸再度嚎叫。萬康再加緊禱告。一度祈禱似乎見效，萬爸收聲。後復叫，這時隔壁房一個陪病家屬進來表示一起幫你想辦法。來人大萬康三歲，是個熱情漢子，氣質看起來像做工的人，雙手粗糲像遭水泥日久打磨而成的硬石頭。他母親因做大腸鏡檢查之醫療疏失而長期住院（院方不慎將她腸子刺破，她於回家後肚子隆漲成汽球，趕緊送回急診，院方大駭，表明疏失，願負全責包括賠償，請他們莫對外聲張）。漢子定睛研究半天，提議我們一起幫你爸「橋」到一個舒服的睡姿試看看。於是把床搖下搖上、一起喊一二三抬起萬爸、重新將被褥和抱枕墊入萬爸身側，忙碌半天，無效。乾脆萬康把床板搖平，將萬爸正面平放成大字形，暫時的奇蹟出現，萬爸不出聲，安睡。萬康傻呼呼自以為聰明道，我懂了，骨折手術後的病人，還是要平躺最舒服，而我老怕我爸屁股有壓瘡，左翻右翻都是側睡、被墊又沒能每次塞到位，卻苦了他。等等他開始痛，我再來幫他翻挪。隨後與漢子傾談一陣，漢子開導他，醫院就是這樣，好的、糟的醫生護士，都有，就像五個手指頭打開各有長短。遇到狀況有時候只能靠自己想辦法。我媽那個醫生雖然有疏失，但他事後很用心負責，我們不怪他。漢子告退，萬康禱告。

隨後手機響起，二十八歲的小兄弟，好友俞司令來電。此人之所以有此稱號，只因著迷於韓國女子天團「少女時代」，萬康捉狎他一次校閱十八條腿子，儼然如司令官威風八面。俞司令則稱呼萬康為大燒餅，這是萬康在網路上瞎扯籃球文章的化名。那俞司令表示將前來探視陪伴萬康。人到後，萬爸猶安睡，弟兄倆小聲討論萬爸的病情、及前陣子比完的NBA總冠軍賽，並打開電視欣賞正進行的世足賽（韓國晉級十六強後於本場遭烏拉圭淘汰）。這些比賽的意義對萬康而言僅是時間的記號。這間雙人房，萬爸隔壁床無病患進駐，本來有，但恐懼萬爸的呻吟聲而換到隔壁房，並把門關上（這個四十歲的男病患是來動鼻息肉手術，前兩天住進來時萬康說我爸會一直呻吟，對方說：「沒關係！我睡超熟，我不怕吵。」終於還是嚇跑）。俞司令陪至午夜前後，護士進行交班，司令問萬康：「這個大夜班的護士怎麼態度這麼差。」是的，每當她入內巡那麼一下時，有意在走路動作上誇張擺扭，舉止粗魯，眼神總對萬康和萬爸流露十分不屑，臨走之際斜視一眼，只差配個「哼！」萬康對司令講，昨天我請她是不是給我爸做化痰比較好，因為前幾天都有做，有一天沒做就開始半夜爆咳，於是開始神智不清到現在。她用八點檔連續劇出現的刻薄臉，拉起調門跟我說：「你要化也是可以啦。」把化痰的溶劑一整瓶塞給我，意思是都給你可以了吧，少來煩我。司令問，這…不會吧？大燒餅你得罪她們？

萬康表示，頭幾天相處上還好端端，只有一個護士讓我看了不好受，其他都還行，有的甚至特優秀。可這幾天我爸狀況轉趨恐怖，我總客氣的請負責我爸這床的護士來幫忙，她們常愛來不來，有的是忙不過來，有的說我爸不講哪裡痛也沒辦法，有的開始給我臉色看了，好比這位。我沒抗議什麼，但她顯然不耐煩。基本上她們是從骨科主任這幾天開始轟我們出院才變質的。

我問主任，為什麼骨折手術後的頭兩三天康復狀況不錯，突然這三天會變成這樣。主任說：「正常！——我幫他把骨折手術做好了，其他原先的病我沒辦法，我已經幫你很多了，內分泌科的會診也是我主動幫你叫的。掛尿袋也是可以出院！我早就說了，他在這邊多住一天，我就多花一天錢。」那天是週六，我問主任：「我們週一辦出院可以嗎？我姊替我爸佈置一個新房間，裝上冷氣機，工人禮拜天休息沒法來安裝，我們週一上午叫工人馬上裝好，中午就辦好出院。」灑狗血的連續劇無所不在，主任一邊走開一邊聽，在走廊上回頭丟下一句：「你覺得這是我該體諒的理由嗎？喏，你自己想想吧。」我不該愣杵在原地，我該抗議的，對護士我也該抗議的，但我頭昏了，我沒法反射，沒法分辨，走出密閉的醫院看到的街景，像海市蜃樓那樣漂浮，我不認識這些街道景物了似的。那個主任不親自救治萬爸也罷，亦無指點迷津家屬該怎麼轉科或轉院才對萬爸有利，他只不斷講萬爸的痛是「正常！」、不斷用那句「你們多住一天，我就多花一天錢」嫌惡家屬。是的，這個老江湖精於算計，懂得怎麼欺負人，不明講「請你們出院」這種法律上的關鍵詞但逼使我們自己提出院，為的是卸責。原來啊，他打心底覷出萬爸狀況很糟了。司令道，大燒餅，這是欺善怕惡。萬康道，我真該請看護，都要出院了我才懂這個，我以為看護大多是很混的、請看護的人就是不孝的。如果請了看護，就可以讓看護去應對那些護士。這次萬爸住院，我有時候去這層樓的小花園抽菸，因為有的病患愛抽菸，看護推著他們的輪椅過來，昨天我注意到幾個看護的動作，照顧得很專業。司令答曰，我奶奶跟她的印尼看護就十分要好，奶奶簡直離不開她，叫她像叫女兒那樣。

不一會兒萬媽和萬姊來到，萬康送司令下樓分道揚鑣，自己也暫行返家。兩個半小時後萬康再赴醫院，同家人談及天亮後的計劃，由萬康幫爸辦週日出院手續，朋友大鍋將來馳援，萬媽來會，萬姊把家裡清出一條動線，讓爸在擔架車上推進去。任務交派後萬媽和萬姊體力不支，告辭歸返。一時間剩下萬康一人陪病，十分愁慮最後一夜是否還起變化。果然不幸，床頭的方位傳出呻吟聲，萬康不斷禱告並幫爸調整睡姿不見具體成效。大約凌晨四時許，萬康心想我讓爸吃一粒背痛的藥看看。他先把床搖高些，扯住萬爸稍作起身，但，只因當一個人的身子沉重到完全無法自己發出一絲氣力，重量頓時就會加倍到無法想像的境界，他勉強撐住萬爸的剎那，空出一隻手去拿藥和湯匙，這時萬爸身子又滑下去些，天殺的重力加速度。萬康急了！但他不敢叫那名惡臉的護士，決定靠自己。掙扎中將藥和水餵入萬爸口中，萬爸嗆到了！一咳不止，蒼天打雷。萬康想幫爸拍背但拉不起他身子，這才衝出去請護士，那護士一來就破口怒罵你不把床搖高怎麼餵藥！兩人協力將萬爸托高，她稍微拍背兩下便扭臀離去。萬康繼續拍背，萬爸又咳上好一陣，終於止住。回頭想想，萬爸極可能就是在這次給嗆壞，這叫「吸入性肺炎」。

但算算這次嗆到的三天前萬爸就曾夜半爆咳一次，天亮後即開始呻吟至今，事後才曉得這極可能是連續胃出血五晝夜之始（其中前三晝夜在醫院）。那夜是表妹陪侍，她說萬爸並未嗆到（萬康不願質問她「你確定嗎」、「你到底怎麼顧的」、「咳嗽前的詳細經過到底是怎樣」這些話語，她來支援也是辛苦的）。當時候萬康在電話中聽見重咳聲立刻趕到醫院，隨後檢驗師於夜半仍來幫萬爸照片子。同一天中午一位女護理師（骨科主任的助理）在護理站拿著這張片子對萬康講，有關檢驗師建議必須做萬爸痰液的細菌培養相關檢驗，她認為不必了，同時她開始萬分殷切的對萬康上了一堂「人生哲學」。她懷以「感觸好深」的聲音和表情告訴萬康老人家什麼時候會走很難說，我是過來人，我家曾有老人拖很久。萬康心想我倒沒看不開生死離別，但她這是一番好意就必須認真聆聽，畢竟她是「過來人」且受過醫療專業訓練。話鋒一轉，護理師指著片子說，你爸爸肺中有痰，要多拍背咳出，不然有可能會轉肺炎。沒錯，她是有提出警訊，也示範將手握成杯口狀來拍才紮實有效，但她對萬爸的呻吟仍無動於衷。話題接著又回到生死哲學作淒美的收尾，「爸爸老了，機器用了幾十年了，所以……」。事後回想，原來她早也看出萬爸處在一個萬分危險的邊緣狀態，甚至根本已經進入險境了！只是她不願那麼明明白白強調「這是一個危險關頭」，以免必須做更多的工作（這樣萬爸就必須住下來）。為了能確保免於醫療疏失，她必須聊表寸心跟萬康進行這場「對話」，目的是萬一出事的話「我有警告過喲」，是家屬自己不注意啦。好傢伙，難怪「上課」後她立刻叫萬康在單子上簽字，表示有對家屬「早就說過」。當萬爸入住ＩＣＵ後，這位女士曾打電話來，說要做出院回診追蹤，萬康回答：「我爸已經在加護病房了。」對方詫異：「呃…怎麼會這樣…那，就讓加護病房追蹤，再見。」萬康來不及責怪，也無意與這種「江湖人士」多說。後來「疑似醫療疏失」的風聲從公關部門傳到萬爸住過的此八B病房護理長耳裡，這位阿長急得跑來ＩＣＵ抱走萬爸的病歷回去研究（她來回都作奔跑）。這位護理長在萬爸於病房呻吟三晝夜期間曾經過萬爸的房間，當時她去萬爸房間對面的護理站用品室指揮搬運東西，站在走廊時聽到呻吟聲，進來後只黯然神傷的講了三個字「好可憐」，便出去了。萬康聽人講她在護理長裡面是很資深有為的一位，萬康願意這樣相信，但她是不是被手底下年輕小護士蒙蔽了？還是新一代護士真的讓她教不動？還是她生老病死看久了也就失去感覺而疏忽？還是向來這名骨科主任的事兒少管為妙？

而表妹陪侍的前一天半夜是萬康顧的，那次萬爸曾說肚子「痛到絕了」，會不會就已經開始胃出血？當時隔壁床病人的家屬，一位老婦人，說房間空調太冷，建議萬康幫萬爸加蓋被子，終使叫痛一小時止息，天亮後狀況就還正常。是不是蓋被子的功勞不曉得，至少這麼實行了，尤其這次沒法在夜半請到醫生協助只好自力救濟，工人漢子說夜半叫不動很正常。說到空調，萬康和鄰床家屬都喊冷，但那名護士不許他們調高，說是因為醫院細菌多必須低溫殺菌，但凡發現家屬調高了就立刻以「老娘火大了」的姿態，將控制器上的旋轉柄像扭人耳朵那樣扭上去。

張萬康將自己從語無倫次的回憶潮汐中拉回。他未對M醫師說明得這麼細瑣。然M保持豎耳聆聽狀態，未作打斷，一路聽下去，面色慘然……（這句有些誇張，醫師這行不是那麼容易將情緒寫在臉上的）。這時萬康將話頭跳到ＩＣＵ一段，他插管後狀況本來還行，他很拚，他不斷做運動，但是七月中旬X醫師講沒法造瘻，拖到二十七號才又來講可以造，我爸的戰力卻消耗掉了，「他這段時間內有沒有去問過你們（外科）？」M醫師回答：「他有來問。」萬康本想追問什麼時候問你們的，但心想算了。M仍欲進言造瘻，然這時比起先前相對略顯支吾或說企圖心退卻，萬康打斷痛切道：「當初早點遇到你就好了哇！早就造瘻了！已經錯過了黃金時機，我不要讓他再受苦，六月中旬吃苦到現在。」M醫師默然無語。一時間萬康想起網友醫師對他說過的話，神來一筆，勸道：「你就放心做，不要有後顧之憂。」不料M醫師觸電一般，高分貝喊道：「喔！我不怕人告的！」萬姊幾乎沒什麼說話，這時發問：「在一般病房，病患出現別科的症狀，是不是要讓病患轉別的科繼續住院有困難？」M磨蹭一下坐姿，低聲道：「…是有點困難，…有的醫生不大願意這樣。」萬康拉回來，收兵道：「你來為我們解說，我們很感激，但我們願意承擔。」M忍著嘆出半口氣，說：「那就這樣吧。」從而起身。這，不過是他從醫生涯遇見的一樁小故事，或許微不足道，或許習以為常，他盡責了，不必太作感想。阿們。

八月一日，禮拜天。開刀房放工。李道長發來簡短電郵，內云：「同學，保持堅實的心情」、「自己與伯母的身體要顧好」、「氣切後傷口會痛要打嗎啡，另外要一直抽痰，須多抽」。是的，別忘記道長做過氣切。夜探，某位優秀的護士已連續三、四晚負責七號床，照院內常規估計即將「轉枱」，換其他護士接手。因而萬康問：「這是你這幾天最後一次顧我爸？」對曰是。萬康便說：「真捨不得。」她聽得出萬康表達致意，菩薩低眉，眼神暗下半秒。

八月二日，週一上午，萬爸準備進開刀房。因為將提早去ＩＣＵ跟爸爸講話，萬康醒來了，卻發現過早起床，遛狗回來不知道是不是太閒，忽陷入思索良久。直至出發前，猛想起一事，忙按手機給大鍋，想派他擔任分身，前赴夜店尋找喇嘛和洋人叩問。天殺的，大鍋關機，不知睡在何處溫柔鄉。切掉後，不到半分鐘手機卻響起，那是他前一晚設定的起床鬧鐘。

「準備出發囉。」前去姊姊的房間叫醒萬姊，待她坐起，萬康因順就說：「我跟你做個重要的討論。我看，還是要造廔。你認為怎麼樣。」

那萬姊直起身子，釘在床鋪上不動，睜大瞳鈴眼望著床腳，未發一語，彷彿賽車手進入光速異變的靜態時空。她陷入空前的掙扎。難道，萬康幫她道出了心聲？

事實上萬姊在這件事上頭傾向於保守派，亦不似萬康對X暗懷輕怨薄怒。但萬康這道「大哉問」仍射中她眉心。

讓姊姊思考很久後，萬康見她無法開言一字，說道：「爸爸只有一個，如果有兩個，可以一個不造一個造，比對兩種命運。兩種方案各有它的道理，各有各的承擔。不過，M醫師這麼堅定，如果必須選擇，我寧願信任尤其堅持、堅定的一方。你覺得呢？」

「…嗯。」萬姊出聲。

「這樣好了，」萬康提議：「我們等一下到了醫院，如果又碰到M醫師一次，如果他還是堅持，我們就聽他的。拚不拚，不嫌麻煩，也不過改簽一張手術同意書。」

萬姊頷首。那萬康的想法是，臨陣變卦，犯兵家大忌，如今就看機緣。

進入ＩＣＵ後，萬康對萬爸精神喊話，口管要幫你拿掉了，比大拇指後，雙手在空中往下按，示意要放心。萬姊摩挲萬爸額頭附耳道，心裡講阿彌陀佛會保佑我喲。想當然爾萬爸高興兒女的到來，然感受上彷彿球場上最後一擊定勝負，任誰不緊張也緊繃。安撫後，萬爸稍見放鬆，畢竟教練員能來到，好說如吃半粒定心丸。護士對萬康說，對了等等M醫師可能會找你。聽護士的語氣似乎M交代過。這倒是提醒了萬康（其實不必護士說到，他也不會忘記，作者這種寫法算是一種戲劇性操作），便從口袋掏出一個小信封，放在萬爸的被子和胸口間，露出一角。他對萬爸說是給醫生的信。是的，裡面是他前一晚打好、印出、摺起的兩張A4紙張。萬爸黃眼昏濁，人孌虛弱，似無法分辨這句，下意識抖著手吃力想握住這封信。萬康轉對護士叮囑這是給M醫師的，麻煩轉達，請他先看，只是信（怕他們誤會是紅包不敢拆）。此外，正巧上午的最新檢查報告出來，萬康觀看數據，黃疸攀升到十四點幾。看來並非營養針引起的副作用，只因營養針已暫停，這幾天是吊葡萄糖點滴。幾名護士忙著將萬爸手術前的準備工作就緒，之後床鋪的滾輪啟動。

病人推進手術室後，等麻醉的階段仍有一番準備時間。姊弟二人在手術室門口等待。M沒出現，倒是發現ICU主任正在一旁候著電梯。萬康過去和他打招呼，他曉得萬爸手術在即，交談中對萬康說，只做氣切還是對的。萬康問，如果造瘻是不是可以讓黃疸消失，對曰，不會，從你說的最新的檢查報告來看，他的黃疸是因為胰臟腫瘤擴大，讓膽管阻塞。換言之造瘻負責提供營養，管不到肝膽胰藏。萬康心想，那麼造瘻也將做白工。

家屬等待室的電視機螢幕，顯示萬爸已經開始手術。萬康祈禱M醫師能看見這封給他的信。

M醫師您好：

雖然您可能覺事到如今夫復何言，還是容我耽誤您幾分鐘讀這封信。

首先不好意思，讓您誤會，我們家不是基督徒。家母這兩年來每週上教會數次，但也還沒受洗。我們家習慣把各種宗教書籍當作哲理書籍來品味，我聽到聖歌時尤其陶醉，所以別人看我們可能成了橫看成嶺側成峰，什麼都是，也都不是。

儘管如此，我們欣賞您以基督徒自居所散發出的一種光度。銘感五內。（……儘管我爸的五內俱損了）。

何以七月三十一日（上週末）我對您說：「早點遇到你就好了！」只因從七月十五日「氣切＋造廔」計劃第一次被提出後，隔日就被內科醫師否決。我們家屬得到的唯一資訊是不能造、風險太高，我們只好頹然放棄，尤其我爸很想戰，他不怕生活機能變差，只想多活一日多看一場撞球賽亦雀躍，他是這樣的人。直到七月二十七日，忽然內科醫師又說，外科講可以造廔了！……我們很興奮，於是我自行提出那氣切一起來，醫師們說好，明天就來！於是當晚外科醫師立刻前來和我談定，然而同一晚外科醫師一走，腫瘤科醫師隨即來到，說爸的切片終於確定是癌了。隔日

（即二十八日），我們見父親狀況很差（二十三日動Double J手術後急轉直下，起伏不定），從而急喊煞車。醫師們均附議，見爸真的好弱，不是上週五做Double J之前那個主動要練舉杯罐、練橡皮筋的那個強者了，從而醫師們建議，還是只做氣切比較穩，比起口管相對舒服，就好。⋯（p.s.因兩者都做的計劃失敗後，只須針對氣切一項，故我便沒急著讓他氣切，盼望有既拔管且不必做氣切之奇蹟出現；後演變成醫師建議Double J須先做）

恕我老王賣瓜說家父是強者、是鬥士，自七月一日插管以來他很少綁約束帶，始終靜定對抗病魔，我瞭解他的性子，他求生信念高昂，他信賴醫師和護士的一切指令（六月十七日上午骨折手術後，當晚他在睡夢中激動喊著：「我感謝醫生護士對我的幫忙！」），甚至我暗示他可能無法過關、我們多陪你一天也好時，他平順接受這個現實，但仍希望多一天亦好。

二十九日下午您激動來電。我傻眼，原來造廔根本是非做不可的。三十一日很感謝您主動與我們詳談，但爸的狀況今非昔比，我們實在不敢讓他好可憐的拚下去，且他的意識不如二十三日以前清楚了，他不大可能決定出什麼，或只會讓他陷於困惑掙扎⋯。請諒解我，也請容我馬後炮——兩日以來我仍反覆於做或不做的矛盾中。就像徐蚌會戰（淮海戰役）的檢討至今在戰史界歷久不歇，為何輸歸輸卻搞到全盤皆輸？

謹慎派，與積極派之間，孰為對、或說孰為宜，這是專業的問題，或只是角度的問題，沒法用結果論來看，只嘆無法有兩個爸爸來讓兩組人馬試驗。我們家屬不懂醫術，殊不知有這麼多門派意見的不同。每種角度我都予以尊重，甚至尊敬。惟七月十五日第一次有「氣切＋造瘻」計劃的提出，到七月二十七日才翻案，這種延宕，我感可惜。這也讓我深感自己只會幫家父拍背，到頭來形同個窩囊廢（…放心我情緒穩定，我只是想押韻），如果爸有兩個兒子不難想見另一個表現必遠勝出於我（譬如在八B病房時的「另一個兒子」必會趕緊向院外高人求助，不似我只被嚇傻，竟無作為；又譬如…）。

我不會怪哪一方，畢竟爸的處境太艱難。

如果我說，等爸做了氣切如果有奇蹟出現，希望您來幫爸張羅做瘻口，聽起來我自己也感荒誕。但我還是必須這樣講，也算自我安慰。…請莫笑話我。

爸盡力了，他走過魔山惡水，孤軍對抗肺炎和胃出血的凌虐。之後插管，他表現出堅毅的氣概，與漫長的圍城之役「和平共存」，這是需要定力的。七月二十三日的那週，兩個不同班別的護士不約而同對我表示爸主動要做運動時，她們的神情依稀被爸感動到了。爸得到了尊敬。是的，也或許我把自己父親神化了，但我想他可以入圍強者競賽不為過。

對M醫師有一請求（鋪了半天我要說的就是這個），**願您以基督之名，以您「基督是唯一的神」之信仰，在動刀前幫我握一下爸的手，對他說上兩句嘉勉或祝福的話語，即便他上了麻藥而無感，即便他重聽且已摘除助聽器。讓他曉得，「我感謝醫生護士的幫忙」這句話，是可以成立的。相信我，他會把您放在心上，該聽到時他會聽到**（送加護前，在急診室NG抽出超過一千cc後，他閉目沉睡，當時沒掛助聽器，一位喉嚨沙啞、灰白頭髮的腸胃內科醫師小聲來喊他，他竟睜開眼睛對那位醫師揮手）。

在網路上看到學生說您是好老師，也希望您一定要告訴學生，摸摸病患的手是多麼重要的一件事。抱歉我囉唆了，打住。

感激　平安

張萬康　二〇一〇年八月一日　夜

看官，這一回很長，俺曉得。緊接著，下幾回將連番進入本書的最高潮。那小鴿子必須幹點兒活了。

第十七回　老芋仔風中舉燭　小榮民兵推逼宮

（急促音效）鏘鏘鏘鏘鏘……

話說手術後萬爸推回來，萬康和萬姊亦從手術室門口跟入。萬康見口管移除，萬爸嘴部外觀恢復正常，應是放鬆不少，而術後一時未醒自屬常態。這天本床換了護士小姐，萬康對她敘述Z醫師講過這個手術完了會痛兩三天故須打嗎啡，對曰好，等他麻醉退了會準備。時間接近中午，會客時間到點，姊弟二人交代後告辭歸返，野鴿子翩然落至窗櫺。

那小鴿子見萬爸昏茫中睜開眼睛，護士一時沒察覺，兀自東摸西摸，終於看到了，過來問他痛不痛，萬爸未戴助聽器，但分辨出這是問候狀況，便鎖眉搖頭，護士即放下他去別床，在該床亦是東摸西摸一陣。小鴿子見狀心想，這萬爸意思是痛，表示我吃不消、難受著吔。護士主要在埋首填資料寫報告，這廂寫完換那廂抄，對兩床均很少將頭抬起。

除了兩名主治醫師一下午沒進來，又一個不巧的是，今天是八月二號，年輕秀異的住院醫師

L從八月開始就給調走，換上另一名更年輕的小醫生（此處講「小醫生」並非意在戲謔，只是加上字母代號恐讀者更將混亂，沒法記住太多人，既然他樣子十分男孩狀，便簡稱小醫生為便）。這小醫生像是書呆子還是讀書狂，只顧翻閱每一床資料，卻也沒來萬爸病榻。插管和氣切，都使人無法發聲，萬爸心中慘然。

下午護士再又過來床邊，這次倒想起萬康曾講萬爸重聽，替他把助聽器安上，喊了一聲痛不痛，萬爸呲牙咧嘴，眉毛打結，感到脖子如刀割（本來就是挨了刀割沒錯），費了好大氣力才將臉龐擺動一記，合著脖子頂著東西，點頭的動作恐怕更難，只好搖頭。這護士年輕，倒非壞心，可白目也要命。心想怎麼還是不痛，北杯還真能忍，旋又離開。小鴿子忙用頭去撞玻璃，但護士沒聽見。

待萬爸痛入昏迷狀態，這會兒護理長過來視察。小護士報告阿長，患者不痛。護理長道：「是喲，奇怪。不過這個北杯本來就很強。對了他兒子有跟你說他重聽嗎？」護士道：「有！我幫他戴上了。」護理長道：「喔那個很難用。他兒子說如果沒塞好，雜音會溢出。」護士道：「也還好啦，他有講有雜音時就用手去頂一下，就塞緊了。」護理長滿意道：「你能力真好。」小護士謙虛的笑了笑。一旁鴿子看了又開始砰砰作響拿頭顱撞玻璃，合著就算不關心，聽了也受不了哇，不撞一下難受。

「你看那隻鴿子是怎樣？」護理長問。

「不知道耶。牠這樣撞不痛嗎？」小護士道。

「會吧。」

「我想也是。」

「你有沒有聽過二零一二？」

「世界末日嗎？」護士噗哧一笑。

「我先生最愛看這種討論世界末日、外星人啊、靈異什麼的節目，」護理長道：「回到家累死了還要被他強迫一起看。」

「寧願不抱阿長就是了？」小護士掩口輕笑。

「去！他別來煩我最好。」護理長笑罵起，便又狐疑道：「你看牠還在撞耶，是在自殺喲？所以說這是世界末日的異象嗎？」

一陣笑語間，護理長便要告辭，忽提醒道：「對了等等翻本子問看看。」說的是翻圖畫卡片問萬爸，讓他看圖作答痛不痛。護理長走後，小護士來回摸了一陣，猛想起護理長的吩咐，取卡片本子過來，搖了搖萬爸，叫他看。萬爸吃力微睜半眼，影像迷糊一片。翻了好幾頁，護士心想：「都沒反應來著，我簡直在玩綜藝節目的比手劃腳。」

那鴿子看不下去，轉過身去雙腳騰空，身子已然起飛，一路往蓮花田方向殺去。

卻說一座寺院，其中一個廂房的接待廳內，藥師佛及其左右護法日光菩薩、月光菩薩，正與來訪的判官談話。看官，那日月光菩薩先前沒出現，只因兩人出差洽訪阿彌陀佛。在佛界中，藥師佛、釋迦牟尼佛、阿彌陀佛三者分列東方、中央、西方，共同享譽為「三寶佛」。這時判官喝完了一碗蓮子湯，又點了一盅蓮花酒，配著一盤炒花生，邊吃邊扯：「這案子拖下去，我別的案都甭審了。」月光菩薩笑曰：「案子上來大人不也是高抬貴手簽個字而已，怎麼會有受牽絆之理由。」判官道：「咳，一堆鬼民、鬼記者老纏著我問張濟的事，我招呼他們也就夠了，哪還來抓筆的時間。」日光菩薩道：「當官的不就該對百姓的問題提出解答嗎？更何況大人的招呼之說，我看只是敷衍唄。」那判官倒也厚臉皮，臉上堆著笑，將花生米送入口中，朝藥師佛道：「大佛你說說，你的人可吐嘈了我這是。」說著拍腿一記：「吔！這我可不就是來跟藥師佛討解答的嗎？」藥師佛的手不斷捻動念珠，答曰：「此事，自有其時，各方，均不得勉強。」判官故意附議道：「那我怎麼能勉強，小的豈敢勉強。」接著說：「只是想請教大佛，什麼時候會有個…眉目？」藥師佛道：「這是天機。我不知道。」判官道：「您法力無邊，怎不知道，好歹賜我一字。」藥師佛本想賜他一字「滾」，但我佛圓融，終究懷有修養，便答曰：「我只能再送你一盤花生。」兩個菩薩聞言笑出，判官雖問不出，卻也惹不起他們，跟著就泱泱笑開，朝兩菩薩道：「你們家主人是冷面笑匠來著。來來來！喫酒喫酒！」說著四人飲過一杯。這杯子尚未放下，只聽得一聲「報！」野鴿子忽地飛入廳內。

那藥師佛舉起手指，鴿子降落指尖，忙將下午所見速報藥師佛。判官一旁聽見，心喜有二，一是果見藥師佛一直在查這樁事，沒白來；二且聽說萬爸術後狀況不優，這不就是個眉目。「主人！這可怎生是好！」鴿子報完就朝藥師佛問道。那佛神情莊重，撫捻珠兒，肅然曰：「怎麼你也跟我討答案來了。」月光菩薩抬起袖子稍擋住臉，朝鴿子使眼色、弩弩嘴，道：「你把事情看完整了回頭說。」鴿子本欲說我怎還看不完整，可他也懂察言觀色，心想藥師佛心情不大爽快來著，大聲答曰：「遵命！」一箭飛射出去。判官打圓場道：「喫酒喫酒。」四人又飲。

插播。看官，鴿子以第三人稱出現時，從人間的角度，作者用「牠」。但在佛界的角度，這小鴿子已非一般禽獸或動物，所以作者用「他」。看官如果覺得這樣很亂，合著鴿子本來就是來亂的。

須臾，鴿子回抵。還沒落下就大喊：「咕咕咕，還是不給嗎啡！痛死我了！」判官噗哧一笑，差點把酒噴出：「怎麼還痛到你身上？傳染嘍！」鴿子站好，說話：「藥師佛！」只這一喊就不往下說，意思是我等你說！可那藥師佛還真是省話一族，不搭腔。一時場面持續寂靜。判官打個酒嗝，清清嗓子，說話：「鴿子我同你說，哪個人臨死之前沒個大小疼痛。」鴿子痛斥：「這兒有你說話的份！」判官道：「喲，人小志氣高？」因朝藥師佛道：「你的小廝這樣朝客人講話？好說我也是閻羅王的人咧。」藥師佛淡漠道：「小廝說的沒錯，沒你說話的——份。」那判官道：「嘿！藥師佛，你這樣說話可是要罰三杯囉。」日光菩薩不讓他二人有失和機會，忙對眼前鳥類訓道：「小鴿哥，你把你份內之事辦好得了。你就是個偵察兵，其他的莫相問。」鴿子道：「我急啊。」日光菩薩道：「你有你的近憂，佛有佛的遠慮。」鴿子道：「遠慮為何？」日光菩薩這下支吾其詞，略感惱羞，怒令：「快去！」那鴿子卻不動。

一旁月光菩薩見狀忙道：「鴿子你找錯人了，你怎不找那張萬康去。」鴿子道：「還沒到會客時間，他怎麼能夠進去？」月光道：「就說有要事，院方沒個攔阻道理。」鴿子道：「他能說鴿子通報的嗎？說了鬼才會信吶！」月光被迫胡亂搭腔（卻又裝很正經）：「你不讓他去試，怎會曉得？」鴿子道：「你們這是開玩笑了！何況…」判官將一粒花生米以一記漂亮的拋物線丟入口中，邊嚼邊問：「何況什麼？」鴿子對大家道：「除非緊急，我少去他家為妙！他家有貓！我生前差點給他家那隻大賤貓的爪子給撓死，死活都給撓成禿毛鴿嚕！」日光插進說：「可見還不夠緊急嘛。」鴿子盜汗銳聲大喊：「你們為難我可以，不能為難萬爸！」日光菩薩拍案怒斥：「大膽！！！」判官嚇一跳，差點哽死。日光責罵：「鴿子！你知你犯了什錯！」鴿子發出咕嚕咕嚕聲，不正面答話。日光道：「藥師琉璃光如來通信兵守則，第一條！你大聲背誦出來！」鴿子低聲道：「信鴿守則第一條，…不可以跟苦主發生感情。」判官點手道：「這條好。」日光道：「苦主名叫張濟，你竟然跟著他們喊起萬爸！」續而逼問：「第二條？」鴿子道：「…不可以替苦主求情。」判官拍腿道：「這條對。」藥師關閉雙目，眉頭糾結，壓著性子說道：「大人可否不要廢屁。」判官陪笑道：「罰酒罰酒。」自顧斟酒。藥師道：「我這可是收手了。」這句是對鴿子說，意思是你還不起飛的話，我手心一收，因順就把你給掐死。

那藥師佛說到做到，手指一撥，鴿子落至掌心。可那鴿子好倔，竟也緊閉雙眼，等候處決。

藥師佛將他握住，只剩頸部以上露出，只怕透不過氣，滿臉漲紅又轉紫黑。月光忙去扯佛手：「世尊從輕發落！」日光卻道：「從重量刑，以為判例。」忽然判官衝過去對藥師佛的腋下搔癢，那佛身子一歪，臉一笑，手一鬆，鴿子起飛。判官朝日月光得意笑道：「學著點。」藥師佛一時難為情，然鴿子已離手，人扭也扭了，不好再作計較，凝望著手心中翻飄的粗細羽毛，只好搖頭一笑。判官忙朝鴿子道：「你就快去刺探唄！興許你這一回去，萬爸…不，我呸！張濟！踏馬的你害死我！…興許你這一回去，張濟就轉危為安囉！不就是個痛嗎？痛不死的啦。」鴿子道：「痛到一個份上，整個人抵抗力就差了，怎麼說痛不重要。」判官道：「你也太盧了！我還沒要你跟我道謝咧！」鴿子道：「對了你為什麼救我？」判官笑道：「我接的是張濟，生死簿上還沒輪到你，你插隊送死是給我添亂，我他媽已經堆案如山啦！」鴿子道：「我他媽欠你一次！」說完飛走。

判官這時便替他三人斟酒，講著：「家和萬事興，他那邊還沒死透，你這裡先出了人命，不，鳥命，那又何必。」四人喝酒，那判官話匣子一開沒完沒了，只怕是醉了：「我說啊藥師佛，我幫你把他渾小子支開，俺不求你報答我什麼，這不能夠哇！小事一樁。你就告訴我張濟何時殞命就好。」藥師道：「我手寫我口，我口喝我酒。我酒可漏口，求救我我求不漏口。」判官聽了腦暈眼花道：「我他媽漏尿了。」判官猛力甩頭，卻仍甩不醒酒醉：「藥師佛，說穿了咱們不都自己人？鬼民們說我見死不救，幹，沒錯！就算我能救，我也不想救！你不也是嗎？沒事找事！爛鴿子一隻！我幹！你殺他還把血腥髒了手！」日月光菩薩忙齊聲叫他別再瞎說。判官道：

「我把話說完！藥師佛啊！咱倆五十步可甭笑百步，分別只在，惡名留給了我，可慈悲都讓你賺走！我狠！你奸！」藥師佛臉上閃過一記陰影，深深嘆了口氣，吩咐日月光：「大人醉了。送客。」

且說當晚會客時間，萬康二人入內探視。護理長先下班了，護士則已交班，可這小夜班護士蕭規曹隨。此話怎講，萬康一進去，看萬爸似乎是醒的，人卻百般痛楚，忙問護士：「下午有打嗎啡嗎？」護士道：「喔！阿長說，麻煩你來了之後問一下北杯痛不痛。」萬康大惑不解：「Z醫師講傷口一定會痛三天啊。」說著附耳問萬爸：「拔！痛不痛？痛就點頭。」萬爸沉重的將頭一點。萬康悲火交加，壓抑情緒，回望護士。那護士張著嘴，說不出話，一副被萬爸擺一道的模樣。萬康不願發怒，只盼趕快嗎啡打了便是，他用冷靜的說法促請她行動：「Z醫師說過要打，我中午走的時候也提醒過了啊。」那護士便去找住院小醫師。

這時Z醫師進場，聽說沒打嗎啡，狀極錯愕，便也趕緊去找小醫師商議，以免多留一秒還得道歉。合著這醫生這行是不能亂道歉的，否則落人口實。折騰約莫十分鐘，小醫師帶著器具來到。萬康趨前相問（語氣仍溫和，但可能整個空間的氣氛是凝緊的）：「今天有打過嗎？」句中他把「到底」二字省略去問，免得大家搞更僵。小醫師不敢（或不情願）正眼看萬康，拿著針筒和藥劑專心盯著比劃道：「有。」萬康問：「下午有？」小醫師道：「有。」動作一陣，打過後，小醫師不說一句便閃。萬康對萬姊小聲道：「這個人是傻子還是怎樣，如此輕慢，而且還說謊啊。」萬姐不語，憂心的摩挲萬爸。

六點四十分，會客到點，窗外剛過黃昏時分，這是北緯二十三度夏天太陽的軌跡。萬康來至窗邊，只因望見小鴿子佇立於此。這天色尚不致使視線不清，隔著具有厚度的安全玻璃，萬康瞧見鴿子的頭部腫起一個大瘀包，肉包內裡還游潤著血絲。那鴿子一副雄糾糾的樣子，像儀隊動也不動，這般接受萬康的校閱。之前當牠飛回，見萬爸仍遭罪著，但忍著不回奔藥師佛處，心思多等個一兩陣子會不會出現轉機，直到站至萬康來到。萬康過去窗邊這一站，已然多留七、八分鐘而不覺。待太久的話是破壞院內規矩，回過神後便決動身離去。他把手心貼住玻璃向鴿子示意。於是鴿子垂首，將頭頂住對面的掌心。

那鴿子一直留守，直到大夜班的護士來換班，他小子還不換，窗外杵著幸好夏風不冷。守至夜半，鏘鏘鏘鏘鏘……狀況來了。

躺在床上的萬爸，狀極狼狽，開始打起擺子。好似胸前一個大水缸壓著他，雙手使盡力氣欲將水缸推開。那鴿子恨不能當司馬光打破水缸子。護士望了望，過來安撫萬爸。小醫師睡眼惺忪被護士叫過來，攤手無奈說，等白天跟Z醫師和X醫師報告再議。人走後，萬爸仍顫抖不休，只怕有力氣的話還可把腿踢高。這下要命，鴿子振翅起飛。

目標自是「淨琉璃世界」，亦稱「琉璃淨土」，其中有一座「廣嚴城」。城內一片偌大的蓮花湖田，湖畔一間寺院，名曰「疏空禪寺」，這就是藥師佛的基地。

將近丑時，只見月光菩薩正在雙掌運氣，將氣灌入判官後背。原來藥師逐客令一下，判官才一腳邁出，乾脆摔倒不起，嘔吐穢物一地。不是演戲，真的是酒喝太多。於是乎只好將這瘟神留置，且還得伺候一番。日光菩薩這會兒正打一盆水過來，裡頭蕩漾著一條熱毛巾，準備幫判官洗把臉。藥師正在打坐觀想，忽地耳尖晃動似發癢。咻一聲，信鴿進來，那藥師先聽見動靜。

稟告最新戰情後，藥師佛嘉許道：「你站衛兵辛苦了，活動一下筋骨是好。」鴿子道：「然後？」藥師佛道：「再探。」鴿子翻白眼，心想我就知道，只會再探，我都可以當藥師佛了。日光菩薩一邊拿毛巾替判官抹臉，一邊將頭掉過：「叫你再探！」判官醒道：「你輕一點！」那判官搓揉五官抱怨：「你就這麼恨我？」月光菩薩一旁說道：「官老爺您可悠醒囉。」趁他們講話，鴿子飛走。

卻說時間逼近寅時，鴿子在窗外感到夜露襲身，不禁也發抖起，可他見萬爸比他還抖。那護士來到櫃子這裡選出一張ＣＤ片，將耳機線一端接上一台手提小音響，另一端塞緊萬爸的耳筒

（這萬爸二十八歲來台前長居湖北老家，那兒管「耳朵」叫「耳筒」；家鄉話「吃藥」則叫「吃油」），把音量扭大，樂聲溢出些許來，唱的是小野麗莎。說來效果還不賴，萬爸比較沉定。可約莫半小時後再度開始抽搐，護士看了改播《心經》錄音。咦，見效。可吟唱幾回再又不行，形廓難以支撐那住在體內的魔鬼。此時鴿子接收到萬爸釋出的意識流：「我忍……不住！我快要炸開……」鴿子集中心志將意識流打回去：「萬老爹！南無南無……」這鴿子也急了，南無什麼不管了，只消南無二字簡潔才更有力就對了。萬爸時而雙眼不由得睜大，渾黃的眼白，驚恐的眼珠。

說來人要百分百真醉只怕是假的。那判官清醒後，依稀記得自己說過不禮貌的話，便跟藥師和日月光裝瘋賣傻說笑：「要命，昨兒個發生啥我全記不得了。總之那我是小人沒酒量，你們大人有大量，哇哈哈哈。」說著抄起手機打給他的鬼師爺：「喂！吔，我沒睡你敢睡。我跟你說我今天還是請一天出差假。去！誰跟你酒店！我這邊只有佛的金粉光和蓮花香。見鬼了你才跳佛舞。嗯，嗯，放心，他狀態越發差了，還打擺子咧。嗯，沒錯，這是人要走的徵兆可不是。那是一定的，往生親屬和冤親債主都會來找的嘛，不是想抱住什麼就是想推開什麼。你白天擬草稿，準備發文了。完了，再見。」電話切斷後，判官見藥師猶然定坐，即對二菩薩道：「我沒說錯唄？你們家老闆不開金口，可我也瞧出科。」月光道：「話都是你在說。」這時藥師佛睜開眼，手一舉，只見鴿子怔忡飛入，降落歪出準頭，整個身子跌在藥師掌心。不知是否太糗，鴿爪立起身子的同時，那野鴿放聲哭泣：「不行了！))))))」藥師安慰道：「你休息去，我派別的信鴿接你的班。」鴿子道：「你顧左右而言他！」藥師道：「乖，小鴿子你聽話。」鴿子大喊：「我不要！」日光菩薩一旁厲聲點他：「放肆！」鴿子道：「我放伍！你放屁！」月光菩薩柔聲勸道：「你退下，你這樣吃不住狀況，怎麼能當一隻好信鴿呢？」鴿子道：「你也放屁！」判官打圓場道：「天都快亮了咩，你讓人類去急，我們跟著急個…」大家異口同聲：「屁！」

藥師佛發現自己怎麼跟著喊「屁」，忙回復正經，對小鴿子道：「這會兒你非要攪得天下大亂？你自己的理智都把持不住了還怎麼擔負任務。你去就寢唄，不然以你現在的狀態來回還飛錯目標，那就更加誤事啊小鴿子。你乖，你睡一下就好，我需要你，馬上還派你。」鴿子痛切道：「是我還是你們失去理智！大佛您當時候得菩提，立下十二大願，解救天下眾生病苦！生靈就一個在你眼前，你偏偏是執著，硬不發兵。您手下的十二叉將，英雄無用武之地！白領官餉！白吃齋飯！」

看官殊不知，那藥師佛手下有十二門將，各執七千藥叉，人稱「十二叉將」，各懷絕世武功妙法。

「小鴿子，當下你情緒失控，我不便與你論佛法，」藥師曰：「簡單一句話我同你說，張濟吃得大苦中之大苦我方好度他一遭。」

鴿子失控大喊：「度你老木！」

藥師搓捻珠串道：「他吃苦正是為了發啟自身、發啟眾生，如能得道正果，加爵升等，仙雞是冠上加冠。我這不就是同他一起熬嗎？」

話到此間，藥師佛手上的念珠索子突然斷裂，一整條珠串掉地上也罷，竟是圓珠灑滾一地。鴿子用翅膀指著叫道：「你看你的念珠都拆你的台了！」

「…這只是一個…不巧。」藥師佛道：「不巧為拙，大巧若拙，由是不巧也是巧，灑滿地是個大不巧，大不巧即是大巧，大巧不工，故大灑於地，即大灑若拙，大巧若拙。」

鴿子用力跺腳：「人家不跟你玩了！」猛然扭過身去，逕自飛走。

卻說那廝飛走後，判官叫來一盤花生米，喫著熱茶，問曰：「怎麼你們家鴿子娘娘腔？」日光道：「性別不過是萬物之假象。」判官問：「所以他到底是公的母的？」月光道：「是公，亦母。」判官道：「我他媽還在睡喲，合著夢中撞見一隻觀音鴿。」說著舉杯邀道：「喫茶喫茶。」

八月三日近午會客。四十分鐘內，萬康和姊姊進來，起先看爸爸狀況還行（氣切口冒出似火山岩漿的膿痰，護士說這蠻正常無庸擔心），後二十分鐘突然親見萬爸開始抽擺身軀。Z醫師見狀一時陷入思量，後表示將請神經內科前來會診。她講話總是音量較小，這幾句更加小聲（而且眼睛不望著萬康，這是一種害羞嗎？）：「不過如果用藥下去，必須衡量病患有可能一直睡。」萬康道：「那還是該用，這樣抖很苦，我寧願他安眠，不痛苦最重要。」Z醫師沒搭腔。接著X

醫師入內，他坦承這很難提出一定解釋，各種可能都有，恐怕腦神經、自律神經出問題，好比平常簡單的動作現在卻做不出。萬康去「橋」抱枕讓萬爸的手擱上頭，萬爸沒法虛實抱好，手仍整個移到上空揮擺。會客時間已過，萬康心焚，望向另一頭，只見一隻倚窗歪睡的鴿子。那是站一半倒在玻璃壁上卡住的姿態，還好有這一扇玻璃，否則還摔傷了有可能。萬康道：「你蜷縮著、趴低身子也可以啊，何必非用站的。」萬姊道：「你在講什麼。」萬康道：「沒事。」說著比給她看：「你有沒有發現這隻鴿子一直在。」萬姊惑然道：「我沒注意過。」

整個下午，鴿子不小心瞇一下之後就自動起身持續守護萬爸。不妙，神經內科的醫師過來略看了看，一句話「再觀察」旋而離去。萬爸持續打擺子一下午，就算還剩點力氣也將擺到虛脫氣絕。鴿子硬著頭皮，飛回廣嚴城。可藥師仍無具體裁示，鴿子高速度折回醫院的半途上，心生一念，一個相當於九十度的急轉彎兼下降，往另一頭斜插撲去。

話說萬康寫了一下午日記，午睡也省了。心想神經內科應該會來對爸爸做適切醫治吧，然而可能是日前的「嗎啡沒打事件」，讓他不免懷有莫名隱憂。距離六點半ＩＣＵ會客尚有一段時間，五點半多把家中一對貓狗和街貓餵過，萬媽喚他隨便來吃點，便去飯廳吃飯。最近配合萬姊發願為爸茹素，自己也多半吃得清淡，除醬瓜、麵筋、青菜只吃少量葷食。可無論如何，平時吃得再素，這對貪吃的貓狗即便吃飽了仍會湊近他討吃、試聞。奇怪，這餐卻吃得安靜，不見貓蹤狗影。飯後來至客廳，赫然發現一地的羽毛，沿著羽毛繞到電視機附近，目睹貓和狗難得併肩行走，走走停停，尾隨一隻地上爬蹭的鴿子。萬康大叫一聲，忙將貓狗轟走，捧起鴿子，問道：「你怎麼跑來！」鴿子氣若游絲：「你甭管我…老太爺怕不行了…」原來，那鴿子飛至門口，兩隻小街貓和柴犬哈嚕沒能抓到他，可萬康養的那隻喵喵實在太過犀利，伺機就要撲來，鴿子嚷道：「你不認識我了嗎！上個月我來傳令過！」喵喵心下狐疑半天：「以前那隻鴿子沒你這麼瘦，頭上也沒一大塊。」看官你說怎的，這鴿子站衛兵把自己給站得髒瘦憔悴，且昨天頭撞出的大瘀包尚未消腫，軀幹臉孔俱非往昔帥氣模樣，那貓咪認他不出，管他三七二十一，總之天性比理性重要，我認識你又怎樣！於是躍到空中將他叼住。很衰，這鴿子雖是靈鴿，這一消瘦卻把法力給毀損，閃躲不及，束羽就擒。喵喵將他銜進家中，撂在地上，開始玩拔毛遊戲，讓鴿子這下只能學雞走路。萬康見鴿子受傷自是心疼，朝貓狗大罵道：「都是一家人啊！」」貓狗齊聲道：「我們不是人！」鴿子忙勸萬康：「甭罵了…你快去醫院…」萬康說不行，忙取過優碘、棉花棒幫鴿子身上瞎塗一陣，鴿子說我好多了，恢復一下就能飛，於是萬康發動機車前往。那一路上鴿子原本領在車頭前，卻越飛越慢，畢竟帶傷。飛翔中回頭對萬康嚷道：「你先走！」萬康在速度中喊：「抓我肩膀！」鴿子這一降落，卻沒法落穩，整個身子跌在馬路：「別管我！」萬康車已過頭，趕緊放慢速度停到路邊，回身奔去車流中揚手將來車阻擋，一個探手將鴿子撈起，再往機車跑回去。快到機車停放的位置，瞥見路邊一個女士想搬一部一百五十馬力的機車以清出空位好停車，跑經過時單手幫她把該車竟是順勢提起、落至定位，那女士杵著看傻，忘記道謝，只見萬康的背影跨上機車，又將T恤紮進牛仔褲內，並像是把一個物體塞入領口，發動衝出。

幾陣耽擱，到達加護病房的時間也沒提早多少，差三、五分鐘到六點半會客時間。然而李道長卻快速走過來，只因昨晚聽說萬爸沒上嗎啡頗掛心，這會兒「不預警」來探，見同學喘成這樣，忙問：「發生什麼事…」萬康掏出鴿子：「你收好，這是自己人，帶牠去吃點東西。」那李道長走後，萬姊從辦公室下班亦來到。萬康過去說道：「阿爸狀況很差！」說話間會客鈴聲響起，大門啟動，移開。

姊弟二人果見萬爸身體劇烈打擺，狀況比中午尤劇。萬爸眼神噴射凶慘之光，不斷要起身似的，像背後有股力量將他舉起。雖然無法發出聲音的他不像六月底那幾天那樣呻吟，但卻是另一種恐怖。萬康倉皇問護士：「他這樣抖一下午嗎？」護士道：「…呃…嗯。」萬康問：「沒有辦法能讓他停止嗎？」護士道：「下午神內有來看過。」這時萬姊突然發了雷霆火焰，嗓門可沒拉高，然語氣極其嚴峻，逼視護士質問：「所以就讓他一直抖嗎？」這時護士慌了，跑去找小醫師。那小醫師像被推來似的，心不甘情不願、亦懷著皮皮剉，緩緩走至床尾，說道：「下午的時候神經內科有來會診。」萬姊在床側怒曰：「神經內科有來看過，所以就讓他一直抖嗎！！！」那醫師發癡不語，站了半分鐘，忽然移動，卻像快絆倒似的，跌跌撞撞離開。一會兒Z醫師來到，得知後馬上跑去找ＩＣＵ主任和小醫師，三人會商良久。過後Z醫師回來說，適才作出了開藥處置。這時是六點四十三分。

姊弟倆一人站一側，握住父親顫晃的手，不斷安撫疼惜，但毫無辦法。七點十分會客時間過後，只因先前萬姊發怒，護士不好意思請他們走。這對姊弟的默契是，且看藥何時送達。時間分分秒秒過去，Z和主任消失許久之後，藥仍送不到萬爸這裡。萬康心想，加護病房的用藥不是強調全院最為優先、最為快速的嗎？護士和小醫生只能回答，有通知了、有催了。而且問過護士，方知所開的是藥片，必須研磨後送入鼻胃管給萬爸。天啊，這種時刻不給注射用的安定藥物怎麼會有效呢？眼見萬爸四肢連同軀幹大力抽搐，猛然間萬康想起一事，忙將胸前口袋掏出一物，欲將藥師佛所贈的一枚白玉用上。帶過萬爸的手，顫抖間萬爸卻無法將它抓牢。萬康拾起，再讓父握，連試幾次不成。想讓父服用，但必須通過鼻胃管，忙從護理架取來搗藥杵，這一搗下，杵子卻給整枝震碎，手心打開俱是鮮血，這枚玉石簡直堅如鑽石。想直接從萬爸嘴裡丟進去得了，又深怕他噎死。萬康冷汗狂滲，如塞肚臍眼呢？可萬爸肚內有腹水膨脹，肚臍眼的凹槽褶皺處給撐平，玉石卡不進去。熊熊間六神無主，有了！手持玉石像對麥克風講話：「好起來！」便把玉石塞入萬爸的耳筒。這一下去，白玉的色澤忽然改變，像是會呼吸一般徐徐發光明滅，忽而整個閃亮眩眼，萬康再作凝望時，白玉盡成白汁順萬爸的耳道流下。那萬爸四十五歲前後因中耳炎手術，內耳道被掏空成一個大山洞，白玉一經溶解就像流入一個漏斗立時消失。

萬爸平伏下來，呼吸勻順。

萬姊喘口大氣，對萬康說道：「阿爸好像好多了。」萬康沒說話。他懸憂颱風掉頭、餘震再起。護士閃出略有嫌惡的眼神，像是訴說：「你看你們大驚小怪的，現在沒事了吧，可以走了吧。」萬康自不苟同，心思這是兩回事，你們的藥本該送來，我對我爸「亂」下藥是我的事，你藥來，我才走。約莫二十分鐘後，天殺的，萬爸又蚪起來。難道萬爸是在撒嬌，或抗議嗎？這下姊弟再次陷入慌亂，護士趕緊頭低下去，自顧忙著抄寫東西。這也難為她了，不找事打發怎辦，仔細記錄萬爸的過程發展本是職責所在。小醫師自始不敢或不想過來。

這是漫長的等待，漫長的蚪抖，與漫長的放空（是說醫護人員）。一直等到七點五十五分，萬康對護士講：「不好意思我不是針對你，但是藥還不下來說不過去，我必須去找：你曉得我會找誰。」那護士聽完神色木然，萬康已走出去。簡直是亂演一通，萬康哪曉得該找誰。可那護士心想，找記者？找民代？找黑道？找院方高層？還是去醫院的藥局大鬧？不！會不會是去找上個月大鬧過的那個，比黑道還可怕的黑山豬！……

那萬康出去後，李道長迎上相問，並說就在剛才鴿子吃完他撕碎的麵包屑後先行告辭，說去洗澡。萬康問：「牠有交代什麼嗎？」道長示出手掌：「牠只說我蚪賽了。」只見掌心一灘彩色鳥屎。

八點五分前後，藥送進ICU。時間上這或是巧合，並非萬康提出警語才迫使醫院送藥吧。難道小鴿子暗中立功？不得而知。

看萬爸服藥後，又將萬爸照顧好一陣，姊弟二人同李道長約莫八點四十五分各自離院歸返。

不幸的是，藥片的藥效太輕，果然沒效。

然而，洗澡過後，一身煥然，小鴿子翩然降落於窗櫺。羽毛少了幾根，沒差！乾淨就能漂亮。他一口浩氣將萬爸又守到半夜，目睹萬爸狀況越發危厄，這個老人像進入颱風圈，在無際黑洋中遇上海嘯、在路基掏空中受到搖盪震擊、在空中只能下墜。是的，他又犯了雞婆的毛病。回降廣嚴城他敦促藥師佛動兵，藥師不為所動。那判官一旁耍白爛，日月光菩薩亦不幫忙。是的，判官沒走，他也跑去洗澡，且還是泡溫泉，完了又回來喫茶喝酒，變本加厲配著一大堆洋芋片、起士條、花生米、蝦味先、白瓜子、黑瓜子、蠶豆、蠶豆酥、乖乖、卡哩卡哩、旺旺，又推了一碗維力炸醬麵，還跟菩薩說我要兩個碗，乾、湯兩吃。

藥師告訴小鴿子：「不能前功盡棄，我這邊同張濟一起忍。忍過了，才是他的。」

小鴿子道：「可以自誤，不得誤人！」

判官邊推食物塞嘴裡，邊說道：「小阿鴿，神仙都不搭救神仙了，還救人咧。西方有個大神曾遭受刑求，藥師佛經過了，朝他頂禮一拜，便也就是拜別。」

小鴿子對判官道：「這不一樣。洋神沒等人來搭救，也沒提出求救，他做的只是專心忍苦便是。可萬爸不同，當初他在一般病房，他一直以為醫生會來救他，你知道這種苦嗎？他被人類背叛了。」

判官挖鼻孔道：「話若要講透枝，目屎就撥未離。過去的事你還提，都轉加護了可不是。」

小鴿子回道：「那麼他在加護病房躺著，以為會有積極性治療猶然等候不到，又怎麼說？

好，那也是以前。可他現在風雨飄搖成這樣沒人理睬，又怎麼說！」他話是一串講不停，卻已將頭掉過來對藥師佛道：「主人您明察秋毫，世事一碼歸一碼，不應墨守成規。」

藥師溫溫沉吟道：「…受背叛之苦，正是他的任務啊。」

鴿子道：「我佛何苦詭辯來哉？我佛千思萬量不如一舉拍案。」說完就竄上空中，一個林冲夜奔，飛往醫院。

那月光菩薩於心不忍，將月球轉亮，灑出星辰滿天，好讓鴿子於夜空中明目。

丑時走到一半，約莫半夜兩點。野鴿再度穿越蓮花海，這是他最後一次懇求藥師。那判官正端起一碗熱呼呼的貢丸湯，一邊笑說道：「這裡真是個殊勝淨土，我看我這裡住下來算了。」忽然紙窗破出一股力量，那小鴿子穿窗射入，正巧撞在判官手肘上，整碗湯灑在胸前，大驚失色，整個人站起來叫燒叫罵，一不小心又踩中地上一顆貢丸，整個人摔個大馬趴。鴿子拍拍翅膀的湯渣，抖了抖羽毛，對藥師佛以下通牒的語氣，氣沖斗牛道：「算我求你！最後一次！」一旁日光菩薩為之失笑：「求人還有這麼兇的咧。」判官等著人來扶老半天，沒人有時間搭睬，只好自顧撐著爬起：「我剛剛是跳了佛舞是唄。」那鴿子對藥師道：「人，你救命。救不起來，好歹你救痛！」判官道：「你這臭雞毛小子，你就不問你老子我痛不痛？我這是燙傷哇！」鴿子道：「你趕緊植皮去，順便整型唄！」藥師佛忽而盛怒：「住口！」那小鴿子噤聲，藥師太過威嚴。

「我的弟子中豈有如此刻薄之徒！」藥師怒不可遏。「你講這樣的話出口，傷害多少曾受燒燙傷之苦虐者。」

判官道：「說的好。刻薄了。」

這時藥師突而朝判官一指，一顆貢丸立刻飛入他口中門牙卡住。判官糗極，拔出貢丸，用力扔地上，罵道：「抆娘咖賀！」

藥師淡然道：「你再囉唆就塞橘子。」

判官啐道：「你教得好，你就不刻薄？」

日月光菩薩見狀忙作勸解三方。鴿子重拾話頭，問道：「主人，您都思量好了莫？」鴿子上前一步：「就說你救不救。如不救，我，宣佈退伍。我寧下凡歷苦，濟度群生，也不願作一隻無能無所謂的蠢仙鴿。」

藥師佛一時無語。判官一旁哼起小曲兒。

日月光兩菩薩面面相覷。

終於，藥師佛說話：「你退伍了。」

卻說藥師佛所統帥的十二叉將，亦有藥師十二分身之美稱，效忠的自是藥師。而那十二叉將居首位者，梵文叫他作「宮毘羅」，中文意思是「蛟龍」。這「毘」音「皮」，較正統的寫法是「毗」，但宮毘羅將軍簽批公文時習用毘字，說立起來比較威風。從編制上來說，藥師佛作為統帥部之總司令，日月光菩薩為統帥部兩大參謀官；統帥部轄下共十二個兵團，其中火力最強大的兵團正屬宮毘羅兵團；十二個兵團司令官平起平坐，實以宮毘羅地位最為隆高，另外十一個兵團平時的實戰、演習、訓練、武器裝備兵員調度等，均由宮毘羅一手包辦，他說了就算，不必請示藥師。藥師倚重宮毘羅，卻老謀深算，不願宮毘羅在官銜上得權，故未曾將他提報為「副總司令」。一旦將之加爵，他就等於晉升統帥部參與運籌帷幄。政治的事，由我藥師佛一手抓，日月光菩薩為幕僚就足夠，你宮毘羅只是軍人，負責打仗就好。這種安排可說是藥師佛的統御藝術，自古「副座」一職，有時是閒職，有時芒刺在背，這藥師並非不信任宮毘羅，後者亦忠貞不貳，但藥師老練，算計周到。

丑時走過一半，凌晨二點多。那蛟龍神將宮毘羅睡眠中，漸漸聽見咕咕嚕嚕的哀怨聲由遠而近，一骨碌翻身坐起，只見窗櫺上一隻鴿子兀自啼哭。本想開罵，但看他像充滿心事，且又是統帥部的信鴿，好說必須尊重。「蒼生受苦，天地不仁吶。」鴿子哭道。蛟龍將軍便問怎麼回事。鴿子歎曰：「如今普世間無好神了，有能量的神祇好吝嗇啊。」將軍一頭霧水。鴿子道：「藥師佛想發兵，可是卻不敢喲。」將軍又問怎麼。鴿子道：「恐怕不信任部將的戰力唄。唉！——」將軍道：「我宮毘羅龍騰五湖，十二兵團威震四海，豈有此說！」鴿子憂愁道：「怕是付出代價，犧牲兵力啵。」將軍道：「打仗還有不犧牲的？沒有犧牲焉能換取代價？世尊是在擔心個啥子。」鴿子道：「屁股越坐越大，膽子越磨越小喲。」將軍道：「…會嗎？小鴿子，你把事情報告我聽。」鴿子道：「你聽了也沒用啊，都他說了算囉。我們就背負人間罵名啵。」說完暖暖翅膀，便欲起飛。將軍下床，推開窗子道：「進來說話！」

那鴿子便將經過道出。

還沒整個講完，將軍就笑了：「你快回去睡唄，馬個蛋你這是來找碴。你不睡，我要睡，我還有早課呢！」鴿子連聲哀求。將軍道：「世尊定有他的主張，你淨是瞎操心何必！」說著將他一手握起，另一手打開窗戶，將他扔出去。

將軍把身子放倒，軍毯拉起。才剛入睡，又聽見哀鳴聲。隔窗喊道：「你是煩不煩！」鴿子哭道：「如果我有錯，你也該開示我啊！還罵我！你忍心我這樣哭！」將軍道：「我跟你說，我這個人很淺眠，一吵醒就不容易入酣，你快滾！」鴿子道：「既然淺眠，又何苦非要深眠。既然很難睡著了，又何苦浪費時間假睡。」將軍沒好氣道：「好，我開示你。小鳥你要知曉，人間俗務太過複雜，好比我這麼說唄，政客操控人民，是罪過。可政客是誰選出來的，是人民吶。這個叫共業懂唄。所以我從天上一刀殺下去，該殺政客還是殺人民？只怕殺到政客也殺到人民，我能動這個刀子嗎？不如人間的生態，就讓人類自己去磨合調整。這是人類該付、也不得不付的代價啊。」小鴿子嘟嘴道：「咕，我只叫你救一個人，你跟我婆婆媽媽全人類。」將軍道：「你好駑鈍哇。我真想拿根棒子對你來個當頭棒喝。」鴿子道：「不必，我的頭早就腫了。」將軍道：「我這麼講唄，那張濟同張什麼康的受醫師欺壓，可醫師又受健保制度欺壓，這賬該怎麼算？這是一點。其次，張小居士受欺壓，怎麼當下沒反抗？如果他沒反抗，他父子就白受這苦，就不算換來代價。遲來的正義不算正義，遲來的反抗…也是反抗沒錯，但終究遲了。好，你別爭，我不是那個意思。你聽我說，不是說平凡人、弱者就不須反抗。弱不是理由。弱，也須找到弱者的反抗方式。這個他要去找，我們在天上沒法幫他。我們想管閒事，他就不會去找了。」鴿子道：「咕嚕嚕，啐！你果然是佛弟子！」那鴿子將鳥腳一跺，扭頭飛走。

蓋上毯子矇住臉，宮毘羅大將眼看又將睡著。忽而掀起身來。沒錯，又被咕咕哭聲擾醒。將軍快要崩潰。鴿子道：「一個字，緣。那如果說我同他們有緣呢？」將軍大吼：「你們有緣，我跟他沒緣！」鴿子道：「但你同我有緣。」將軍不滿道：「你這是牽拖！照你這麼說全天下都同你我有緣！」鴿子慷慨道：「正是！」將軍道：「是你個鳥。如果，張濟當初沒叫張小子前來觀看那一對貓狗學你走路而讓你獲救，你還會想幫他的話，那麼我服氣。」鴿子道：「緣，無關於利害。緣只是讓我發現到對方。如果沒有這個緣，我發現不到對方，不採取動作的話那或許沒話講。」將軍聞言一時默然無語。那鴿子趁機拿翅膀掩臉啼哭，不能自己。將軍道：「別再哭了！我這金剛老粗不吃這一套。…就叫你別哭了！…你哭也沒用，我沒令牌啊，令牌不在我這兒。」看官！說來淨琉璃世界有個規矩，兵團取得令牌，方能通過琉璃淨土邊境之天門關，而令牌歸藥師佛把持，亦無人知曉他藏於何處。鴿子速放下翅膀說道：「拿得到令牌，你就幫我。」將軍大笑曰：「是啊，拿得到令牌我就幫你。」他心知不可能取得。鴿子嚴肅道：「打勾勾。違誓者遭雷劈千萬次，墜入無間地獄。」將軍一心打發，央不過他，只好將手去向他的翅膀。鴿子道：「不是翅膀。」說著抬起鳥足。將軍道：「隨便啦。」便用指頭和鳥爪勾住，盟印誓願。將軍隨後道：「好囉，去跟你們家藥師請令牌，我先睡過。」鴿子故作懸疑嘿嘿笑道：「你都不好奇我有什麼辦法嗎？」將軍道：「喲！」

「聽我一表。」那鴿子便滔滔說道，「我把出兵的口信帶給將軍，由您號召十二叉將，率兵集結至廣嚴城。將軍率叉將入疏空禪寺，恭請出征閱兵。我和將軍趁那藥師丈二金剛摸不著頭腦，言明出征之天理情義，將那藥師高捧於雲端。那藥師騎虎難下，大軍待發已成既定事實，如宣佈退兵必失軍心，只好掏出令牌，宣戰。」

「是說假傳聖旨？你開玩笑！」將軍只怕沒聽錯。

「是，我是開玩笑。」鴿子道：「可玩笑當真，就不是玩笑。歷史不就起於玩笑，玩笑才能寫下真歷史。只因是玩笑，藥師冷不防有這招。」

「不成不成！這玩笑大了！」將軍擺手道。

「吔！您就先當作個玩笑嘛，聽我講先，討論完了，就當玩笑一場，作廢！」

「好，你說。」將軍笑曰：「說好是玩笑喲。」

「問題是怕他脾氣硬，愛面子，不就範是唄？」鴿子道：「你、我、十二叉將三寸不爛之舌，加起來三十九寸的舌頭，不怕說不動他。若說他的左右護法，只怕到時候選邊站，月光菩薩站的是哪一邊還不知道咧。」

「這你錯了，」將軍道：「至少他也還有日光菩薩，且我那十一個弟兄，真要逼他們二選一，恐怕五、六個還聽他的。」

「所以我們不能同他說太多道理！」鴿子道：「談判靠的是什麼？靠的是背後的實力。」

「實力……」

野鴿子見蛟龍將軍被引入聆聽狀態，這便趕緊解說道：「十二兵團開拔集結，這是無比隆盛之壯舉。每一位大將軍職司七千藥叉，每一枝藥叉相當於一個師的兵力，一個師相當於一萬兵員，武器配備還不包括。十二兵團共計八萬四千枝藥叉、八億四千萬兵員，這要怎麼分佈在廣嚴城？」鴿子往下說：「首先，第一兵團『蛟龍部隊』入城，擔任藥師所校閱的第一支部隊，亦美其名衛戍部隊以保駕廣嚴城我佛。其他十一個兵團，以同心圓形狀展開。第一圈自是『蛟龍部隊』，而將軍您能掌握的友軍兵團，依次分佈於第二圈和第三圈。最後一圈，將可能傾向藥師的部隊放上。同時，把最外圈的幾名司令官留駐其兵團指揮所，美其名擔任前沿警戒任務，此乃兵家常規，不起疑竇。然後，您和您能掌控的幾名司令官，一起入城恭請總司令藥師作點將閱兵。」

「…同心圓，一圈一圈，」將軍沉吟著，猝然發冷汗道：「這是包圍！…」

「就是包圍。」鴿子冷靜道：「我們讓他出不來。他只有兩個選擇，要出來，請他領兵，親率我們出征。要不就請他這尊阿佛留於寺內，由我們好好保護他，令牌頒給我們，我們自己幹。」

「…這說的是軟禁阿佛。」將軍喃喃說話間，食指和中指相併攏，搖晃著往下說：「可他若執意出得寺院，可別小覷他單兵作戰掀天搗海之神通能耐，我兵團千萬人聯手只怕也拿他不下。

一旦他破城而出，如有負傷，第二、三圈友軍摧枯拉朽大概才能勉強將他擋下。何況萬一他聯絡上最外圍幾名司令官，這下他們裡外呼應，我們就成夾心餅乾啦。」

「至少那幫人已經給圈在外圍，讓他難以聯絡。好容易收到他的求救消息，只怕也懷疑消息是假的。我們一賭藥師佛敢不敢打，二賭我們能不能打贏。如他不敢打，我們就贏了。如他敢打，我們也不見得輸。」

「等他點頭了，我們再把最外圈的司令官召進廣嚴城禪寺內，分派任務。是這樣嗎？」將軍問。「他們不會不聽吧？」

「不會，」鴿子道：「因為令牌在你手上，你已經是新任藥師佛。」

「這不成！」將軍震驚推辭道：「我只是暫代，打完這一戰，回來仍還他至尊首席。我宮毘羅並非貪心鬼，如我當藥師佛必遭天下人恥笑我戀棧權位。」

「這叫當仁不讓。」鴿子道：「您行的是浩然大義、是真理無敵。試想您讓位給他，世人反懷疑您讓他當傀儡統帥，譏誚您虛偽造作，您一片盛情美意徒遭冤枉。為了他好，就讓他下野，讓他此後在寺內研究佛經，種花養鳥，他也該享享清福了可不是。」

「對了…」將軍嚅動嘴唇，「說到底，…這是造反。」

「是革命。」鴿子凜然道。

將軍擔憂著，這下瞌睡蟲早就跑光。

「事情太過突然，你叫醒我卻是幹這樁勾當，這得再三計量，再觀察。」

「我呸！去你的再觀察，病人都折磨到什麼時候了。處於非常時期，唯行霹靂手段。不成，是烈士。成了，是功德。你英名兩不落空，穩賺不賠。」

將軍來回踱步。

「你是條漢子，就賭下去。他根本毫無心理準備。他還真以為我退伍了，我現在可是小榮民，咕咯咕咯。」

「這是大事啊。」將軍道：「我忠於藥師佛，壓根沒想到有這一步。」

「這是大事業！」鴿子道：「你是愚忠。藥師只當你是打仗的粗人，從不讓你參與統帥部作業，難道就這麼看不起你的般若慧嗎？你一不搶權二不邀功，讓你升個副座又如何？光憑這點我就看不過去。他是擺明了小心眼，可你忒憨，他就是吃定了你歡喜做，甘願受。他不讓你升官豈不是等於詔告全天下你有謀反篡位之意圖，這也太把人污辱了！呷人夠夠！你與世無爭，可時勢造英雄⋯⋯」

「停！」將軍阻止道。「你講得好像我很愛同他計較似的。」

「卑鳥知錯！」鴿子忙下跪道。

「要做，」將軍沉吟道：「就要快。」

鏘鏘鏘鏘鏘鏘咕嚕咕嚕咕嚕鏘鏘鏘鏘鏘鏘⋯⋯

看官，情勢緊急，欲曉後事，且看下回。

第十八回 藥師佛鬥法宮毘羅 自由行巡禮滿世界

（音效）咕鏘咕鏘咕鏘咕鏘咕鏘咕鏘……

話說琉璃淨土之廣袤國境內，大半夜裡「部隊起床！」呼聲此起彼落，十二藥叉各級部隊夜間緊急集合，全副武裝。這些部隊以其精實成效，在十二神將的督領下，由四面八方朝廣嚴城夜行軍祕密進發。宮毘羅在小鴿子獻策下，親率一支先遣突襲隊展開行動，進城後長驅直入統帥部——疏空禪寺。宮毘羅將寺內禁衛隊統統繳械，一個和尚軍官急欲奔告藥師佛，那宮毘羅飛躍中拔出配劍，一記青光掃過，人頭落地。小鴿子看了頗怵，宮毘羅吩咐左右道：「回頭好好祭他。」將劍收回劍鞘，對鴿子道：「這是革命紀念碑的第一滴血。怎麼，後悔了嗎？」鴿子道：「我很慚愧，但不後悔。」宮毘羅道：「快帶我去通信營。」

在小鴿子帶領下，宮毘羅隨後將寺內的鴿籠統統查扣，一隻信鴿都不讓飛出，避免藥師佛派信鴿討救兵，斷其後路。

看官你問，既怕藥師搬救兵，為何將可能挺藥師的兵團也一併帶到廣嚴城納入同心圓包圍圈？這是因為萬爸的病情異常嚴重，宮毘羅和小鴿子研判如欲降伏凶勢難擋、自號「腫王」的癌症老魔頭，非得將十二兵團先行帶齊方能一展出征奇效，否則取得令牌後再請他們來會合就慢了。且捎著他們，反不讓其疑忌，這最危險的方法或地方反是最安全。合著這是一斧三砍，一旦令牌得手，就職新一任的藥師佛，趕緊召進統帥部，使其不及應變之下只好接受。宮毘羅和小鴿子既是精算，亦見行險。

且說疏空禪寺遭到解除武裝，藥師佛等人猶不知情。那藥師正休憩盤坐，日月光菩薩正專注於下圍棋，判官一旁邊作吃喝、邊打線上遊戲。控制寺院內外周遭後，五員大將這時業已趕達禪寺，與宮毘羅大將會合。一字排開六位將軍，分別是帶頭的**宮毘羅**大將（綽號「蛟龍」）、**安底羅**大將（綽號「破空山」）、**珊底羅**大將（綽號「螺髮」）、**波夷羅**大將（綽號「巨鯨」）、**真達羅**大將（綽號「角頭」）、**招杜羅**大將（綽號「殺手」）。十二叉將之間均有換帖深交，但以他六個平時最為彼此信任、作風最為痛快，來者雖驚此行目的是發動兵變，但無論如何力挺大哥，甚至巨鯨起鬨道：「他是該下台囉！令牌擱著生鏽，眾生放著不救，十二藥叉的編制形同虛設，我們多久沒打仗啦！」這巨鯨顧名思義，身軀如鯨魚那般龐大。螺髮跟進道：「怕怕怕怕，可聽說軍人的任務不就是打仗嗎？軍人不好戰，那就不叫軍人了，喔我愛的男人一定都必須是軍人。」螺髮是個蓄著螺狀髮型、面貌清秀的娘砲將軍，然為人倒是血性。

那藥師佛何等冷靜之人，喔不，之佛。然眼見六大將軍這般闖進來請安，不，請令牌，不禁莫名其妙起來。只聽得宮毘羅朗聲道：「兵團依令集結完畢，特請世尊頒佈令牌。」日月光菩薩和判官都放下手邊的事，十分不解。藥師表示我未曾號令，那宮毘羅仍裝糊塗：「這是怎麼一回事，我們都準備好了。」藥師問出征救誰，宮毘羅道：「人間庶民，張濟。」藥師莞爾，一瞬間聰明猜想，正要問是否信鴿假傳聖旨，宮毘羅卻搶白大聲道：「張濟為人憨實，那醫院勢利眼將他欺負在前，任憑他老人家叫痛不應，如今又讓他承受癌症老魔頭肆虐，見其打擺子無動於衷！我大軍整齊就位，就等我佛向魔頭宣戰！」藥師擺手一笑：「阿龍，你們大半夜這樣動員，我過意不去，但你定是被小鴿⋯⋯」六將軍齊聲截斷作揖：「恭請我佛宣戰！」藥師這時方意識到苗頭不對，可兩個參謀官仍慢半拍，月光菩薩上前對宮毘羅道：「蛟龍將軍，這裡頭定有誤會，假若我老闆請諸位過來，那我和日光菩薩焉有不知之理？」日光菩薩則道：「將軍，我料有人假傳佛令，這個人要辦！他不是人！是動物。請問將軍是不是由一隻統帥部野鴿告之此事？」宮毘羅道：「沒錯，是隻頭上腫起一個包的鴿子。」他也算愛演，假裝訝異上了鴿子的當，罵了聲：「業禽！」即對藥師道：「佛令真偽難辨，然佛主張救治天下病苦，卻違正果菩提之誓願。該救則當救，何苦拘泥一令鴿毛之有無。」判官一旁咋嘴道：「真是沒事找事。」話一出忙掩住嘴，只因宮毘羅兩眼充滿殺氣朝他望過來。藥師開言道：「宮毘羅，這不是你的權責。」宮毘羅正氣道：「大慈大悲，人人有責！」藥師笑道：「夜半三更，你的大慈大悲卻嚇到我的客人。」判官聽了搓手笑道：「沒事沒事，大家要不要喫個茶。」宮毘羅對藥師道：「世尊，只怕成命難以收回，部隊已然整備就緒，戰志高昂，如班師撤退，統帥部必遭全軍恥笑咒怨，此後軍心弛廢，武功退化，再就難以號令。世尊三思，令牌投出，不必親征，就讓這個判官同你喫茶便是。」日光菩薩發火道：「什麼叫成命難以收回！根本就沒命令過！」這時宮毘羅的軍服口袋突然迸飛出一隻鴿子：「你兇屁啊！」這小鴿子飛到日光上空，屁股擲出一屎，日光忙拿袖子甩遮，差點中臉，厲聲罵道：「小鴿子！你會被斬鴿頭！」那小鴿子飛回去，宮毘羅將手迎過，待鴿子落至指尖，宮毘羅對藥師以冷峻的語氣道：「你，還算不算是個藥師佛？」藥師沉下心回道：「你還不算我的佛弟子？宮毘羅你位階之高，卻受一個小兵慫恿，話傳出去，不好聽。」宮毘羅道：「世尊啊，你對萬物竟有階級劃分的意識，卻不問是非啊。」藥師這下面有惱色：「阿龍你莫這般挑語病！」不意宮毘羅更是雷霆暴怒：「不要叫我阿龍！阿龍是你叫的！？」藥師撥動手上的一串念珠，彷彿算計數學機率：「難道我要叫你藥師佛嗎？」這話戳中宮毘羅的意圖，宮毘羅一時語塞。鴿子忙助陣高聲罵道：「你講話帶刺！你就是這樣猜忌部屬！」藥師道：「你猜我在猜什麼。」鴿子道：「我猜、我猜、我猜猜猜！我這麼光明坦蛋的鳥仔腸怎麼猜得出你喲，我在你眼裡只是一個小兵咩。」這野鴿不知是操人語吐字不準，或是故意講話雞雞歪歪。月光菩薩著急：「鴿子你少說兩句啊！你怎麼惹成⋯⋯」日光菩薩這時也搶著調解，其他五位將軍亦加入吵嚷，竟同兩個菩薩拉扯起來。

「都不要鬧了！」藥師佛喝道。

「我看你怎麼說！」宮毘羅立刻回道。

菩薩和眾神將都安靜下。

「宮毘羅將軍，」藥師道：「你挑戰我的權力和威信我不介意，但你如此冒失，看人間事如此欠周、處佛門事如此脫序，我對你很失望。我並非不能商議之人，這事情我們天明再議，我先去禪房靜處，我們雙方都必須冷卻心緒。」

「商議？你如此官僚，延誤戎機，坑害苦主張濟，有你一份！」宮毘羅呼道。

藥師不願再同宮毘羅爭辯，橫豎默契上自有參謀官幫他安頓圓緩，便自顧往門外走去。然來到門前，兩個把守的佛兵齊將兩挺銳利的金鎗推出，阻攔出口。藥師這下心頭一凜，回身瞋視宮毘羅：「你來真的…」

「要商議，這裡，現在。」宮毘羅道：「否則，就沒得好商議。你已走不出這裡，廣嚴城俱是我軍部隊，城外尚有大兵團包圍。你想討救兵，鴿子們我已替你保管。」

藥師佛道：「你這是逼宮。」

宮毘羅深情豪壯道：「官逼民反，不得不反。與其讓你失去人民對你的信仰，我不忍心。不想為人民做事的人，就下來！」

這時判官見場面現出濃嗆的火藥味，縮著脖子嘿嘿笑：「吔喲我說，這事兒我可沒資格說話，你們聊聊、聊聊…」說話間往門口開溜。那宮毘羅大喝一聲：「回來！」判官聽了全身發軟，當庭大哭下跪：「大爺饒命！」

在危機處理上，藥師佛自非省油的燈，他十分省時，竟不讓場面陷入僵持。藥師且作氣定神閒，信心滿滿，叫陣道：「你相信不相信，憑我一己之力，就可度過你設下的重圍。」宮毘羅可不受藥師的反恐嚇：「難。你能算，可就得精算，你脫八層皮也過不了關。盤面上我犧牲再慘烈，只剩最後一個卒子，贏你的就在這一卒。」藥師道：「我懂了。弄至兩敗俱傷的田地，你犧牲這麼多子弟兵，只為成就你攀登藥師佛大位。」宮毘羅笑道：「阿佛，你把我宮毘羅看低了，權位於我輕如鴻毛，理念於我重於泰山！你肯頒發令牌，或領兵親征，我宮毘羅甘為馬前卒，萬死不辭。」藥師道：「我不同你打禪語，我明確告訴你，令牌，我不發。位子，我不讓。權位與理念於我皆如鳥毛，淨是屁糞一場。」宮毘羅兩手攤出：「誰怕誰，仗是我挑起的，我還跟你怕打？」藥師道：「果然你是條漢子，老衲佩服。可你曾明白想過，你我打成一雙半殘，你慘勝而出，又有何兵力征伐老魔頭？」這下著了，宮毘羅聞言愕然，無法接腔，忙看向鴿子。藥師續道：「那癌魔在張濟體內急速滋壯，我明白告訴你，連日來我全沙盤推演過了！十二個兵團一起下手，只怕浪費資源，人猶救治不起，以後也沒法搶救其他人。」鴿子呼道：「人員裝備打掉了可以再行整補！浪費資源不能是理由！你身為藥師佛，萬不能把『浪費資源』掛嘴上。咱們不奢求你能救命，只圖幫萬爸治痛啊。」藥師佛道：「你們非要同我內戰，老衲前世今生一貫以來素不好戰，但絕不畏戰。一場內耗，無論勝敗誰屬，欲將張濟治痛亦不可得。」鴿子道：「去！你就別戰啊，你如愛惜子弟兵，為大局著想，這不就將兵員裝備先省下。」藥師道：「張濟有張濟的業障、他兒子有他的業障、父子二人連同全家有其一家子業障，誰人都插手不得。」鴿子怒道：「我呸！你自己才快畢業了！」藥師道：「不僅如此，我說過，痛，就是張濟此一生最後之醒世任務。他不痛就無法對照出人間的不公不義。這是天道在鍛鍊他，他是嚴選出的忍痛耐苦大師，這是他在超越極限，乃至證得無上菩提。」鴿子痛道：「俱是空話！這只是你卸責之詞，咱們沒這麼阿Q，你這番話即便可以欺騙和安慰我們，也安慰不了作為一個佛的真、真、良、心。該鍛鍊的不是他，而是天道本身！」藥師甩下水袖，轉對宮毘羅道：「你看著辦。要打，不打，我等你一句話。」這是把問題丟回給宮毘羅。

傻眼了。蛟龍將軍臉上示出硬氣，心裡頭卻打起擺子，背脊樑骨不斷滲出汗來。日光菩薩一旁開始比劃出少林武僧的調氣動作。眾將軍們下意識去握兵器，卻又像欲將兵器擲出作放棄。月光菩薩著急不已，望向在場每一人。

連多嘴的判官也摒息著，不敢出聲。可是他已偷偷站起身來，他覷出誰佔了上風。

「妖道！」鴿子大喊：「將軍明鑑，此一妖佛將毀你一世英名。」

藥師道：「將軍，如你不打，願為我淨琉璃世界士官兵保全一脈，我願將至尊首席讓賢於你。」

鴿子聞言，將自己身子重重往地上一摔。這是連續摔擊自己，激情自虐中嚎哭道：「將軍不可被權位迷惑！你爭的是理念！」

判官看那鴿子這般殘虐，終於忍不住噗哧湧出笑聲，說道：「別逗了鳥寶貝，你這學的是金凱瑞。」

忽而宮毘羅拔出配劍，咻的一記橫掃，「哎唷！」判官人忙跪下，官帽在空中給削成兩截。宮毘羅旋過身來，朝藥師指劍朗聲道：「位子我不要，咱們場上見真章。」

這下藥師傻眼。他像瓊瑤劇中的人物，抿動嘴唇說不出話來好一陣。終於說道：「事情還沒到最後一步之前，都有轉圜餘地。我們往和平的方向去取得共識，好生再作商議，看是不是各讓一步，或你把我說服了，我都依你也得，再不行，才讓子弟兵們陪我們死過不遲，這才是負責任吶。」

鴿子這時暗笑你藥師佛原來不敢打，差點還給你唬住。可藥師打的是拖延戰，真的同他進行談判，事恐生變。忙提醒宮毘羅：「將軍切勿上當，談的時間也打完了。談不成還得打，這就花了雙倍時間，病人可等不急！藥師佛不敢同我們打！可他又不想遜位，故意拖死狗。」

宮毘羅將劍收回腰際原位，對藥師道：「我跟你談。」從而對鴿子道：「我們把面子做齊給他，也好讓我外面六個弟兄心服口服。」鴿子氣得猛拔自己頭頂的鴿毛：「合著你也不敢打！卻想討令牌、接大位！天下哪有白吃的午餐！」宮毘羅看看手錶：「這個時間我只想吃早餐。」

話說無可奈何談判只好展開。可這一談，不但加入參謀、將軍們一票子七嘴八舌，更要命的是藥師佛方面取回發球權。藥師向宮毘羅表示，你心急吃不了熱餃子，貫徹理念要一步一步來，以後我們遇到相同或類似的案例再作出征，這次你這樣鬧就算鬧成，說是革命可以成立，可難免琉璃淨土之國民碎言譏嘲你叛變篡位者亦有可觀數目，國家大計就是要取得最大公約數為宜。這次你就收兵，我發誥命將你升為副總司令，我們各退一步，究竟我們還是一家人。至於插手人間救難方面，我們將其法案化，你提個案子，讓我通過，以後這個法案就叫〈宮毘羅法案〉，讓你在歷史留下清名，杜天下人對你攸攸之口。這宮毘羅竟然給說動，眼看就要答應，鴿子啾啾大吼：「將軍您萬不可反反覆覆以致騰笑天下。」宮毘羅掩耳道：「你一個小兵插什麼嘴。」判官遠遠一旁吃東西打線上遊戲，回頭對鴿子道：「讓你參加會議就不賴了哩，還鬼叫，我想參一咖還沒門咧。你啊，少說兩句，這個叫分際，要學。」鴿子不甩他，對宮毘羅激切道：「看著！只要你退兵，臭阿佛冷不防就把你綁起來，控你謀反將你法辦！還昭告天下他這個叫揮淚斬馬謖！」判官道：「喂，這個典故不是這樣用的。馬謖立下軍令狀，沒把街亭守住，諸葛亮這才揮淚把愛將斬了。」說著搖頭滾腦唱起了一段〈失街亭〉。那宮毘羅聽了鴿子諍言，一語驚醒夢中人，顯得悸怵遲疑。藥師嘔火中燒，惱急拍案道：「賤鳥！老衲豈是這般陰毒之小人！想當初我連你都沒捏死，豈會…」這藥師修成正果後還沒氣成這樣子過，那可真的是氣得說不出話。鴿子道：「瞧，被我說中了，內傷了唄。」說著用翅膀掩臉垂淚，傷心道：「咕咕咕嚕嚕，政治太可怕了。」於是宮毘羅暫不退兵，重起談判。

這一回合談判可真的是徹底僵局了。藥師沒轍，宮毘羅矛盾，鴿子心頭焦煎。藥師終於這樣說：「兵馬你不撤，行。可外頭六個將軍咱們一併請進來。也不必逼誰表態了，投票表決！一翻兩瞪眼，結果是怎樣就怎麼樣！就當咱倆牽著手一起下台階！民主決定！」宮毘羅想了想，推出一掌不讓鴿子說話，應允。鴿子大駭，只好力求補救，猛黏住宮毘羅耳際悄聲倡議：「必須不記名投票…」藥師不待宮毘羅開口便朝鴿子搶白：「我都聽到了！我算也算得出你想說啥。就依你，不記名投票。」宮毘羅敬道：「痛快！」藥師還以豪氣干雲（竟爆粗口）：「我他媽雞巴光明坦蕩，對腫王宣是不宣戰，票開出來，宣戰，我交出令牌，同時下野。」宮毘羅拍胸脯道：「我他媽也有雞巴，如果宣戰，藥師佛還是你當，您老捎著弟兄們統兵親征！有你壓陣，對付老魔頭才有把握！」藥師道：「行！可話說在前頭，那魔頭厲害得緊，有沒有把握我不敢說，可事到如今要玩這麼大我奉陪到底。」

於是急召六個大將軍入寺，他六員將依序是，**伐折羅**大將（綽號「金剛杵」）、**迷企羅**大將（綽號「金帶」）、**頞儞羅**大將（綽號「沉香」）、**因達羅**大將（綽號「天胡」）、**摩虎羅**大將（綽號「虎蛇」）、**毗羯羅**大將（綽號「工藝老師」）。十二藥叉於疏空禪寺群英會，藥師佛將事情昭告一遍，投票舉行前先將選票點過，連他自己計有十三票，外加日月光菩薩兩票共計十五張選票。這時判官吆喝：「嘿！可別少算我一票！」說完朝藥師佛拋媚眼，又朝宮毘羅扮鬼臉：「早讓我走得了嘛。」藥師見獵心喜，宮毘羅為之氣結。這時鴿子叫喊：「我也一票！」藥師忙道：「這裡都是高級軍官，你不方便。」鴿子道：「判官是外人卻可以，縱說我是個兵丁好歹自己人。」宮毘羅助講道：「他必須有一票！他代表基層的聲音。」藥師只好答應。這下共計十七票。先拿九張票者，將可宣佈勝選。

投票展開。各個十分慎重，深怕不小心蓋成廢票。一一將票投進票匭，由判官貼封條，封票匭。然後他老兄雙手將票匭搬起來搖晃一陣，「都看好囉！」票匭放下，拆封條，開始唱票、亮票，場面緊張。

這是一場PK賽。雙方人馬坐成左右兩圈，但凡唱到敵方一票，己方就感頓挫。反之開出己方一票，便是歡聲雷動。藥師佛的估票是，自己一票、後到的將軍六票、兩菩薩兩票，外加判官一票，十票在手。如有跑票，跑一票的話我還是贏家。然而計票過程高潮迭起，雙方互有領先，陷入膠著，頭十四張票亮出後竟是七比七平局。宮毘羅和鴿子一方暗算可掌握七張鐵票，難道已經全部開出……

判官這時笑嘻嘻將第十五張票打開，頓時臉色鐵青：「…宣戰派一票。」宮毘羅陣營爆出一陣歡呼，八比七！鴿子將翼尖握緊揮出一記鉤拳。藥師本盤腿坐著觀票，驚而起立，這下子落後一票，萬一下一票竟又給跑了，比賽將提早結束。藥師憤而逼視己方陣營，只見大夥兒盡皆愁容滿面、議論紛紛，每個都太會演戲，竟是覷不出誰人跑票。那藥師將眼光掉向月光菩薩，不知那月光是不敢正視他，抑或只是正自顧與同派系說話：「怎麼會這樣，抓到是誰我K死他！」

就在此時，忽而「工藝老師」毗羯羅將軍站起嚎啕大哭，脆弱到不能自己：「我受不了啦！我自請處分！跑票的就是我！」那藥師差點昏厥，少了你這一票，月光那票又見可疑，這該如何是好。藥師故作風度莞爾道：「你有你的權利，毋庸擔心受報復，可是你不必講出來的喲。」那工藝老師之所以有此渾名，只因向來他點子多且手藝巧，擅長工兵及各路機關巧計。工藝老師向藥師哭訴委屈道：「不用等你報復，我自己就先憋死，自爆斃命。世尊我打心底是挺你的，可我超想體驗當關鍵少數的滋味。」說著身體冒煙，果真差點爆炸。宮毘羅陣營幾人過來將他身子拍熄，並將他攙扶過去。眼見得才攙下坐好，這一廂卻有人也猛然站起：「阿龍哥！我對不起你！我跑票了！」發言者是龐然大物巨鯨神將，滿臉為難而窘疚：「我只料龍哥必敗，投給你是浪費，誰知道……」說著整個肥軀朝宮毘羅轟然跪倒一拜，便以跪姿移往藥師陣營。宮毘羅和鴿子等同黨大驚失色，心想這下毀掉。藥師拊掌大悅：「歡迎投誠！」話音一落，「沉香」將軍頞儞羅吁出一口氣，緩緩起過身來向藥師道：「世尊恕我造次，我早已琵琶別抱。我是中間選民，這次我想投同情票。」此人身上可散發沉香、檀香、乳香、迷迭香、各種精油香，這次散發的是大理花香，又稱叛徒香。沉香將軍說著移往敵營，宮毘羅等人瘋狂尖叫迎接，宮毘羅笑道：「歡迎起義來歸。」判官眼花撩亂，哭喪道：「阿娘喂，我都忘了我投誰了！」

就在這一陣大亂之間，判官讀出第十六張票：「反戰派一票！」藥師陣營爆出高分貝歡呼，八比八扳平。鴿子指著判官破口大罵：「你怎麼可以趁雙方不注意就開票！」判官忍著嘻笑故作正經，亮票道：「喏，上頭圈的是『反戰』。」

最後一張票即將揭曉。雙方陣營繃緊神經，已隊相互手拉手像看足球賽PK最後一球。藥師禁不住向月光菩薩望去，月光恓惶張大口，一副啞巴吃黃連狀，不知是遭誤會欲鳴冤，或心虛間只好做戲。那小鴿子的壓力亦不在話下。

判官已將手探入票匭掏摸，藥師感到空前窒息，意識到自己眉毛淌著汗珠。忽而鴿子瘋狂獰笑惡哭起來。判官停下動作，上肢藏進票匭內卡著，問道：「你這是意圖干擾我作業，票我是已經摸著了，讓開是不開？」鴿子飛至藥師鼻前一段距離，上下拍擊翅膀懸於空中道：「我笑你！也哭你！」藥師一笑：「你情緒真多。」鴿子咆哮道：「我們都別假笑了，我要哭！我哭你有三！」藥師道：「且說。」鴿子潑罵道：「你修行一生，口云來世正果時所立下之十二宏願俱是空話，你發願要有『無量無邊智慧方便』，我哭你無智慧，竟不明白——真理不會因人多人少就不是真理。」藥師道：「二哭為何？」鴿子道：「我二哭你位高權重，卻毫無勇氣擔當！把自己活成好不方便！」藥師道：「三？」鴿子連珠砲道：「我三哭你來世個屁！根本是倒八輩子楣怎麼做都錯！票開出來，無論戰或不戰，你均於良心不得究竟！戰則後悔，不戰則遺憾！你身如臭瓶，內外瑕穢！你第一大願侈言『令一切有情，如我無異』，無異個蛋，你巴不得大家別像你一樣蹩腳！」藥師佛抹掉眉上的汗滴，甩手道：「說真的我一下沒法聽清楚，不過你無須再說一遍。」話說完將手指一去，一道瑩白細平的直線，延伸掃向票匭，瞬間熊熊竄生火舌，判官忙把手抽出：「燙哇！…我拎娘咖賀！怎麼又是燒燙燒！」只見票匭在火焰中翻滾，直往門外滾去，衛兵惶惶讓開，大家夥齊追出去。那著火的票匭在一片寺院空地上，像是一個天燈轟然而起。此時約莫是寅時，凌晨五點，寶藍色的夏空中逐漸遠去一個熒橘色的光點。

「都聽好了。」藥師道：「那，就是我等前往方向。我藥師佛抬棺上陣，死了再修一世。包括我在內，誰沒死誰不能抬下來。」話話間合掌頌道：「**奉請十二藥叉大將。**——」

登時那十二位將軍單膝下跪。

藥師佛這便開始寬衣解帶，將鞋子和綁腿帛襪俱褪去。「令牌在此，」大家聽聲音抬頭望去，卻見藥師從頭到腳無一物，赤體之內血液、器官一覽無遺，全身透明宛若一座人體水晶宮殿。藥師清音頌曰：「**願我來世得菩提時，身如琉璃，內外明徹，淨無瑕穢，光明廣大，功德巍巍，身善安住，燄網莊嚴，過於日月。**」話一完，宮殿變色，透出天燈那般的熒光。「**幽冥眾生，悉蒙開曉，隨意所趣，作諸事業。**」語畢將手探入左胸，整個手掌竟移入皮膚、穿進腔內。眉心一緊，神情忍受，那手稍作抖顫間，從心臟中摘出一只紅通通涎落血液的令牌，眾人戰慄。

「**天下第一叉，蛟龍兵團接令。**」藥師將令牌擲出。

那宮毘羅保持單膝高跪姿，左手空中接過，右手將令牌上的血水抹去，只見紅底金漆字樣，宮毘羅將之頌出：「**敕令　孤御駕親征有請大羅漢蛟龍將軍授兵團先鋒總指揮伐婆娑之洋美麗之島癌魔並一干妖妄末法消解張濟災厄畢竟安樂而建立之**」旋應聲道：「兵團司令官宮毘羅領旨遵辦。」

藥師佛請眾將官起身。一瞬間他自身重又著裝完畢，略側過身將指頭憑空點了幾下，只見懸於空中一個偌大的水晶人形螢幕展示出。那依稀可以望穿幽冥，見及後方灌木、房舍、牆垣等一切朦朧景物，卻又絲毫不妨礙眾人看清楚「螢幕」上浮現的一幅大體線條圖形。此乃「戰役伐略圖」，瑩白色的線條形廓當屬老者萬爸，另有幾種彩線分佈交織於腔內，顯示若干臟器。

「大羅漢蛟龍、破空山、金剛杵三將軍聽命，」藥師指方位道：「三兵團走馬燈野戰配合，目標胸腔肺臟氣管咽喉各部，戮力全殲肺炎魔王。」

「月光菩薩、螺髮將軍聽命，」藥師移下指令道：「兩支陰柔兵團協進，懲滅惡水娘娘。」

「日光菩薩、虎蛇將軍聽命，」藥師指令道：「目標肝臟及其周遭，全力頂上，控制肝硬化，死守！」

「金帶將軍迷企羅、沉香將軍頞儞羅聽命，」藥師指往最上方：「你二人的火砲師團和飛彈聯隊任務極為吃重，必施展安迷大法，目標腦神經、內分泌系統。」

「天胡將軍聽命，」藥師指令：「此處暫無硝煙，你拉開防線佈陣於心臟部位，兼控制血壓、鎮守心跳，相機支援各路友軍。」

「巨鯨將軍聽命，」藥師指下來：「你的防區目前亦屬平寧，但敵軍有可能趁亂伺機進犯，務求固本於腎，暢通水路，並相機撥兵支援各路友軍。」

「角頭、殺手、工藝師三將軍聽命，」藥師用出力道指出：「三者展開序列，左中右三軍同時出手，目標胰臟老癌魔。爾等逞兇、鬥狠、用盡機心，我在三軍之後跟進施展，並調度空軍、海軍所有一切火力支援。」

「那我呢！」那鴿子飛降過來，藥師示出指尖待他落穩。

藥師微笑曰：「我破格升你為特種通信營中校營長，情報偵搜、戰情回報、任務傳達，由你全權派發。」鴿子正欲答謝，藥師續道：「你第一個任務，前往通知張濟之子張萬康，將他發佈為上校，並將其一雙柴犬大貓授命為兩員少尉，上他家串門子的兩隻小母街貓則任下士班長。將此五員生力軍度來下海，一同會戰。」鴿子捲起翅膀敬禮道：「特種通信營中校營長小鴿子報告，俺這就去辦！」說完一箭飛走，眾將官莞爾。

「呃…我…」判官指著自己，尷尬做出笑臉：「你們繼續張羅，我這就先告辭…」

藥師佛道：「大人，你向來就是一邊看好戲。這會兒場子打響了，你找個地方藏身，看個好戲，也算替我軍作見證。」

判官哭喪臉：「我可以不去嗎？我可以在家看LIVE轉播。」

「你可以先回地府略作休憩。」藥師道：「一會兒，我料我將經過地府，順道接你上車。」

判官叫饒驚問：「你來我們地府幹嘛啊！」

且說這種等級的大會戰，出征前有其一定的程式，那就是藉著部隊遊行，順而開往目的地。雖說前線萬爸吃緊，但群眾歡送部隊遊行的場面對官兵具有一定的心理支撐作用。且藥師預感此役犧牲必重，能回來多少人是個隱憂，讓阿兵哥赴刑場前多一次笑容，或趁此機會和家人、鄉民道別，有其必要。

十二兵團如十二星座交會，平均三百六十六年才發生一回。旌旗招展，浩浩蕩蕩，八億四千萬員佛兵及各色武器裝備列隊遶境，這在淨琉璃世界是何等大事，人民盡皆蜂擁出戶觀看。部隊沿途不斷受彩帶花朵灑放，食物禮物香菸香囊拼命往隊伍裡扔，掌聲采聲飛吻擁吻好不熱鬧。藥師佛聖駕經過時，場面尤為沸騰，亢奮者眾，如有不欲盲從歡呼者則合掌默禱或頂禮。部隊行將旋出東方琉璃淨土時，人民自發性整齊發出富有律動性的拍掌和跺腳擊節，頗有那麼點兒台灣原住民舞蹈的風味。

由於這是百年一會，大部隊按照往例，出國境後轉往「西方極樂世界」，接受阿彌陀佛祝福加持及該國子民頂禮。此行盛況竟不下於琉璃淨土，阿彌陀佛親率其左右護法觀世音菩薩、大勢至菩薩出迎，四十二響禮砲莊嚴震放。蓮花聖駕經過眼前時，阿彌陀佛行以金光軍禮，佛掌切放在眉梢笑曰：「藥師啊，阿牟仔我亦致贈四十二響，但遇見你我忍不住多行個舉手禮。」觀世音菩薩過去拉著月光菩薩和螺髮將軍講話，但被四周群眾的音浪淹沒，聽不見他們講什麼。大勢至菩薩亦對日光菩薩等有所表示，叨絮再三。

藥師兵團出境後來至「娑婆世界」，人潮滾滾不輸他國，只是此間民風較屬靜思性格（這只是相對性說法，沿途其實也夠熱鬧的說）。釋迦牟尼佛特遣「娑婆交響樂團」持續演奏，音樂以弦樂和木魚陣搭配為主。藥師佛派「琉璃軍樂隊」答禮，雙方輪流表演，「軋」得軍民大呼過癮。釋迦牟尼被扶上藥師聖駕，兩人拉著手一路講話，一齊遊行（送行）好一段路，並不時對群眾揮手或合掌致意。其間釋迦牟尼在藥師耳際悄悄話道：「向日曾執阿彌陀之手，唯今余特製指甲彩繪為禮。」那藥師撫其指觀之稱羨，釋迦牟尼便取出傢私代其彩繪美指，專注入神，恍若不聞情境。釋迦牟尼左右脇侍文殊菩薩、普賢菩薩，分別在不同駐點接待部隊經過。

這時前方出現一座牌樓「南天門」。狗吠聲傳來，二郎神牽著活潑天狗，率天兵天將相迎，兵團才剛駛入玉皇大帝的國境，猛然間四面俱是蜂炮齊發，煙火綴放。蜂炮衝動，煙花中花。大小部隊沿途給炸暈，卻各個笑逐顏開。一隊隊小短褲仙女辣妹輪番表演，並與佛兵們持手機互拍。行至天宮，玉帝扶龍杖出來接風，率宮中各路文武神仙焚香致敬祝願。沿途並有許多得道成仙的大小昆蟲爬蟲飛禽野獸跑來湊趣，但生氣想找鴿子簽名卻沒遇上。保生大帝、關聖帝君、純陽子真人在其所在之聖地逐一給予親切問候。保生大帝親燃豎起的一兩百串鞭炮，那炮光於空中搖擺跳舞如訴「道濟群生」。關老爺子派人於地面沿途鋪出蜿蜒的長龍炮陣，或將炮竹設於地表下如一尾潛龍，將行軍的步兵師轟得兩腳搗蒜踩酸菜踩辣椒踩泡菜。上天橋行過天池時，煙氣游繞，火光水花濺射，那「水鴛鴦」式水雷噗噗嘟囔、「海波浪」式魚雷甩尾亂噴，自是呂洞賓埋伏的禮數，合著海陸空都獻炸禮。一站站眼看走透透，忽而藥師見一影像俯衝飛來，吟嘯曰：「**安忍不動如大地，靜慮深密如祕藏**。」對方清眉秀目，氣質真好，胳臂膀子白瘦卻淨是結棍的肌肉。拜見後即道：「鬼靈眾生敬候已久，勞駕藥師遊行，以花香兵氣瀰漫一遭，解脫眾生罪苦。」來者乃地藏菩薩，又稱地藏王菩薩。

地獄一片動盪，都喊：「藥師佛真的來了！地藏王菩薩萬歲！」這萬爸遇險以來，府中該如何因應處置，長期以來評說興頭不衰，只見鬼民鬼囚鬼商鬼娼鬼官鬼卒鬼記者鬼動物們從若干火山口、刀梯、水牢搶出，統統往遊行車隊方向奔馳聚集，場面簡直失控，勝過前四片世界景況。鬼靈們厲聲嚎哭，或悲欣啼笑喃喃告解，攀拉車隊不放。佛兵們不斷灑花，灑水。終於藥師佛聖駕隱隱出現，眾人引頸爭指，先是見到遠處霞光萬丈，銳氣千條。逼近時瞻仰，慧容端正，寶貌妙目，神色祥怡，內外透明，五官生得恰到好處之好看，男眾看了瘋癲敬慕，女眾看了癡醉戀狂。滑翔於聖駕前導的地藏菩薩雖沒開口，但不停揮比手勢勉強平撫群眾情緒。那藥師好生周到，主動操盤將一整個銀河系的車隊轉進底層嚴酷無間煉獄，將受羈無法迎歡俏討的刑犯一一巡遶。竟有刑犯道：「今瞻佛容顏，感其顏射這般，不枉犯罪一場！」翻成白話是：「幸好犯了罪才能賺到親睹藥師佛的機會，這個罪沒白犯！值！」（好像有一句沒翻到。）於禮，藥師並遊往地府森羅殿，那十殿閻羅率一干判官謙畏肅立合掌行拜禮，無言焚燒紙金。順便，派員把負責萬爸一案的那名判官接上一輛迷彩小吉普。

大決戰登場。下回分解。

第十九回　韶光賤[鹹]伉儷文武熱炒　負青春[淫]兄弟翻臉決戰

話說遊行過後，藥師兵團甫出地獄，拂曉時分，我佛一聲令下，十二兵團炸彈開花，兵分七路同時投入戰場。

那腫王不愧為魔界頭號人物，早已嚴令各戰區作一級戒備，兩軍一接觸上就打得好不燦爛，你破我陣線，我反撲奪回，各戰區幾多陣地幾進幾出。藥師曾言，各官士兵死了才能抬下來，可戰事吃緊到人死了也沒時間清理收拾，只見戰場上屍山血泊，佛兵們因順將屍體築成掩體戰鬥。腫王更狠，通令各軍如等不到補給，就地將屍體不分敵我，趁屍肉新鮮、血溫未涼，能吃就吃，誰敢說沒吃飽沒力氣使，各單位部隊長得立時將之陣前處決以果腹……

看官回神，在此不得不掃您一個興頭。兩軍作戰種種實境，衡量之下，本回僅能稍作梗概敘談，究竟這不是軍事小說。並非作者瞎掰能力不足啦，只是這所謂「話唬爛」的創意不如交給看官自己。作者對創意素來興趣不大，《道濟群生錄》此一拙作之經營或說隨寫，對筆者來說憑藉的不是創意，亦非靈感，只是一個心情已矣。與其詳述、潤筆於交戰枝節，不如把藥師出征前鬥爭經過、遊行間所展現的情魄加以娓娓寫出，就夠了。之後作者即可放心將作品交給看官自行發想。一個作者的工作並非發揮想像力，而是啟出讀者的想像力。換言之作者須知輕重，東西有節制，才更帶起想像。

可話說回來，雖僅作梗概報導，將就著也得寫上一整回。草草了事，那不能夠。這場戰役我們主要只談惡水娘娘、炎魔大王、癌魔腫王所把關的三大戰區。這其中，首先被藥師兵團前仆後繼逼至最後一道防線者，即是惡水娘娘。

病人都無暇思及脫光之恥了，那惡水娘娘又有何在乎。當行營指揮所面臨遭攻破之際，惡水娘娘在衛隊的悽嚎攔阻之下，竟失心瘋隻身衝出指揮所，登時萬箭齊發朝她怒射而來。女妖面無懼色，扭動腰肢，浪聲呼吟：「**散播邪惡散播婊！惡水娘娘婊破錶！**」這錶字一收，四面八方捲起一記龍捲風，箭矢盡皆空中折斷墜落。這還不打緊，弓箭手們全給娘娘婊到，只因一霎時狂風將她自身衣物也作掃空，那娘娘姣顏奪目，通體雪艷，身段窈窕，士兵們目瞪口呆之際，竟都雙目失明，七孔噴血，倒地慟笑曰：「太正了！……」何止弓箭手，騎兵隊、步兵隊各員統統失態。那月光菩薩和螺髮將軍見狀大駭，兩人忙攜手旋上天空，一個大空翻之間，鎧甲和內衣往身後拋去，在娘娘跟前落地時亦以裸身示出。沒錯，裸體大決戰。娘娘矗立在敵我殘肢斷骸、腥血塊肉間，掩口嘲笑道：「不要臉的傢伙，就憑你們兩個的身材也敢露？」螺髮回道：「尤物，縱說我等相形見拙，橫豎輸人不輸陣。」娘娘笑道：「也就這兩根毛露給誰看？髒死了，你們兩個人妖若是知恥也該刮一下腋毛。」螺髮噘嘴搖擺道：「我們有自信就好。」娘娘輕笑道：「喲，那說真格的，看你容貌秀緻，倒有花美男姿色，可惜！不是我的菜。」螺髮巍峨挺立道：「你邪魔歪道，豈又配當我的肉。」娘娘獰笑：「自個兒閃泡尿照照鏡子去，你的腰枝比我還細，噁不噁心！不要上不到我就在那邊惱羞成怒，醜上加醜。」月光合掌曰：「南無藥師琉璃光如來，貌身乃天然態相，貴在透明清淨，而不在美醜論評。」娘娘好無禮：「幹你娘的，你們一個女體男相的臭將軍，一個男人女相的泥菩薩，醜就醜了，搬什麼大道理。」月光歎吟道：「我們不得不承認你比我們美。」娘娘高聲笑道：「看吧！勇敢承認了比較自在嘛，兩個可憐鬼。」

「可惜，」月光菩薩道：「你老是憂心自己不夠美，自尋可憐也。」

惡水娘娘聞言愣怔片刻，臉上一陣紅一陣白，方氣沖沖叫囂道：「我沒有！我才是最美的！」

螺髮將軍淺淺一笑：「瞧你氣得也忒可愛。可是啊，既然你是最美的，為何魔王卻是個花心大蘿蔔，偏偏要去拈花惹草一群台妹？喔我不明白，這是因為你不夠正還是不夠台？」

「對！我不夠台！」娘娘握起粉拳。

「平心而論，」螺髮以誠懇的語氣道：「你在台妹裡面算正的。」

那娘娘崩潰巨怒：「我不台！」

螺髮道：「就是因為你台，魔王才不要你。」

「我不台我不台！」娘娘失控噴淚道：「沒有人說過我台！」

月光菩薩背過身子偷笑，這俗世間女人家最怕被說台。

螺髮續朝娘娘道：「那就是你不夠正。所以你猛學化妝勤勞保養、猛餓肚子控制體重、狂買各款性感內衣企圖將魔王挽扣於你一人身畔，然而卻……唉。」

娘娘突然整個人跪倒，抱緊自己蜷縮嚎叫：「我還想整容！第三者的臉蛋比我還小！我想要削骨！」

月光菩薩疼惜著過去攙扶，小步子踩著士兵屍骸間的空隙靠近。這才觸碰到娘娘一毫，便遭她甩開手來怒罵：「不要碰我！」

螺髮一旁道：「你明明就是九頭身巴掌臉的辣妹啊。」

娘娘激越道：「就是啊！我哪裡不好！」

「因為…恕我直言，」螺髮鼓起勇氣：「你不夠…緊。」

娘娘坐起身子嚎啕哭喊，兩條腿輪流狂踢屍骨：「沒這回事！沒有人說過我不緊！用過的人都說我是名器！)))))))」

月光聞言抽搐一記，只覺不倫不類這是。

這一哭給哭開，鬱積於內心深處的情傷將惡水娘娘自身千刀萬剮，她開始傷害自己：「我他媽賤！我把我最好的時光都給在他最壞的時光！他永遠把我排在第二位、第三位、第……」

螺髮忍著笑，配合道：「你還真的是…」月光忙舉手止住同伴。這月光自是菩薩心腸，朝娘娘雙掌合十，悲慈頌曰：「**藥師第八大願**——」

娘娘不願意聽，只顧哭鬧。

「願我來世得菩提時，若有女人，為女百惡之所逼惱，極生厭離，願捨女身。」月光菩薩頌曰，**「聞我名已，一切皆得轉女成男，具丈夫相，乃至證得無上菩提。」**

待月光語畢，娘娘停下動作，哽咽道：「藥師…願度我嗎？我是無惡不隨、無惡不做的惡水娘娘耶…我那樣欺負張濟父子耶…」

月光柔聲體貼道：「如你除喜好脫衣，猶誠願超脫苦惱，消脫業障，願俾自己與藥師佛一緣，有願則有緣。」

娘娘遂感而下拜，突而四面一片金光閃動於周遭屍骨血河，視線空茫。這金光乍來即逝，視線一會兒恢復過來，只見所有遺骸頓生成素馨花卉。螺髮將軍對花叢說聲：「對不起借個光也借個香。」欠身折過一枝花朵，交到娘娘手上。娘娘持花，眼潤清淚。螺髮道：「你的臉比這花兒還美，快把衣服穿起來了，著涼喲。」

惡水娘娘這便投降。月光菩薩替她起一法號「磵萼」。

這個萼字，所謂花萼。磵，音義通澗，谷中清流，這裡指血流。

某個盛行佛教的朝代有一首詩正巧是這樣寫的：

木末芙蓉花，山中發紅萼；
磵戶寂無人，紛紛開且落。

且說魔王這廂，蛟龍、金剛杵、破空山三兵團出擊，敵我大戰數十回合，後二者遭魔王反噬，兵團全軍覆滅，兩個司令官陣亡。蛟龍兵團眼看也將掛掉，司令官宮毘羅忙令鴿子請天胡兵團來救，援軍卻遭魔王設伏掩殺，不得已天胡司令回撤他心臟陣線休整。魔王大軍此時死傷逾半，但連挫藥師三兵團，士氣昂狂，急起總攻，欲將奄奄一息的蛟龍兵團全殲。宮毘羅手持長劍，接連插死數名敵兵，然再又幾個回合下來，蛟龍兵團只剩不到一個營的兵力，敵人發起肉搏衝鋒，雙方嘶吼間滾殺成一個麵糊團。此時黃綠兩色濃稠痰柱不斷噴覆而來，沸泉蒸煙瀰天，倏忽間佛兵一個連遭滅。妖氣成陣，一怪物手持五叉戟衝出，將佛兵一個個掀起，真真是大拖把罡風掃血漿，兩下子又殺壞一個連。宮毘羅悚然，比劃出架式，正欲衝殺迎戰，只見魔王持戟叫囂道：「你就是那尾廢龍將軍？」宮毘羅厲聲罵道：「炎魔孽畜！就算我軍敗亡，也將你人頭獻祭！」兩人於是過招，小兵們猶相互廝殺。炎魔實在厲害，鬥過三十回合，將宮毘羅身上殺出幾道血口，宮毘羅踉蹌倒地。魔王高舉叉戟，眼看往將軍胸口戳下，殊不知身後遠方的草嶺野原，坡度延伸而去的稜線上突然冒出千百個黑點，一波浪一波浪的掃下，五百成一千、兩千成四千，黑點盡皆無聲，齊作狂奔。兩軍殺得癡醉，不知嬌客臨門。各種花色都有，這幾千隻野貓進入「射程」後，縱身撲襲，將魔王士兵盡皆抓倒於地，瘋狂作亂。那魔王正要下手，冷不防也遭暗算，從脖子到臉上爬過一道血爪印。「這是哪來的貓！」魔王驚愕四周景象這般。那隻朝著魔王攻擊的大公貓，擺動麒麟尾，睨著碧眼說話：「我們不過是街上討生活的幫派，不嫌棄的話今兒個在你們這兒鬧個同樂會。」說話間草坡上野貓仍源源不絕從稜線傾灌出，魔王和宮毘羅這一望去，只見一人騎馬從陵線下來團簇於貓群中，儼然就是貓軍指揮官。待一細看，那人騎的原來是一隻巨大的柴犬，身子和狗頭均同新疆出產的天馬一般碩大。魔王頓時越發不安，大呼：「怎麼這麼多怪物！」說時遲，那時快，狗背上的人單手持一長槍，朝魔王射來一梭子彈，那魔王倏然翻滾閃避，狀極狼狽，暫作逃出戰場。魔兵見主帥落跑，紛紛倉皇散去，免遭野貓封喉。一時之間巨狗跳至宮毘羅跟前，騎士翻身下馬，不，下狗，朝宮毘羅拜見道：「末將張萬康，率游擊兵團馳援，怕是來晚了，特請將軍治罪！」

適才宮毘羅的腿遭魔王利刃剉傷，這會兒一瘸一瘸過來要和萬康握手，那萬康趕緊跑近，趁早將他停住。「…你就那個人，」將軍似是感觸良多，「來了就好。」

兩人商議，目前的兵力，貓兵團終非正規軍，怕只能擋一時，早晚仍將遭滅。不如趁魔王尚未建立包圍圈時盡速往藥師佛那廂會師，同藥師來個魚幫水、水幫魚一起先對付腫王。這裡就來個故佈疑陣，讓魔王撲個空。

既退，魔王略作緩衝定神，忙調集殘酷的捕狗、捕貓大隊和鐵甲噴水車作先鋒，正要重起攻勢，忽然探子奔入，報告藥師兵團在轄區某處展開突襲，旗幟番號計天胡、巨鯨兵團等數支獨立旅。魔王忙將主力拉去接敵，鬧了半晌方知是個佯攻，番號也是假的。魔王頓足，上當後尋獲宮毘羅正確行蹤加以追趕。說來一下子能追到談何容易，追擊間探子慌張來報，說惡水娘娘已經投降。魔王冷笑道：「婊子一個，死了乾淨，反正我愛的又不是她。」探子道：「有一娘娘防區的傷兵不肯結夥投降，逃跑出來說他親眼看到一事。」魔王問何事。探子道：「娘娘投降後，當場就同敵方兩個指揮官搞起三P。」這下子魔王瞬間變臉，陷入歇斯底里呲牙吶喊道：「這個女人只有我能碰！我不愛她，她也不能給別人上！一次還兩個！」魔王過於激憤，便拿士兵出氣，限期尖兵部隊風馳電掣，明日勢必追上宮毘羅殘兵，否則統統槍斃。

轉過一天，宮毘羅部隊與敵方尖兵部隊開始駁火，且鴿子來報，捕貓犬大隊與噴水車即將全面趕達最前線。宮毘羅對萬康慨然道：「我命休矣，賢弟莫作無謂犧牲，速領貓軍脫離戰場。這些貓，也是生命。」萬康思忖，說道：「好，不得不讓貓戰士們先走。不過，我的坐騎和平時我馴養的三隻貓留下，我四者當你的貼身侍衛。你來救家父，我救你，天經地義。」宮毘羅拭淚贊曰：「小鴿子沒看錯人。」萬康道：「將軍且莫多說了，我知附近有一密道，」說著打開地圖指給將軍看，「走這裡即可擺脫糾纏，順途直下胰臟。」

「果然是條密道，連路名也沒寫上去。」將軍大喜。

「雖無標上路名，」萬康稟告，「當地人叫它華容道。」

看官，帳下有人偷聽，你道是誰？判官也。當時藥師佛叫他躲在場邊將過程記下來作見證，他本在腫王戰區拿著一台DV攝影機觀戰，但見藥師率三兵團和腫王一時殺得難分難解，評估一時不會有結果，便跑來別的戰區玩耍。判官一聽見華容道，帳下暗笑曰：「那赤壁之戰，曹操敗走，只剩一小撮人馬，踏上的就是華容道。結果關公出來，曹操惴慄，以為會被斬了，關公卻演了一齣義釋華容道。你張萬康今天正好走的就是曹操的衰運，可魔王陣營卻不會有人縱虎歸山。你們這幫人趁早掛點，我好把萬爸接走結案。」說著飄上天際，匿身雲海中唱起一段京戲〈華容道〉。這還沒完，唱著便朝一雲朵翻上，乘雲駕霧高速飛至魔王陣地上空，空投一封書信。那魔王的小廝將信拾起，打開來一看：「敵往華容道、做善事的人不居功不求名、無名氏上」，忙將信呈入兵帳，那魔王看了驚笑。

果不其然，宮毘羅、張萬康等人遭到殘酷狙殺。萬康騎著大狗搭載不良於行的宮毘羅，於華容道奮力血戰，腰際左右口袋裝著一對小母貓，領口裡塞的是大公貓，三貓兵伺機躍出與敵軍爛戰，打不過時則跳回主子身上。整條華容道前後都遭包裹，佛兵們為掩護司令官前進，犧牲慘烈，死難間猶高呼「保駕」、「開路」，殺到後來只喊「開」、「保」。戰至覆亡之際，只見右路揚起煙塵，無數匹戰馬的蹄音由遠而近，海市蜃樓的沙霧飄渺中現出許多旗幟，上面一個大字「倉」。一時間又發現左路亦有盛大馬隊奔來，旗面上寫著「平」。魔軍正要接戰，只見兩翼馬隊同時於馬背上發箭，一時箭雨漫天而來，魔兵舉盾間左支右絀倒地者眾，倉皇間耳聽得兩面轟然叫出「殺」聲震天，瞬間陣地就遭交叉闖入，死得是一盤狼藉。緊接著正前方的魔兵統統被砍倒，根本來不及逃竄或投降，來者騎在一匹赤兔馬上，一把大鬍鬚在紅臉上甩動，一挺關刀殺至張萬康和宮毘羅跟前。戰事緊張，萬康和司令只能在狗背上趕忙拜見關公。這時關公身後舉「關」字旗的騎兵們散開來佈陣，周倉、關平的旌旗亦加入，齊將司令等人包圍保護。關公似充耳未聞，未作還禮，捎韁繩小溜圓場。蹄音脆實，繞行一會兒工夫（注意，馬照跑牠的），高高擎起關刀旋而一個撇下，穩重道：「小萬康，我來同你敘舊。」完了繼續巡場……

那魔王聞訊敗壞，忙把所剩部隊全面壓上，並喚人把五叉戟的刃頭塗上毒液，親自來鬥關公等人。兩軍陷入一片肉搏慘戰中，魔王犀利，先將周倉、關平刺死，緊接著遭遇勁敵。與關公交戰破百回合，方將關公掃離馬背，兩人在地面持兵器對打。張萬康和宮毘羅這時殺退一幫敵兵，分別過來助戰，三人走馬燈竟無法將魔王拿下。判官從草叢中探頭驚呼：「好一個三英戰呂布！」只見這時魔王賣個破綻，將五叉戟脫手拋上天空，張萬康縱身去搶，關公趁隙將關刀往魔王身上劈落，卻被魔王雙手牢牢將關刀握住，順勢一個大腳蹬去，關公痛叫一聲後仰摔去，關刀已在魔王手中。魔王也不搶上追殺，急速旋過身來，往衝上來的宮毘羅一刀下去，立時卸下宮毘羅一隻胳臂，血如瀑布。萬康忙來搶救，持奪來的叉戟將魔王擋下，人救到了，叉戟反遭魔王以關刀勾上天空，瞬間魔王左右手各握一挺。魔王才要笑開，關公忙朝魔王背後一個飛撲，將關刀搶至魔王咽喉處，用雙手收握起一根長柄欲將其勒斃。魔王難受聞肩、肘同腰部協力一擺，將關公甩到一旁。兩人一時各持原兵器分開，魔王扶正脖子喘息，關公忙過來查看同伴。萬康抱著宮毘羅斷臂處鮮血如注，魔王這時已持毒叉戟衝來，宮毘羅疾呼：「關公成全！」關公二話不說，朝宮毘羅一關刀劈下，將他另一隻胳臂卸下。魔王撞見這一幕，駭然頓足，臉上遭一灘熱血噴中。關公下劈後順勢耍一個刀花，將關刀倒插於地，宮毘羅用上臂一小截殘肢迎上去挾住關刀於腋下，大叫：「讓！」關公和萬康忙退開，只見宮毘羅將一柱刀把子當作瘸腿的支撐物，整個身子騰空一記跆拳道的後旋踢，將那剩下的一隻健腿朝魔王臉上掃去。魔王整個人七葷八素摔在地上不起。這時魔兵們搶上來捍衛主子，三尾貓兵殺上來撲撓，大狗也衝上踩咬一陣。關公和萬康趁亂想找魔王，卻見魔王正持毒戟轉成側面下刀，將宮毘羅兩腿逐一砍下。宮毘羅震聲慘嘶：「我本大羅漢！堂堂法身，何惜四肢！」魔王獰笑：「還有人頭。」便將宮毘羅的頸項斬斷。

關公望見，復仇心切，輪著關刀奔上來找魔王算賬。孰料魔王趁關公失去鎮定，擋了兩招，賣過破綻，又將關公騙過，大喝一聲：「取你首級！」只見關公人臉被血柱衝上天空。萬康見關公殞命，下意識去搶救他的人頭，空中摘下，灑淚間卻見判官躲於雲隙。萬康忙呼：「給你！」便將人頭往判官傳去。只因萬康回神，心想我帶著這個球，不，這顆頭，不好戰鬥，你先替我保管。那判官驚愕間接住，大喊：「我不要！」嚇得將球邊跑邊回傳，萬康接獲後追上去回給，兩人就這麼飛在空中像玩橄欖球反覆傳來傳去。

魔王先是愣住，這才凝神瞄準，將毒戟往萬康方向一力射來。萬康不是傻子，這是故意跑遠賺魔王入彀，空中一個閃躲，叉戟飛過身側，從而下降射中一株樹幹上。萬康對前方判官大吼：「不保管好我殺了你！」便俯衝去地面追奪這挺毒戟。魔王心頭一糾，要是被你拿走我就無法逞威，連忙也往樹幹衝去。這目標物與萬康、魔王呈一狹長三角形，魔王雖離較遠，但速度快過萬康。這時判官離樹幹最近，正好抱著人頭飛到這裡。萬康高喊：「取那枝扔給我！」判官怨道：「拎娘咖賀，我怎麼這麼忙哇！」萬康和魔王齊聲喊道：「扔給我！」這下判官陷入空前矛盾，當著萬康的面將它丟給魔王這傳出去怎麼做人，汗急中乾脆將叉戟拔出，暫時誰也不給。魔王比萬康快一步，卻沒搶到叉戟，整個身子撞在樹幹上，眼繞金星，一時只怕昏厥。萬康落地，朝判官嚷呼：「扔來！」判官遲疑道：「唔關我事！我中立！」萬康炸嚷：「戰場上沒有一個人可以中立！」判官嘴唇抖顫，無奈間嘀咕了聲：「算我衰。」扔出。

這時魔王恢復過來，正欲起身，只見一挺五叉戟逼至胸口，抽身不得整個人跌回樹幹。魔王眼睛對著萬康，感覺到劇毒的刃頭牴觸在自己胸口表層上，明白萬康只要稍加施力，自己便步入黃泉。判官一旁手舞足蹈惶然喊道：「既然我中立，我也得替他求情！小張你放了他！把他綁起來送審得了！」萬康眼中只有魔王，朝他道：「我給你五秒鐘思考作答，猜，我會不會插下去？」

「五、四、三、」萬康開始倒數。

魔王正欲開口，萬康沒數完便將五刃插入。魔王嘶嗚。

才一拔出，萬康再又連續發力深插幾記。

「喔對不起我口誤，」萬康道，「我是要問我會插幾下。」

魔王呻吟問道：「…一百下。」

萬康道：「你多叫一次，我就多花一次的力氣。」

說完再使勁戳入深處，魔王失魂碎魄，痛楚呻吟。如此這般萬康戳了九十九下。

「你贏了，」萬康道，「只有九十九下。」

魔王吁出最後一口氣，兩眼發直，氣絕而亡。

判官一旁怵然打哆嗦道：「…張萬康…你…你…你太暴力…」

萬康把關公的人頭從判官那廂提過來。然後去尋回宮毘羅的人頭，兩個放在一起焚香祭拜。

判官這時平息過來，對萬康拱手陪笑道：「為表中立，我不得不替他說兩句話嘛，說到底你幹得好。」

魔兵們奔來樹幹，目睹主子罹難，頹然丟下兵器，紛紛投降。

大狗在草叢間找草藥吃。三隻貓在一旁悠然舔手。

卻說老魔頭腫王把持的這一片戰場上，先是僵持不下，逐漸態勢明朗。腫王有所損失，然換來藥師佛手中三個兵團報銷。而巨鯨兵團派出援軍後，老魔頭雖無暇抽調主力相迎但板凳球員上去擋個幾下子，光延遲你時間你就夠嗆。魔頭且撥兵走側背擾擊巨鯨駐地，一手只求阻擋、一手意在滋擾，那巨鯨兵力分割，兩頭焦躁。藥師見處境險惡，急調海軍艦砲朝敵岸上發射，並派戰機從航艦上起飛前來戰區。飛行員見敵我雙方犬牙交錯，地面一片混戰，急電藥師：「呼叫佛帥，這會炸到自己人！」藥師心一橫：「炸。」於是將敵我一起炸翻，這才勉強率僅存的直屬旅暫時脫險。其間月光、螺髮降伏娘娘後趕來搭救，只嘆戰力和眼力已讓娘娘整疲，盲目深入，不幸敗北，同藥師一道受困。日光、虎蛇，與金帶、沉香那兩廂則仍鏖戰不休，分身乏術。

藥師已無兵可搬，叫信鴿另覓管道，先後請來保生大帝和呂洞賓。腫王猖狂，欺負保生大帝只會寫書法畫符喃喃唸咒，將保生大帝寫的「道濟群生」書法全部燒爛，保生幫不上忙只好收兵硯。呂洞賓持斬妖劍，戳了半天不濟事叫苦道：「若說惡水娘娘，我才想會一會，聽說超正一把的。」判官這時從炎魔戰場趕達，附議道：「可不是！聽說她脫光光耶，可惜俺也錯過啦，摸不著她還摸來個人頭，嘔！」於是呂洞賓向藥師謝罪退駕。

既說判官來到，小鴿子亦已將萬康領來藥師佛跟前幫襯。藥師得知頭號愛將宮毘羅和關公友情贊助雙雙陣亡，反過來安慰萬康道：「這些是在多算中該有的最壞的心理準備。」說話間鴿子越過槍林彈雨飛進掩體內的指揮所報告，腫魔大軍再次洶洶來犯，重兵器的偽裝衣都已脫下。鴿子才講完，忽而尖銳的飛翔聲音劃破天際，藥師驚吼：「找掩蔽！」

一場砲擊後，三隻貓從廢墟縫隙中溜出，輕巧探步，慢慢快快，似乎環境的改變讓牠們感到疑惑又新鮮。然而隆隆的履帶聲進逼。萬康躲在半毀的掩體內，從包包中取出手榴彈，讓貓咪叼住，搔撫三貓兵的臉和脖子說道：「往坦克裡塞，自己小心。」三貓銜命奔出。這時藥師手持一挺輕機槍躍入陣地，說道：「月光菩薩被砲彈打壞了。」說著從身上取出一枝淺色木片做成的古樸髮簪，「他的簪子還是香氣襲人，沒沾惹半抹藥硝味。」萬康定睛一看，這是一枝吃完冰棒的木片。藥師收下髮簪講話：「敵人現在是砲兵直完了輪坦克兵橫，步兵俱在坦克四周圍跟著鬧。螺髮將軍把髮帶解下，甩出章魚手臂般的長髮，將敵人坦克抓起來摔爛好幾台，可坦克著實太多。」這時外頭不斷響起鋼鐵悶炸聲，不久履帶聲完全靜止。三隻貓躍回掩體，回報任務完成。藥師喜道：「你的貓士兵輕功了得。」說著想起：「你的狗呢？」萬康道：「狗怕炮仗，垂著尾巴躲在最裡頭。這會兒我放他出去咬敵人步兵。」於是吹聲哨音，那柴犬哈嚕二楞子般跑出。萬康從包包掏出一顆綠絨絨的網球，對藥師道：「他特愛玩接球。」說完將球往外頭擲去，哈嚕四條腿發狂作八條腿搶著奔去。只聽得前方一片迭聲慘叫，完了哈嚕叼球一躍而下回來，藥師見狀忙把機槍端上掩體，對著竄逃的敵人答答射擊，稱喜道：「南無阿狗阿貓佛。」

略作喘歇，人畜用餐。三隻貓對掩體構造十分好奇，到處上下找地方鑽玩窺祕。一陣子後跑出掩體，到地面上越玩越遠。一陣急促的狗吠聲傳來，萬康見趴在身旁的哈嚕豎起耳朵，心想不妙，探頭張望，驚見一群有組織的野狗瘋狂追趕貓咪。貓狗東撲西跳，佛兵們怕誤傷貓兵不好開槍。萬康對哈嚕告急道：「雖說貓狗不對盤，可你和這幾隻同我一個屋簷下生活，沒有愛意，合該也有感情！」哈嚕應聲道：「好！一句話！你把球K出去！」萬康便擲出綠絨球，哈嚕快速奔出。眼見如此巨大的一隻馬狗，敵方野狗們卻無退意，以狗海戰術向牠展開圍攻。

擔憂間，巨狗載著一隻大公貓和一隻小母貓跳回掩體宣告安全。萬康忙問：「還有一隻呢！」少尉喵喵發出哭喪聲：「咬中了⋯⋯」此時隆隆履帶聲傳來，鴿子低空飛下來失聲呼道：「坦克前方一排野狗列陣進逼我陣地，我軍即將進入坦克砲射程！坦克後尾隨大批裝甲步兵，腫王親自押隊前來。」藥師聽了沒派出防禦命令，過來朝萬康合掌道：「這隻狗和這兩隻貓，必須撤。」萬康即撫摸狗貓道：「去跟萬爸說我還沒死，然後趕快回家跟萬媽萬姊報平安。」兩隻貓聽了用貓掌作揖便欲離開，哈嚕卻一屁股兩足撐坐原地，歪著狗頭瞅著萬康，發出低嗚聲，又吐出舌頭嘿嘿笑。萬康將球塞在狗嘴中，說道：「這是命令。」於是狗貓竄走。

舉起擴音器，藥師對敵軍喊道：「這是人類的戰爭，貓狗何辜？我們的貓狗撤了，你們的野狗何妨退下。」話一說完，對面的野狗群像波浪般動作，狗頭面具俱被摘下，露出人魔的臉，同時一瞬間狗身以人腿立起，統統從屁股後頭拽出一把烏茲衝鋒槍射來。藥師連忙蹲下，擴音器整個被打穿。同時掩體整個掀起地震，自是坦克開始轟擊。藥師佛痛罵：「我肏你媽屄！還擊！」

藥硝味濃重，煙塵瀰漫，掩體已遭砲彈像煎魚那樣整個上下翻過幾趟，部隊再不出戰壕只怕統統陣亡，藥師佛聲如洪鐘，「統統有、聽口令，」一聲吶喊：「上刺刀！)))))))」戰士們聞言動作，魚貫躍出，中彈慘死者眾，凡沒死的便找敵兵過傢伙，打肉搏。這敵兵分為兩股，此時狗頭特戰兵已將衝鋒槍收起，改用狼牙棒，步兵師則持軍刺（上刺刀的槍）從坦克兩翼繞出來奮力前衝。雙方盡情嗜血，殺成一片血海屍山，不在話下。

眼下佛兵全旅僅殺剩一個透支過度的營將近兩百人。藥師佛卯起來只能打爛仗，發狂間賣老命刺壞好幾個敵兵，奔到一個死人堆，一把從裡頭揪起一個人的領子，問道：「還在嗎？」萬康一口氣往上吹掉自己臉面的沙塵，回過神來：「我還以為我死了，一陣砍殺間砲彈把我打矇了這是。」兩人說話間，四周敵我戰士卻怔忡退開，只見腫王迎面現身，徐徐蕩步而來，手中拎著一串長髮，那髮纏繞住他的手臂，頭髮延伸下來的一端是個人臉。是的，螺髮將軍喪命於這妖怪手中。顯然他們纏鬥過一番，螺髮肉搏時意圖用頭髮絞住他。

那魔頭十分無禮，站定後將手中頭顱用力往藥師方向砸去。這勁道甚猛，不得已藥師不願受擊傷只好持槍將之用力拍落，等於藥師在污辱自己的子弟兵。人頭落在地上，七孔汩汩流出血來。腫王道：「和尚啊，怎麼把愛將的臉打出血來呢？打輸了又不是他的錯。」小鴿子飛到藥師附近滯空拍翅，朝腫王罵道：「他死了也比你長得好看！」腫王道：「你高興的話我可以比你想像中還長得醜陋，不過，我只要贏就好。」萬康跑過去將人頭從地面上雙手捧起，交給士兵們保管，回身抄起一具火焰噴射器，這便準備朝魔頭發射。藥師對萬康擺手示意且慢，「小心著了他的道。」藥師道。

腫王仰天笑曰：「你才是著了你自己的道。呷飽閒閒，清修的好日子不過，跑來共這場業。」

藥師道：「人偶爾多管一下閒事，自是調劑而已。」

「死鴨子硬嘴皮。我讓你付出代價，知道什麼叫調劑。」

「老兵一個，怕的不是死，」藥師道：「而是怕活的時候就已經死了。」

腫王啐道：「我告訴你，這世道上，始終正不勝邪。正欲勝邪，難得一回。邪要勝正，長年累月。」

藥師聽了轉頭尋找判官，喊道：「大人別躲了，死人堆裡可臭著。」

只見判官從屍堆中翻落幾個大體，冒出頭來叫饒道：「又干我啥事了這。」

「你愛唱，」藥師對判官道：「唱首〈瀟灑走一回〉給他聽。」

判官蹙眉吆喝道：「您別挨罵啦。」

藥師一笑，回朝腫王道：「所謂正邪，我不覺得你我有正邪之分。你只不過是大千世界中存在的一個物象。對我而言，你也是生命。」

腫王道：「既然如此佛心，何必攻我。」

藥師道：「就像野狗追咬野貓，對野狗而言這不屬是非道理之範疇，唯本能發動而已。對野狗這種行為，我佛無法曉以大義，只有理解和寬容。然而牠要是欺負野貓被我佛看到，我不殺狗，唯驅狗救貓而已。」

「好大的口氣，你殺得了我？你又驅得了我嗎？」腫王洋洋燦笑。

「腫王，如果你將你的慧力等級同狗相比，折殺的是你自己。分明你可以讓腫瘤不做擴大，與萬爸安好共存。如此逞威，逼使萬爸痛而早走，你寄身於他，不也只落個同歸於盡。橫豎他活了將近九十，你降世後卻才活過幾個年冬，何不好生愛惜自己的青春。」

判官一旁嘖嘖自語道：「說得好。炎魔好歹睡過娘娘這等標緻辣娘，他鬧半天得到了什麼這是，連娘娘放的屁都沒聞過。」

「放肆！」腫王耳尖聽見，作個手勢朝判官方向一吸，磁鐵一般就把判官一把吸到手心捏起脖子。順而把判官的臉往屁股一塞，立時放出一屁，旋將判官扔回原位。判官瞳孔放大，滿臉充氣漲成醬紫色，不停仰天嗆咳，爬不起身子，心道：「果然是妖屁，臭。」好容易止住咳嗽，臉色恢復幾分正常，便朝腫王下拜：「大王的屁好香喲。」

待魔兵們哄笑聲漸歇，腫王向藥師道：「和尚，我倒要請問你，你又享受過什麼青春？他說我沒吃過女人肉，你一個出家人又吃過什麼女人肉？說到頭你我是同一種人。」

佛兵們覺得可笑，都等藥師回話，卻見藥師閉目不語，像是兀自沉浸於緜緜心緒中。腫王指著藥師高聲道：

「我們參與的都是生死劫數。不同的只在於你出世，我入世。你消極被動，我積極主動。你冷眼生死大事，我主持生死大事。我們是一體兩面，分工合作。」

藥師深深吐出一口氣，睜開眼，黯然道：「師兄，你我打小同門習禪學藝，炮製丹藥，練武修行，一起打掃庭除，一起挑水撞鐘，一起偷看A片。」此語一出，四眾皆驚。

「想不到你學成出師之後，於天界胡作非為也罷，這會兒更下凡滋虐眾生。我與你最大的不同便是，」藥師說著用力甩下雙袖，「我不殺生。」

腫王聽了咆哮道：「少跟我在那邊往日情懷！你才偷看A片咧！你…你把好片子都暗崁

了！…而且你殺掉我軍官兵不止一人如何自圓其說！」

藥師道：「你的行為方叫殺生，我對你們和病人均為救生。你願不願讓我救，事到如今看你自己。」

腫王失笑道：「掂掂你有幾斤兩重，你沒問我討饒反在我門前擺譜。啐，我他媽對病人就有殺生嗎？沒錯，我讓腫瘤隆脹或擴散蔓延，可那是我爽。身為藥師你有沒有醫學基本常識，病人向來並非因腫瘤而死，腫瘤只是讓他生理機能變差，感染有的沒的併發症而死。我悠哉過我的日子，別把死賴在我頭上，我醜歸醜沒那麼可怕！況乎世間並無絕對美醜，只有主觀執著！」

藥師道：「你降生人間，倒也學會人間政客之詭言分辯。我同意世間本無美醜之別，讓你變醜的不在於其他，而是你自己。一如我並未殺死誰，而是其自身殺害自己。」說著將手上的一挺軍刺用力擲插於地，申令四方：「我同他師弟兄之間的事，誰人均不得插手。」

腫王大喝：「行！就依你！你們誰要幫忙也沒關係！」

茫茫臟器皮土上，兩名主帥隔開一段距離，各自就位面向對方盤腿端坐，一個泰然，一個巍然，俱闔上眼皮聚精會神，紋風不動。兩人就這麼入定五個時辰之久，仍無動靜。敵我官兵只好在一旁做炊事烤肉，或打盹兒打呼嚕，甚至跟對方借烤肉醬或蒜頭，並舉行兩軍交換禮物活動，把各自做出的食物請對方品嚐。原來，他倆是以念力交手。比的是誰先入侵誰的腦神經及各路致命筋脈，破功者將自爆身亡。判官私下告訴萬康：「不瞞你說，他倆俱是外星物種，一百四十億年前就生在宇宙。」萬康驚問：「真有此事？」判官道：「那貓，亦是藥師佛從外太空帶至地球上。」萬康道：「地球上本有貓科動物啊，一千八百萬年前牠們是同一個祖先。」判官道：「既然是同一個祖先，怎麼獅子、老虎、豹子就演化成那麼大隻，貓的身子卻偏偏要退化成這麼小？」萬康狐疑道：「…是這樣說嗎？」判官道：「所以為什麼比起獅子老虎豹，貓特別愛發呆冥思老半天兒，牠是在用念力跟外太空的生物發信號啊。你看看腫王和藥師哥倆，他們就懂這一味。」萬康道：「我他媽還真信你一次了。」

第六個時辰開始，藥師身子開始顛搖，像遭隱形的風推浪晃，逐漸不支。那琉璃身似成了脆弱的玻璃片。而腫王至多深呼吸幾大口，便立刻沉歸定境。萬康和鴿子等佛兵望見藥師打擺子嚴重起來，統統衝上去推拿診治。魔兵檢舉犯規！講好的只能讓他倆過招。判官嚷道：「張萬康你們退下，我是裁判官，我必須中立公正！」無奈間萬康等人退回，合著幫忙也沒用，越幫越忙藥師越打擺子，像是想把他們盪開。續而藥師從頭到腳各孔隙開始流洩出目油、唾液、鼻涕、尿液、糞便，耳朵則流膿湯，指甲前緣生出黑污，足趾間縫隙生出黏垢，腳皮吱吱叫著斑駁長出，外加鼻毛冒出、鼻屎掉出。鴿子的脖頸一節一節轉動，忐忑咕嚕這如何是好。萬康將手猛力拍擊自己額頭，手停住時仍扶住額汗，遮著臉對鴿子咬耳根子。那鴿子道：「這像話嗎？」仍是起飛。

人心惶惶，藥師佛的身體和顏面猝然出現龜裂現象，各孔隙泌出血水，胳肢窩和胯下深處開始掉毛（還好他本就光頭省了掉髮），佛兵們嚎啕慟哭。就在這毛謝毛飛飛滿天十萬毛急千鈞一毛之際，忽而四周圍徹底暗下，佛魔兩軍完全看不到對面和自己和其他。在這深荒的極度恐懼中，突然出現一根超大型的人蔘。不，那是閃電，模樣像一棵人蔘那樣的閃電持續在士兵們眼前抖顫。忽然間轟天一個大響音，震得眾人掩耳叫娘。雷聲後四周大放光明，一隻鴿子飛出，一個洋人走出。那洋人的裝束比全裸還離奇，裹著運動賽場的摔跤項目緊身衣。一身的肌肉棒子顯然練過，腋脇和胳臂的距離很開，看來這塊空白處可以塞下一個木瓜。他啐出一根櫻桃梗子，便將手放在藥師佛的頭皮上：「兄弟，你沒救我我知道。你不必謝我，我只是他媽不屑你。」說完繞到猶在打坐的腫王身後，人蹲下來和腫王背靠背，兩隻手由下往上穿進腫王的腋下，人立起來時已將腫王扛起。眾人驚呼間站起身來，但皆不敢上前干涉。腫王神色木然，似專注於發功無法回應。洋人和腫王的交疊模樣，前後來看都彷彿組合成一具十字架。眾人摒息懸念間，這尊十字架開始旋轉，越轉越快。十三秒間竟高速度旋轉了三千九百九十三圈，難以平均算出一秒轉幾圈。沒辦法，這是神蹟。洋人終於停下，累喘噓噓：「是該戒菸了，你累了嗎？不好意思我有點累。」洋人鬆開胳臂，勉強可以站直，腫王整個癱倒不起，口中不斷傾吐天藍色汁液和唾沫。這時魔兵們哭號搶上，忙半天無法將主子救起。判官朝萬康破口幹譙：「怎麼可以拉幫手這是！」萬康道：「他自己講有人幫忙他也無差。我們這是成全他，如果還是輸了豈不顯示出他更威。」判官哀叫道：「這像話嗎？」鴿子飛至萬康肩上：「不像話，像言舌。」判官大罵：「去！冷壞了我這是。」

藥師的身子以佛力快速癒合，人站起來問左右：「發生什麼事？記得我和魔頭打了三百年。…誰贏了？」洋人走過來，用大拇指朝身後比。藥師望去，於是了然。藥師面有窘色道：「…這不好意思，說好了一對一…我這是犯規…」洋人哼的一笑：「我來幫你就不是犯教規？」藥師忙合掌三拜以表謝意和不是。像是一個熱汽球那樣，這時候洋人冉冉上升，天際中下來一道靈潔寧熹的銀色閃電，他縱身一握並用腿夾住，整個人像松鼠爬竿那樣沿著閃電爬高。消失。

藥師宣佈清理戰場，並吩咐對魔兵們作受降，另派信鴿勘查其他戰區。一會兒鴿子飛回報喜，先說那日光菩薩和「虎蛇」摩虎羅聯袂頂住敵兵攻勢；再報那「金帶」迷企羅和「沉香」頞儞羅的地面長程火砲和海陸空三方飛彈大有斬獲，張羅出「安迷大法」投射出無以數計的嗎啡砲彈、安定飛彈、精油炸彈、繞指柔帶狀子母彈、金光二型導彈、沉香八式火箭，逼使敵兵在層層藥網密封下豎白旗投降。藥師頷首微笑，對萬康作交割道：「痛，制住了。」萬康欣喜欲狂，鴿子快樂的在天上亂衝。一會兒，萬康卻心想不對啊，遂問藥師：「可娘娘投降我們當起尼姑了，炎魔和腫王更遭斃命正法，這不但痛給制住，病也該治好了不是嗎？」藥師道：「炎魔被你戳了九十九下，大體遂已死透沒錯，然而肉渣子漫天飛舞，它們落地後成為異變種籽，自行無性生殖。雖時與機不可能培養出魔王那般的威力，但亦不容小覷。你已復仇了結，莫再牽掛。」萬康點頭無語。藥師續道：「腫王神昏氣虛而亡，但嘔吐出的藍汁浸入皮層，這是他天性偏狹總不甘認輸，留了這一手，寫下外一章。但萬爸已不必再受他直接甚或間接騷擾，世間自以為勝利而猥瑣得意者比比皆是，我們毋庸與之較真。就讓那腫孽火化時自滅吧，阿彌陀佛會試著趁機將萬爸接引，遊經西方極樂世界時他同我提過。可那小子，非要我打到一個份上，他才肯攜觀世音菩薩出手，真是愛看熱鬧你說是不。」判官上前來笑道：「原來佛界也興『看人呷米粉喊燒』啊。」鴿子一旁咯咯咕咕的笑。

藥師佛凱旋而歸，八億四千萬兵力慘勝回來，三大戰區主力兵團在內共七個兵團全部掛點，其他戰區五個兵團清點過後共湊齊一億五千萬兵員，大概是兩個兵團出頭一點。判官以春秋之筆點評道：「傾國傾城，圖的是換回一個正妹，值。」這廝說的是惡水娘娘。

話回彼時八月三日晚場會客，只因萬爸不斷打擺子如一只破碗中閃滅的火蕊，當時萬康演了一齣戲、萬姊發了一頓火，終等到神經內科開的藥片。看護士讓萬爸服藥後，姊弟二人於九時許返回家門。想當然爾，姊弟倆憂忡討論半天，對那藥片所能提供的一般藥效很不放心。萬姊愁道：「那個新來的住院醫生一副大學生的傻蛋樣，醫學院出來只會讀書嗎？」一時之間萬康猛然醒覺，中午Z有提過如果用藥可能昏迷沉睡（這裡指的並非生命指數下降之臨終昏迷，而是擁有生命跡象如植物人狀態那種昏迷），我答說好，以為你明白了、將會吩咐下藥，但只因我沒愈加用力而明確的說好，於是你因順把病患晾著。是的，萬康懂了，對此人（或應說對所有醫師）尤須用最強調的掛保證方式講話，她等的是你作出「選擇」後用最清晰的「指令」親口告知。她屬點到為止、輕描淡寫派，棉裡藏針，藏的是一劑安定針。你沒去強調，她就算了，當沒說過，免擔醫責。萬康愧悔自己忘記網友醫師的建言，「要明確」。

之後萬姊在午夜十一點多打電話進ICU，問萬爸狀況，小醫師講：「那個藥似乎沒什麼效。」萬康接過電話講：「請不要有後顧之憂，我們只希望他不要再受痛苦，儘管下藥！就算半夜我們接到病危通知都沒關係。」電話講完，萬康要萬姊暫且安下心來：「至少他這次很誠實，講那個藥沒效。誠實是最好的答案。」是的，與其他謊報萬爸狀況還行，不如老實講，這樣萬康他們還能發起進一步的回應方案。小醫生之所以狀況外，約略是欠缺應對能力、不擅話術，畢竟以「再觀察」而把病人放著（放爛）的習慣只是這一行…行之有年的「行規」（常規）。而日昨瞞混打過嗎啡，過了也就過了，可以包容去想，那也只是一時悖慌了就瞎說，總之來打了就好。

然而，在ICU裡，小醫師接獲家屬的電話指令後，值班的夜半時光中仍不敢對萬爸注射藥物。他想等白天趕緊請示主治醫生再說，思想上鎮定劑（安定劑）這種東西他不敢妄自承擔，讓家屬去跟長官掛保證後再由長官下醫囑給他為妥。這就是萬爸的命吶。…可是，小鴿子嚴守崗位上，他看不過去。在鴿子的穿梭搞鬼下，八月四日，藥師兵團對腫王發起驚天泣鬼的拂曉攻擊。

是日中午十一點整會客時間，姊弟二人快步入內探視。一看，萬爸不再抽搐，沉沉睡中。護理長急如星火奔來，首先告知：「副院長上午親自來指導過我們，北杯現在狀況控制住。」詢問後得知已注射安定劑相關藥料。萬康欣慰，很是感謝，以和氣但斷然的心意表明兩點，請多用藥、用重藥，莫有後顧之憂，只要前提上能讓我爸…巴拉巴拉，這兩天就會走、或甚至我今天半夜就收到…巴拉巴拉。護理長未怪萬康囉唆，反用如釋重負的語調回答：「啊，你這麼說我們就放心了。」阿長自也聽人說起萬姊昨晚發怒一事，風姿綽約、明媚動人的她含笑間作安撫，勾抱著萬姊「姊姊，讓你擔心了，我們真的很不好意思」云云。阿長並主動講起：「前天沒打嗎啡其實是我的錯！我叫護士問北杯痛不痛才打。」對此她頻頻致歉。萬姊作出澀澀但友善的笑容。並非對她有意譏諷，她的誠實確讓萬康意外且感佩，因那樁事姊弟倆今日並未提起。

不多久Z醫師進來，主動對萬康略懷歉意的請示（一旁則是阿長續朝萬姊撒嬌摟抱講話），如須有效使用嗎啡和安定劑這兩種藥物將導致長眠昏睡或其他風險云云，萬康答曰我剛剛也跟阿長講過這點，巴拉巴拉又聲明一遍，並且請她務必交代小醫師如下藥猶豫可半夜來電無妨。Z表示嗎啡盡量用我不擔心，因為他有呼吸器（因嗎啡多少會抑制呼吸）。後X醫師續至，雙方亦作如是溝通，眾人額手稱慶，皆大歡喜（小悲大欣大悲小欣交集一通，不過飲料店至少都賣中杯不賣小杯）。只是，兩位醫師原先對萬爸可以再活好一陣子的評估，如今不但採取保留，而且收回。至於抽搐因果，X表示根據測出的阿摩尼亞指數，萬爸的抽搐不是肝昏迷，原因無法肯定，「也可能，…雖然這種說法缺乏科學證據，像我外公走之前，看見過世的親戚來找他，喊親戚的名字，一直抽搐想坐起來」。萬康笑曰：「但是我爸抽搐一整天，排隊的親戚也太多了吧。」或許，原因不大重要了。

安寧病房的護理長第一次來，她和這幾日負責萬爸這床的安寧病房護士，隨後亦一起加入，談到轉安寧病房的可行性。ＩＣＵ的阿長建議還是就在ＩＣＵ住下去好了（這意謂將不會按常規在患者住滿四十二天就請萬爸遷出）。安寧的護理長遂表示，此後她身邊的這名護士仍會進來ＩＣＵ照護萬爸。這位護士老家住嘉義新港，慈顏秀目的女孩，過了兩天帶給萬康一瓶精油一起和他幫萬爸抹身按摩。萬康看萬爸瞑瞑享受中不覺莞爾：「我平生還沒用過精油呢。」

晚上探視，萬爸仍昏昏沉睡。能睡，是福。

眾看官，下一回是完結篇。

第廿回 鬪雞回歸關關闖 小大團圓悄悄說

媽的，先說好，這一回廢話很多，不要怪作者啦。合著看官您都撐到這步田地了，不看我的面也要看佛面。

話說八月四日近午藥師佛兵團回抵淨琉璃世界，少不得招來迎王師的國民，尤其廣嚴城喜慶翻天，城門口一路鬧到疏空禪寺。然而鑾駕上藥師兀自入定，完全放空，任夾道民眾吵他的去。確實地，他沒什麼好驕矜的心境。相反地，打過這場血戰他愈加感到謙卑。他對勝利感到噁心，他不認為打贏，也不在意打輸。「不過是有緣出國走走，走過幾片世界又好似風景如夢」，入寺時在心裡他這麼說。不過最主要的原因，說穿了，他只想狂睡一大場。還有，他不想再罵髒話啦幹。

說到睡，這日中午會客時段，萬康見父親不再抽搐，安於睡境。晚場所見，亦然。記曰：

晚上去 爸亦很昏睡
聽說下午和傍晚曾睜眼醒來過
說是沒昨天那麼抖 但會抓臉（臉有管線）和脖子
可能是因黃疸發癢或不習慣氣切的裝置
但護士和醫生沒法認定兩者的不同

我們6點半會客的前半小時也就是6點
護士給爸打了鎮定
爸一下就睡了

我本想說 當藥性過後 他醒來後
希望你們判斷出他是癢的話 或無論如何 來幫他摸摸臉 抓個癢
如果還不行 才打鎮定或嗎啡

但我想醫生和護士會有壓力
會心想你之前說狂打沒關係、愛睡沒關係、出事不必負責怎現在又叫我們不要打？

為了怕他們混淆我的意思 我忍痛不表示意見 就打吧

他們怕我們到的時候爸又再抖了 那將使我們不悅 所以讓爸睡覺

其實爸如果不是抽搐痛苦那種 有時擺動胳臂是希望護士或醫生來跟他摸摸講話讓自己舒服些

爸 不好意思 你就睡吧 爸

我寫下「能睡是福」等句子給爸
告訴爸我們有來看他
希望如果清醒過來時 護士能拿給他看

隔天，八月五號的日場，因為腫瘤科和安寧病房的醫療人員曾經建議家屬須告訴患者罹癌為宜，萬康突然認為是說的時候了。只因時間點萬爸已進入「正式」上路的階段（或說「更正式」一；假若七月初被高度懷疑罹癌或甚至七月一日插管那天是買車票，現在就是等上車）。也或許他早就該說，試想萬爸聽了雖失望但以其個性必仍懷抱奇蹟的希望去迎戰，仍會想舉水罐、拉橡皮筋一搏的耶，別忘了他是賭鬼，相信聽牌就有「海底撈」的希望，或相信我把死神的牌扣在我手裡一定可以「打黃」（在麻將賭博中又稱打臭、博臭；逼和之意。與其說「博」不如說「搏」更傳神）。不過既然他都會搏下去，早說、晚說應該也都可。只是，進加護病房以來萬爸一直以來對自己也太樂觀了，所以沒早跟他明說使得他徒生挫折感，這樣很殘忍，也不智。萬爸的個性和心境是很難言說的，他同時懷以樂觀也懷以悲觀，把最好的絕張和最壞的槍牌都作一張抓手裡，還是那句話——這就是賭鬼。脆弱與堅強的天平上，對他來講不是平衡的問題，而是不停在相互轉化出一種力量。脆弱，也是力量；堅強，也是可愛。李道長是過來人，他兩度與死神癌魔互捏睪丸，以他的眼光和法力能研判出對萬爸此人不適宜道出真相，此一建議也沒錯。試想，如果道出真相，萬爸肯定更加握著萬康的手不讓他在每次會客到點時離去。是啊，萬爸一定超盧的，老人家（尤其他）最喜歡這種溫情戲；他這個人不會去飾演那種鐵下心來故意叫兒女先閃的父親。或許，萬康忽決今日就說，只是他不希望自己曾犯錯（尤其他犯的錯夠多了），這等於他同時做到過「我沒說」與「我有說」，就較可自我安慰。而且，以萬爸現在的體力無法拉著他不放了（不用被萬爸盧或被自己盧）。「拔，聽得到的話，握我的手。」萬康對父親開啟話頭。這場「戲」，事後萬康的日記如下（包括把藥師佛對他說過的話也轉達給萬爸，不知道這樣算不算破梗）：

中午爸算清醒著耶 多半是一種閉眼清醒狀態
因為我說聽得到 握我手 握了
早上還是有內出血（晚上好些）
有時眼睛可張開看我們
我告訴他 醫生說你多活了五年（欺騙）
（說真的也不算欺騙 這個腫瘤應很久了）
我說這個月你表現精彩 博得醫生護士佩服
我說這是光榮的戰役 你要好好退休 休息了
說菩薩會引領他到幸福地方
我說你胰臟有東西 必須檢查很久才能發現
說肝也不好 說大家都盡力了
叫他要放下
我說你會捨不得 我知道
姊一旁啜泣良久
我說我們會幫你燒香 想念 懷念
姊說請爸保佑我們升官發財

我就說保佑姊升官發財、我過得還不錯（我升官發財好怪喔）
其間爸突然睜眼望著我很久
看不出他是何用意
事後想 是捨不得 是聽到明確惡耗的難過

安寧護士 美麗慈祥的ｘｘ說要帶精油給我們
她主動幫爸按摩腿 真好的人

她建議我們錄音樂、說話聲、貓狗聲給爸在醫院聽

山豬來 但沒時間讓他進來（不預警自來之俠情）
但事後還是跟我聊天一陣
其間他突然叫我 我驚醒回過神來
一時不知發生啥事 他解釋說剛剛我們在聊天
我說阿…我忘了
然後我們兩個笑很久
原來我突然靜止不語 因為我忘記我在跟他講話 突然想到別的事情就回不來

笑完他略說你要顧好自己 這樣恍神不大安全 隨後兩人互作告辭

當時對萬爸說完那番話，護理長人在床尾附近表示，以她這陣子以來的觀察，北杯有意識到自己的狀況了。意思是說你講出來不致讓他太受打擊。萬康離開ＩＣＵ，和李道長談完話，即騎車前往探望朋友的母親。

是這樣的，這位伯母甫入住本城另一家醫院；未患有臟器方面的重症，但身子骨老是有麻煩，便聽從建議住院檢查。沿途上那真是金光閃耀，正午的夏陽。

儘管伯母從孩子那邊得知萬爸住院一事，萬康對伯母隻字未談萬爸近日的病況（關於「死」的話題在這個時候不必讓另一位老人家跟著承受）。僅就伯母個人的健康話題，就已經聊得超起勁而熱烈。這時，正巧該院一位職司醫療糾紛的律師亦來病房探視伯母，他們是好朋友。伯母順口請萬康可以把萬爸的事與這位行家談談。靠，萬康這小子，不說還好，一說就破功了，一時忘卻自己身為探病者的角色，蠻激動的哇拉哇拉一狗串。細聽這幾日的敘述後，這名五十多歲、久經江湖的律師開導萬康，其間講了兩次「除非你夠力」。律師說：「小兄弟，你如果是一般人，家裡有老人家生病，我給你四個字，逆來順受。老人家走之前十之八九都會受折磨，像我爸折騰半年，我是天天幫他擦身擦了半年，有的老人還更久。除非你夠力，像我，我爸走之前我跟醫院打點得好好的，甚至我還覺得我要求過多，給他們刁難了。再說我媽，我媽走之前，我可以叫醫生護士給我媽多少小時就打一次嗎啡。除非你夠力，不然醫生護士只當你找麻煩，還惹來反效果。對醫院來說，省錢省事，健保讓手頭上掐得緊也罷，或說他們本來就嗜錢如命也罷，他們為什麼要浪費人力和藥物在一個快走的老人家身上？」萬康理解他的話，也理解他並無打擊惡意，但對「逆來順受」四字著實是不接受的，因而熱切回答道：「但是，我們抗議後，加上藥師佛來幫我們，我爸確實就不抖了。」律師聽了頓住個三秒，一以貫之「夠力說」：「那就是……藥師佛夠力。」

行家並且建議萬康：「你不要跟你爸講什麼『好走』。時間會到，自然會走。」然而萬康適才已經對萬爸作出類似言語。不過，萬康是說「放下」，沒用「好走」（這字眼是萬康為方便起見對這位律師轉述自己對爸爸已採取的…呃，措施）。可話說回來，放下，和好走，兩者有差別嗎？…萬康認為還是有的。好走，在人還沒走時聽起來有點不甜，好像成了趕你走怪怪。放下，聽起來比較帶美感，放下可以指很多事，除了其自身的生死關，還包括不要擔心媽、姊姊、我和其他各種沒了的大事或細項。換言之，正因有彼此之間有愛，所以要放下愛。未了的大事或細項，則用信任來交互作用（用交換怪怪的，說交心又太情濫，交感還算行）。

晚上，萬爸依稀聽見萬康叫他，約三、四次眼睛勉強睜開一下就闔上，不如白天張開次數多或久。但萬爸仍可用握手發力表達，有時握力不夠則改動兩根手指。或許這只是遇到熟人的反射動作，但從萬爸努力而吃力地讓自己動作來看，似想訴說或回應什麼。返家後萬康認為他想說我在聽、我還在，幾個月後萬康回想這一幕，萬爸應該不是意圖表達什麼生存理念（即便他當然想生存），那純然只是一種反射行為，有可能可以稱之為愛。

當晚返家收到朋友發電郵問候，萬康回覆是否告知萬爸真相：「他知道了／他望著我很久／手握我們很緊／直到會客時間過了很久／仍不希望我們離去／但我們曉得他平順接受／之前便心中有底／只是他很小孩子、小動物，不捨就會表現出」

八月六日。中午把安寧護士建議的各種錄音播放給萬爸（包括那對業畜的鳴聲）。尿管期限已至，Z醫師幫他換過，但怕管子插進去尿道會疼，因而貼心的先幫萬爸注射安定劑，讓他換了好睡。由是探視時萬康叫喚和輕搖萬爸仍不見醒，睡得還蠻不錯。這天本床日班正好輪到一位好久不見的護士，也就是作者在本書第十回所寫到的那名老嫌萬爸的痰難抽的機車護士（記得嗎，花判官、黑山豬大鬧ICU那回）。也奇，她今日笑容可掬，對萬爸充滿服務業精神，大概前陣子心情差唄。離去前，萬康取過一張淡橙色的A4紙張，用三色麥克筆畫了一個小和尚、一大枝開出兩朵大瓣的花，請這位小姐於萬爸若醒來時秀給他看。萬康心想萬爸此時讀字比較累，看圖應該可以。這時曾照護過萬爸的一名捲毛頭護士主動過來幫這位小姐，也是幫萬爸，四手聯彈一起使力作翻身。捲毛頭曾把萬爸照顧得很讚，能力好，人勤快。

今日雖收到ICU書記小姐遞交的重大傷病卡，但萬爸的某些健康數據竟有起色，四日的白血球驗出三萬多，今早驗出降至一萬五。卡片外觀和原先萬爸所持的健保卡並無不同，唯內容已經電腦改過。書記小姐說，這張可用到民國一百零四年（當然她不必講實際上不可能）。

離院往電扶梯走去時，視線前方幾公尺處，一個阿婆問旁人一樓怎麼走。見被問者似反應不過來或不大想鳥她，上去幫她指引，因順一起下電扶梯，兩人閒聊兩三句。以往亦曾做點這種小小善行，但自從萬爸出事，每次做的時候萬康便想起萬爸。包括前幾天分別幫兩個女士搬機車時亦如是。其中一人的機車整個倒地上，她去牽車時發現。萬康騎車經過，上去幫忙，她的車倒在斜坡上，搬正時更加不好使力。倒下的機車看起來總像一隻受傷的機械爬蟲。之所以想起萬爸，可能認為是多幫萬爸做功德，也可能直覺到需要幫助的人真可憐（這句文法頗怪，應說「可憐的人真需要幫助」才對吧，管它的啦），或同時兼有。

晚場探視，萬爸似仍睡於太虛幻境。

八月七日，週六。日場，X大夫改口說萬爸「有得拚」，可能可以活一兩個月或更久，「即便不懂醫學的人也看得出來他可以拚下去」，當然也很難講，有的重症者說走就走。萬爸肚囊很大，腹水又累積了。也正常，惡水娘娘那種人的業障不會一下子出家就消光的，八成！判官跑去勾引她。X離去前說下週來幫萬爸抽腹水，隨後Z醫師來到，報告一個不利的消息，一隻葡萄球菌進入萬爸血液了，應是打脖子的針進去的（萬爸長期由脖子兩側輪流注射藥劑等），因脖子的針拿去化驗也有它。並說ICU的病菌最多（這句入住初期說過），這是葡萄球菌中抗藥性最為頑強的一種，目前幫北杯換了抗生素，這次擋不住，就沒別的抗生素可對付。

離去時在院內走廊上，萬康遇到萬爸六月骨折前曾常看的內分泌科一位年輕主治醫生。他週六上午有門診，放工了正提著一頂全罩式全黑色大安全帽、身著牛仔褲匆匆往外頭走。萬康叫住他，談到父親將走，他很欣賞你和神內的醫師，常說你們的好。交談中該醫師驚呼：「骨折幹嘛住ＩＣＵ！」萬康說，你們的好，我會記得，而骨科主任這個人我也會記得。該醫師覺得後一句話似有冷面殺氣來襲，趕緊無奈嘆道：「唉⋯大環境⋯」萬康說：「嗯，我知道。」接著說，我爸插管那陣子，醫生過來，他會伸手對醫生打招呼，住院的病患很需要醫生摸他的手。這年輕醫師眼神露出感傷，真情點頭，似有哽咽。萬康覺得演太久很肉麻，作出結語，你和那位神內醫師對他好，他記在心裡。完了從而握手道別。合著萬康自己想摸對方的手，哈。

回程中萬康去訂花。ＩＣＵ表示允許帶花進來，萬康稱喜，主動表示將花示出給萬爸後順將攜回（以免讓ＩＣＵ增加不可測的細菌或花粉）。萬康猛想起八八父親節就在明天故生平第一次送花給萬爸，也可能萬爸生平第一次有人送花給他。往昔慶祝方式即帶他去吃經濟牛排（喂，人家「我家牛排」好歹是有店面的耶），或涮涮鍋（因為可以一直丟東西下去），萬爸總埋頭狂吃，樂不可支。萬姊有時另外會意思意思包個紅包給他。

這晚，探視回家後，萬康把停工八日的《道濟群生錄》叫出來，隔日凌晨完成第九回的進度，上傳。

八八節，週日。這天為萬爸共計舉行三大活動，獻花、獻樂透，以及西藏「頗瓦法」。是這樣的，兩年來萬姊半認真的接觸了藏傳佛教，一度差點隨朋友共赴西藏聖地，但怕自己萬一來個高山症發哮喘而作罷。在萬爸準備上路的這段期間，嗟呼，萬爸的癌孽越大，萬姊的佛緣越大，尤密集接觸同修，從前曾接觸的一位在台受供養的仁波切，再次經人媒介而取得聯繫。頗瓦，藏文意即神識的導引和轉換，此一法門對不久於人世者有正面輔導推力。萬姊盼仁波切來為萬爸做頗瓦法，讓萬爸放下、好走；能從容的走，並能往好的地方走。護理長蠻爽快的答應讓仁波切進入加護病房，前提是不擾及其他病患。這沒問題，仁波切並不採道士搖鈴的路子，故而只須將床帘拉起擋住即表尊重別的患者亦尊重萬爸本身。這不會吵到隔壁床曾多次聆聽基督徒兒子吟唱〈奇異恩典〉的老婆婆，因為她這兩天已不在原位。萬康沒問醫生護士她的下落，怕多嘴失禮貌。

在一般病房各床病患和家屬較容易有交集或友誼；在加護病房各床都嚴重，病人們幾沒法開言、下床，何來病人與病人間之相處；家屬們則彼此不說也罷，如此嚴重了還能再說什。嗯，除非很有機緣，好比某一床一位從遙遠城鎮轉來、五十歲出頭的女病患，其子快三十歲，從家鄉跟過來，與萬康彼此算有話講。這孩子常在會客以外的時間仍獨自在病房外禱告主耶穌。

中午攜花束入內，見萬爸睡眠中臉上有病苦為難狀，渾渾噩噩中肢體略有顛顫。詢問後得知鎮定劑暫時停掉，僅打止痛。護士表示，醫生見萬爸這幾天比較穩定下來之後，希望萬爸有時面對家屬能有點精神和意識。萬康明白，這是院方的慣性思維和行為，也是他們對病患和家屬的美意；無論家屬怎麼掛保證，院方仍怕家屬突而吃錯藥心情丕變，用滋掰臉色抱怨病人怎麼老是醒不來、特來作短短四十分鐘探視卻無法與之溝通是怎樣哇。當下萬康心中嘀咕，何苦多慮，該打要打啊，講過了不讓苦寧讓不醒。然而他未作表示，決尊重和信任醫師，他們以其專業認為打多不妥，而有所衡量吧；既然我交代過，爸很不行的時候他們應會立即施打的，現在的難受狀對他們來說是可以接受的「正常」現象，畢竟爸爸是——病人。

之後在姊弟二人的撫觸按摩後，萬爸略漸舒緩，神情、肢體皆有順下。萬康捧花搖他幾次，他一時醒轉片晌。萬康趁機講父親節快樂，並出示預製的標語。「這期有三億！」趕緊再把兩只財神爺圖案的小紅包袋交他手中握住。內藏樂透彩券八注，分置於兩袋握起來比較厚實，更有手感。並告知兩天後、週二晚上開獎，我會幫你對獎。不過萬康無法分辨萬爸是否能分辨。萬爸聽識和意識很模糊，手「語」能力亦消失，似無法還以毫許力氣相握。之後萬康將彩券取出，將空紅包袋貼在萬爸可能清醒時可以望見的地方。捧花離去前，姊弟倆幫爸爸剪過手指甲。萬爸的手指甲大而好看，佛指乎？

他們先行返家，下午兩三點依照與護理長、仁波切三方議定的時間方行重返ＩＣＵ。萬康停在路邊，在轎車裡等待萬姊進入某幢公寓去接仁波切。須臾，一披袈裟的僧侶現身，萬康一望，其英采、相貌，竟似地藏菩薩。頭型超好看，鼻挺如金城武，眼瞳溶溶發亮，皮膚白皙，氣質之好。此仁波切完全有在台騙色的實力啊！然而人鑾有修行者的端正法相，萬康見了他頗感放心。

近年西藏密教海內外大行其道，萬康向覺凡流行物象必有其大謬，故而行前還蠻怕萬姊著了妖道。

且說進入加護病房來至萬爸床邊，拉上床帘子。萬爸自顧闔眼，仍於渾噩蒼茫中，意識若有似無（傾向後者）。萬康替父親裝上助聽器，但未喊一聲「拔」。萬康思忖讓爸不知道僧侶來為他做頗瓦法，搞不好更有效果。不過仍好奇萬爸的清醒度，便嘗試拍他三四下，沒拍醒，一回身尚未站定，仁波切已快一拍熊熊發動！毫無啥暖身動作或來個「我們要開始嚕」的開場白，倒也是酷。只聽得一連串啵嘰咿咪的唸頌聲幾無半個逗點源源滾來，萬康鴨子聽雷，但清音莊嚴，不難聽。姊弟二人立定合掌。這一趟下來時間蠻長。其間，萬康的眼角餘光發現仁波切唸唱一個段落後取出一小本子，就這麼接力反覆翻閱唸頌數遍。這本書從眼角的錯覺恍若童話繪本。仁波切有時用小嗓猝然發出一聲短促的尖叫：「喔！」像是女生洗澡被偷看的尖叫那樣。啵嘰咿咪潮浪湧瀉排山倒海一陣，過一會兒忽又喔一聲，但略為小聲些，幾秒後再起一小聲的喔。萬康幾度以為事畢，他卻將本子翻回頭再來一趟，從而過一陣子後又起尖叫，如此這般迴旋輪轉。倏忽！萬爸將一隻胳臂高高舉起不落，上下臂一氣通貫高舉至少五、六十度角。萬康驚疑，萬爸這般閉目揚晃手臂良久，欲扶住什麼，欲叫喚什麼。顯然，他接收到什麼，正對所感應的對象聽口令、打招呼。更顯然的是，萬康只能險險亂猜。萬康研判很有可能是痛或不適，必須抽痰？或被子蓋兩件太多？身體癢？想叫護士，或希望我們來握他的手？接著，除了揚手，萬爸也開始摸身體。今日本床護士雖非日昨第十回那位，卻是六天前拖著老半天不叫醫生給萬爸打嗎啡那個傻氣姑娘，萬康對她的照護能力難免不放心。萬康決定不上前，這可能是萬爸專注於感應的神奇夢幻瞬間，他忍著沒去握他手、或下掉一條被子、或幫他抓癢，就像前鋒接獲一記漂亮的傳球，仍得自己盤個球起腳才能破網，生死走到這一步，爸你得自己來。唦嘰咿咪，唦嘰咿咪，萬康不知頗瓦法何時才告結束。也就在他不曉得何時結束的時候，仁波切趨前一步望他示意，好了。萬康好像對「時間」頓悟出什麼。

回程，對於萬爸是否有所感應，仁波切不置可否。仁波切「只好」說，平時就要修，頗瓦法的效果才更佳，如此有可能不必臨終就望見阿彌陀佛和觀世音菩薩。

晚上，萬爸的苦狀減少頗多。這位小夜的護士能力極強，挺著圓尖肚皮，身懷六甲，不妨礙其心法手法之靈巧。姊弟倆幫萬爸翻身伺候過後，護士在萬康面前兩下子用各種墊褥將萬爸的身體四肢與床鋪之間配置得緊實安穩。她會主動講今天幫萬爸做了什麼，好比幾點幫萬爸打過止痛，萬康問嗎啡嗎，她說是，這讓萬康聽了好放心。說來止痛針分為數種，其中最威的屬嗎啡。在她的建議下，萬康去藥材店買了兩小盒的氣切帶，這個可買可不買，但或許讓患者更舒服些。萬康心想，如果用不完，就捐給醫院轉用於之後需要的病患。

八月九日，週一。日場。最新動向，萬爸的腎開始走下坡。X醫師翻案，你父親這幾天就會走。白血球和黃疸也高上來，前者數字二萬五，後者破不祥的二十大關，二十一點幾（這陣子曾從十九點幾降到十八點幾，竟然hold住；這個約莫是三天驗一次）。萬爸臉色不佳，精神卻好；那種精神是一種亢進，眼睛張放許久，收不下眼皮，像瞪著死神的一種慍怒。幾個月後回想起這眼神，萬康認為與其說是慍怒，不如說他在忍受。他在調動他最後的元氣抵擋痛苦，他正專心同死神壓手膀，比腕力。是的，他很拚，他在拚。不定然與看開不看開有關，而是病痛來的當口上，看開不看開都不能輸。是的，是戰鬥的本能。對懂戰鬥的人而言沒有好戰與否的問題。經過姊弟二人一撫摸照護，萬爸立時鬆緩。幫他兩側的背都翻拍過，並抹嬰兒油和精油以按摩兼運動肢體關節。

在醫院大廳補蓋一個章子後，萬康去郵局把這張〈醫師診斷證明書〉遞上。是這樣，政府針對榮民一年兩次發放終身俸（退休俸），原本七月初這期的款子就可以下到萬爸的戶頭，但近日郵局來電說少蓋一個章煩請補送。萬爸是上士七級退伍，半年一次領近十二萬（平均一個月快兩萬）。七月一日萬爸插管搏命，萬康料阿爸一定掛記這筆，曾附耳陳詞款子會幫你去領。用意實是給萬爸一個撐下去的理念。撐過了，彷彿得到十二萬元現金回饋。萬康邊走路邊想像自己在寫濫情文案：「一個老榮民用他的肉身完成他最後一次幫家裡賺錢的心願。」回醫院停車場時，烈日中院門口一帶的屋簷下，望見一唐氏症孩子兩條腿撇攤個大八字坐地上納涼。嘿，這孩子萬康在五天前（八月四日）傍晚來探病途中曾有一遇。

彼時萬康將機車繞到待轉區準備轉往院區，見路旁騎樓下此娃兒正向行人兜售貨品。萬康把車頭挪擺，推去他身邊停下（因為此娃是朝路人、而非朝駕駛兜售，站的位置離車流尚有一小段距離），問他賣啥，只見是主婦用品抹布毛巾之類，各件一百元。萬康想我都用不上，選了半天沒主意，卻見一把剪刀混在其間。問多少，對曰一百五。要一百五喲？萬康嫌貴又欲買。孩子立刻爽快說：「沒關係啦，算你一百。」萬康敬賞其阿莎力，頗會做生意，銀貨兩訖後道：「辛苦了。」即騎走。後來跟朋友阿蕾順口聊及此事，蕾說你這樣講不對啦，唐寶寶很有表現欲，喜受誇獎，你該說「你好棒」、「你好聰明」才對。萬康扼腕，我真不會說話！說來這阿蕾曾在特殊教育單位工作多年，其見解自有其專業。

今日二度相遇，萬康繞上前，見其身邊地上一個做生意的大提袋，及一巨瓶礦泉水。顯然生意做累來歇個腿。萬康趕著把重點道出：「嘿，前幾天我跟你買過剪刀，你很棒，很會做生意。」唐寶寶一副記不起狀，又似乎灑脫到、酷到記得與否俱不重要，瞬間卻從包包翻出一塊抹布遞來。萬康笑曰：「我下次再買。你好好休息，你很棒。」唐寶寶似有點喪氣又懶得灰心，瞬間回復原大八字坐姿「入定」。合著唐寶寶心想你肯定我賣東西的行為，那麼繼續賣東西給你就代表我又棒了一次。萬康這廝有點小氣，心想咱倆定容易遇上，下次再買不遲。然而，再也沒遇過。或許是個懲罰，哇哩咧，當晚萬康的機車就壞了。上個月買的二手機車。

晚場。孕婦護士嚴肅的提醒萬康：「你們都有準備了嗎？」萬康表示有的，已著手整辦身後事。哇，萬爸睡得好香，竟然打呼嚕，那是一種敞亮透頂的鼾聲，就跟他在家平時夜裡的睡況一樣的爽。臉膚紅潤有光澤，充滿法喜。或說是個睡得香沉的大胖嬰孩，那萬爸體重還是在，並未如一般癌末病人那樣瘦下。護士報告，X醫師下午幫北杯來抽出腹水二千cc，事後她幫北杯打了鎮定讓他好睡。少了這約莫兩千克的重量，萬爸依然福態卻見輕鬆。護士平靜問，你們會考慮幫北杯洗腎嗎，萬康表示無須，護士輕輕點頭說她亦如此認為。接著Z醫師到達，詳細解說如今唯有洗腎一途方能延續萬爸生命，萬康沒打斷她，讓她把應盡的醫職義務表述完整後，回以否定的答案。Z聽了說：「嗯，這是一半一半，醫療上必須做，但現實和人道考量就不要比較適合。」不過在消除萬爸手腳水腫方面，萬康把單子要來簽字，申請注射相關藥物。Z表示她不會建議使用這個，如今不打沒差別，病人無暇顧及水腫這種小不適，且打這個有可能讓腎更弱些，打了只讓外觀好看。萬康問如果你是家屬會怎麼做。她答，如果經濟許可，會。於是萬康決定用下去，合著萬爸腎本就弱下，多弱一點或多好一點均無法影響全局吧，而打這個確定可以消水腫（以前打過很有效果），能幫萬爸做多少就做。萬爸這人平時蠻注意形象耶。回程中萬康轉去夜市，買了三片佛教音樂CD，現在這些音樂做的還蠻優美高級，編成國樂或兒童唱頌。車快騎到家時，電門故障。

八月十日，週二。日場。雖作沉睡不醒（省），萬爸依然舒服狀，偶見像連續劇中睡覺者的咂嘴動作，頗是反芻或說回甘之享受。給萬爸接上耳機聽新買的CD後，Z醫師快步走來，然語氣持穩，開口頭一句話：「最快會在今晚。」她表示兩天來尿液僅一百cc，預估生命儀器上的幾種數字在晚上將陡然下降。萬康這幾天曾表示老太爺臨終前剎那將接回家讓他在家中嚥下最後一口氣，這時便再行商議和確認。X醫師來到時Z不在場，萬康轉述Z從腎功能作出的整體評估，X說：「我看不會。因為我是看pH值的酸度。」萬康道：「還不夠酸就對了？」X表示亦可如是說。那麼你估還有幾天？X說真的不一定。之後X指著床下兩瓶液體，萬康這才發現此物。X說這是萬爸的腹水，很乾淨、沒細菌，以及可否贈給醫院用作病理研究。萬康應允，這樣我爸又多一種貢獻，對了需要器官捐贈嗎？X說不用了啦，你爸爸不適合。不久安寧病房的護士前來，由於萬康每次來的時間不一定她都在，萬康當即笑曰：「太好了，這是大團圓。」這位護士幫北杯按摩時，阿長過來，與姊弟談及救護車運送事宜等，並請安寧護士對萬爸做淋巴按摩。

運萬爸回家，這自是大事，萬姊日前皈依仁波切已成正式佛教徒，按佛教規矩或一般台灣民風頗重視將住院親屬接回來在家往生。在技術上，這樁事必須搶到時間點，生命徵象的數字一掉下來快如遊樂場的自由落體載具，盡可能要讓萬爸最後一口氣撐到回家。如讓萬爸提早運回，不就結了嗎？那當然不行，院方有其醫責和規矩，人沒要走、數字沒掉，你不能主動將萬爸摘除呼吸器讓他送死。可遲走一兩步的話，病人又容易在途中就斷氣。是沒錯，早斷、晚斷總歸是個斷，不差幾分或幾秒，可人這時候總盼個「完美」。適才Z曾表示，會給北杯留最後一口氣回家，即便可能半途沒生命跡象，但最後一口氣還是會在肺裡。等到家，護理人員把替代用的氧氣球拿開，最後一口氣送出，就完成。問如何確定走了，Z答曰以指探其鼻息。至於北杯的氣切口，形式上會幫他縫一針，讓身體完整。萬康問，縫一針會痛嗎？Z微微一笑搖頭表示這個時候不會了。不知為何，萬康總覺得爸爸會痛，但講出來是為難人家。

中午回家後先推機車送修。那黑手阿瑞真是心熱，與萬康並不相熟，然聽萬康講這部車不容延緩，這兩天俺爹可能有狀況，二話不說趕緊修好。這青年常穿一條迷彩長褲，那是他海軍陸戰隊服役期間的紀念。萬康這人素來有一哲見，當兵時光的軍服不但帶出來、留下來，還穿出來的人，品行一準沒話說，憨正耿直。

續而萬康去他們家附近的木材行，購買一塊床板。它將被放在客廳的幾張矮桌面上，成為一個「床」。鋪好素淨床單，讓萬爸的身體放上來。客廳比萬爸的臥房寬敞，這裡好讓大家當天圍繞萬爸誦經八到十小時，然後就在這裡封棺。萬康把床板扛回家時，手機響起。萬康放下床板，作家駱以軍打來的。前一晚萬康發簡訊問他佛教相關事宜，特回電解說。

駱父前幾年往生時，因駱母虔誠，治辦嚴謹的佛教規矩，故而駱以軍有⋯經驗。駱父命蹇，生前插管躺床上約三、四年，走的時候七十多歲。二零零一年駱父曾受過兩次插管的苦刑，第一次是在大陸旅遊省親時於旅館突然小腦中風，大陸醫院插的。駱以軍趕往搶救，兩三週後將駱父抬上救難專機起飛，回台灣某醫院又插一次。上個月中旬，他在電話中說起這第二次，父親掙扎著，而他用力把父親按下去時，雖事隔多年仍微起半秒哽咽。電話中尚且講起父親在台被某醫院趕出，一時急著託人找到床位終還是被趕出、轉進療養院、又接回家由他母親照料的坎坷過程；以及他父親幾年來幾近植物人昏迷狀態（有時忽然像聽懂他們說的話或自己發出胡音）；以及他媽媽莽撞責備前來為父親弔喪的過去一批學生在老師臥病幾年來全部不來看一次（他說我媽真是的，萬康說你媽很屌哇）；以及，他談到護士工作辛苦賺得少，難免有些護士作風很粗硬（望萬康理解人間本就如此無奈之意）。駱以軍於兩千零三年出版的《遠方》一書，細述偕駱母飛往大陸營救駱父的過程，讀來謬人心弦。

那野鴿子還在，翅膀上貼著紗布。看官你說怎的，原來藥師佛發起上刺刀招呼魔軍時，兩軍肉搏幹架，小鴿子好說也算佛兵一員，信鴿搖身一變成鬥鴿，衝飛搗蛋一場，啄敵兵屁股或拉鳥糞亂甩擾亂視線，混戰中他也掛彩，所幸皮肉傷不礙事。

卻說鴿子擺平雙翼間一個滑降，飛至藥師眼前一段距離喊道：「就來了！」藥師疾行於一片石灘上，答曰：「知道了。」鴿子順而一個迴旋升空遠去。不消多時，鴿子引阿彌陀佛來會。阿彌陀佛笑吟吟正要寒暄，同時指著自己臉上的金珠欲解釋何以延誤，藥師先開言道：「路上再說。」即讓鴿子引路，兩人踏入另一世界。行間，阿彌陀佛講，稍早我正在修面，額頭、人中、下巴、耳朵上打的洞孔到期，要把珠環拆下來，作顏面衛生清理，一併擦拭珠環上油保養，再把珠環重新安裝上。弟子好心，建議多打一個耳洞更為帥美，於是耽誤一點時間。藥師佛嘆笑：「自從人間流行龐克風，滿街上都是佛，我反將珠環卸下，素顏示人。」阿彌陀佛道：「你管他們，況所謂人間佛教有何不好，咱們耳垂長這麼大不多打幾個洞何苦？」藥師這時忽想起一事問曰：「咦，說好不是觀世音菩薩一道來嗎？」阿彌陀佛道：「他超忙的咧，先去別處度人，一會兒過來。」二佛就這麼一路聊到目的地。

經鴿子引至醫院大樓某樓層的一扇窗外，二佛便翳入。之後齊發金光，欲將萬爸照醒。那萬爸只作鼾雷，渾然不覺。阿彌陀唸了聲咒，臉上的金珠射出更強的光線，萬爸這時悠醒。藥師向阿彌陀輕笑：「還是你行。」萬爸揉揉眼，揮手作禮問說道：「兩位好，也是萬康的學生嗎？」兩佛相識一笑。自是萬爸住院以來，他兒子的學生或朋友，有的發心茹素一個月為萬爸祈禱，有的天天早起誦經數小時，有的親至醫院探視他老人家。藥師將手作邀介紹道：「老先生，這位是來接你去西方極樂世界的。」萬爸定睛凝望不語。阿彌陀佛道：「我叫阿彌陀。」萬爸驚蟄，忙雙手合十：「阿彌陀佛！」藥師端莊拍撫萬爸肩膀，柔聲道：「老先生，是時候了。」萬爸不語。藥師會意，道：「這是你的福氣啊，老先生。」萬爸鎖眉搖頭。藥師道：「我同你兒子說好了，你放心。請阿彌陀佛來一趟不容易，一般人還沒有。」萬爸忙問：「萬康怎麼說？他要我走！」藥師道：「你的皮囊沒法裝你囉，你得上別的地方住去。」萬爸道：「轉院嗎？」藥師道：「往生。」萬爸頓時鼻酸道：「真的無藥可醫了嗎？」藥師道：「這個我可以答覆你，我率兵大戰魔頭百餘回合，兵已用罄，換得你現在有病但無痛。」萬爸不滿間質問：「你是誰？」藥師佛道：「藥師。」萬爸勃然大怒：「你才要死！」藥師沒好氣道：「藥師，不是要死，我中文這麼不好嗎？」阿彌陀一旁笑曰：「是有點印度腔。」藥師燦笑，遂向萬爸道：「合著我也死過，死，沒什麼大不了。死，是生命的完成。」萬爸倔道：「我不要完成。」藥師道：「是生命的完整。」萬爸盛氣凌人道：「我要活到一百歲！」那鴿子始終侍立一旁聆聽，這時發現場面陷入沉寂，歪著腦袋瞅著大家。阿彌陀輕拉藥師衣角，示意你這套不行。

阿彌陀用佛指輪轉下唇底下正中央的金丸，把光度調柔，對萬爸道：「老伯，往生真是一件美妙事，並非每個人有條件有辦法可以往生的，許多人這一走就掉下去了，掉到地獄。或是走不了，只能在人間漂泊。我帶你去的地方非常好，在那邊你沒有病痛，一身就像藥師佛這麼乾淨。」萬爸道：「人間有什麼不好呢？好多好吃好喝的，我多麼想痛快吃一頓啊，我一個多月沒吃啦阿彌陀佛。」阿彌陀道：「不用吃喝，就能快樂，這種快樂你不好奇嗎？」萬爸大聲曰：「不會！人不吃喝不可能快樂，我每天早上起床泡杯即溶咖啡配個活包蛋（萬爸講「荷包蛋」都說「活包蛋」），或吃碗萬康買回來的豆漿、燒餅油條、小籠包子，完了看報紙一早上，這個才叫生活。我辛苦一輩子存到這樣的晚年，我得多活幾年，把福享盡了那我跟你走。」阿彌陀佛含笑：「盡？」那小鴿子這時發腔，問那萬爸：「你還喝咖啡？」萬爸道：「以前在空軍作戰司令部第十三航空隊我當駕駛士官，隊上的美軍喝咖啡我便學上了，我還學了橋牌，打得比洋鬼子好咧嘿嘿。後來萬康講美國人不懂咖啡，帶我上義大利咖啡館喝卡布嘍囉，真好喝！」鴿子道：「是卡布奇諾唄！」萬爸自顧沉湎道：「那是偶爾啦，不喝那個不打緊，我早上泡杯咖啡，用萬媽買的三合一隨身包，自己來就好。拆開包裝，倒進杯子裡，對水進去（「加水」他都說「對水」），咖啡泡泡浮上來，這個叫浮生美幻吶。這幾年我沒再喝，看報上說咖啡因多了對健康不好，那為的就是多換幾年歲月。不喝無所謂，嘿嘿我吃喝別的還是爽樂，萬媽隨便弄我就吃得夠。我三餐也改兩餐來養生，萬康叫我多吃我還不要。為了活我下了這麼大工夫，換來這樣這算夠嗎？哼！我不怕的，一個多月來我沒吃不打緊，因為我相信北風北我一定翻盤，到時候萬康再帶我去吃牛排！完了店裡還有免費的冰淇淋吃！萬康說要帶我去吃貴的牛排，我一次也不要！那太貴！我吃起來都一樣！就算不一樣也太貴了！」藥師佛邊聽是邊搖頭，孰料阿彌陀卻朝萬爸道：「醫院內有一小咖啡館，我請你喝杯咖啡。」萬爸驚喜。藥師忙掣住阿彌陀：「你這是犯規！」阿彌陀笑曰：「言重，至多違例，不算犯規。」阿彌陀遂朝萬爸道：「可講定了，喝完卡布嘍囉，隨我西行。」萬爸咬咬嘴唇，道：「我願意。」

話說在咖啡館，阿彌陀佛好意，替萬爸點了咖啡又主動加贈一塊起士蛋糕。東西端上桌來，萬爸喜不自勝：「每次萬康買這種蛋糕回來，我看哈嚕趴我腿上想吃，忍不住都掰開來讓牠吃了大半塊。」說著笑曰：「好想餵牠吃東西喲…」同桌的藥師佛啜口咖啡，專注品了品味道，抬起眼對鴿子道：「好喝，咖啡確實是好藥。」鴿子來回跳在自己這杯的杯緣上，歡樂道：「聽說用鴿子奶打成的奶泡，加進去更香。」阿彌陀喝的是特調，品後道：「極樂世界到處有這種泥巴。」一陣過後，萬爸那杯只剩一口泡沫，卻不喝掉。二佛明白，皆默不作語。阿彌陀將腿在桌子下碰擊藥師，意思是你先說話。藥師斜瞪阿彌陀一眼，回過來朝萬爸諄諄說道：「老尊翁，你太留戀。你知否，你本天上一雄雞，觸犯詐賭天條謫落凡間歷劫，老君和釋迦牟尼原本七月初就欲接你回去職司仙雞崗位，陰差陽錯你留了下來。我和阿彌陀此番前來，已同判官打點過，我作保人，簽了名，讓他把羈捕令帶回去銷案，條件是你好好同阿彌陀佛走，不讓你的魂靈流落凡間。如你不走，我不好交代也罷，判官回頭還得抓你，到時候你就上不了極樂世界，下的是冥河地府，到時候他們怎麼審你，你只能看著辦。」萬爸道：「在人間我除了那老習慣，想試試自己手上功夫是否靈巧，調皮偷換張牌訛點小財，沒幹過大壞事啊。」藥師道：「那也是你在說。就算自問無愧，假若檢調顢頇，律師奸滑，判官昏庸或偏逞酷吏，審出來的結果非同小可，我可是去那邊參訪過，犯人所受的刑虐只怕超過人間的戒嚴時代。」萬爸道：「…沒這回事，你在嚇唬我，你是在逼我走。」阿彌陀這時合掌頌出自己的名號：「阿彌陀佛，我很慈悲。老伯，不瞞你說，你尚有一兩個月時光可留，但若屆時方走，我業務繁重，日子恐怕排不出來。藥師佛為善不與人知，幫那張萬康一個忙，特來懇請我於此一良辰吉時接引你。我們不逼你，你可以自己決定。我對張萬康沒啥不好意思，究竟他的緣與我隔一層。」萬爸盯著杯心不語，暗自計量：「還有一兩個月，以拖待變，恐有轉機……這兩天我身子清朗不少，到那時順勢一個鷂子翻身……還是我現在就來個雁子斜飛，跟你們走……」藥師讀出萬爸正在算牌，怒極，白了阿彌陀一眼。阿彌陀驚覺越說越錯把事情壞了，頓時淚眼婆娑，兩手環抱在自己胸前十分受難狀。萬爸驚問：「你需要插管嗎？」藥師看了搖頭，對阿彌陀說道：「你這又是何必，你生為高等佛類豈能如此沒擋頭。」阿彌陀以哭腔對萬爸道：「你知道嗎？你欺騙了我的感情。」不意萬爸拍桌喝斥道：「你們才在欺騙我！根本沒有極樂世界！)))))))」那鴿子吃不住這一聲，羽毛剉落，驚而飛離桌面遁出咖啡館。阿彌陀緩口氣，立時就止住哭泣，難不成適才哭假的。阿彌陀道：「老伯，如果沒有極樂世界，我——又怎麼會在這裡？」藥師一旁聳肩道：「還真是大哉問。」

如此這般人力與佛力拉鋸又一段時間過去，藥師心生一計，用念力輸送向阿彌陀。接獲後，阿彌陀即朝萬爸拂袖起身：「你我兩不相欠，你無福消受，我亦無緣度你，你不必跟我了！我走！」才作勢欲閃，萬爸惦惶張大口，人一走出門去，萬爸無助大哭，不能自己。藥師道：「阿彌陀脾氣很硬的，可你願意聽話，我幫你懇求他回來。」萬爸癡癡猛點頭：「願意。」一會兒阿彌陀轉回咖啡館，笑曰：「你哭什麼，我只是去上個廁所。」萬爸收淚問道：「我好久沒上過廁所⋯⋯」藥師勸道：「阿彌陀佛，我佛慈悲，接尿管、穿尿片的苦，我瞭。可人家護士、看護也是努力伺候你老爺子一場，人家早班的護士一早來還幫你在床上洗身擦澡，疼你著的。」萬爸道：「有道理，那我跟她們交換。」藥師氣結。這時一個水靈亮麗、穿著吊帶襪的女僕過來問：「先生你們要續杯嗎？」萬爸詫異問她：「你是作戰司令部的？」女孩訥訥不解。藥師道：「不續！」女孩又問：「那要外帶嗎？」藥師很想站起來飆髒話，但自從打仗回來他告誡過自己別再粗口。那女僕自討沒趣，便欲將萬爸的杯子收走告退。萬爸兩手抓緊杯身，放聲高喊：「含我大鳥！」那女孩嚇得花容失色跑開。回過頭來萬爸對二佛以江湖人士的口吻抱拳作揖道：「十幾年前，看完我愛看的那套『叩應』節目後我去睡覺，半夜嘿嘿時常爬起床來，摸黑偷看第四台放的A片。啐，政府很差，這幾年都不讓放啦！不過半夜我還是有毅力醒得來，除了拉尿、去關萬康的電燈，拄著拐杖回來，把毛毯上的貓咪稍微蹭開，就躺進溫柔鄉裡看電視。有一兩個頻道的女孩穿很少，雖然沒脫光，只在大海邊走來走去，還是很好看！電影台的三級片把露點的地方剪掉了，但我沒在怕的，摟摟親親的動作還是好夠味啊！……極樂世界有這個嗎？」藥師頹喪道：「本來我還想說你不貪心的。」那萬爸末了這句問的是極樂世界的掌櫃的，只見阿彌陀擺出嚴峻臉孔道：「張濟，你願意隨我走，我這才回來的。」萬爸道：「我願意，可還有一件事。」二佛不解。萬爸道：「羅透。」原來他的湖北腔，「樂透」發音「羅透」。萬爸且說下去：「今天禮拜二，晚上開獎。如果三億裡頭中個一百萬，嘿，醫藥費、喪葬費付完了還可以留一筆給萬康。阿彌陀佛，我不貪心，我不奢盼ㄉㄡˊ得三億。」

話說逼近晚場六點半會客時間，萬康、萬姊在加護病房外等候一人。對方聽說萬爸晚上可能會走，從鄰近城市趕路馳來。此人是名志工，萬姊透過友人得知某一佛教精舍，配屬多名專替臨終者及其家屬作輔導協助的志工，這批師兄姊大多是退休人士，學佛習法、受過訓練後像消防隊員隨時待命，免費出勤，一叫就來。他們除應援此事，亦於逝者絕塵當日前往喪家誦經助唸，錙銖不取，茶水亦自備。萬姊不知來的人是誰，就像消防隊或救難隊派誰來你不知道，這好比一種隨機抽樣，重點是品質保證就好。來者準時到達，是位六十歲上下的男士，ICU廊上三人速坐定，詢問萬爸的年歲、背景，得知是榮民，順問軍種，萬康曰空軍，那師兄說我也是空軍退伍，你父親哪裡退下來的，萬康說空軍作戰司令部，師兄訝異一聲我也是，我也是從這裡退下來，蟾蜍山下對吧！然而他沒時間藉此發表任何因緣說法，緊接著剴切表述此行任務：「人一生最重要的就是這個時刻！」

志工師兄希望萬爸走的剎那，阿彌陀佛就能把他接走，對這一剎那師兄很在乎。生命停止這一剎，沒能被阿彌陀佛接去往生，下來就比較繁瑣，超度就更加重要（必須不斷超度以免他的靈還存於人間受牽掛）。此處的「往生」意義嚴謹，與一般說法上將「死」泛稱作「往生」自有區別；可以這麼說，往生一定透過死，但死不一定會達到往生。師兄說你們這對姊弟鑾鎮定，必須保持下去。略談不久後會客時間到點，他隨萬康進去ＩＣＵ。

來至萬爸床邊，萬康和師兄附耳輪流喚他，萬爸僅眼皮瞇瞇開啟不到半秒。似無意識，但氣色之好，如不動臥佛，堪稱舒泰。萬爸迷迷茫茫，萬康介紹這位來訪的師兄：「拔！他也是作戰司令部的。」萬爸沒反應。師兄知道時間短暫，一來萬爸將走，二來那萬姊仍在外頭等著換人（規定一次開放兩員入內探視），搶時間對萬爸講了幾句，約略是美言你這對兒女很好、跟著光、跟著阿彌陀佛走云云。隨後萬康趨前告父，該通知的人、該做的事，我們會做到，不用擔心。萬爸仍睡他奶奶的，沒反應。師兄贈送萬爸一個約莫同「屌碰」（dupont）打火機一般大小的袖珍唸佛機，會不斷反覆吟誦佛號「阿彌陀佛」僅此四字。萬康依照建議將之放置於萬爸耳畔枕頭上，另用日前朋友阿蕾提供的小耳機線連接到爸耳道內。師兄說其他複雜的經文全省了，越單純、越有力，且你父親平時對經文陌生，聽那些恐他嫌吵。倒沒錯，向來萬爸廣義上是佛教徒，晚年尤常讀些佛學小品，但對讀經、朝山、打禪七那些向無興致或好奇。

這場探視結束，姊弟返家籌備前，與等在外頭的師兄又進行一次討論。他說你們表現很好，我遇過很多家屬，十分慌亂，情緒失控，切記爸爸走的時候你們和媽媽都不要哭，這樣容易妨礙他往生，如果哭的話注意，眼淚不要落到他身上。隨後師兄俠客般迤邐而去。

然而，萬姊一回到家不久，情緒便十分波動。萬爸可能當晚或半夜走，如果ICU電話打來即要出動，壽衣送去，穿好人接回家。萬姊對辦喪事的大嬸蠻有意見，認為晚上她帶來的那套壽衣一式七件，夏天穿這麼厚豈不是讓萬爸的大體於誦經八至十小時間容易腐臭。大嬸說你不是交待要對你爸爸周到嗎，難道是嫌貴（這句是於私下對萬康講的，當面她不能這樣嗆萬姊）。萬姊認為不是錢的問題，這是生意人趁機敲詐。於是萬姊大呼小叫給了大嬸眼色便跑回房間拒絕討論。此外萬姊一直反覆強調她欲辦純佛教儀節，認為一般民間（包括大嬸）的喪事禮俗配套屬道教，大嬸覺你哪有我懂，況你家沒辦過喪事，兩人間少不了擦出火花。萬姊有些看法或說直覺很對，譬如希冀家中靈堂從簡、童男童女這兩個小偶何妨取下（那一對怪陰的），不過每樣事動輒「我們那派」掛嘴上，似顯執著。萬康告知佛教中國化之後佛、道融混很難一一去分，心到就是禪。萬姊自懂這個基本道理，對道教也很信（前陣子常跑行天宮，早前保安宮也是她建議萬康去的），但想必她覺得皈依「我們那派」就要照規矩來否則就不算皈依了可不是。萬康認為這是萬姊的誠，畢竟爸爸只死一次。萬康私下告訴大嬸，她（姊）很在乎的地方就必須聽她的；不在乎的人（我）就聽在乎的人的意見。那大嬸自知是做服務業，允言配合。萬康告訴萬姊：「我們要有一個心理準備，我們想盡力辦好沒錯，但當天不免還是會手忙腳亂。」萬姊點頭說她知曉。萬姊超大方，看家中客廳沒安裝冷氣機便想趁這兩天趕緊選購一台，確保萬爸的大體不發濁味，並使助唸者感到舒適。

晚上八點多，萬康取出樂透彩券，八注號碼對過去，奇蹟出現——沒中。是的，最小的獎也槓龜。

稍晚，大嬸已返，萬姊出房門後建議，替阿爸想想看他是不是還有什麼放不下的。萬康心想，會不會放不下的是我們。萬姊很快就接著說，我看跟阿爸講，他身上那兩萬五（台幣），幫他都匯到湖北。是這樣，萬爸七年前那次骨折後因行動不便就未再回湖北鄉下那一浩片莊稼穀物的農村老家。民國三十八年戰亂隨軍來台前他在農家已婚，除有一妻尚有一約莫兩歲的兒子和一甫出世的女兒（來台十三年後娶萬媽並生下萬姊、萬康）。歷史上，台灣外省人在大陸原先的親屬幾無一倖免於捲入「反右」相關的政治運動，一定程度上作為人的權益遭受剝奪或侵害，故而老一輩外省人大多覺對老家有所虧欠。兩岸關係解凍，民國七十七年元旦台灣正式開放民間赴大陸觀光（探親）以來，萬爸和許多老外省一樣，每返大陸必帶回金錢或物資，這種情況隨大陸經濟起飛方有所調節。

他們守夜。時間接近午夜……過去了。進入次日。……子夜？……午夜？……半夜？……深更？……拂曉？……破曉？……

咖啡館已打烊許久。二佛與萬爸在空蕩的室內討論著，四周各桌面上放著四腳朝天的椅子，女僕走之前把地面做過清掃。忽而藥師打了一個寒顫嘆道：「這裡人氣好弱。」阿彌陀提議：「不如我們到院區外，馬路中央安全島算寬，花叢間一塊草皮挺優，大夥兒吹個夏夜晚風，仰看繁星璀璨，臥於草茵花香，意下如何？」於是三者離開，留下桌面一只咖啡杯，以及杯底一圈奶泡沫。

卻說席地共話間，偶有車輛由兩側遠近處經過，間或零星行人在視線一頭的口子上過馬路。口子上的便利商店，萬爸向稱之為「七七店」（7-ELEVEN），沿街的熱炒店，大火和鐵鑊的聲音傳來，老闆娘同時在門口沖水清掃，約略剩最後一兩桌客人。阿彌陀道：「喏，如今樂透已開，心願已了。」萬爸為難道：「可…這夜好深，他們都睡了。」意即現在擾家人來院不妥。藥師道：「半夢半醒，似睡未睡間。你該只問你自身準備好與否。」萬爸喪氣說：「我不知道。」阿彌陀柔聲道：「老伯，你在我那邊仍可愛著你的家人，關懷家人，並也可持續感受家人的愛。」萬爸恍惚無言中望著遠方七七店的數字，想起撞球桌上象牙質色的球體及球面上的數字。是的，如果是比「九號球」的話，共計九粒數字球，打到七號理論上只剩兩顆了。早年他還在軍中時，一個閃神方向盤扭不回來撞到將軍的座車，關禁閉出來，隊上不讓他再開車，將他安置到福利社。這個破爛福利社由幾個二百五管理，沒賺過。新來的這個老芋仔士官對數字異常敏銳，唏哩呼嚕把福利社整活了，踏奶奶轉虧為盈。張濟聲名小噪後，從城南的營區拉到城中的濟南路上開了一間彈子房，三教九流、狗軍人、鬼學生、小太保在此嬉聲廝混。合著他自己也好鬥，常下場抽擊司諾克賭錢，其「顆星」能力堪稱一絕，彈子房業績和他搏到的賭金持續成長，計分小姐眉花眼笑老忙著幫他在板子上的代號底下添分數。那張濟對軍中弟兄同事們十分「無所謂」，富起來後開始當散財童子，合著社會主義在他這個小烏托邦得到體現。眼見大家流落異鄉海島，但凡窮光棍或結了婚的半真半假難過日子，一概是有錢大家用、有米大家吃。這其中有個新來的計分小姐，見老闆不在時某個女人老進店裡拖開抽屜拿錢，甚至招呼不跟小姐們打聲就這般自由進出，只當她定是老闆娘。搞半天問了人才曉得是張濟隊上弟兄的糟糠。這小姐因此對張濟的慷慨放爛十分折服，也算起好印象，後來成了張濟的妻子。這其中尚有一段推波助瀾的因果，小姐她媽三十歲出頭守寡後，只能急著把孩子們輟學送到社會上掙錢（其中么兒送人當養子），自己再苦則也不忘樂觀的賭四色牌和麻將。逢此賭緣，媽媽認識了萬爸。媽媽雖不同張濟打撞球，但四色牌和麻將就足夠輸得一塌糊塗。張濟的同事起鬨，既然你二女兒待字閨中，張濟人這麼好，撮合他們是一美，你豈不用欠他的小賭債自為二美，反可跟他伸手要賭本，美不完。於是乎阿嬤爽悅開悟，讓女兒，也就是萬康他媽，嫁給張濟。這樁外省本省聯姻，新郎新娘相差二十一歲。那年萬媽也是二十一歲。婚後營區邊也開了彈子房，前前後後這是張濟的一段黃金歲月。接著，政府規定軍人不得在外搞買賣，彈子房被迫收掉，更衰的是婚後約莫四年張濟罹患中耳炎，住進空軍醫院手術失敗，右耳全聾、左耳七分聾，此後軍中同事叫他「聾哥」。這張濟泱泱傻傻，讓大夥兒當面這麼叫、或甚而戲謔的叫亦無所謂。七，且恰是麻將張子的七條、三萬這些邊搭所聽的張子，台灣話術語叫「站壁」，萬康三十歲在台灣南部「開」小場子喜同他在散局後作研討，萬康用自以為的語氣衝他耳邊大聲講：「打麻將我最愛聽七和三這兩個張子，摸起來讓三家氣昏。」萬爸沒附議，只正經說：「要看。」

這方向盤是個回憶的方向盤，難從回憶中掉回來。阿彌陀的話音讓他回神，但他沒聽清楚對方說什麼，答非所問猛搖頭回覆阿彌陀道：「萬康打牌我不放心。」阿彌陀因隨喜而言道：「聾哥，他五年不沾賭囉。輸了好幾條錢，不讓你曉得，但鐵了心再也不上陣。」萬爸不語。藥師用念力對阿彌陀傳輸：「他這是畏死打拖延，還是真替孩子的生活操心捨不下？」阿彌陀念佛力回送：「錢是身外之物，情卻從來不是。」藥師回傳：「呿，你提供上妙飲食，卻給不出法味半滴。」這時藥師開口對萬爸說話：「老先生，我好生替你選了時間，卻遭你樂透延誤。阿彌陀佛成全你，但你不斷詐騙他。你須知時間的重要，將來你到極樂淨土將負責報時，你須能先對自己負責。你不明白阿彌陀佛的作風，時間一到，阿彌陀該走的時間就會抽身而去，他真的要走的時候不會像在咖啡館那般先跟你預警的。你沒跟上，他不在乎。我現在替你操心得緊，阿彌陀隨時會走。」萬爸嘲怒道：「你們就是不會打牌！你們懂時間嗎？生死這檔子事不是籃球賽有時間限制。」二佛皆問：「此話怎講？」萬爸曰：「我摸了牌不打，按規矩你們就不能催。辦比賽限定出牌時間，那是因為主辦單位庸俗。真正懂麻將的人是看不起比賽的，有牌品的人是不會催牌的。麻將在我手上，它的複雜它的妙，我說了算。生死就好比棒球賽，只能講局數，局數看的是出局數。不到三出局，一局可以打到時間無限量。九局打完了，又可以延長到無限量。阿彌陀佛你又稱無量光佛，殊不知無量定理，亦不知局數就是光。光，就是摸牌而不是出牌。」藥師思索問道：「網球也可以延長到無限量，一球、一局、一盤、一場，都可以無限量。真正的時間不是用倒數和讀秒來進行，是延展而非縮小。」萬爸呼道：「阿彌陀佛你看！藥師佛比你還懂時間。」阿彌陀佛沉吟：「…是說…就像我在五官上打洞，我可以打千千萬萬個洞。在這個狀態裡，洞是無限量的，時間亦可無限量因循光穴穿孔來回或陷於蟲洞深邃處被吃掉…」藥師突然緊張起來，輸送念力：「阿彌陀，這下怎麼辦？」阿彌陀念力窘道：「這下我也離不開了…」

就在此時，天空一記咒罵：「報你個鬼！」那鴿子張開爪子，滑降而下，停在藥師指上。鴿子道：「害我們找你們半天。」萬爸忽道：「鴿子！我認出你了！我們家貓咪叼你回家，貓狗一路小手小腳跟著你屁股。」鴿子道：「萬爸我跟你鬧的是同類的緣份，可你說我是雞，其實你才是慢吞吞的雞。」鴿子轉而對二佛報告：「我已將那觀世音菩薩領來。」說著翅膀一指，眾皆望去，只見觀世音正在等紅綠燈過馬路。

觀世音來到安全島後，同大家打過招呼，草皮一屁股坐下抱怨道：「那醫院警衛攔著我不讓進，說我這一身打扮邪星，還打電話報警，有眼不識他老木，合著我是普渡眾生來著咧。」二佛忙暗傳心語告知，萬爸很盧。

夜半，既然沒睡，萬康整理檢查該做的事。差不多妥當後，拿起手機。預防父親隨時走，先按好簡訊將之存取，待父親走後有空檔時叫出即可發送朋友。內云「萬爸啟程了」外帶幾句。

話說佛菩薩們這場自讓觀世音擔任主將。試講過一陣後，菩薩見似未收效。號稱「大慈大悲救苦救難廣大靈感觀世音菩薩」的他，續而以甜膩的嗓音喊了聲：「北杯！」那萬爸聽了仰起臉淒楚望他。菩薩道：「北杯，你是個好勇敢的人，你讓自己承擔這樣的病苦，醫生護士交待的話你一一去做好，你好乖！我不認為你貪、你賴！你這種乖是你對人的一種信任，你的善包含了信任、勇敢、承擔、以及證明你自身。這是你奮鬥一輩子以來養成的定力，你牌打得好，那是你沉毅過人，也是你可以專注在你的世界不受影響。耳聾之後你的賭藝更加登峰造極，你更加不必去聽見干擾，這是你的天缺，卻是開啟你的天聽。可是你別的官能和感應也因耳聾而益發靈敏，所以說你沒感覺到別人催牌是不可能的。由是，你那耳聾其實是「障眼法」，這就是上蒼讓你更厲害的地方，讓你更加讓敵手感到神祕而恐懼。北杯，菩薩懂你。」萬爸癡癡點頭。菩薩道：「躺病床這麼久以來，你耳聾怎麼跟醫生護士溝通呢？這比麻將困難得多，那些牌面上的字樣包括你自己手裡的牌你看不到，在他們手裡。你打盲牌卻可以把牌打這麼好，北杯啊你是多麼了不起，你擁有且激發出源源不斷的神祕能量，你是無量賭佛。」萬爸陶醉愉悅著。菩薩叫喚道：「杯北，」是的，這次他改叫杯北，音律上恍若更可親生韻。菩薩道：「一天中你只有兩個時段能盼到萬康來，在孤單中你把這般領受與鍛鍊朝向茫然，而化入茫然，取得更廣大綿長的能量。這，是醫生和護士不懂的。躺久了你對時間失去座標意識卻能打破座標定位、超越時間疆界，你是聰明大德之人，懂得把時間當局數來停格、把時間當一顆網球的來回把那球網給蘸破。你一球一球打、一張牌一張牌打、一張一張閉眼睛捻張子重組，是你不斷讓腫王被迫打deuce。北北，」合著菩薩把北杯作杯北、北北、杯杯任他當下自由即興喊，這次的喊法透著莊嚴理性亦不失活潑度。「它贏了比賽，但你證悟了牌道。」萬爸斜睇二佛和鴿子，同時喜而朝菩薩點指：「他會打。」

「尤其這段日子以來那張萬康能跟你學習到不少，衝著這點他是以你為傲的。」菩薩道：「可是…」

萬爸截斷道：「啐，『可是』終於來了。」

「不，杯杯，你聽我說，」菩薩道：「你兒子許多地方不長進，壞脾氣，沒能力，小孬孬。可是你兒子根器還是好的，對人的憨意和善情這點是遺傳自你。這些天來我微服出巡，化裝成庶民，扮成一個歐巴桑迷路於院中迷宮，是你兒子為我引路。化身一個婆娘，機車放倒了，你兒子騎半路上停下來幫我把車扶起，我故意沒謝謝他，只顧忙著幹譙是誰這樣沒公德心把我車弄這樣，他不問我討謝也就離開，心想我心急忘記謝一聲亦人情之常。假裝成女孩子搬不動機車停不到位，你兒趕著來醫院看你卻順手幫我一把。幻化為唐氏症寶寶，你兒特地把車推過來為我買了一把剪子，五日後我坐佛放攤於院門外他來跟我請安，我故意不示一漾笑只作自了漢。杯北你讓他去照應更多人面，讓他的莖葉在學習和反省中能提出來，開出來的花就是你放他身上的種，他活等於你在活，他笑等於你在笑。」

萬爸默然。

阿彌陀感到欣喜，為更進一步促成，不讓萬爸動心中反悔，開言道：「雞佛大師，你就讓張萬康小居士為你做功德去，好比他這邊存了款子，你只管在我那邊享福，按個鈕就可提領。要不然他不把時間去做這些事兒，萬一跑去買槍殺死骨科主任怎辦。」此話一出，自覺不大對勁間，才發現菩薩、藥師、鴿子齊愕然望他。

倏然萬爸從草皮上搖晃著起身，扶著自己曾摔疼的左大腿站好，炸火曰：「這惡人該償命來！萬康該幫我復仇！萬康從前在野戰師打靶滿分的！」

阿彌陀本摀住口，聽了慌張，手拿開喊道：「這樣萬康會去坐牢！老伯你這是害了他！」

「萬康坐牢你就幫我照顧他！」萬爸一發不可收拾道：「如果萬康被正法，槍斃的時候你去接他！我張濟尊敬醫生一世，沒想到他欺負老實人這樣把我陰了！這樣坑苦一個老人啊！還有！

那些壞護士統統償命！萬媽說我聾了但腦筋比誰都清楚，沒錯！胰臟癌不是這批人給的，但氣是他們讓我受的！我活了多少把年歲看這群黃毛丫頭臉色！主任、護理師、護士讓我這樣叫幾天幾夜！這些人的臉我沒一個不記住！我的心沒聾！」

萬爸說著淚崩四炸，菩薩忙將他身子抱護住。小鴿子聽了冷汗直盜，向佛菩薩倉皇道：「會不會萬爸一走，萬康直接掏槍開幹！我去看他有沒有槍！」藥師猛點頭道：「快去！」鴿子衝鋒飛走。

菩薩將萬爸身子帶下坐好間，順勢擁抱他，萬爸鬆垮下來悲忿慟哭，哭至淒涼絕境。

在這同時間，藥師將阿彌陀扯到一旁，順勢推他下安全島，過到對面馬路。藥師責備曰：「阿彌陀你怎麼會如此唐突！眼看就要入港，這下怎生收拾！」阿彌陀急了，甩開藥師的手：「讓我跟他說去！怎麼可以叫自己小孩殺生！我要他知道這會讓他兒子墮入……」藥師用胳臂彎使勁勒住阿彌陀的脖子下壓：「你還來啊！」突而紅光一片照射過來，巡邏車煞車停住，下來兩個警員用台語搭話：「現在是什麼狀況。」

這個季節的天亮將來得早。雖然光線的移動離破曉還有段距離，天帘中靛藍色的基底隨時將起變化。觀世音菩薩懷抱萬爸坐於灌木間飽含水寒氣的草地，菩薩陪著嚶嚶抽泣，摩挲萬爸不語，萬爸忘情啼哭，悲愴。菩薩這時說話：「哭是沒有秒數限制的，北杯你可以哭一局，讓我陪你哭好莫？」萬爸似孩子般說：「好。」菩薩道：「你繼續哭，我說故事你聽。」萬爸說：

「好。」菩薩道：「民國三十八年四月二十三號你記得嗎？」萬爸道：「記得。」菩薩道：「南京撤退這一天，說走就走，讓一個叫張濟的人、這個還蹲著打天九牌的小駕駛兵萬想不到，以為如長官說的還得打上幾年對岸才渡江。一路開過來你到上海再到台灣。後來你在這裡也成了家，你聾了之後萬媽開計程車養家，從你退伍前到退伍後她一路開。你沒法好好開車了，聽不到別的車按你喇叭，撞車後下來打架把耳朵打流血回家，萬媽和萬康看了心疼。萬媽一個人開車，你麻將桌上玩。可你聾了之後大家雖然更怕你，正好也聯手『抬轎子』欺負你耳背，你郎中耍不過三家，輸輸贏贏，吵吵鬧鬧，來來去去。住在司令部旁蟾蜍山下你親手蓋的小木屋，萬媽跑車回來的時候燒飯，讓好朋友來跟你打，這你不吃虧了。那票光棍愛吃萬媽燒的菜啊。本省各省軍官鄰居愛來圖熱鬧，有個台灣尉官小林資歷最淺，和一個山東中校叫周廣樹的老抬槓，大家笑。你聽不明白，跟著笑，你很開心。一個住附近的客家人叫阿猴的，海底撈雙龍抱的時候發羊癲瘋，抖了好久，周廣樹叫小林拿筷子趕快放進他嘴裡，不然那次一準舌頭給咬了。嘿，那把的錢你們付了沒全忘了。你啊命好，討了萬媽，跑車存了好多錢，政府來拆你們山下的違建，你們買了公寓。那群光棍有的先比你走了，還活著的還是光棍。裕喜啊你好福氣，有的老榮民一輩子一個人住著破矮房、下雨在屋簷直直落下來、裡面是破爛堆。夫妻年紀差距大相處不容易，有的小姑娘把榮民攢的老本拐跑了、有的受不了軍人脾氣孩子扔下來跑了。後來萬媽讀書求學，這也算結婚時你答應她的條件，誰知她有天竟然辦起幼稚園當司機，嘿還兼園長，你當園裡的廚師，那也是一段輝煌啊。萬康生氣說你太吝嗇，把肉切太細小，對小朋友可以更好一點嘛，嘿，可要你切寬還真切不來。你是夠省的，也真是做事情就非得這樣綿綿細細。可小朋友總說好吃，捧你的場。十三年後幼稚園收了，你們帶過的小朋友也大了，裕喜，緣起緣滅。後來萬媽在家裡辦沒執照的安親班，這時候你晚年享清福了，看看『叩應』，清涼片子，餵遛小狗。那隻小白土狗叫中秋，你最疼的。牠比現在這隻哈嚕乖。中秋失蹤的時候你急啊。是啊，牠七歲那年不見了，最差的結局是遇害了。幾年後安親班也收了，但有的小朋友的家長多少年過去還會帶孩子來看你們。這些孩子的麻將都你們安親班教的，現在都在上大學，男孩女孩至今每逢大年夜來家裡鬥麻將。裕喜你最後這一段走得不順遂，婆婆知道。人的一生，先苦後樂，還是先樂後苦，怎麼樣才划算沒法算，可是婆婆疼你。其他的就交給萬康萬姊了，萬媽會有姊弟倆照顧，萬康自己會有好朋友幫襯。裕喜不怕，婆婆在。裕喜最乖，婆婆抱抱。」那萬爸泣淚漸歇。鳥鳴聲漸起，清脆到不行。套句俗話，東方現出了魚肚白。

話說二佛做完酒測，無罪開釋，一起往安全島回來。二佛望見狀況似已轉圜，菩薩將萬爸護於懷中如船歌搖晃，將萬爸面龐摩挲間，朝二佛悄以蓮指比了「ok」手勢，順而變換指法比一個「噓，別說話」示意。二佛各自取出紙巾，一佛幫萬爸擦淚擤鼻子，一佛幫菩薩拭淚。那菩薩的面目溫婉穆若，二佛見了感觸低迴，皆未落淚。

萬爸漸漸晃睡中發出些微鼾聲。這時鴿子銜著一片麵包屑飛回來，降落草地前張嘴讓麵包屑掉出，著地順而說話：「張萬康睡著了，我翻過兩遍，沒槍。」講完低頭啄麵包，每吃一口即抬頭等候吩咐。菩薩沒搭腔，望向阿彌陀，頷首輕輕頓住。藥師佛即朝阿彌陀佛合掌。這時鴿子嚼食間道：「對了，」一瞬啐出屑末，「他姊的枕頭邊有本攤開的記事本，上頭寫了兩個字，空調。」藥師糾正道：「那個字，唸『條』。」阿彌陀糾正道：「那個字，不唸『控』。」菩薩悄聲糾正大家：「小聲點。」

萬康睡了兩三小時起來，約莫七時許，遛狗歸來途中，大嬸（正好就住隔壁）睡眼惺忪走出門口叫住他，說深夜去葬儀社把壽衣換成一套件數少的。萬康把這襲端莊的古裝抱回家，一會兒十一點會客時間將帶過去預備。

這天是八月十一日，週三。日場會客，十一點門一開，萬康取過防護衣、口罩穿戴上，趕緊小跑步入內。只因欲描述接下來鏡頭之奇，先把此一加護病房的地形環境作說明。由門口進去直直走一段路後，左轉，方見萬爸所在區域。這區四張床，左右各兩張，萬爸在稍遠的左二靠窗處。話說正當萬康左轉順把臉往左看之際，竟見已昏迷平躺七天的萬爸，將臉往右偏，眼睛睜很開，正也望著萬康。沒錯，那是在等候良久的神情。住加護以來，萬爸幾乎不曾把臉偏過來張望，蓋凡病人一個小轉頭也須費上力氣，姿勢被護士「橋」好好的，亂動反而跟自己過不去；且對會客時間點失去精準意識，自不會損耗力氣去做這樣的等待，除非護士正好將病人翻身的方向對準過來，加上剛好沒在睡覺，那才有點機會發生這樣的鏡頭。那萬康驚見如此，直覺萬爸在作最後一晤，趕緊加速奔上，其間萬爸的眼睛像攝影機跟著萬康旋轉不放。

那張萬康曉得病人無力撐太久隨時可能闔眼睡去，來到枕側拾起父手，二話不說直接大聲講：「拔！最後一口氣一定把你接回你最愛的家。」當時護士剛好已幫萬爸掛上助聽器。「樂透都沒中！沒關係！我會再幫你買！」話出口萬康覺有點鳥掉，我怎不講中了一張四百元的最小獎也好。「我會聯絡……」萬康接著說出萬爸在大陸兒子的名字，「你身上的錢，我會匯給他。」萬康昨晚沒講大哥的名字，怕父反受思牽之苦，只說「該聯絡的人」。這次一瞬間本想講「大陸」就好，當下覺名字更具體有力。「你放心，我們會省水省電，我們會照顧媽。」其間萬爸眉頭略緊，似乎要去沒去過的地方而緊張。這時萬姊進來。稍早她在房間弄東弄西，大概也想獨處，萬康便自己先到醫院。此時Z醫師在場，說道：「既然昨天到半夜都沒走，那應該就會在今晚。」Z表示尿液量極寡，幾無。

姊弟二人忙與萬爸講話，佛菩薩會保佑你云云。萬康說：「姊姊要讓你回來舒舒服服，買冷氣裝在客廳，讓你回來吹冷氣。」講完怕萬爸不諒解，續道：「你很節儉，你是對的！我知道我們太浪費，以後我會省水省電。」萬爸持續懸望太久，這時眼睛快瞇上。萬康道：「拔，你在天上好好保佑人民、保佑小動物、保佑全家。」萬爸漸次舒眉睡著。

目前監視器螢幕上的數字仍顯示生命穩定。姊弟同護理長和護士研究壽衣怎麼穿，護士（換一位新值的、沒見過）說她會把可以套在一起的衣服先打理好，等狀況一來讓萬爸立時作一次多件套上。阿長對她說你做個標籤編號。

在ＩＣＵ玄關換衣準備回家時，Ｚ醫師正好經過出去，萬康趨前攔下與之握手意謂再見與多謝。Ｚ含笑握手後離去。隨後萬康在走廊遇Ｘ醫師，對曰：「今晚？我看沒這麼快。從ｐＨ值來看…」

下午，萬姊和萬媽驅車購置冷氣時，萬康將住家中的表妹喚出房間，叫她暫時別看漫畫，遂而進行沙盤推演，仔細吩咐萬爸回家團圓的ＳＯＰ程序，來幫忙的朋友阿蕾亦在旁聆聽。首先講我前去接萬爸時，表妹須預先管理貓狗（這貓看到萬爸很可能跳上去窩一道睡，他倆平時就常共榻。而狗可能叼網球放萬爸身邊，想叫萬爸丟球給他撿），一隻關我房間、一隻綁萬爸平常睡的那間。其次我和阿蕾騎車前往醫院，蕾幫我把車騎回，我則坐救護車護送爸返家。三，將建議萬姊騎她自己那台機車去，對阿爸說話後，如救護車位子不夠，把住院一些物品先取回家等我們回去。

恐有規劃不足處，萬康思索十來秒。「好，就這樣。」意思是你可以回去看漫畫了。表妹正轉身，人還沒走開，萬康手機響起。新來那位護士的聲音，表示timing已至，速來接父。此時是二時二十分整。

萬姊人在電器行，才剛付款，並和老闆講定立刻送貨安裝。切下萬康的來電後遂向老闆表示貨且擱著，今日不便，老闆略問原委，即說那不用沒關係，將款項退回。萬媽從電器行驅車將萬姊在醫院放下，先行返家打點。

姊弟二人於加護病房門口等待好一陣，護士開門說可以了。入內望去，萬爸的呼吸器和鼻胃管已摘除，臉上空無一物，好漂亮。身上不再有管線，褂子已穿上，戴著古典可愛的瓜皮帽，整個人渾圓通通的。是的，萬爸閉目眠躺中靠著自己呼吸，畫面中他似乎喜歡靠自己這樣自由自在的呼吸。他像一隻擱淺的藍鯨，靜止在海濱沙浪間，談不上舒服，說痛苦又未必，只是彌留。頂上的氣孔偶爾灑出一枝芒草形狀的蒸氣，萬爸嘴唇微微開闔，胸臆平勻起伏。兩位主治醫師不在場，護理長打點包辦。幾位護士正忙著最後幾步動作，「這讓你們。」一護士將一雙鞋襪遞來，姊弟會意，接過來幫萬爸穿過。黑棉襪套好，黑絨布厚款的老夫子鞋穿妥，這鞋子履地還蠻穩，又漂亮。萬爸平時日日穿著一雙稀巴爛的雜牌休閒鞋獨自去公園散步；事後萬康整理萬爸生前照片，發現一九九三年夏天帶萬爸登長城所穿的正是這雙。那是給他那趟回大陸前買的新鞋，他覺得很合腳，一合合過了十七年。

姊弟急著跟萬爸作最後叮嚀，要回家了、心放下來、不要怕、好好走、阿彌陀佛、金光那些，卻沒注意到院方負責運送的一男一女兩名救護員動作極其龜速。這語意有問題，「沒注意到」怎又曉得「龜速」？應該這麼說，萬康有意識到他們很慢，但一心挨著萬爸講話就暫時沒表異議，話一講開也就更忘記其他，慢個兩下子總是完了出發便是。⋯⋯最好是。那女的二十多歲，一臉死相（作者並不偏激，只是想寫實），給那一枝氧氣球的動作好似悠悠蕩蕩用輕功漂浮的嫦娥。這萬爸很愛自己這樣呼吸享受，氧也快用完了唄。那男的五十歲上下，身兼司機，進來的時間雖慢，推床的速度倒還行。萬爸在走廊上推軌般滑行，醫院的門橫移開，胸口起伏，雙唇嚅嚅，感受到久違的戶外光線和新鮮空氣。萬姊坐前座右側，萬康和女護理員（他們似乎並非醫院裡受過一定訓練的護士，工作資格取得上較容易）陪萬爸坐後座。車經過急診室門口，卻停住，一停許久，許久，許久。好容易再次出發，車速快起來，在萬康家附近的某個路口卻衝過頭。其間，萬爸那枝氧氣球連結到車上呼吸裝備的管路突然鬆落，小姐慢悠悠拾起接上，十分⋯從容。上個月朋友阿甫北上探視時曾語帶心傷講起去年他外公彌留送回家的途中就噎了氣、臉發黑，樣子不好看。萬康想到這裡頗著急。萬康家離醫院的路程大概僅兩公里，這整趟路走起來卻是兩個星球的距離。砰砰行車顛簸間，看不出萬爸的胸口是否起伏（合著不起伏也被晃到全身起伏）。行車平順時，胸口與鼻息皆看不出亦探不出。萬康一探，再探，到底有沒有，沒把握。自己身、心在動，很難探對方是否全然不動或徐徐淺動。

或許這只是家屬正常（多餘）的心情、正常（多餘）的不平、正常（多餘）的質疑。作者說故事說這麼慢，在萬爸回家的這個緊要當口還有時間用那麼多字數去⋯呃⋯計較，可見在斟酌上認為有其必要。本書的目的在於無論好、或鳥的經驗均介紹給讀者作借鏡。

他們住一樓，親戚們，阿姨、舅舅，辦喪事的大嬸已在門口等候。趕著幫忙推進門間，人過球留，那女的即瀟灑的「趁機」把氧氣球取下，那動作彷彿說：「早就死了啦，見多了啦。」萬爸躺平的瞬間，那女的便表示請付錢。萬康說，等一下。只因萬康正蹲在床頭與牆壁的空隙間忙於用指頭查驗萬爸鼻息，一時無法、也不願搭理。由於萬康從下車、推床車、跑動間身心兩造更加動盪，雖堪鎮定亦自喘，實無法驗證。為何這個重要呢？一來望能確定萬爸最後一口氣是在家中走，不僅涉及一個風俗形式的圓滿完成，重點更在於回到所珍愛的家一直是萬爸的心願（六月下旬那次從一般病房撤回家，被扶上床的剎那，哈嚕站起來舔他臉，他竟然笑得好燦爛，雖然他伸手欲摸狗臉卻沒力氣，手垂下間重又呻吟痛嚎……萬爸這個可愛的笑容是他留給萬康最具代表性的一生寫照；這個讓老人家受苦的背景萬康姑且擱一邊，可愛的本身不一定需要這個背景來作附加）。二來必須把時間點填上死亡證明書。萬康抬頭急請站在床頭右方的大嬸來驗，大嬸為之困窘的表情說明我不懂這個，萬康忙喚床頭左邊那女的：「你來看看。」那女的手晃下來，正接觸萬爸鼻息的剎那、幾乎沒停個1/8拍就揚起手，對萬康搖頭。萬康馬上回頭望時鐘，三點三十分整。在那個當下，萬康選擇聽信她，事後回想起來認為她很胡鬧、輕浮、打混、滋掰。她那種「手法」摸正常人必也報沒氣。是的，那不是在探，根本是在揮手，至少有欠禮貌。

忘記是在確認鼻息之前或後，「金剛砂」灑上（好像是朝脖子或胸口，居然忘了），「舍利子」給萬爸口含（空軍退役的那位師兄給的，好像是他們師父的舍利子，居然也忘了確切由來），「往生被」蓋上（師兄說這是他給的三件寶貝；這萬姊對舍利子尤其神往，覺萬爸老實樸拙，深盼萬爸正果火化後能遺下舍利）。由於家裡平時在萬爸控管下蠻省電，客廳中這款吊燈的光度不夠充足，加上未經裝潢的天花板又高，雖然吊燈裡頭的五枚白燈泡全全開光，萬爸的臉色未顯紅潤。可話說來，是一般正常人的臉色。但憑良心講，又好像一看就屬病逝者才有的凋萎枯黃的臉。大家都嘖嘖說萬爸的臉色很棒，尤其之後誦經、封棺前揭開往生被望去，大家仍這麼說，且還讚賞萬爸嘴角上揚，蕩漾笑意。是的，按說萬爸沒戴假牙時嘴是不大好看的一種老人嘴。萬康越看眼越花、越回想越惘然，也可能這一年來老花眼卻沒新配眼鏡，且鏡片刮磨嚴重如上了一片白膜，才讓自己無法有把握去辨識萬爸的「真容」。說了半天，啐，有可能萬康平時便無法真確辨識出任何某一個人的臉是屬於正常或病容的臉，還是說天殺的萬康多年以來根本沒好好看過萬爸的臉如今又怎能分辨出變化。從作者的角度來看，這個並不重要，沒啥好執著，甚至運送萬爸回家的那兩人也無須去作多餘譴責，但萬康身處某個「情境」下難免有他（不）耐人（也不）尋味的「心事」，好比當把這襲金閃閃的絲被，往萬爸臉上輕輕掩上時，萬康心沉了一下，覺得自己這個動作害死了爸爸。好比後來封棺的剎那，他再次確認自己親手把萬爸害死了。

在門口付款給兩名救護員的時候，另一頭萬姊等人早已開始虔誠誦經。表妹恭敬合掌由衷反覆吟唱「阿彌陀佛」，阿姨翻開自己帶來的經書很專業化的吟唸（她的幾個孩子平時與萬康一年只在年初二見上一次，但在這段期間數度打給萬康問候和討論）。那個救護員大叔，沒急著把錢接過，說需要一個紅包袋。萬康想起，對了，我早已準備但忘記將錢裝入，於是很快去弄好，遞去，又不收，直說我只要一片紅紙。堅持半天，萬康和大嬸均無法會意，後來搞清楚了，他要萬康把紅包袋撕一小角給他倆就好。這有很大差別嗎？萬康雖覺三條線但聽從以表尊重。那人收過後沒走，似乎想表現一下聊天的能力，笑吟吟（很自豪的）說這附近兩三條巷子「我最近就送過三個死的」。合著從頭至尾萬康沒給他們這一對活寶一點不禮貌的眼色，這大叔倒不是有意回敬，只是天生少根筋。

救護車走後，其他親戚（萬媽那一脈的）、及兩個不同單位的助唸團（一個是萬姊那邊結緣的、一個是萬媽朋友一對夫婦倆所聯合率領）已在路上，隨時趕達。從小家裡長大出外讀書的表弟也從他鄉動身迴游。大嬸進出張羅，說一會兒調度冰塊過來替代空調，找兩個大盆子裝著，將之放入床（桌）下則可保全萬爸大體。萬媽一時坐在門口裡邊接受鄰居安慰，萬康在門口發動機車，表示我去醫院開死亡證明，不然晚了院方櫃台下班（如無這紙證明無法封棺）。由於之前大夥兒一陣搶忙，萬媽忘記哭泣，這時悲從中來，望著萬康深呼吸那樣作了一個啼哭的準備動作。萬康咧嘴笑說：「走得很安詳，不要哭啦。」萬媽給這一笑岔了氣，只好再一個提氣發動。萬康道：「不用哭啦，不然哭一點就好。」萬媽又給岔掉，乾脆就放棄哭，繼續讓鄰居跟她說話。

先騎車載阿蕾去捷運站讓曠職多日的她回遙遠城市上班，向她說那老詞「謝謝你陪我們把美好的仗打過」後，騎去醫院把證明書開出一式多份。這時天色已昏黃，晚霞倒真的有，跟某洋神仙某種時刻的眼珠顏色相仿。萬康在醫院的露天停車場抽根香菸，卻遇到X醫師路過。萬康吐煙間向他輕笑招手。X發現後過來向他致意，問事情是否順利，萬康說還行，不過你們救護車的人實在是慢。X「呃…」不知如何搭腔（一兩天後萬康重返ICU把忘記拿走的一些物品取回，在院區與ICU主任迎面相遇，主任說：「有什麼指教的話，請給我們建議。」萬康沒再提救護員或任何父親的事）。萬康將此話題僅一語略過，「對了，」問X醫師道：「到底要怎麼樣看還有沒有氣？」X表示，鼻息沒氣或說探不出端倪，尚不表示腦死，須看瞳孔是否放大；瞳孔是眼珠那圈圓球裡面的一個小圓點兒；雖然萬爸的眼睛一直是閉的，可以撥開眼皮看。「原來如此…」萬康呀然失笑又是事後學到。接著X談起病人有時會這樣猝然就走，萬康說是啊。續表示萬爸時間沒拖長莫從負面來看，萬康說我懂。他繼續講完他的稿子：「不然你去ｘｘ樓看，好多那種…」說著斜嘴將兩手一高一低模仿中風或癱瘓多時的老人。萬康瞭這個人，知道他不是對人不禮貌，他本來就是生動活潑的人，他們結緣就是因為他的個性這般。不過萬康忘記道別時是否和他握手。

天黑得很快。獨處時萬康又抽枝菸，心想大家在助唸，我在打混，良心很安。其間叫出簡訊發給朋友們。萬康吐口煙霧，更覺化開，深感香菸真是一種好東西（這是本書最罪惡的一句話）。萬康心想，如果那口氣沒留到在家裡，雖然好像「完美」少了一塊缺角，但無論先、後之秒差，阿彌陀佛能將爸爸接走了，往生就是成功。只不過是讓爸少了一件事可以在極樂世界跟別的往生者炫耀。不過想想爸鐵定很幹，腦中八成還有氧，甚可聽到我們的聲音，人還沒斷氣就被我蓋上金絲被。但如果他當時很幹，他確實就是在家裡走的。希望爸爸很幹。

話說回到家門口，舅舅已牽了一條電線，在門口花叢歧出的枝葉上懸掛一個滿月般白亮的燈泡。光輪中牆上貼著「嚴制」。前前後後萬康家中無人啜泣或哽咽，也就萬媽那麼來了兩個半下。說來並非萬康堅強與否，或怕違背師兄的交代，只因忙著把事情步驟辦妥，欠缺哭的動機。（十一天後告別式上唯一欲哭的也是萬媽，所幸哭成。）

萬康開始廝混，裝忙，一會兒「插花」唸佛號，一會兒和助唸的人閒談，一會兒送客。來到萬爸生前……是的，是生前……的房間門口探頭，那被拴的狗四腳朝天把狗腿子狗腰子扭動，正在玩打滾。或去自己房間看貓，站在一個櫃子上頭的喵喵用不懷好意的眼神往牆壁掃瞄什麼，蹲一下又出爪子撓兩下，高來低去跑兩步又停一拍，自己很會玩。或去外頭接電話，其中包括唐校長、工運學生妹等。後者和萬康素昧平生，因見萬康從前曾於網路發文對工運表達一點小支持，後與其男友得知萬爸有難，於是特表殷切問候（萬爸有難之前雖讀過萬康那篇文章，但未動聲色相聯繫或有引起萬康注意的動作）；七月十七日晚上小兩口從外縣市共騎一車前來本城，主動借閱萬康《西藏生死書》、《時光隊伍》兩本與生死相關之作。

實在是餓了。晚上九時二十二分，萬康想起後頭小飯廳的桌上留有中午萬媽烹飪的幾盤素菜。全家沒用晚餐，一人先吃還獨吃說不過去，幸而空間上這個小飯廳頗為隱蔽，試想趕著偷抓幾口塞完就出來，神不知鬼不覺。這一拐進去，卻見神知鬼覺。「吔來來來，喫酒。」判官揚起手來。「一起坐一起坐，大姐的手藝那沒話講。」保生大帝說話中挪著自己椅子並改用台語吆喝：「大家攏『刷』位一下，坐較闊。」日光菩薩用台語回他：「否啦，就是要饋燒啦。」萬康道：「你們來都不講的喲。」坐於正位的藥師佛微笑道：「咱無大無細無拶咂，無來無去無代誌。」萬康入座於關公和巨鯨神將中間，順指著自己脖子比劃，怯怯問關公道：「關聖，您⋯⋯」判官打岔，站起來把一個斟滿的小杯子放在萬康桌前：「啊幹！先喝一杯啦！」萬康遲疑著捏捻杯子：「大家都喝茶耶，只有你和我喝酒？」關公道：「我們是以茶代酒，合著一會兒我還得騎馬回去，喝酒不騎馬，騎馬不喝酒。」判官道：「我騎雲。」金帶將軍道：「騎雲的也只有你喝，你怎麼不騎酒。」判官嘻嘻笑道：「我家那口子還在溫柔鄉等我，回家去我還騎䓖娘咧。」眾人歡笑：「你作夢！」、「沒這回事！」或拉他袖子詢問：「你們倆真扯上了？」、「有拍到嗎？」

且說張萬康說他也喝茶好了，判官替他拿來半杯茶，卻將酒倒入成一杯遞過。萬康也只好不囉唆：「我敬大家。」關公未持杯的手來回比向萬康和自己道：「一起敬，」同時邀全場：「都一起。」意思說所有人作一次互相敬在場每一員。有些人講：「還沒到齊。」、「要不要去叫一下？」但不管了，大家先爽快喝掉。

杯子放下，萬康問關公為何會在。關公正用小指頭掏轉耳朵搔癢，一邊作舒服狀道：「砍掉重練，重新開局，補充點數，不就是這回事嘛。」萬康瞭解後，卻很快替自己把茶注滿，站起身退出來，兩手持杯來至宮毘羅跟前道：「大將軍，這個我一定要。將軍英勇蓋世，萬康生平未見識如此犧牲、成就之烈漢。」說完便要下跪，宮毘羅忙攙道：「區區肉身！」萬康抗曰：「單膝就好！」宮毘羅道：「你不站好我不喝。」兩人對立一笑飲過。

各歸座位間，宮毘羅道：「那關公三堂會審時說的好，論勇敢，他關二哥佩服。我說張濟能孤軍奮戰抵擋病魔五晝夜，憑單純一念——活，不屈不撓，不屈不退，不寧死不寧屈，嘿傻呼呼就同我一樣。如此遒健之韌力，我們一齊敬他一杯。」眾人舉杯飲過，兼取笑你這到底是捧誰，還是貶誰，或自貶。螺髮將軍道：「與其說單純想活，張濟既貴在單純，又貴在想活，天人也！不單純又不想活之人如以張濟為明鏡，或可照見自己如花朵之美。」講到最後四字他用兩手輕碰一起打開呈V字型上下翻轉不停，十分娘砲而低級。

工藝老師微笑著抖聳肩膀一記：「我看他還是省錢的明鏡，確定了要裝冷氣，馬上就走，生氣了這是。」破空山大將訕笑：「偏不讓你監工。」天胡將軍忙作個「且慢」手勢要大家別笑，正經說道：「老先覺是千算萬算，細細品味，說他張子下得慢，可他沒想惹你焦躁啊。他純一入定這個計量和享受，就你這一焦躁，冷不防他出招了，你還求他把張子收回去告饒。我天胡因達羅嗜博麻將，摸吃碰槓捨，坐科出身，打遍天下無敵手，惜未曾與小萬子他爹同桌交手。」判官道：「跟你老闆講一聲，極樂世界出個差得了。」藥師莞爾點頭。天胡喜不自勝。判官將天胡杯子注滿酒道：「說這麼多你就是想喝！」眾人一陣推阻胡鬧，「不喝酒」、「喝一點」、「我喝好了」、「你去人家家裡頭翻出酒喝就算了何必還他媽……」

忽然聽見噹噹噹清脆聲音，只見保生大帝用一枝筷子敲擊一只碗，眾人停下，整齊安靜望他。

「萬康，你萬爸已得觀世音菩薩相應、阿彌陀佛接引，你有何心願還須說明？」保生道。

「真的成功接引了嗎！⋯⋯」萬康欣喜又懷疑，「他們⋯⋯你們怎麼沒邀兩位佛菩薩一道來？萬爸也沒來！」萬康望向藥師佛。

藥師道：「他們三個，在路上。」停頓，續道：「回去的路上。」

「我能見萬爸一面嗎？您讓他顯像一下，把頻道轉過來我看一眼就好！我不奢望能跟他視訊！⋯⋯能的話是最好。」

「現在不能。」

「何時可以。」

「在你死後。」

判官學女人掩口吃吃笑出，對萬康道：「想喝酒自己說啊。」動作間左扭右蕩唱起〈貴妃醉酒〉。

那月光菩薩內心歎息，有意支開話題，笑邀大家夥兒：「吔喲响，咱們一起來給萬爸作輓聯。」

天胡將軍率先作出：「勇敢堅強迎風雨　沉著輕鬆證菩提」

虎蛇將軍立刻奉上：「天高地闊忘約束　氣定神閒枕泰山」

這四句的用韻雖不能合成一首詩，總歸天胡、虎蛇，哼哈相映的是天龍、地虎。

「我幫你來一個。」想不到大塊頭巨鯨神將，竟粗中有細，吟出：「遊子麻將拜國手　學童白髮感恩輸」

他讓萬爸最後輸的點在他的防區，或許興起遺憾，吟聯時卻似感榮幸狀，並站起身朝萬康將手放在腰際比出拇指和小指捏一起的手勢，不知何意，一時笑容神祕。

保生大帝沒管巨鯨這個動作，只管指手笑道：「你這個是改寫水墨大家李可染，在他老師齊白石百歲冥誕作的：遊子舊都拜國手　學頭白髮感恩師」

天胡道：「這個好，麻將國手，張濟。白髮人是誰？萬子你看你是不是滿頭雜駁白毛。」

萬康拱手一笑。

沉香將軍道：「感恩輸，我且試講。萬康你打牌打不過你老子，可你打心底折服。你萬爸人生最後兩個月的這場戰鬥，雖然表面上輸了，可你對你老頭感恩，對這場戰役感恩。」

眾人稱是。

「不僅如此。」保生大帝神氣八百的神祕一笑，說道：「這個『輸』字，台灣國語『老師』就是『老輸』。」

判官一邊替自己倒酒，一邊糗保生道：「你的話我當冰塊下酒這是。」

保生大帝不服氣，立時對萬康道：「我起一個，你聽好，」說著喃喃試著默唸，突而講出：「彌陀接引瀟灑歸去從此俗塵不染　蓮邦永托悲願宏深相約淨土重逢」

萬康含笑拱手間，卻見巨鯨雖已坐下，朝他在空中再次比那手法，因問：「我眼拙腦殘，將軍何妨開示…」

嘖，巨鯨故意作小聲講話，蠢物一個，分明全場同時聽到。「老太爺曾做一『雙J戀』手術，醫師順取出七小粒石子，有的如豆子大，有的如米粒小。上了蓋子，裝成一個小透明罐子由護士轉交給你，你可好生收好。」

「…不是那個吧。」萬康感到震動但十分存疑，「錯把結石當舍利，這是大謬。」

巨鯨燦笑：「亦有人誤把舍利當結石。」

判官斜睨萬康堆笑：「拿個榔頭敲敲看，成飛粉子扎你臉上得了。」看官，舍利堅硬，重擊無損。

角頭將軍道：「得你個鬼。是！或不是！我看蓋子……還是別開。」殺手將軍道：「怕個熊啊！就是了啊！是定了！打成粉來找我！」金剛杵將軍建議：「開。下去了，見分曉。」眾人七八嘴舌開不開蓋、搥不搥它，雖說毫沒傷和氣，合著一陣辯論。

這時宮毘羅道：「還作不作對子？」眾人停下，聽宮毘羅這般作結道：「我說是舍利。但是，不開。」一闊公抖動臥蠶眉，肅然異議道：「不是你說不說的問題。——它本就是舍利。保存寶貝為重，不開。」兩位領導說話了，話題打住。萬康見說「不是」的人臉上卻沒不開心，好像他們本來就力主「是」似的。一旁判官卻道：「不開蓋子也可以一棒子下去試試哇。」宮毘羅聞言拔劍而起，冷冷說道：「我先開我的劍試試你的豬頭。」判官瑟縮脖子，驚恐摀口。眾人莞爾。藥師佛始終未開言，看不出沉思，看不出興奮。

收劍後，宮毘羅遂向藥師道：「世尊，您老來一個對子。」

藥師佛從杯中拾起一片茶葉，「便是，」眼朝著葉脈道：「賭藝非凡任何牌均得以救濟　節儉有方每尊佛須來自庶民」

眾人道好。

順而大家將輓額也紛紛題上，「麻將神英」（天胡）、「博奕泰斗」（工藝師）、「心中有愛」（月光）、「瘋欣交集」（螺髮）、「存仁賴義」（關公）、「千古強人」（角頭）、「浩氣長虹」（殺手）「你是好人」（日光）、「心胸大大」（宮毘羅）、「古道熱腸」（沉香）、「非常夠力」（破空山）、「定力過人」（金帶）、「超帥一把」（金剛杵）、「A片萬歲」（判官）。

那天胡將軍抱憾於未能作出麻將對子，搶著用輓額補上。其他作過對子的人沒續作輓額。話到此間，大家俱已湊上句子，萬康忽而想起：「請問各位沒邀起呂祖一道來嗎？」

保生笑曰：「他啊，貪玩。看我去幫狗狗搔癢，嚷著他也要找貓玩，可又怕貓，拉了那個誰一道去。」

倏忽呂洞賓穿牆透出，跌坐於地，起身間唾罵道：「踘的咧！」這時看見萬康，招呼沒打，直接投訴：「你們家的貓也忒兇了，玩個捉迷藏這麼激動是怎樣啊！」眾人拊掌大笑。這時一隻鴿子不知從哪竄逃過來，猛啄呂洞賓的屁股，呂洞賓繞原地轉圈閃躲，鴿子繞兩圈後乾脆用力咬住不放，呂祖用力往地上一坐，鴿子避開來飛上天花板的高度，只見呂祖這下子一屁股差點坐開花。眾笑間，那鴿子罵那呂祖：「拿我當墊背的！說好我不去，哪有揪著人家偏偏要跟你去的理，你要貓把我搞翻我就要你剉賽！」呂洞賓抗議道：「我也有變成鴿子哇！可是我支不開牠嘛！」

藥師佛板起臉叫他二人莫再爭鬥，玩成這麼危險實在幼稚又惡劣，非常不好笑。接著叫他兩個各想一輓額給萬爸，呂祖道：「沒完沒了」。鴿子道：「不見不散」。呂祖對鴿子冷言叫陣道：「現在是衝著我來？」鴿子懶得再理。

判官忙叫呂祖過去，取出手機，按出照片給他看：「正吧？」呂祖搶過手機猛盯著螢幕不肯還他，但至少安靜下來。

藥師佛道：「張萬康，記得否？」

萬康不解。

藥師道：「第一役魔山戰後，你曾欲盟誓許下一大願，當時我講不必說出口。」

萬康一凜，心想你還記得，從而喪氣搖頭苦笑。

藥師道：「保二哥適才問你尚有何心願，指的是這個。」

心又一凜，萬康羞慚，保生不是要他討願，是要他還願。那保生大帝一旁只作拂髯。

「弟子難以…」萬康低頭道，「怕是真做不來。除了…」

這時忽然一道銀白色混疊紫紅色的光射來，眾人還來不及吃驚，一個洋人已乘光現身。洋人出現後便逕自走到萬康身邊，掏出一挺窄菸，以低沉的酷音道：「借個火。」萬康掏出打火機，替他上火。那洋人恍若無人，瞇起眼，吐出幾個煙圈。忽問：「你只有一個打火機？」萬康遲疑半拍：「呃…你拿去沒關係。」那洋人收下放口袋，喃喃道：「我又沒跟你要。」說話間連乘光也省了。消失。

保生大帝回過頭，幫藥師朝萬康提醒道：「你適才說除了…」

萬康扶額道：「除了寫寫東西小打小鬧，可能別的心願無法…」

眾人皆未搭腔，不置可否，或覺沒什麼好說或不說的。是的，判官甚至覺得這一點也不重要，只提著塑膠袋打包酒菜。

「統統有，」藥師佛淡定說道：「聽口令，除友軍道友，日月光菩薩、十二叉將及信鴿，目標淨琉璃。」保生、關公、呂祖三者另行結隊。判官自己押著自己（的酒菜）。

萬康送他們至門口，其間他們沒說一字、沒朝萬康望一眼。萬康雖望著大家，亦未開言。屋內的佛號聲持續。萬康心想，目前寫到第九回。萬爸封棺的時間將近。

後記

拙作於家父過世四個月後，二〇一〇年十二月下旬完成。隔年四月末，麥田的林秀梅小姐在商討出版事宜時，問我是否寫一後記。這是秀梅看重這本書，鑾陶陶然她這個提議。但，起初覺得不必寫了，餘音留給讀者已足。然而校稿完成後，決定還是把一件事跟讀者報告。

書中要角李道長，於二〇一一年四月一日因癌疾復發過世，年四十三。因併發肺炎和氣胸，道長先後經插管、胸腔引流、氣切手術於加護病房度過最後二十五天；期間仍關懷朋友（譬如叫我一定要去幫找不到醫院位置而迷路的探病者引路），且喜以筆談和訪客討論他的畫作。

之所以原本沒想用後記的方式寫出，只因想留在其他時機說明即可，讓「外一章」在書以外去傳說，想必更添「情趣」唄。

校稿後，我等於把拙作又經歷了一次，心情有了轉折。因為傳說能傳到多遠呢？所以我願意讓不棄嫌拙作阿里不達、欣賞書中人物的讀者在這裡就曉得這件事。第一回中有言，投入一場風波中的「各路神奇英豪、平凡義士」，李道長自是其一。

二月中旬，道長在一般病房臥病第三十三天時，經我告知這本書會出版的消息，顯得十分吃驚。這本書他只讀過一部分；當時他尚未住院，身體狀況也好，我將他出任主角的章回加以告知並遞出，但他沒評語。

附錄一／

無形的舍利子

——我讀《道濟群生錄》前九回

小融（BBS蛋捲詩板板主）

因緣際會，我這外人，同張家人送了張老伯伯最後一程。在撿骨室裡，萬康和萬姊在張伯伯雪白的骨骸裡尋找著舍利子。張伯伯的骨骸多且健壯，殯儀館人員表示張伯伯以此高齡，還能有這麼多燒餘的骨骸，十分少見了。我在旁靜靜待著，突然想起《道濟群生錄》裡，萬爸與病魔抗戰的情節，想起藥師佛的所為，更想起了萬康在夢裡，到了冥府與關公等神祇的舌戰。我終於有點明瞭，萬康和萬姊在撿骨室裡，假裝不理工作人員解釋，仍想找到舍利子的心情了。（現代化的火葬場溫度特高，不會有舍利子存留。）我默默看著萬康和萬姊的背影……

和病魔的抗戰，是一場注定會輸的戰役（胰臟癌末期），萬康絕對不會不了解這點。但是當有人勸他看開生老病死時，他抵抗的心變得強烈，變得固執。這些都坦露在他在夢裡與關公、保生大帝，以及判官的舌槍唇戰裡。雖然《道濟群生錄》尚未完稿（編按：本文作者寫此文時本書只完成前九回），但我以為，這場論戰，已經是作品裡非常非常精采的部分了。各個角色各司其職，卻又可以彰顯各角色不同的胸襟。

節錄其中對話——

一時關公撫鬚尋思片刻，朝萬康問道：「小兄弟，俗話講，有人為活著，有人為生活。你是否幫令尊著想過，如果一個人好容易活下來，生活機能盡失，值否？」萬康道：「關將軍，愛因斯坦駕崩，骨肉凋零，世人希望將他的大腦留下來，臭皮囊只留一小塊，亦有一小塊的樂趣。家父平凡，但對他而言，活著一小塊，就是一小塊生活，如此自足自high，豈有不成全之理？」

這裡將萬康與萬爸對於生命的意義看法彰顯無遺。說是對於生命意義的看法是不夠的。不只是看法，而是身處其中身歷其境的。任何無常的道理，任何輪迴的概念，都比不上此話真誠。這也是後來與病魔打出的一場不會贏，卻精采萬分戰役時，所堅持的緣由。接下來一處我覺得精彩的地方，是關於藥師佛的描寫。「佛」本身是個難以理解的概念。我對佛家涉獵不多，但是作品裡對藥師佛這角色的描述，卻把我心裡對佛的理解位置擺的恰到好處。父子兩人被凌虐得苦不堪言，連一旁的判官都看不下去時，藥師佛只淡淡的要鴿子再探。在幫與不幫之間，在憐憫與無情之間，藥師佛看著什麼呢？我私以為，那是一種冷凝的透視。透視著什麼？人世苦難？隨身的業？還是修成正果前的歷練？佛也不願插手的事是什麼？如果就這樣不幫了，佛還是佛嗎？幸好，最後藥師佛的菩薩心，流下一滴珠淚化為玉，交給萬康算是幫了，不再只是冷凝的透視。藥師佛這樣的轉變，也許是讓萬康體會這世間最後，最無法被超越的「善」。在冷凝的透視背後，是一種不會燙人的溫度。

我等待小說的完稿。在撿骨室裡我默默看著張家姊弟倆的背影……我不想說看開生老病死，或是請節哀這類的話語。我只心想，萬康啊，萬爸都這麼勇敢的承受了，那麼，《道濟群生錄》不就是張伯伯無形的舍利子嗎？

二〇一〇年八月二十五日

附錄二／

「狂轟爛入」嘉年華

——讀張萬康《道濟群生錄》

朱嘉漢（巴黎高等社會科學院博士生）

所謂人生指的並不是生活過的一切，而是關於記下來的以及如何去記憶的那些。

——Gabriel García Márquez《為了說故事而活》

一．

談這作品之前，先交代一些細節。這關乎的是我的位置，我與作者的關係，因此也涉及我與這個作品的關係。它們影響了我怎麼看、怎麼讀，也當然影響我的觀點。簡單來說，我與萬康在一〇年六月初於網路相識，知道他寫作，但認識前後均未曾讀過他的小說，作品是如何風格尚不清楚。全書「事件」的發生我屬於旁觀者，原先已與萬康敲定我八月返台期間探望萬康住院的父親，但一方面是自己忙碌著，另一方面局勢變化出乎意料，緣慳一面。因此，我那陣子只是遛狗選擇會經過教堂的路，於門外暗禱，然後在他的網路個人空間上面，看他的記錄，與從日記上面關注。即使未必是即時的，但整個事件的來龍去脈，大致上沒有錯過什麼。看著他在事件發生後一回一回地發表《道濟群生錄》，直到二十回定稿過後，我抽出了空，才開始閱讀。

《道濟群生錄》比較特別的是，作者張萬康在父親（小說中的張濟；人稱萬爸）正在生病期間，一邊寫其父生病以來的故事，同時上傳網路連載。連載到第九回時，父親病故。告別式之後繼續把接下來的故事寫完，共二十回。起初連載於其母的部落格上，給母親與作者的朋友看，隨機點入的過客亦可讀之，而在父親過世後，不忍母親觸景生情，另外開一部落格（所謂官網）專門放置《道濟群生錄》的全部文章。

對於一個已知道結局，甚至中間一些大小事也略知一二的故事，我能期待些什麼呢？這問題其實也存在於作者身上：「親身經歷」，是作者的豐富題材，但也是限制。在這事實的基礎上，書寫並不成問題，但是要成為一篇小說，書寫的空間還有多少？對於處理親身經歷的小說（亦有個叫「私小說」的文類），最常見的處理手段，往往是在事實的敘述當中加上角色獨白（譬如代表作者本人的角色），或是一種後見之明的分析（「當時不知道這般的決定會鑄成大錯」、「這個人的出現使得整個事情有了重大的轉變」之類的，在整個事情過後回過來對當初的演變進行因果推論，這樣的認知其實在事情發生的當下是不知道的），或是以客觀角度分析描寫其他角色的心理。這些考驗的或多或少也是作者的虛構的能力（包括作者化身角色的獨白，畢竟人的腦袋裡沒有個錄音筆），所以不管怎樣，自身經驗寫就的小說還是小說。

米蘭・昆德拉於其《小說的藝術》裡說道：「小說的精神是複雜性的精神。每個小說都對讀者說：『事情比你想的要複雜』。」[1]不論這是否可以當作小說的圭臬，這本《道濟群生錄》至少貫徹這個精神，進一步說，正是由於這精神，小說的寫就才成為可能。在進入閱讀沒多久，那些疑慮便拋在腦後，那些在現實材料之外，作者所創造的「事情意想不到的複雜成分」成了這小說最特殊的地方，對我這大致知道事件始末的讀者來說，亦有樂趣。那「複雜」不時超過了解釋一個故事前因後果的必要性，有時甚至對「事情的合理發展」這種模式的敘述提出挑戰。換句話說，那些「複雜」的部分不是只是要滿足讀者的好奇心的補充（了解人物想法、事物間更深一層因果關係之類），那些看似事實的補充、想像部分，在作者自己所謂「亂入」的寫作技巧中，變成了真正的故事，跟「現實」發生的那些平行又交錯影響的「另一個故事」，或精準些來說，是「另一個平行的世界裡發生的故事」，兩者的碰撞與交纏之間，小說迸生。此乃這本小說的基本構成，小說存在的條件。

接著我們也許該追問的，是除了小說藝術本身的需要之外，是否還有其他理由，書寫出那麼多現實之外橫增出來的角色、場景與情節？我想，答案關乎於這本小說的核心提問：**為什麼父親（張濟）會如此受苦？為何這些荒謬的人事物，以這種方式，在這老邁的身軀上如此折磨？**

英國人類學家伊凡—普里查（E. E. Evans-Pritchard）在《阿贊德人的巫術、神諭與魔術》[2]當中指出，阿贊德人有一套以巫術解釋意外或厄運（尤其死亡）的信仰系統，但這並不意味著他們完全不明白或忽略事情的「客觀」因果。譬如一個人上吊自殺，他們會宣稱「他是被巫術殺死的」。這不是指巫術造成這一切，他們明白死因是上吊，而會去上吊的原因是因為他跟兄弟吵架。然而，對他們而言，自殺是不理性的、非正常且難以理解的，一般人不會因為吵架就去自殺，會去做自殺這樣的行為是瘋狂的，所以是巫術作祟影響了他的行為。[3]或是，一個人坐在牆角休息卻因為坍崩意外而死，對他們來說，他們不是不知道那個人是被壓死，但這樣無法解釋「為什麼偏偏是這個人？為什麼牆是在這個時候倒下來壓到他？」換言之，這些信仰解釋不是要忽略或否定「理性」與「客觀」的「因果」與「事實」，反而是想更完整的解釋與理解世界到更深的層面，那些科學理性甚少去談的那部分；比伊凡－普里查更早的牟斯（Marcel Mauss），在一九二六年《集體暗示的死亡意念在個人生理上的影響》[4]一文中甚至想走得更遠。不像某些理論家將巫術信仰當作「非科學」、「不理性」或「前邏輯」的心智狀態，也不限於伊凡－普里查那一路認為原始信仰跟科學一樣，是試圖（甚至比科學更想無所不包地）解釋宇宙。牟斯透過關於澳洲、紐西蘭與波里尼西亞的民族誌指出，在他們的信仰裡面，假如一個人相信生了病或受了傷是因為他觸犯的禁忌或神靈，那麼不論那傷病是多輕，他們都會在有罪的恐懼下很快地死亡。彷彿是一種集體暗示，信仰著這般的罪必導致死亡，他們就不得不死。這裡牟斯要講的，並不只是說明他們會用巫術或宗教信仰來解釋他們為什麼會生病、受傷且因此而死亡，還想進一步說，這些信仰（社會性的、集體性層面的）會在他們的意識（心理層面的）產生影響，導致死亡（生理層面的）。也就是說，宗教信仰或巫術這些象徵系統不只給人安慰，給予解釋，還真正的作用到個人的身體上。象徵的世界，比真實更真實。

既然《道濟群生錄》的核心問題是**為何父親會如此受苦**，那麼，作者在小說裡想尋求的難道只是個解釋，或只是個慰藉而已嗎？令人意外的是，以殘酷且無力回天的現實為本，整部小說要寫的，卻不陷溺於一種悼亡，或僅是用宗教、神怪來解釋種種難以理解的命運（宿命）、為何人終究無法改變些什麼。二十回看下來，最主要的母題，竟是父親如何地「生」，如何去爭取生的機會。每一秒的生命延續，每一個面對苦痛的尊嚴姿態，都是價值。在《道濟群生錄》的世界裡，生死的決定不在神佛，此乃命，將死之事，對於小說裡的判官、保生大帝或是躊疑著是否出手的藥師佛，皆無法改變。既然宿命，意義何在？在生，即使是徒勞的生，如小說那段父子對話：

「拔！恕我冒昧，你為什麼要活！」萬爸喊道：「小子！活著才有好戲看！」

或是：

這萬爸沒啥了不起的生死觀，你如果問他為什麼要活？他可能反問你為什麼要死？活著，就是個好。

萬康在陰間舌戰喊冤耍無賴、父子在父親體內與病魔大軍鏖戰、神鬼佛魔之間的算計與明爭暗鬥、小鴿子往返複探與獻計翻轉局勢，猶如棋戲，為的是爭取生的時間，推延死的界線。在作者筆下，天界或陰間、甚至父親體內的異度空間，前文我所謂「另一個平行的世界裡發生的故事」確實地左右了現實裡躺在病床上的張濟的身體。更有甚者，張濟的求生意志，一天拼過一天的生，影響了「另外的世界」。所以不單如牟斯所說，集體信仰的、象徵的力量會作用在個人的身體之上，在這裡，我們看到的，竟是個人的身體撼動了信仰的世界。「小說家們發現的是『只有小說能發現的東西』」[5]，這裡我們看到的，是只有小說才能做到的事情。張濟的求生意志與忍受折磨，萬康與眾多義氣相挺的朋友、神佛動物，推延了生的時限，產生了故事。若《一千零一夜》的基礎乃是用不停地說故事來換取多活一天的機會，《道濟群生錄》則是以多活過一天使得故事能繼續說下去。「九旬老人既然注定會死何必試圖拯救多承受痛苦」，這般論點到了這裡被翻轉，除了死是宿命、人該多爭口氣就該多爭一口、受苦是為考驗之外，為了生，讓故事能說下去，有好戲看，當初受的苦並非徒勞。所以，在我看來，這不是一本悼亡之作，反倒是「慶生之作」。層出的故事與人物情節，讓這位九旬老人的生與死不再微不足道，使那些世間冷語失色，令那些自認理性專業的「論述」相形渺小。而，精彩過後，終結之時，收尾在澄慮靜思的單純。何謂？直到書的最後，我們所見的，是個仍然繼續書寫的姿態：

屋內的佛號聲持續。萬康心想，目前寫到第九回。萬爸封棺的時間將近。

小說的最末一句讓我想到《白鯨記》接近尾聲源自聖經舊約的那句名言：「唯有我一人逃脫，前來給你報信。」訴說是生者的任務。這是小說的魔術，小說完成（最終回結尾）在作者未完成的狀態（小說裡萬康惦記著的第九回，不到全書的一半）。彷佛可以想像著，小說二十回結束後的萬康，回去書桌前，繼續寫著《道濟群生錄》的姿態。如果，故事能一直說下去……

二・

我沒有錢，沒有依靠，沒有希望。我是全世界最快樂的人。一年前我在想，我是個藝術家，半年前我也還念念不忘。現在我不再想了。有什麼好懷疑的？我是藝術家！我已經不甩文學那一套。我已經不再牽掛寫什麼鳥書，真是謝天謝地。

那麼，這又是什麼呢？這不是一本書，這是毀謗加上汙衊，是人的徹底醜化。這絕對不是一本書，一點也不是。這是連續公然侮辱，是在藝術的老臉上吐上一口臭痰，是狠狠地踹上帝的老二一腳，是狠狠地踹人類、命運、時間、愛情、美等等一腳。我要扯開喉嚨為你們唱歌，我可能會唱得荒腔走板，但我不管，我就是要唱。

——Henry Miller《北迴歸線》

如果《道濟群生錄》的基礎之一是「另外的世界」，這本小說自寫作之初便是一場冒險與遊戲，不斷考驗著小說家萬康的能力。畢竟，在第十回下筆之前，局勢還是一面在發展，難以預料，甚至曲折離奇，也許下一秒發生的事會馬上打亂先前的步調。難的不單是虛構，滾輪般不斷壓來現實世界的無序荒謬寫進小說也是對小說家技藝的出題，何況必須考慮此界（現實）與彼界（作者創造的各種空間）如何相互支撐、合拍？這樣的書寫挑戰，也許會讓某些人先卻步，而張萬康在這樣的壓力下（尤其父親苦難本身已經沉重），甚至有點受虐狂似地，給自己加上更多的規則：與讀者的即時互動。《道濟群生錄》的每一回發表在網路平台上（Blog），而他三五好友邊看邊評，自由意見。而他不單是在小說形式上採取說書人的姿態，他更是在寫作中實現了，以讀者反應為材，隨時熱炒上菜的炫目般華麗功夫。他亦勇於在書中直接留下了痕跡。譬如第七回：

看官，第六回之後，應讀者要求，為貓狗角色加戲，現在終於把這對寶貝送走。另外，本回原本沒打算安排判官出場，但讀者表示實在想看他出現，於是一會兒將為他插戲，少安勿躁。

或是此書動人的短評，萬康的文友小融所著《無形的舍利子——我讀《道濟群生錄》前九回》，其中提到了舍利子，萬康亦在最終回裡將舍利子之事寫了進去。[6]這些痕跡不是敗筆，譬如魔術師默契不揭露的技法而一旦公開便無價值。對萬康來說，這方是珍貴之處，甚至是種炫技：擺明了小說是種「騙術」，甚至不遮掩，明示小說的虛構與真實處（他多次標明某些細節乃真有其事，是種誠實或故作姿態？），依舊破壞不了這本小說之所以為小說的基本質素。

這般技巧，意外造就了《道濟群生錄》特別的故事空間。儘管在場景的描述上面，有時顯得不夠完備、具體，但他採取的書寫態度十分自由、靈活與一種過人勇敢，在「系統性不足」之中增添了很多不必要甚至過度的細節，反倒是這些細節增添了小說可看度，彌補了不足。我將這歸功於即興與放肆的自由書寫所賜。例如談到陰間地府，其中生死流程、世界架構、社會組織（？）我們並不明瞭，但在令人發噱的描述之中，好比因張濟父子頑強抗死使得地府辦事人員雞飛狗跳、地府官員們的公務員心態與白爛對話，或是敘述中插入的鬼民鬼記者陰間電話陰間傳真陰間電腦等等滑稽名詞，這些不但看似沒有必要，甚至過度的細節，反倒使這世界豐富起來。過度、誇張、不羈的馳騁想像。這不正是巴赫汀（M. Bakhtine）所謂拉伯雷嘉年華式的笑？一種無節制的，無所禁無所不可的笑，所有人都可以笑與被笑，一切都可以詼諧。所謂的互動也非媚俗或取悅讀者，他更多時候連他的讀者也寫進去，並玩笑之。如一場盛大的嘉年華會，抹去了讀者與作者的距離，觀眾並不是在觀賞著嘉年華會，他們是與此嘉年華會「共同生活」。嘉年華會沒有「空間」的疆界。整場慶典的最高法則，即「自由」的法則。[7]讀者參與了笑，與被笑。簡言之，一道狂歡。

在眾多豐富的場景轉換（包括回憶的流轉），最令我稱奇的，竟是張濟的身體。藝術創作中，人物的身形或魂靈乃至於精神意識可以移入他人的體內或進入其思維中，屢見不鮮，但作者更加以發揮而開啟出的另一番景觀則是，那同時是肉體的空間，也是精神的空間；既是真實空間裡的身體，亦是另一個世界力量的角力場。「進入體內」原不是創舉，但透過萬康筆下人物與情節的揮灑，那個舞台成了不同的書寫實驗地。那不像是人體奇航般透過高科技，或是孫悟空或哆啦A夢靠著神通或道具縮小進入身體裡搗亂或執行任務，也不是小木偶一類進入巨獸體內。上述這些的身體還是較偏向肉身與生物性的。《道濟群生錄》則不然，張濟的身體彷彿是現實與另外一個空間的過渡，是比作為生物的人體更寬廣的地帶。萬康免除了各種設定（是靠科技、神通，是將自己變小還是透過其他方式），快筆直接賦予父親的身體這般開放度與容納各種異質元素的能力。儘管我們也可以用神佛之神通理解，但在這裡，倒不像是上頭幾個例子那樣，「進入身體」不是那些人有能力進入，反倒是因為那個身體有融納各種可能的能力。小說家之於小說如同上帝，說行，就行。於是，在那裡，萬康不但可以進入，甚至能與健康的父親相會（所以是精神的），兩者共同作戰對抗擬人化的病魔大軍。須彌與芥子皆可納。不管是無邊或偉大的神佛上帝、世間人（如萬康）、微小病菌病魔（如炎魔或惡水娘娘），甚至貓狗鴿禽畜，都可以於其中，以人性姿態出現。那是個無限可能的空間，現實與其他世界的交會點，也是一切矛盾之處，而小說精彩的最終戰役也還在那裡上演。我認為，這裡體現了這本書，或說是張萬康的宇宙觀一個重要的特色。不但我可以看到神佛與鬼魔病菌，人類與狗貓鴿子，都有權進入張濟的身體，而且在那裡，他們幾乎是平等的。人（大部分是萬康）可以與神佛合作肉搏病魔，犬貓可以是奇兵。大戰裡的神佛不靠神通法力，幾乎以肉身（至少在那空間裡有個肉身的）相抗。至此我們知道，對張萬康來說，那些神佛菩薩的詼諧書寫，不是褻瀆為樂，而是一種眾生平等的心態。所以犬貓亦與萬康平等，萬康也與張濟裡的病魔平等，甚至病魔頭頭與藥師佛曾是師兄弟。這些等式原是不可能，矛盾（假如萬康與張濟都是人類，那萬康又怎麼跟張濟身體內的病魔平等？），在小說開創的空間裡，卻實現了。這莫不是「道濟群生」精神的另一種意涵？一種各種形式的存在之間的平等，而「道」乃無意志也無可掌握，神佛亦改變不了生死之事。

《道濟群生錄》展現了書寫的可能性的探索，沒受親身經歷的限制，反倒走得更遠。其中需要的勇氣與自由，與非寫不可的欲望，並不容易。

三・

馬莉：現在，伊莉莎白與丹諾開心到聽不見我說的話了。所以我可以跟你們揭露一個祕密，那就是伊莉莎白不是伊莉莎白，丹諾也不是丹諾。我的證據在此：丹諾所說的女兒不是伊莉莎白的女兒，他們指的不是同一個人。雖然丹諾的女兒跟伊莉莎白的女兒一樣，一眼白色，一眼紅色。但是丹諾的女兒是右眼白色、左眼紅色，然而伊莉莎白的女兒卻是右眼紅色、左眼白色！丹諾論證的系統，他的理論，被這個矛盾撞擊以後，全然崩壞。就算種種令人難以置信的巧合使得他們的想法看似有憑有據，丹諾與伊莉莎白依舊不是同一個女孩的父母，因此他們也不是丹諾與伊莉莎白。他以為他是丹諾，她以為她是伊莉莎白，這全是徒勞：很不幸的他們都錯了。可是誰才是丹諾呢？哪一個才是真正的伊莉莎白呢？這個錯誤持續下去究竟對誰有好處呢？我不知道。別去探究了。任它順其自然吧。（她向門口走了幾步後又回來，對著觀眾說）。其實我的本名是夏洛克・福爾摩斯。

—— Eugène Ionesco《禿頭女高音》第五幕

以體裁而言，我們看到的是對章回小說的仿效，帶有滑稽的成分，由各篇篇名打油詩式的對仗便可窺知。如第七回「**魔王雪竇山難發簡訊　娘娘婊裡山河會情郎**」、第十回「**山豬道長挑戰當局者　馬爾濟斯魂斷午夜時**」，這種「裝正經」的詼諧風格，似乎意味著他毫不畏懼在文學裡加入各種好笑的元素，甚至創造各種笑點，即便小說的主題是父親的蒙難。這般的無畏，去了（純）文學的潔癖，不排拒各種「俗」，各種被視作文化失落的網路用語或新聞流行用語，認真與嚴肅參雜難辨，亦有包羅萬象之感。不禁想到《唐吉軻德》或《巨人傳》一類的早期小說，那般的自由，且任意進出各種空間的可能。

說到笑，除了奔放與天馬行空的聯想力外，會讓讀者感到好笑的原因（覺得好笑應該不單是我的主觀），或許也在於他「過度細節」的能力。前文說到他開創空間時總帶著某種誇張、過度，使得其豐富度掩蓋了他基本設定不夠嚴謹的短處。許多不必要甚至多餘的描寫，原是缺點，到了這裡卻是精華，是整本小說最讓我放聲大笑的部分。這些漫地生長的細節，當不必要過了頭即成了可看之處，好比藤蔓植物式的美與生命力，藤蔓延伸的本身就是意義。也許這正是他的寫作風格。

在此試列幾段經典橋段，他在十九回藥師佛與腫王的最關鍵決戰時如此寫：

茫茫臟器皮土上，兩名主帥隔開一段距離，各自就位面向對方盤腿端坐，一個巍然，一個泰然，俱關上眼皮聚精會神，紋風不動。兩人就這麼入定五個時辰之久，仍無動靜。敵我官兵只好在一旁做炊事烤肉，或打盹兒打呼嚕，甚至跟對方借烤肉醬或蒜頭，並舉行兩軍交換禮物活動，把各自做出的食物請對方品嚐。

一般而言戰場的細部描述乃增加緊張氣氛，這裡倒是重點不寫，盡情離題，確實大膽。或是這場大戰即將潰敗時的天降神兵一幕：

忽然間轟天一個大響音，震得眾人掩耳叫娘。雷聲後四周大放光明，一隻鴿子飛出，一個洋人走出。那洋人的裝束比全裸還離奇，裹著運動賽場的摔跤項目緊身衣。一身的肌肉棒子顯然練過，腋脇和胳臂的距離很開，看來這塊空白處可以塞下一個木瓜。他啐出一根櫻桃梗子，便將手放在藥師佛的頭皮上：「兄弟，你沒救我我知道。你不必謝我，我只是他媽不屑你。」

關鍵人物出場，多形容一些並不為過，但說「腋脇和胳臂的距離很開，看來這塊空白處可以塞下一個木瓜」或「他啐出一根櫻桃梗子，便將手放在藥師佛的頭皮上」等句子卻十分不知所謂，余又笑。

又如，一些字裡行間不知認真還是搞笑的描述：

鴿子轉而對二佛報告：「我已將那觀世音菩薩領來。」說著翅膀一指，眾皆望去，只見觀世音正在等紅綠燈過馬路。

這樣高密度笑點讓我不免聯想到伊歐涅斯科的《禿頭女高音》。從一開始諸多無用荒謬的舞台指示細節開始——一個英國式的布爾喬亞家庭裡，有著英國式的扶手椅。英國式的晚上。史密斯先生，英國人，穿著他的英國式拖鞋坐在扶手椅上，靠著英國火爐，抽著英國菸斗，看著英國報紙。他帶英國眼鏡，留著一把灰鬍子，也是英國式的。在他身旁，坐在另一個英國式扶手椅上的是史密斯太太，英國女人，縫補著英國襪子。英國式的長久沉默。英國大鐘敲起十七下英國鐘響[8]——直到最終集體的瘋癲般失語。既有如此惡搞先例在前頭，萬康的玩笑實際上也不算過分。伊氏的劇本自稱為「反戲劇」，那張氏所為是否可作「反小說」？姑且不深究伊氏「反戲劇」的內涵，竊以為張氏的創作裡，所有的惡搞、硬幹、放肆爛入的書寫針對的不是針對著小說欲破壞些什麼，反倒我們可見小說的虛構、自由恣意在他的創作中淋漓盡致，由此觀之，骨子裡他信仰著小說，不論嬉鬧如何。離題、亂入是他的特色，但這樣鋪陳出的小說可有看頭？評論者小融在讀過前九回後不久立刻發表的一篇評述中，表達「精彩」之餘，其實對後面幾回能不能保持一個能量，期待中隱約表示懷疑。然而萬康決定迎接小融下的「戰帖」，在本書的最後四回，端出他最拿手的精彩好戲。這樣的小說該如何營造精彩？答案或許不難（私以為他寫作的中心原則其實是很簡單的），就是更拼命的亂入，但這次的亂入不是離（題），反倒是聚（焦），把先前的一切全部都喚了出來，來場大亂鬥。換言之，萬康廣邀英雄帖，請眾神佛一道狂歡，嘉年華之上的嘉年華。在小鴿子放手一搏之下，勾起神佛間的矛盾與信念之爭，終於斬斷了藥師佛的猶豫，一起「玩開了」。藥師佛十二兵團，八億四千萬員佛兵，依次巡禮，由琉璃淨土、西方極樂世界、娑婆世界、天宮與地獄，最後在張濟體內與眾病魔展開一場大廝殺。所有大小角色盡情匯演，臨時台上好似少了誰，立刻調上來，這四回竟是一回不輸一回，翻過一山又一嶺，連續的大爆發。此等戲劇高潮的安排，卻也不似「反小說」對於情節與劇情高潮的鄙夷。大戰的慘烈也讓讀者看到作者並非只是用笑來帶過世間的複雜，殘酷之處亦十分殘酷，苦痛神佛共嚐。而大戰高潮過後，他得立即去處理的，是另一種精彩，好比慘勝之後，藥師佛對勝利毫無驕矜而傳令吩咐清理戰場的淡然。勝負的超越之間，生死之事也在漸漸激情之後坦然下去。所謂放下。從大場面渡往小場面，從張濟的不捨到觀世音每一言一言的細柔慈悲。大悲度眾。狂歡的笑化為捻花微笑。

「萬康送他們至門口，其間他們沒說一字、沒朝萬康望一眼。萬康雖望著大家，亦未開言。」以狂歡迎神，由拈花送神，動與靜的沉默頃刻間，渾沌的此界與彼界各自回歸。我或許有些弄懂笑的用意。在《道濟群生錄》裡，無所不包的嘉年華，使得社會學家涂爾幹（Émile Durkheim）所說的神聖與世俗的分隔、禁忌被打破。[9]然而，對文化理論大師吉哈爾（René Girard）來說，神聖與世俗的分界不但是人類藉以建構文明秩序的基礎，它更是暴力的產物。在